# AS CRUZADAS VISTAS PELOS ÁRABES

# AMIN MAALOUF

# AS CRUZADAS VISTAS PELOS ÁRABES

TRADUÇÃO
Julia da Rosa Simões

3ª reimpressão

**VESTÍGIO**

Copyright desta edição © Editora Vestígio 2023
Copyright © Editions Jean-Claude Lattes, 1983

Título original: *Les Croisades vues par les Arabes*

Todos os direitos reservados pela Editora Vestígio. Nenhuma parte desta publicação poderá ser reproduzida, seja por meios mecânicos, eletrônicos, seja via cópia xerográfica, sem a autorização prévia da Editora.

DIREÇÃO EDITORIAL
*Arnaud Vin*

EDITOR RESPONSÁVEL
*Eduardo Soares*

ASSISTENTE EDITORIAL
*Alex Gruba*

PREPARAÇÃO DE TEXTO
*Eduardo Soares*

REVISÃO
*Alex Gruba*
*Anna Izabella Miranda*

DIAGRAMAÇÃO
*Guilherme Fagundes*

CAPA
*Diogo Droschi*
*(sobre Ilustração do Manual de*
*Artes da Cavalaria, 1366, Cairo)*

**Dados Internacionais de Catalogação na Publicação (CIP)**
**Câmara Brasileira do Livro, SP, Brasil**

Maalouf, Amin
    As cruzadas vistas pelos árabes / Amin Maalouf ; tradução de Julia da Rosa Simões. -- 1. ed. ; 3. reimp. -- São Paulo : Editora Vestígio, 2024.

    Título original: Les croisades vues par les arabes

    ISBN 978-85-54126-93-3

    1. Cruzadas - História 2. Romance histórico francês I. Título.

22-139103                                                                      CDD-843

**Índices para catálogo sistemático:**

1. Romances : Literatura francesa   843
Henrique Ribeiro Soares - Bibliotecário - CRB-8/9314

A **VESTÍGIO** É UMA EDITORA DO **GRUPO AUTÊNTICA** ⓐ

**São Paulo**
Av. Paulista, 2.073 . Conjunto Nacional
Horsa I . Salas 404-406 . Bela Vista
01311-940 São Paulo . SP
Tel.: (55 11) 3034 4468

**Belo Horizonte**
Rua Carlos Turner, 420
Silveira . 31140-520
Belo Horizonte . MG
Tel.: (55 31) 3465 4500

www.editoravestigio.com.br
SAC: atendimentoleitor@grupoautentica.com.br

*Para Andrée*

PREFÁCIO A ESTA EDIÇÃO  ❧ 11

PREFÁCIO  ❧ 15

PRÓLOGO  ❧ 17

PRIMEIRA PARTE  **A INVASÃO** (1096-1100)

CAPÍTULO 1  A chegada dos *franj*  ❧ 25

CAPÍTULO 2  Um maldito fabricante de couraças  ❧ 41

CAPÍTULO 3  Os canibais de Maarate  ❧ 58

SEGUNDA PARTE  **A OCUPAÇÃO** (1100-1128)

CAPÍTULO 4  Os dois mil dias de Trípoli  ❧ 79

CAPÍTULO 5  Um resistente de turbante  ❧ 102

TERCEIRA PARTE  **A RESPOSTA** (1128-1146)

CAPÍTULO 6  Os complôs de Damasco  ❧ 127

CAPÍTULO 7  Um emir entre os bárbaros  ❧ 141

QUARTA PARTE  **A VITÓRIA** (1146-1187)

CAPÍTULO 8  O santo rei Noradine  ❧ 161

CAPÍTULO 9  A corrida para o Nilo  ❧ 177

CAPÍTULO 10  As lágrimas de Saladino  ❧ 194

QUINTA PARTE  **A TRÉGUA** (1187-1244)

CAPÍTULO 11  O encontro impossível  ❧ 221

CAPÍTULO 12  O justo e o perfeito  ❧ 236

SEXTA PARTE  **A EXPULSÃO** (1244-1291)

CAPÍTULO 13  O chicote mongol  ❧ 253

CAPÍTULO 14  *Queira Deus que nunca voltem a pisar aqui*  ❧ 265

EPÍLOGO  ❧ 279

NOTAS E FONTES  ❧ 285

CRONOLOGIA  ❧ 295

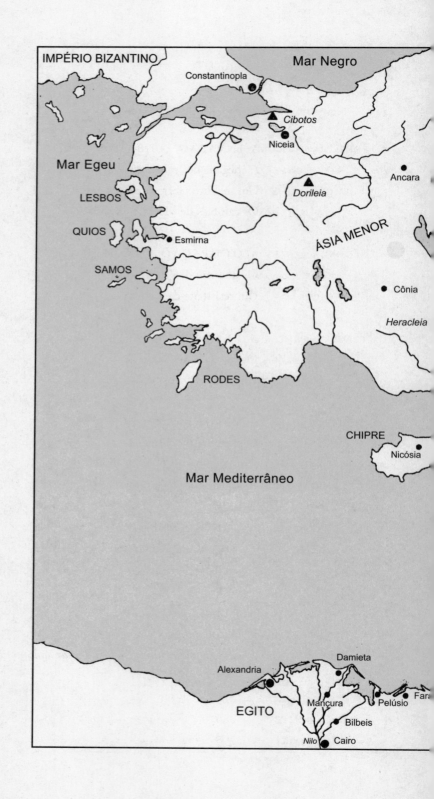

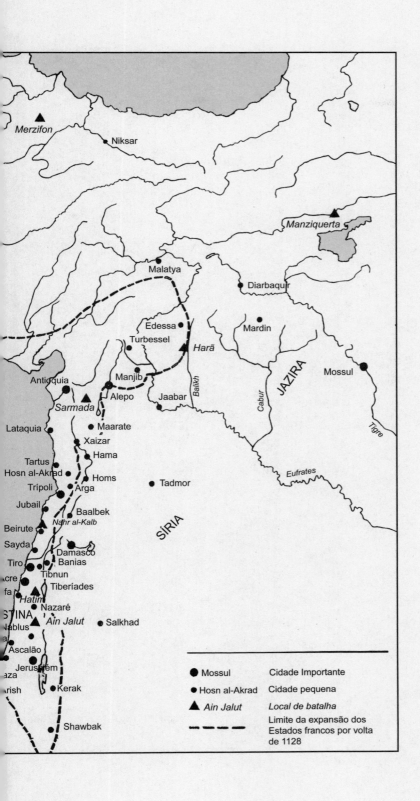

# PREFÁCIO A ESTA EDIÇÃO

Quando comecei a escrever *As cruzadas vistas pelos árabes*, bem no início do ano 1981, eu estava morando na França havia menos de cinco anos e ficava constantemente espantado com o fato de cada acontecimento do presente ser vivido, percebido e relatado de maneira radicalmente diferente em minha região de origem, o Mundo Árabe, e em minha região de adoção, a Europa.

De minha parte, sempre pertenci simultaneamente a esses dois universos rivais, e literalmente dei ouvidos tanto a um quanto a outro. O árabe é minha língua materna, na juventude eu o falava em casa e na rua, e foi nessa língua que comecei a trabalhar como jornalista. Mas fiz toda minha escolaridade com padres jesuítas franceses, que me transmitiram, em sua língua, sua própria visão do mundo e de sua história.

Eu tinha me acostumado, portanto, a ver os acontecimentos do presente e do passado através de versões dessemelhantes, e muitas vezes inconciliáveis; isso mais me divertia do que perturbava. Quando me mudei para Paris, em 1976, entendi a que ponto essas diferenças de perspectiva podiam se revelar devastadoras.

Essa tomada de consciência não se deveu apenas à mudança de meu local de residência. Ela se deveu sobretudo às mudanças que se operavam no mundo à época.

Embora até então conhecêssemos uma oposição entre dois campos ideológicos, um se afirmando proveniente do socialismo científico e o outro da democracia liberal, um novo discurso começava a se fazer ouvir, em que o Ocidente era percebido como "cruzado", mais do que como capitalista, e em que seus detratores se reivindicavam como oriundos do Islã, mais do que do marxismo-leninismo.

Foi então que me pareceu necessário contar as cruzadas vistas "pelo outro lado". Meu objetivo nunca foi dizer que essa visão diferente era mais certa que a outra. Eu apenas quis destacar que, para compreender a marcha do mundo, era preciso ter em mente as duas versões opostas, não apenas uma delas.

É muito comum nos contentarmos com uma só. Em todos os âmbitos, e a respeito de todos os acontecimentos, tanto de ontem quanto de hoje. Cada um conhece a visão dos seus e ignora a dos outros. Essa ignorância é a coisa mais disseminada no mundo. Ela parece natural, e até legítima. De minha parte, acredito que ela seja responsável por um bom número de problemas que a humanidade enfrenta nos dias de hoje. Quando nos fechamos em nossa própria visão de mundo e negligenciamos a dos outros, os conflitos se tornam inevitáveis e podem se revelar intermináveis.

Em certo sentido, contar as cruzadas vistas pelos árabes é uma ilustração dessa necessidade de equidade e de lucidez. Mas não apenas uma ilustração, nem apenas um exemplo. As cruzadas não são um episódio histórico entre outros. Elas representam um acontecimento fundador no conflito entre o Ocidente e o Mundo Árabe.

Essa guerra que começou há quase mil anos nunca terminou de fato. Na Europa, continuou-se por séculos a falar de "cruzadas", no sentido literal de uma mobilização da cristandade contra os muçulmanos, especialmente contra o Império Otomano. A grande batalha naval de Lepanto, em outubro de 1571, em que a frota turca foi vencida pela frota das nações católicas, foi vista por seus contemporâneos como um episódio tardio das cruzadas. E quando o general Edmund Allenby conquistou a Palestina dos otomanos, em dezembro de 1917, ele teria dito: "Somente hoje as cruzadas chegam ao fim!". Palavras de autenticidade inverificável, como tantas frases famosas da História, mas está claro que, naquele momento, a noção de cruzada não estava ausente do espírito do comandante britânico, nem do espírito de seus correligionários.

No mundo muçulmano, o enfrentamento entre islã e cristandade também continuou presente nas mentalidades, suscitando rancores que a passagem do tempo não abrandou. É verdade que a hostilidade foi constantemente reavivada, ao longo de toda a História, por vários conflitos que opuseram os adeptos dessas duas grandes religiões monoteístas.

Entre os séculos XV e XX, a expansão das nações cristãs europeias rumo à África e à Ásia permitiu que algumas delas – Inglaterra, França, Rússia, Países Baixos e, em menor medida, Itália, Portugal e Espanha – ocupassem quase todos os países em que viviam populações muçulmanas, do Senegal a Java, passando pelo Magrebe, pelo Egito, pelo Cáucaso e pelas Índias. Seguiram-se guerras coloniais traumatizantes, como as da Argélia, da Líbia, do Afeganistão e da Tchetchênia, que deixaram sequelas amargas. Mais tarde, a criação do Estado de Israel, na mesma terra em que fora fundado o reino cruzado de Jerusalém, pareceu aos árabes um novo episódio das cruzadas.

Todos esses acontecimentos alimentaram, século após século, a chama do ressentimento e o desejo de vingança.

Eu seria o primeiro a me alegrar se as cruzadas e as contra-cruzadas pudessem ser relegadas de uma vez por todas à lata de lixo da História, para que a harmonia enfim reine em todo o perímetro mediterrâneo e no restante do planeta. Infelizmente, isso não parece em vias de acontecer. Muito pelo contrário. Tudo leva a crer que o conhecimento dessas guerras dos tempos passados ainda será necessário por muito tempo, para compreendermos os dramas e os tormentos do mundo de hoje.

*Amin Maalouf*

# PREFÁCIO

Este livro parte de uma ideia simples: contar a história das cruzadas tal como elas foram vistas, vividas e relatadas no "outro campo", isto é, do lado árabe. Seu conteúdo se baseia, quase que exclusivamente, em testemunhos de historiadores e cronistas árabes da época.

Eles não falam em cruzadas, mas em guerras e invasões francas. A palavra que designa os francos é transcrita de maneira diferente dependendo da região, dos autores e dos períodos: *faranj, faranjat, ifranj, ifranjat...* Para unificá-las, escolhemos a forma mais concisa, sobretudo a que até hoje é utilizada na fala popular para nomear os ocidentais e, mais especificamente, os franceses: *franj.*

Para não sobrecarregar a leitura com as inúmeras notas que se fazem necessárias – bibliográficas, históricas e outras –, preferimos guardá-las para o final, onde são agrupadas por capítulo. Aqueles que quiserem saber mais poderão consultá-las, mas elas de modo algum são indispensáveis para a compreensão do relato, que se pretende acessível a todos. Mais que um novo livro de história, quisemos escrever, a partir de um ponto de vista até então negligenciado, o "romance real" das cruzadas, daqueles dois movimentados séculos que moldaram o Ocidente e o mundo árabe e que ainda hoje determinam a relação entre eles.

# PRÓLOGO

Bagdá, agosto de 1099.

Sem turbante, com a cabeça raspada em sinal de luto, o venerável cádi Abu-Saad al-Harawi entra gritando na ampla sala do conselho do califa al-Mustazhir-billah. Ele é seguido por um grande número de companheiros, jovens e velhos, que aprovam ruidosamente cada uma de suas palavras e exibem, como ele, o provocante espetáculo de uma barba abundante sob uma cabeça nua. Alguns dignitários da corte tentam acalmá-lo, mas, afastando-os com um gesto desdenhoso, ele avança decidido até o meio da sala e, com a eloquência veemente de um pregador do alto de seu púlpito, repreende todos os presentes, sem consideração por suas posições.

— Vocês ousam dormitar à sombra de uma feliz segurança, numa vida frívola como a da flor do jardim, enquanto seus irmãos sírios têm por única morada o dorso dos camelos e as entranhas dos abutres? Quanto sangue derramado! Quantas belas jovens que precisam, de vergonha, esconder seu doce rosto entre as mãos! Os valorosos árabes se resignam à ofensa e os corajosos persas aceitam a desonra?

"Foi um discurso de fazer os olhos chorarem e os corações se comoverem", dirão os cronistas árabes. Todos os presentes são sacudidos por gemidos e lamentações. Mas al-Harawi não quer os seus soluços.

— A pior arma do homem — ele brada — é derramar lágrimas quando as espadas atiçam o fogo da guerra.

Ele não faz a viagem de Damasco a Bagdá, três longas semanas de verão sob o insuportável sol do deserto sírio, para mendigar piedade, mas para advertir as mais altas autoridades islâmicas da calamidade que acaba de se abater sobre os crentes e para pedir-lhes uma intervenção imediata que cesse a carnificina. "Os muçulmanos nunca foram humilhados desse jeito", repete al-Harawi, "suas terras nunca foram tão selvagemente devastadas." Os homens que o acompanham são todos fugitivos das cidades saqueadas pelo invasor; alguns contam entre os raros sobreviventes de Jerusalém. Ele os trouxe consigo para que pudessem contar, pessoalmente, a tragédia vivida no mês anterior.

Foi de fato na sexta-feira, dia 22 do mês de xabá do ano de 492 da hégira, 15 de julho de 1099, que os *franj* tomaram a Cidade Santa depois de um cerco de quarenta dias. Os exilados ainda tremem sempre que falam a respeito, e seus olhos ficam parados como se ainda enxergassem os guerreiros loiros cobertos de armaduras se espalhando pelas ruas, com sabres desembainhados, degolando homens, mulheres e crianças, pilhando as casas, saqueando as mesquitas.

Quando a matança cessou, dois dias depois, não havia mais nenhum muçulmano dentro dos muros da cidade. Alguns tinham conseguido aproveitar a confusão para se esgueirar para fora, pelas portas que os invasores tinham derrubado. Os outros jaziam aos milhares em poças de sangue na soleira de suas casas ou nos arredores das mesquitas. Entre eles, um grande número de imãs, ulemás e ascetas sufis que tinham deixado seu país para viver um recolhimento piedoso naqueles lugares santos. Os últimos sobreviventes foram obrigados a realizar a pior das tarefas: carregar os cadáveres dos seus, empilhá-los sem sepultura em terrenos baldios e queimá-los, para logo depois serem por sua vez massacrados ou vendidos como escravos.

O destino dos judeus de Jerusalém foi igualmente atroz. Durante as primeiras horas de batalha, vários deles participaram da defesa de seu bairro, a Judiaria, situada ao norte da cidade. Mas quando o pedaço de muralha que cercava suas casas desabou e os cavaleiros loiros começaram a invadir as ruas, os judeus se desesperaram. A comunidade inteira, reproduzindo um gesto ancestral, se reuniu na sinagoga principal para rezar. Os *franj* bloquearam todas as saídas e, empilhando toras de madeira, atearam fogo ao local. Os que tentavam sair eram mortos nas ruelas vizinhas. Os demais, queimados vivos.

Alguns dias depois da tragédia, os primeiros refugiados da Palestina chegaram a Damasco, levando consigo, com infinitas precauções, o Alcorão de Otomão, um dos mais velhos exemplares do livro sagrado. Os fugitivos de Jerusalém também se aproximaram da metrópole síria. Avistando de longe a silhueta dos três minaretes da mesquita omíada que se destacam acima da muralha quadrada, eles estenderam seus tapetes de orações e se prostraram para agradecer ao Todo-Poderoso por ter assim prolongado suas vidas, que eles acreditavam ter chegado ao fim. Na qualidade de grande cádi de Damasco, Abu-Saad al-Harawi acolheu os refugiados com benevolência. Esse magistrado de origem afegá era a personalidade mais respeitada da cidade; aos palestinos, não poupava conselhos e reconforto. Para ele, um muçulmano não devia se envergonhar de precisar fugir de sua casa. O primeiro refugiado do Islã não fora o próprio profeta Maomé, que precisara deixar sua cidade natal, Meca, cuja população lhe era hostil, para buscar refúgio em Medina, onde a nova religião era mais bem acolhida? E não fora a partir de seu exílio que ele lançara a guerra santa, o jihad, para livrar sua pátria da idolatria? Os refugiados deviam se considerar, portanto, combatentes da guerra santa, os *mujahidin* por excelência, tão honrados no Islã que a emigração do Profeta, a hégira, fora escolhida como ponto de partida da era muçulmana.

Para muitos crentes, o exílio era inclusive um dever imperativo em caso de ocupação. O grande viajante Ibn Jubayr, um árabe espanhol que visitaria a Palestina cerca de um século depois do início da invasão franca, ficaria escandalizado de ver que certos muçulmanos, "subjugados pelo amor à terra natal", aceitavam viver em território ocupado. "Não há", ele diria, "para um muçulmano, nenhuma desculpa perante Deus para sua estada numa cidade ímpia, a menos que esteja apenas de passagem. Em terras islâmicas, ele se encontra ao abrigo das penas e dos males aos quais está submetido nos países cristãos, como ouvir palavras repugnantes sobre o Profeta, particularmente na boca dos mais tolos, estar impossibilitado de se purificar e viver entre os porcos e tantas coisas ilícitas. Abstenham-se, abstenham-se de penetrar nessas regiões! É preciso pedir perdão e misericórdia a Deus por tal erro. Um dos horrores que atingem os olhos de quem mora na terra dos cristãos é o espetáculo dos prisioneiros muçulmanos tropeçando em correntes, utilizados em trabalhos forçados e tratados como escravos, bem como a visão das cativas muçulmanas que têm argolas de ferro nos pés. Os corações se partem ao vê-los, mas a piedade não lhes serve de nada."

Excessivas do ponto de vista da doutrina, as palavras de Ibn Jubayr não deixam de refletir bastante bem a atitude dos milhares de refugiados da Palestina e da Síria do Norte reunidos em Damasco naquele mês de julho de 1099. Pois embora tenham abandonado suas casas com o coração pesado, eles estão determinados a não voltar para seus lares antes da partida definitiva do ocupante e decididos a despertar a consciência de seus irmãos em todas as regiões do Islã.

Caso contrário, por que teriam vindo a Bagdá conduzidos por al-Harawi? Não era para o califa, sucessor do Profeta, que deviam se voltar os muçulmanos nas horas difíceis? Não era para o príncipe dos crentes que deviam se elevar suas queixas e lamentações?

Em Bagdá, a decepção dos refugiados será diretamente proporcional a suas expectativas. O califa al-Mustazhir-billah começa expressando sua profunda simpatia e sua extrema compaixão por eles, depois encarrega seis altos dignitários da corte de efetuar uma investigação sobre aqueles deploráveis acontecimentos. Será preciso dizer que nunca mais se ouvirá falar desse comitê de sábios?

O saque de Jerusalém, ponto de partida de uma hostilidade milenar entre o Islã e o Ocidente, não provoca, na hora, nenhuma reação. É preciso esperar quase meio século para que o Oriente árabe se mobilize diante do invasor e para que o chamado ao jihad lançado pelo cádi de Damasco na sala do conselho do califa seja celebrado como o primeiro ato solene de resistência.

No início da invasão, poucos árabes conseguem avaliar, de imediato como al-Harawi, a amplidão da ameaça vinda do Oeste. Alguns se adaptam inclusive rápido demais à nova situação. A maioria só pensa em sobreviver, amargurada mas resignada. Outros se apresentam como observadores mais ou menos lúcidos, tentando compreender aqueles acontecimentos tão imprevistos quanto novos. O mais cativante é o cronista de Damasco, Ibn al-Qalanissi, um jovem letrado de uma família de notáveis. Espectador de primeira hora, ele tem 23 anos em 1096, quando os *franj* chegam ao Oriente, e se dedica a regularmente registrar por escrito os acontecimentos de que toma conhecimento. Sua crônica narra com fidelidade, sem paixão excessiva, a marcha dos invasores, tal como ela é percebida na cidade.

Para ele, tudo começa naqueles dias de angústia em que chegam a Damasco os primeiros rumores...

# PRIMEIRA PARTE

❧

# A INVASÃO
## (1096-1100)

*Vejam os franj! Vejam com que garra eles
lutam por sua religião, enquanto nós,
os muçulmanos, não demonstramos
nenhum ardor pela Guerra Santa.*

Saladino

CAPÍTULO I

## A chegada dos *franj*

*Naquele ano, começaram a se suceder informações sobre a chegada de tropas de franj, vindas do Mar de Mármara em quantidade incalculável. As pessoas ficaram com medo. As notícias foram confirmadas pelo rei Kilij Arslan, cujo território era o mais próximo dos franj.*

O "rei Kilij Arslan" de que fala Ibn al-Qalanissi ainda não tem dezessete anos completos quando da chegada dos invasores. Primeiro dirigente muçulmano a ser informado de sua aproximação, esse jovem sultão turco de olhos levemente puxados será o primeiro a lhes infligir uma derrota e o primeiro a ser vencido por seus temíveis cavaleiros.

Em julho de 1096, Kilij Arslan é informado de que uma imensa multidão de *franj* está a caminho de Constantinopla. Ele logo teme o pior. Obviamente, Kilij Arslan não faz ideia dos verdadeiros objetivos daquela gente, mas sua vinda ao Oriente não lhe pressagia nada de bom.

O sultanato que ele governa se estende por uma grande parte da Ásia Menor, um território que os turcos acabam de arrancar dos gregos. O pai de Kilij Arslan, Suleiman, foi de fato o primeiro turco a conquistar aquela terra que, muitos séculos depois, se chamaria Turquia. Em Niceia, capital daquele jovem Estado muçulmano, as igrejas bizantinas ainda são mais numerosas que as mesquitas. Embora a guarnição da cidade seja formada por cavaleiros turcos, a maioria da população é grega, e Kilij Arslan não tem ilusões sobre os verdadeiros sentimentos de seus súditos: para eles, ele sempre será um líder bárbaro. O único soberano que eles reconhecem, aquele cujo nome é repetido em voz baixa em todas as orações, é o basileu Aleixo Comneno, imperador dos romanos. Na verdade, Aleixo seria imperador dos gregos, que se proclamam herdeiros do Império romano. Essa qualidade, aliás, lhes é reconhecida pelos árabes, que – tanto no século XI quanto no século XX – designam os gregos com o termo *rum*, "romanos". O território conquistado pelo pai de Kilij Arslan do Império grego é inclusive chamado de Sultanato de *Rum*.

Na época, Aleixo é uma das figuras mais prestigiosas do Oriente. Esse quinquagenário de baixa estatura, olhos faiscantes de malícia, barba bem cuidada, modos elegantes, sempre vestido de ouro e ricos tecidos azuis, exerce um verdadeiro fascínio sobre Kilij Arslan. É ele quem reina sobre Constantinopla, a fabulosa Bizâncio, situada a menos de três dias de caminhada de Niceia. Uma proximidade que provoca no jovem sultão sentimentos contraditórios. Como todos os guerreiros nômades, ele sonha com conquistas e pilhagens. Sentir as riquezas lendárias de Bizâncio ao alcance das mãos não lhe desagrada. Mas, ao mesmo tempo, ele se sente ameaçado: ele sabe que Aleixo não perde as esperanças de recuperar Niceia, não apenas porque a cidade sempre foi grega, mas principalmente porque a presença de guerreiros turcos a uma distância tão curta de Constantinopla constitui um perigo constante para a segurança do Império.

Embora o exército bizantino, dilacerado há anos por crises internas, fosse incapaz de se lançar sozinho numa guerra de reconquista, todos sabem que Aleixo sempre pode apelar a auxílios estrangeiros. Os bizantinos nunca hesitaram em recorrer aos serviços de cavaleiros vindos do Ocidente. Mercenários com pesadas armaduras ou peregrinos a caminho da Palestina, os *franj* visitam o Oriente em grande número. Em 1096, eles não são nem um pouco desconhecidos dos muçulmanos. Cerca de vinte anos antes – Kilij Arslan ainda não havia nascido, mas os velhos emires de seu exército lhe contaram –, um desses aventureiros de cabelos loiros, um certo Roussel de Bailleul, que conseguira estabelecer um Estado autônomo na Ásia Menor, inclusive marchara sobre Constantinopla. Desesperados, os bizantinos não tiveram escolha e precisaram apelar ao pai de Kilij Arslan, que não acreditara nos próprios ouvidos quando um enviado especial do basileu lhe suplicara para correr em seu socorro. Os cavaleiros turcos tinham se dirigido para Constantinopla e tinham conseguido vencer Roussel. Suleiman fora generosamente recompensado por isso em ouro, cavalos e terras.

Desde então, os bizantinos desconfiam dos *franj*, mas os exércitos imperiais, constantemente em falta de soldados experientes, se veem obrigados a recrutar mercenários. Não apenas *franj*, aliás: os guerreiros turcos são numerosos sob as bandeiras do império cristão. É justamente graças a compatriotas engajados no exército bizantino que Kilij Arslan fica sabendo, em julho de 1096, que milhares de *franj* se aproximam de Constantinopla. O quadro pintado pelos informantes o deixa perplexo. Aqueles ocidentais se parecem muito pouco com os mercenários que se costuma ver. Há entre eles algumas centenas de cavaleiros e um número importante de soldados de infantaria armados, mas também milhares de mulheres, crianças e velhos andrajosos: parecem uma horda expulsa de suas terras por um invasor. Conta-se também que todos usam, costuradas às costas, faixas de tecido em forma de cruz.

O jovem sultão, que tem dificuldade de avaliar o perigo, pede a seus agentes que redobrem a vigilância e o mantenham constantemente informado de todas as atividades dos novos invasores. Por precaução, ele manda verificar as fortificações de sua capital. As muralhas de Niceia, que têm mais de um *farsakh* (seis mil metros) de comprimento, são encimadas por 240 torres. No sudoeste da cidade, as águas calmas do Lago Ascânia constituem uma excelente proteção natural.

Nos primeiros dias de agosto, porém, a ameaça se torna mais clara. Os *franj* atravessam o Bósforo, escoltados por navios bizantinos e, apesar de um sol escaldante, avançam ao longo da costa. Por toda parte, e ainda que tenham sido vistos saqueando mais de uma igreja grega ao passar, eles clamam ter vindo exterminar os muçulmanos. O líder seria um eremita de nome Pedro. Os informantes avaliam seu número em algumas dezenas de milhares, mas ninguém sabe dizer aonde seus passos os levam. O imperador Aleixo parece ter decidido instalá-los em Cibotos, um acampamento preparado anteriormente para outros mercenários, a menos de um dia de caminhada de Niceia.

O palácio do sultão vive uma grande efervescência. Os cavaleiros turcos estão prontos para saltar sobre seus cavalos a qualquer momento, enquanto se assiste a um contínuo vaivém de espiões e batedores que relatam os mínimos movimentos dos *franj*. Conta-se que, todas as manhãs, eles deixam seus acampamentos em hordas de vários milhares de indivíduos para saquear os arredores, pilhando algumas fazendas e incendiando outras, antes de voltar a Cibotos, onde seus clãs disputam os frutos da expedição. Nada que possa realmente chocar os soldados muçulmanos. Nada tampouco que possa preocupar o sultão. A mesma rotina se repete ao longo de um mês.

Um dia, porém, em meados de setembro, os *franj* mudam bruscamente a rotina. Não tendo mais nada a saquear nas vizinhanças, eles tomaram a direção de Niceia, atravessaram alguns vilarejos, todos cristãos, e se apossaram das colheitas que tinham acabado de ser estocadas naquela época do ano, massacrando sem piedade os camponeses que tentavam resistir. Crianças pequenas teriam sido queimadas vivas.

Kilij Arslan se sente pego de surpresa. Quando as primeiras notícias chegam até ele, os sitiantes já estão sob os muros de sua capital, e o sol ainda não chegou ao horizonte quando os cidadãos veem subir a fumaça dos incêndios. Imediatamente, o sultão envia uma patrulha de cavaleiros ao encontro dos *franj*. Esmagados pelo grande número de adversários, os turcos são dizimados. Alguns poucos sobreviventes voltam ensanguentados para Niceia. Julgando seu prestígio ameaçado, Kilij Arslan quer começar a batalha na mesma hora, mas os emires de seu exército o dissuadem. A noite logo vai cair e os *franj* já recuam às pressas para seu acampamento. A vingança precisa esperar.

Não por muito tempo. Encorajados, ao que parece, por seu sucesso, os ocidentais retornam duas semanas depois. Dessa vez, o filho de Suleiman, avisado a tempo, segue passo a passo seu avanço. Uma tropa franca, formada por alguns cavaleiros e, acima de tudo, milhares de saqueadores maltrapilhos, pega a estrada para Niceia e, contornando a aglomeração, se dirige para o leste e toma de surpresa a fortaleza de Xerigordo.

O jovem sultão toma uma decisão. À frente de seus homens, ele galopa com pressa na direção da pequena praça-forte onde, para celebrar a vitória, os *franj* se embriagam, incapazes de imaginar que seu destino já esteja selado. Pois Xerigordo apresenta uma armadilha que os soldados de Kilij Arslan conhecem muito bem, mas que os estrangeiros sem experiência não conseguiram detectar: seu abastecimento de água fica do lado de fora, bastante longe das muralhas. Os turcos logo interditam o acesso a ele. Basta que se posicionem em torno de toda a fortaleza e que não saiam do lugar. A sede luta por eles.

Para os sitiados, tem início um suplício atroz: eles chegam a beber o sangue das montarias e a própria urina. Eles são vistos, naqueles primeiros dias de outubro, olhando desesperadamente para o céu, em busca de algumas gotas de chuva. Em vão. Depois de uma semana, o chefe da expedição, um cavaleiro chamado Renaud, aceita capitular se sua vida for salva. Kilij Arslan, que exige que os *franj* renunciem publicamente à sua religião, não fica pouco surpreso quando Renaud se diz pronto não apenas a se converter ao Islã como também a lutar ao lado dos turcos contra seus próprios companheiros. Vários de seus amigos, que ouvem as mesmas exigências, são enviados em cativeiro para cidades da Síria ou da Ásia Central. Os outros caem pelo fio da espada.

O jovem sultão fica orgulhoso de sua façanha, mas mantém a cabeça fria. Depois de conceder a seus homens um descanso para a tradicional partilha do butim, ele os chama à ordem no dia seguinte. Os *franj* perderam cerca de seis mil homens, é verdade, mas os que restam são seis vezes mais numerosos. O momento de se livrar deles é agora ou nunca. Para tanto, ele se decide por um estratagema: enviar dois espiões gregos ao acampamento de Cibotos, para anunciar que os homens de Renaud estão em excelente forma, que conseguiram conquistar Niceia, cujas riquezas estão decididos a não dividir com seus correligionários. Enquanto isso, o exército turco prepara uma gigantesca emboscada.

Os rumores, cuidadosamente propagados, conseguem despertar no acampamento de Cibotos a efervescência desejada. Há tumultos, Renaud e seus homens são insultados, toma-se a decisão de rumar para lá sem demora para participar da pilhagem de Niceia. Mas eis que, de repente, não se sabe direito como, um fugitivo da expedição de Xerigordo chega, revelando a verdade sobre o destino de seus companheiros. Os espiões de Kilij Arslan pensam ter fracassado em sua missão, pois os *franj* mais sensatos começar a pedir calma. No entanto, passado o primeiro momento de consternação, a excitação se reaviva. A multidão se agita e grita: ela quer partir imediatamente, não mais para participar da pilhagem mas para "vingar os mártires". Os que hesitam são chamados de covardes. Por fim, os mais exaltados têm ganho de causa e a partida é fixada para o dia seguinte. Os espiões do sultão, cujo estratagema fora descoberto mas cujo objetivo fora alcançado, triunfam. Eles mandam dizer a seu senhor que se prepare para o combate.

No dia 21 de outubro de 1096, ao alvorecer, os ocidentais deixam seu acampamento. Kilij Arslan não está longe. Ele passou a noite nas colinas perto de Cibotos. Seus homens estão posicionados, bem dissimulados. Ele mesmo, de onde está, pode avistar ao longe a coluna dos *franj*, que levanta uma nuvem de poeira. Algumas centenas de cavaleiros, a maioria sem armadura, avançam à frente, seguidos por uma multidão de soldados de infantaria em desordem. Eles caminham há menos de uma hora quando o sultão ouve seu clamor se aproximar. O sol que se ergue atrás dele o atinge em pleno rosto. Prendendo a respiração, ele faz sinal para que seus emires estejam prontos. O instante fatídico se aproxima. Com um gesto quase imperceptível, algumas ordens murmuradas aqui e ali, os arqueiros retesam lentamente seus arcos. Subitamente, mil flechas são lançadas num único e longo assobio. A maior parte dos cavaleiros desaba nos primeiros minutos. Depois, os soldados de infantaria também são dizimados.

Quando tem início o corpo a corpo, os *franj* já estão em debandada. Os que estavam na retaguarda voltaram correndo para o acampamento, onde os não combatentes ainda estavam acordando. Um velho padre celebra uma missa matinal, algumas mulheres preparam comida. A chegada dos fugitivos, com os turcos a seu encalço, instala o pânico. Os *franj* fogem em todas as direções. Alguns, que tentaram alcançar os bosques vizinhos, são rapidamente alcançados. Outros, mais inspirados, se protegem numa fortaleza abandonada que apresenta a vantagem de dar para o mar. Não querendo correr riscos inúteis, o sultão desiste de sitiá-los. A frota bizantina, rapidamente avisada, virá recuperá-los. De dois a três mil homens escaparão assim. Pedro, o Eremita, que há alguns dias se encontra em Constantinopla, tem assim, também ele, a vida salva. Mas seus seguidores têm menos sorte. As mulheres mais jovens foram raptadas pelos cavaleiros do sultão para serem distribuídas aos emires ou vendidas nos mercados de escravos. Alguns rapazes têm o mesmo destino. Os outros *franj*, provavelmente cerca de vinte mil, são exterminados.

Kilij Arslan exulta. Ele acaba de aniquilar o exército franco que diziam tão temível, e as perdas em suas próprias tropas são insignificantes. Contemplando o imenso butim reunido a seus pés, ele acredita viver seu mais belo triunfo.

No entanto, raras vezes na História uma vitória terá custado tão caro aos que a obtiveram.

Inebriado com o sucesso, Kilij Arslan quer ignorar as informações que se sucedem no inverno seguinte sobre a chegada de novos grupos de *franj* em Constantinopla. Para ele, e mesmo para seus emires mais sábios, não há mais nada de preocupante. Se outros mercenários de Aleixo ainda ousassem cruzar o Bósforo, eles seriam massacrados, como aqueles que os haviam precedido. Na mente do sultão, é hora de voltar às grandes preocupações do momento, em outras palavras, à luta implacável que desde sempre ele vem travando contra os príncipes turcos, seus vizinhos. É ali, e em nenhum outro lugar, que se decidirá seu destino e o de seu reino. Os confrontos com os *rum* ou seus estranhos auxiliares *franj* nunca passarão de um entreato.

O jovem sultão está bem-posicionado para sabê-lo. Não foi num desses intermináveis combates entre chefes que seu pai Suleiman perdeu a vida, em 1086? Kilij Arslan tinha apenas sete anos e deveria tê-lo sucedido, sob a regência de alguns emires fiéis, mas fora afastado do poder e levado à Pérsia sob pretexto de que sua vida corria perigo. Adulado, cercado de cuidados, servido por um enxame de escravos atenciosos, com proibição formal de visitar seu reino. Seus anfitriões, isto é, seus carcereiros, não eram ninguém menos que os membros de seu próprio clã: os seljúcidas.

Se há, no século XI, um clã que ninguém ignora, das fronteiras da China ao distante país dos *franj*, é esse. Vindos da Ásia Central com milhares de cavaleiros nômades de longos cabelos trançados, os turcos seljúcidas em poucos anos tomaram toda a região que se estende do Afeganistão ao Mediterrâneo. Desde 1055, o califa de Bagdá, sucessor do Profeta e herdeiro do prestigioso império abássida, não passa de uma dócil marionete em suas mãos. De Isfahan a Damasco, de Niceia a Jerusalém, são seus emires que fazem a lei. Pela primeira vez em três séculos, todo o Oriente muçulmano está reunido sob a autoridade de uma dinastia única que proclama sua vontade de devolver ao Islá sua glória passada. Os *rum*, esmagados pelos seljúcidas em 1071, nunca se recuperaram. A Ásia Menor, a maior de suas províncias, foi invadida; nem sua capital está em segurança; seus imperadores, dentre os quais o próprio Aleixo, não param de enviar delegações ao papa de Roma, chefe supremo do Ocidente, suplicando-lhe que invoque a guerra santa contra esse ressurgimento do Islá.

Kilij Arslan não sente pouco orgulho de seu pertencimento a uma família tão prestigiosa, mas ele também não se deixa enganar pela aparente unidade do império turco. Entre primos seljúcidas, não há solidariedade alguma: é preciso matar para sobreviver. Seu pai conquistou a Ásia Menor, a vasta Anatólia, sem a ajuda de seus irmãos, e é por ter desejado se estender para o sul, em direção à Síria, que ele foi morto por um de seus primos. E enquanto Kilij Arslan era mantido à força em Isfahan, o domínio paterno foi desmembrado. No final de 1092, quando o adolescente foi libertado graças a uma disputa entre seus carcereiros, sua autoridade não se exercia além das muralhas de Niceia. Ele tinha apenas treze anos.

Depois, foi graças aos conselhos dos emires do exército que ele pôde, através da guerra, do assassinato ou de estratagemas, recuperar uma parte da herança paterna. Hoje, ele pode se vangloriar de ter passado mais tempo na sela de seu cavalo do que em seu palácio. No entanto, quando da chegada dos *franj*, nada está definido. Na Ásia Menor, seus rivais continuam poderosos, mesmo que, felizmente para ele, seus primos seljúcidas da Síria e da Pérsia estejam absorvidos em seus próprios conflitos.

A leste, especialmente, nas alturas desoladas do planalto anatólio, reina nesses tempos de incertezas um estranho personagem que todos chamam de Danismende, "o Sábio", um aventureiro de origem obscura que, ao contrário dos outros emires turcos, em sua maioria analfabetos, é instruído nas ciências mais diversas. Ele logo se tornará o herói de uma famosa epopeia, intitulada justamente a *Gesta do rei Danismende*, que descreve a conquista de Malatya, uma cidade armênia a sudeste de Ancara e cuja queda é considerada pelos autores do relato a virada decisiva para a islamização da futura Turquia. Nos primeiros meses de 1097, quando a chegada a Constantinopla de uma nova expedição franca é assinalada a Kilij Arslan, a Batalha de Malatya já está em curso. Danismende cerca a cidade e o jovem sultão recusa a ideia de que esse rival, que aproveitou a morte de seu pai para ocupar todo o nordeste da Anatólia, possa obter uma vitória tão prestigiosa. Determinado a impedi-lo, ele se dirige, à frente de seus cavaleiros, aos arredores de Malatya e instala seu acampamento nas proximidades do de Danismende, para intimidá-lo. A tensão aumenta, as escaramuças se multiplicam, cada vez mais mortíferas.

Em abril de 1097, o confronto parece inevitável. Kilij Arslan se prepara. O grosso de seu exército está reunido sob os muros de Malatya quando um cavaleiro extenuado chega diante de sua tenda. Ele transmite sua mensagem, arquejando: os *franj* voltaram; de novo, atravessaram o Bósforo, mais numerosos do que no ano anterior. Kilij Arslan mantém a calma. Nada justifica tamanha inquietação. Ele já enfrentou os *franj*, sabe o que esperar. Por fim, e apenas para tranquilizar os habitantes de Niceia, em particular sua esposa, a jovem sultana, que logo dará à luz, ele pede a alguns destacamentos de cavalaria que reforcem a guarnição da capital. Ele mesmo estará de volta assim que tiver acabado com Danismende.

Kilij Arslan está de novo engajado, de corpo e alma, na Batalha de Malatya, quando, nos primeiros dias de maio, chega um novo mensageiro, tremendo de cansaço e medo. Suas palavras espalham o medo no acampamento do sultão. Os *franj* estão nas portas de Niceia, que começa a ser sitiada. Não se trata mais, como no verão, de bandos de saqueadores maltrapilhos, mas de verdadeiros exércitos de milhares de cavaleiros pesadamente equipados. E, dessa vez, os soldados do basileu os acompanham. Kilij Arslan tenta acalmar seus homens, mas é torturado pela angústia. Ele deve abandonar Malatya a seu rival e voltar para Niceia? Ainda é possível ter certeza de salvar a capital? Ele não perderá nas duas frentes? Depois de consultar demoradamente seus emires mais fiéis, uma solução se apresenta, uma espécie de concessão: ver Danismende, que é um homem honrado, colocá-lo a par da tentativa de conquista empreendida pelos *rum* e por seus mercenários, bem como da ameaça que paira sobre todos os muçulmanos da Ásia Menor, e propor o fim das hostilidades. Antes mesmo que Danismende dê sua resposta, o sultão despacha uma parte de seu exército para a capital.

Uma trégua é de fato decidida depois de alguns dias, e Kilij Arslan se dirige sem demora para o oeste. Assim que ele alcança os cumes das proximidades de Niceia, porém, o espetáculo que se oferece a seus olhos gela o sangue em suas veias. A magnífica cidade herdada de seu pai está cercada por todos os lados; uma multidão de soldados se ocupa em posicionar torres móveis, catapultas e manganelas para o assalto final. Os emires são categóricos: não há o que fazer. É preciso recuar para o interior do país antes que seja tarde demais. Mas o jovem sultão não consegue se resignar a abandonar a capital. Ele insiste em tentar uma última investida ao sul, onde os sitiantes parecem menos solidamente entrincheirados. A batalha é iniciada na madrugada do dia 21 de maio. Kilij Arslan se lança com fúria na escaramuça, e o combate se prolonga com violência até o cair da noite. As perdas são igualmente pesadas dos dois lados, que no entanto conservam suas posições. O sultão não insiste. Ele entende que nada lhe permitirá afrouxar o cerco. Obstinar-se em mobilizar todas as suas forças numa batalha tão mal iniciada poderia prolongar o cerco por algumas semanas, e mesmo alguns meses, mas correria o risco de colocar em jogo a própria existência do sultanato. Originário de um povo essencialmente nômade, Kilij Arslan sabe que a fonte de seu poder reside nos milhares de guerreiros sob seu comando, não na posse de uma cidade, por mais encantadora que ela seja. Ele logo escolherá como nova capital a cidade de Cônia, aliás, bem mais a leste, que seus descendentes deterão até o início do século XIV. Ele nunca mais voltará a Niceia...

Antes de se afastar, ele envia uma mensagem de adeus aos defensores da cidade, para informá-los de sua dolorosa decisão e recomendar que ajam "de acordo com seus interesses". O significado de suas palavras é claro, tanto para a guarnição turca quanto para a população grega: é preciso entregar a cidade a Aleixo Comneno e não a seus auxiliares francos. Negociações são entabuladas com o basileu, que, à frente de suas tropas, se posicionara a oeste de Niceia. Os homens do sultão tentam ganhar tempo, provavelmente esperando que seu senhor pudesse voltar com reforços. Mas Aleixo tem pressa: os ocidentais, ele ameaça, se preparam para o assalto final e então ele já não se responsabilizará por nada. Lembrando-se dos comportamentos dos *franj* no ano anterior, nos arredores de Niceia, os negociadores ficam aterrorizados. Eles entreveem a cidade saqueada, os homens massacrados, as mulheres violentadas. Sem mais hesitações, aceitam colocar seu destino nas mãos do basileu, que determina pessoalmente os termos da rendição.

Na noite de 18 para 19 de junho, soldados do exército bizantino, em sua maioria turcos, são introduzidos na cidade por meio de barcas que atravessam em silêncio o Lago Ascânia: a guarnição capitula sem combate. Às primeiras luzes do dia, os estandartes azuis e ouro do imperador já flutuam sobre as muralhas. Os *franj* desistem do assalto. Em seu infortúnio, Kilij Arslan terá um consolo: os dignitários do sultanato serão poupados e a jovem sultana, acompanhada de seu recém-nascido, será inclusive recebida em Constantinopla com honrarias reais, para grande escândalo dos *franj*.

A jovem mulher de Kilij Arslan é filha de Tzacas, um aventureiro genial, um emir turco bastante célebre às vésperas da invasão franca. Aprisionado pelos *rum* enquanto efetuava um saque na Ásia Menor, ele impressionara seus carcereiros pela facilidade com que aprendera a língua grega, a ponto de falá-la perfeitamente depois de alguns meses. Brilhante, hábil, eloquente, ele se tornara um visitante regular do palácio imperial, que inclusive lhe concedera um título de nobreza. Mas essa espantosa promoção não lhe bastava. Ele ambicionava mais, muito mais: queria se tornar imperador de Bizâncio!

O emir Tzacas tinha, para este fim, um plano muito coerente. Assim, fora se instalar no porto de Esmirna, no Mar Egeu, onde, com a ajuda de um armador grego, constituíra uma verdadeira frota de guerra, que compreendia bergantins ligeiros, navios a remo, drómons, birremes e trirremes, num total de quase cem embarcações. Numa primeira etapa, ele ocupara diversas ilhas, em especial Rodes, Quios e Samos, e estendera sua autoridade por toda a costa egeia. Tendo-se assim constituído um império marítimo, ele se proclamara basileu, organizando o palácio de Esmirna nos moldes da corte imperial, e lançara sua frota sobre Constantinopla. Foram necessários esforços

A CHEGADA DOS FRANJ · 35

enormes para Aleixo conseguir repelir o ataque e destruir parte das embarcações turcas.

Nem um pouco desencorajado, o pai da futura sultana retomara com determinação a construção de seus navios de guerra. Em fins de 1092, mais ou menos quando Kilij Arslan voltava do exílio, Tzacas pensara que o jovem filho de Suleiman seria um excelente aliado contra os *rum*. Ele lhe oferecera a mão de sua filha. Mas os cálculos do jovem sultão eram bem diferentes dos de seu sogro. A conquista de Constantinopla lhe parecia um plano absurdo; em contrapartida, em seu círculo ninguém ignorava que ele buscava a eliminação dos emires turcos que tentavam constituir para si feudos na Ásia Menor, isto é, em primeiro lugar Danismende e o excessivamente ambicioso Tzacas. O sultão não hesitara, portanto: alguns meses antes da chegada dos *franj*, ele convidara o sogro para um banquete e, depois de embriagá-lo, o apunhalara com as próprias mãos, ao que parece. Tzacas tinha um filho que então o sucedera, mas ele não tinha nem a inteligência nem a ambição de seu pai. O irmão da sultana se contentara em gerir seu emirado marinho até aquele dia do verão de 1097, em que a frota dos *rum* chegou inesperadamente ao largo de Esmirna, levando a bordo um mensageiro inesperado: sua própria irmã.

Esta demorava a entender os motivos da solicitude do imperador para com ela, mas no comboio que a leva a Esmirna, cidade onde passara sua infância, ela vê tudo com clareza. Ela é encarregada de explicar a seu irmão que Aleixo tomou Niceia, que Kilij Arslan foi derrotado e que um poderoso exército de *rum* e *franj* logo atacará Esmirna, com o auxílio de uma imensa frota. Para salvar sua vida, o filho de Tzacas é convidado a conduzir a irmã para junto de seu esposo, em algum lugar da Anatólia.

A proposta não é recusada e o emirado de Esmirna deixa de existir. Depois da queda de Niceia, toda a costa do Mar Egeu, todas as ilhas e toda a parte ocidental da Ásia Menor são, portanto, perdidas pelos turcos. E os *rum*, ajudados por seus auxiliares francos, parecem decididos a chegar mais longe.

Em seu refúgio montanhoso, porém, Kilij Arslan não depõe as armas.

Passada a surpresa dos primeiros dias, o sultão prepara ativamente sua resposta. *Ele começou a recrutar tropas, alistar voluntários e a proclamar o jihad*, escreve Ibn al-Qalanissi. O cronista de Damasco acrescenta que Kilij Arslan *pediu a todos os turcos que venham em seu auxílio, e eles responderam a seu chamado em grande número.*

O primeiro objetivo do sultão, de fato, é selar uma aliança com Danismende. Uma simples trégua já não é suficiente; tornou-se imperioso que as forças turcas da Ásia Menor estejam unidas, como um só exército. Kilij Arslan tem certeza da resposta de seu rival. Muçulmano fervoroso, tanto quanto estrategista pragmático, Danismende se julga ameaçado pela progressão dos *rum* e de seus aliados francos. Ele prefere enfrentá-los nas terras de seu vizinho em vez de nas suas e, sem demora, chega com milhares de cavaleiros ao acampamento do sultão. Eles confraternizam, deliberam, elaboram planos. A visão daquela multidão de guerreiros e cavalos cobrindo as colinas faz os chefes recuperarem a confiança. Eles atacarão o inimigo assim que a ocasião se apresentar.

Kilij Arslan espreita sua presa. Seus informantes infiltrados entre os *rum* fizeram chegar até ele preciosas informações. Os *franj* bradam em alto e bom som que estão determinados a seguir caminho para além de Niceia e que querem chegar à Palestina. Até seu itinerário é conhecido: descer para o sudeste, na direção de Cônia, a única cidade importante ainda nas mãos do sultão. Ao longo de toda a zona montanhosa que eles deverão atravessar, os ocidentais poderão, portanto, ser atacados pelos flancos. O mais importante é escolher o local da emboscada. Os emires que conhecem bem a região não hesitam. Existe, perto da cidade de Dorileia, a quatro dias de marcha de Niceia, um lugar onde a estrada penetra num vale pouco profundo. Se os guerreiros turcos se reunirem atrás das colinas, eles só terão que esperar.

Nos últimos dias de junho de 1097, quando Kilij Arslan é informado de que os ocidentais, acompanhados por uma pequena tropa de *rum*, deixaram Niceia, a operação de emboscada já está pronta. Na madrugada de 1º de julho, os *franj* aparecem no horizonte. Cavaleiros e soldados de infantaria avançam tranquilamente, sem parecer ter a mínima ideia do que os espera. O sultão temia que seu estratagema fosse descoberto pelos batedores inimigos. Aparentemente, não é o caso. Outro motivo de satisfação para o monarca seljúcida, os *franj* parecem menos numerosos do que fora anunciado. Uma parte teria permanecido em Niceia? Ele não sabe. Em todo caso, à primeira vista, ele dispõe da superioridade numérica. Se acrescentarmos a vantagem da surpresa, o dia deveria ser favorável. Kilij Arslan está nervoso, mas confiante. O sábio Danismende, que tem vinte anos de experiência a mais do que ele, também está.

O sol acaba de aparecer por trás das colinas quando a ordem de atacar é dada. A tática dos guerreiros turcos está bem consolidada. Foi ela que lhes garantiu, há meio século, a supremacia militar no Oriente. O exército está quase que totalmente constituído por cavaleiros ligeiros que manejam o arco admiravelmente. Eles se aproximam, despejam sobre o inimigo uma chuva de flechas assassinas, depois se afastam a toda velocidade, para dar lugar a uma nova linha de atacantes. Em geral, algumas ondas sucessivas deixam a presa em agonia. É então que eles travam o corpo a corpo final.

No dia dessa Batalha de Dorileia, porém, o sultão, instalado com seu estado-meio num promontório, constata com preocupação que os velhos métodos turcos já não têm a eficácia habitual. Os *franj* não têm nenhuma agilidade, é verdade, e eles não parecem com pressa de responder aos repetidos ataques. A principal força de seu exército reside nas espessas armaduras com que os cavaleiros cobrem o corpo todo, e às vezes o de suas montarias. Embora seu avanço seja lento, pesado, os homens estão magnificamente protegidos contra as flechas. Depois de várias horas de combate, naquele dia, os arqueiros turcos sem dúvida fizeram muitas vítimas, principalmente na infantaria, mas o grosso do exército franco continua intacto. Melhor passar ao corpo a corpo? Isso parece arriscado: ao longo das diversas escaramuças que se produziram em torno do campo de batalha, os cavaleiros das estepes não conseguiram se equiparar àquelas verdadeiras fortalezas humanas. Melhor prolongar indefinidamente a fase de perseguição? Agora que o efeito surpresa passou, a iniciativa poderá vir do campo adversário.

Alguns emires já aconselham um recuo, quando ao longe se delineia uma nuvem de poeira. É um novo exército franco que se aproxima, tão numeroso quanto o primeiro. Aqueles contra os quais eles estão lutando desde a manhã são apenas a vanguarda. O sultão não tem escolha. Ele precisa ordenar a retirada. Antes mesmo que ele possa fazê-lo, anunciam-lhe que um terceiro exército franco está à vista atrás das linhas turcas, sobre uma colina acima da tenda do estado-maior.

Dessa vez, Kilij Arslan cede ao medo. Ele salta sobre seu cavalo e galopa na direção das montanhas, abandonando até mesmo o famoso tesouro que sempre transporta consigo para pagar suas tropas. Danismende o segue de perto, bem como a maioria dos emires. Tirando proveito do único trunfo que lhes resta, a velocidade, vários cavaleiros também conseguem se afastar sem que os vencedores possam persegui-los. Mas a maioria dos soldados permanece no local, cercada por todos os lados. Como escreverá Ibn al-Qalanissi: *Os franj acabaram com o exército turco. Eles mataram, saquearam e fizeram muitos prisioneiros, que venderam como escravos.*

Em sua fuga, Kilij Arslan encontra um grupo de cavaleiros que chegam da Síria para lutar a seu lado. É tarde demais, ele confessa, os *franj* são numerosos demais e fortes demais, não há mais nada a fazer para detê-los. Unindo a ação à palavra, e decidido a deixar a tempestade passar, o sultão vencido desaparece na imensidão do planalto anatólio. Ele terá que esperar quatro anos para se vingar.

Somente a natureza ainda parece resistir ao invasor. A aridez dos solos, a exiguidade das trilhas de montanha e o calor do verão em estradas sem sombra retardam bastante o avanço dos *franj*. Eles levam, depois de Dorileia, cem dias para atravessar a Anatólia, ao passo que um mês deveria ter sido suficiente. Enquanto isso, as notícias da debandada turca percorreram o Oriente. *Quando esse fato vergonhoso para o Islã foi conhecido, houve um verdadeiro pânico,* escreve o cronista de Damasco. *O medo e a ansiedade adquiriram enormes proporções.*

Rumores sobre a chegada iminente dos temíveis cavaleiros não param de circular. No final de julho, corre o boato de que eles se aproximam da aldeia de al-Balana, no extremo norte da Síria. Milhares de cavaleiros se reúnem para enfrentá-los. Alarme falso, os *franj* não aparecem no horizonte. Os mais otimistas se perguntam se os invasores não teriam retrocedido. Ibn al-Qalanissi ilustra essa versão através de uma daquelas parábolas astrológicas que seus contemporâneos apreciam: *Naquele verão, um cometa apareceu a oeste, sua ascensão durou vinte dias, depois desapareceu sem se mostrar de novo.* Mas as ilusões rapidamente se dissipam. As informações se tornam cada vez mais precisas. A partir de meados de setembro, é possível seguir o avanço dos *franj* de aldeia em aldeia.

Em 21 de outubro de 1097, gritos ecoam no alto da cidadela de Antioquia, a maior cidade da Síria. "Eles chegaram!" Alguns curiosos acorrem às muralhas, mas avistam apenas uma vaga nuvem de poeira, muito distante, ao fim da planície, perto do Lago de Antioquia. Os *franj* ainda estão a um dia de marcha, talvez mais, e tudo leva a crer que terão que parar para descansar um pouco depois da longa travessia. A prudência exige, no entanto, que as cinco pesadas portas da cidade já sejam fechadas.

Nos mercados, o clamor da manhã se apagou, mercadores e clientes se imobilizaram. Mulheres murmuram algumas orações. O medo se apoderou da cidade.

CAPÍTULO 2

## Um maldito fabricante de couraças

*Quando Yaghi Siyan, o senhor de Antioquia, foi informado da aproximação dos franj, ele temeu um movimento de sedição por parte dos cristãos da cidade. Decidiu, então, expulsá-los.*

O historiador árabe Ibn al-Athir é quem expõe o acontecido, mais de um século depois do início da invasão franca, baseado em testemunhos deixados por contemporâneos dos fatos:

*No primeiro dia, Yaghi Siyan ordenou que os muçulmanos saíssem para limpar os fossos que cercavam a cidade. No dia seguinte, para a mesma tarefa, enviou apenas os cristãos. Ele os fez trabalhar até a noite e, quando eles quiseram voltar, ele os impediu, dizendo: "Antioquia é de vocês, mas precisam deixá-la comigo até que eu tenha resolvido nosso problema com os franj". Eles lhe perguntaram: "Quem protegerá nossos filhos e nossas mulheres?". O emir respondeu: "Cuidarei deles no lugar de vocês". Ele de fato protegeu as famílias dos expulsos e não permitiu que tocassem em um fio de cabelo de suas cabeças.*

Naquele mês de outubro de 1097, o velho Yaghi Siyan, servidor há quarenta anos dos sultões seljúcidas, vive obcecado por uma traição. Ele está convencido de que os exércitos francos, reunidos diante de Antioquia, jamais poderão penetrar na cidade, a menos que disponham de cúmplices dentro dos muros. Pois sua cidade não pode ser tomada de assalto, e menos ainda privada de alimentos por

41

um bloqueio. Os soldados à disposição desse emir turco de barba grisalha não passam, é verdade, de seis ou sete mil, ao passo que os *franj* reúnem cerca de trinta mil combatentes. Mas Antioquia é uma praça-forte praticamente impenetrável. Sua muralha tem dois *farsakh* (doze mil metros) de comprimento e nada menos que 360 torres construídas em três níveis diferentes. A muralha, solidamente construída em pedra talhada e tijolo sobre cimento romano, escala a leste o Monte Habib an-Najjar e coroa seu topo com uma cidadela inexpugnável. A oeste, há o Orontes, que os Sírios chamam al-Assi, "rio rebelde", porque ele às vezes dá a impressão de correr em sentido contrário, do Mediterrâneo para dentro do país. Seu leito acompanha os muros de Antioquia, constituindo um obstáculo natural pouco conveniente de transpor. Ao sul, as fortificações encimam um vale de encosta tão íngreme que parece um prolongamento da muralha. Assim, os sitiantes estão impossibilitados de cercar totalmente a cidade e os defensores não têm nenhuma dificuldade de se comunicar com o exterior e se reabastecer.

As reservas alimentícias da cidade são abundantes porque a muralha engloba, além de construções e jardins, vastos terrenos cultivados. Antes do "Fath", a conquista muçulmana, Antioquia era uma metrópole romana de duzentos mil habitantes; em 1097, ela só conta com quarenta mil, e vários bairros, outrora povoados, foram transformados em campos e pomares. Embora tenha perdido seu esplendor passado, ela continua sendo uma cidade impressionante. Todos os viajantes – mesmo os que vêm de Bagdá ou Constantinopla – ficam maravilhados desde o primeiro olhar com o espetáculo dessa cidade que se estende a perder de vista, com seus minaretes, suas igrejas, seus mercados em arcadas, suas casas luxuosas incrustadas nas encostas arborizadas que sobem para a cidadela.

Yaghi Siyan não tem nenhuma apreensão com a solidez de suas fortificações e a segurança de seu abastecimento. Mas todos os seus meios de defesa correm o risco de se tornar inúteis se, num ponto qualquer da interminável muralha, os sitiantes conseguirem encontrar um cúmplice para abrir uma porta ou facilitar o acesso a uma torre, como já aconteceu no passado. Por isso sua decisão de expulsar a maioria dos súditos cristãos. Em Antioquia, como em outras partes, os cristãos do

42 ◆ A INVASÃO

Oriente – gregos, armênios, maronitas, jacobitas – são submetidos, com a chegada dos *franj*, a uma dupla opressão: de seus correligionários ocidentais, que suspeitam de sua simpatia para com os sarracenos e os tratam como pessoas de condição inferior, e de seus compatriotas muçulmanos, que costumam ver neles os aliados naturais dos invasores. A fronteira entre pertencimentos religioso e nacional é, de fato, praticamente inexistente. A mesma palavra, *rum*, designa bizantinos e sírios de rito grego, que aliás sempre se dizem súditos do basileu; a palavra "armênio" se refere tanto a uma igreja quanto a um povo, e quando um muçulmano fala em "nação", *umma*, é da comunidade de crentes que se trata. Para Yaghi Siyan, a expulsão dos cristãos é menos um ato de discriminação religiosa do que uma medida que, em tempos de guerra, atinge os súditos provenientes de uma potência inimiga, Constantinopla, à qual Antioquia pertenceu por muito tempo e que nunca desistiu de recuperá-la.

De todas as grandes cidades da Ásia árabe, Antioquia foi a última a cair sob o domínio dos turcos seljúcidas; em 1084, ela ainda dependia de Constantinopla. E quando os cavaleiros francos vêm sitiá-la, treze anos depois, Yaghi Siyan fica naturalmente convencido de que se trata de uma tentativa de restauração da autoridade dos *rum*, com a cumplicidade da população local, de maioria cristã. Diante do perigo, o emir não se constrange com nenhum escrúpulo. Ele expulsa os "nassara", adeptos do Nazareno – como são chamados os cristãos –, depois se ocupa do racionamento de trigo, óleo e mel, e inspeciona diariamente as fortificações, punindo severamente qualquer negligência. Será suficiente? Nada pode ser menos certo. Mas as medidas tomadas deveriam permitir resistir até a chegada de reforços. Quando eles chegarão? Quem vive em Antioquia se faz essa pergunta com insistência, e Yaghi Siyan não é mais capaz de responder a ela do que um homem qualquer. No verão, quando os *franj* ainda estavam longe, ele enviou seu filho junto aos dirigentes muçulmanos da Síria para avisá-los do perigo que espreitava a cidade. Em Damasco, nos informa Ibn al-Qalanissi, o filho de Yaghi Siyan falou em guerra santa. Na Síria do século XI, porém, o jihad é uma expressão invocada apenas por príncipes em dificuldade. Para que um emir aceite socorrer outro, é preciso que ele tenha nisso algum interesse pessoal. Somente então ele concebe invocar por sua vez os grandes princípios.

Naquele outono de 1097, porém, nenhum dirigente, com exceção do próprio Yaghi Siyan, se sente diretamente ameaçado pela invasão franca. Se os mercenários do imperador querem recuperar Antioquia, não há nada mais normal, pois essa cidade sempre foi bizantina. De todo modo, pensam eles, os *rum* não chegarão mais longe que isso. E o fato de Yaghi Siyan estar em dificuldade não necessariamente é ruim para seus vizinhos. Há dez anos ele zomba deles, semeando a discórdia, avivando ciúmes, quebrando alianças. Agora que pede que esqueçam as desavenças para socorrê-lo, ele pode se espantar de não os ver acorrer?

Homem realista, Yaghi Siyan sabe que o farão esperar, que o obrigarão a mendigar por socorro, que o farão pagar por suas artimanhas, suas intrigas, suas traições. Ele imagina, porém, que não chegarão a entregá-lo de pés e mãos atados aos mercenários do basileu. Afinal, ele só tentara sobreviver num vespeiro impiedoso. No mundo em que vive, o dos príncipes seljúcidas, as lutas sangrentas nunca têm fim, e o senhor de Antioquia, como todos os outros emires da região, é obrigado a se posicionar. No lado perdedor, a morte o espera, ou no mínimo a prisão e a desgraça. Se ele tiver a sorte de escolher o lado vencedor, ele saboreia a vitória por algum tempo, recebe algumas belas escravas, até se ver comprometido em um novo conflito onde arriscar sua vida. Para sobreviver, é preciso apostar no cavalo certo e não teimar em apostar sempre no mesmo. Qualquer erro pode ser fatal, e raros são os emires que morrem na cama.

Na Síria, quando da chegada dos *franj*, a vida política está de fato envenenada pela "guerra dos dois irmãos", dois estranhos personagens que parecem ter saído diretamente da imaginação de um contador de histórias populares: Raduano, rei de Alepo, e seu irmão mais novo Duqaq, rei de Damasco, que sentem um ódio tão tenaz um pelo outro que nada, nem mesmo uma ameaça comum, pode fazê-los pensar em reconciliação. Em 1097, Raduano tem pouco mais de vinte anos, mas já está cercado por uma aura de mistério, e circulam a seu respeito as lendas mais aterrorizantes. Pequeno, magro, de olhar severo e às vezes tímido, ele teria caído, nos conta Ibn al-Qalanissi, sob o domínio de um "médico-astrólogo" pertencente à Ordem dos Assassinos, uma seita que

44 ❧ A INVASÃO

acaba de ser criada e que desempenhará um papel importante ao longo de toda a ocupação franca. O rei de Alepo é acusado, não sem razão, de utilizar esses fanáticos para eliminar seus adversários. Assassinatos, impiedades, feitiçaria, Raduano provoca a desconfiança de todos, mas é em sua própria família que ele desperta o ódio mais profundo. Ao subir ao trono, em 1095, ele manda estrangular dois de seus irmãos mais novos, temendo que um dia eles disputassem seu poder; um terceiro só tem a vida salva porque foge da cidadela de Alepo na mesma noite em que as fortes mãos dos escravos de Raduano se fechariam sobre sua garganta. Esse sobrevivente era Duqaq, que nutre um ódio cego pelo irmão. Depois de sua fuga, ele se refugiou em Damasco, cuja guarnição o proclamou rei. Esse jovem volúvel, influenciável, colérico, de saúde frágil, vive obcecado com a ideia de que seu irmão quer assassiná-lo. Yaghi Siyan, que se encontra entre esses dois príncipes semienlouquecidos, não tem uma tarefa fácil. Seu vizinho imediato é Raduano, cuja capital, Alepo, uma das cidades mais antigas do mundo, fica a menos de três dias de Antioquia. Dois anos antes da chegada dos *franj*, Yaghi Siyan lhe dera uma filha em casamento. Mas ele logo entendera que o genro cobiçava seu território e também começou a temer por sua vida. Como Duqaq, a Ordem dos Assassinos o obceca. O perigo comum naturalmente aproxima os dois homens, então é para o rei de Damasco que Yaghi Siyan primeiro se volta quando os *franj* avançam na direção de Antioquia.

Mas Duqaq hesita. Não que os *franj* o assustem, ele garante, mas ele não quer conduzir seu exército para as vizinhanças de Alepo, dando assim a seu irmão a ocasião de atacá-lo por trás. Yaghi Siyan, que sabe como é difícil arrancar uma decisão de seu aliado, fez questão de lhe enviar seu filho Shams al-Dawla – o "Sol do Estado" –, um jovem brilhante, impetuoso, apaixonado, que nunca desiste. Sem descanso, Shams faz o cerco ao palácio real, assediando Duqaq e seus conselheiros, fazendo-se sucessivamente adulador e ameaçador. No entanto, somente em dezembro de 1097, dois meses depois do início da Batalha de Antioquia, o mestre de Damasco aceita, a contragosto, levar seu exército para o norte. Shams o acompanha. Ele sabe que com uma semana de estrada Duqaq tem bastante tempo para mudar de ideia. À medida que ele avança, de fato, o jovem rei fica nervoso. Em 31 de dezembro, quando o exército de Damasco já percorreu dois terços do trajeto, ele se depara com uma tropa franca que viera se abastecer na região. Apesar de sua clara vantagem numérica e da relativa facilidade com que consegue cercar o inimigo, Duqaq desiste de ordenar o ataque. O que significa dar aos *franj*, brevemente desconcertados, tempo de se recuperar e se desvencilhar. Quando o dia chega ao fim, não há nem vencedores nem vencidos, mas os damascenos perderam mais homens que seus adversários: é o que basta para desencorajar Duqaq, que, apesar das súplicas desesperadas de Shams, ordena a seus homens que deem meia-volta.

Em Antioquia, a deserção de Duqaq provoca enorme dissabor, mas os defensores não desistem. Naqueles primeiros dias de 1098, a aflição está, curiosamente, no campo dos sitiantes. Vários espiões de Yaghi Siyan conseguiram se infiltrar no inimigo. Alguns desses informantes agem por ódio aos *rum*, mas quase todos são cristãos da cidade que esperam assim atrair os favores do emir. Eles deixaram suas famílias em Antioquia e tentam garantir sua segurança. As informações que eles trazem são reconfortantes para a população: enquanto as provisões dos sitiados permanecem abundantes, os *franj* passam fome. Já se contam centenas de mortos entre eles e a maior parte das montarias foi abatida. A expedição que se chocou com o exército de Damasco tinha justamente o objetivo de encontrar algumas ovelhas e cabras, e pilhar os celeiros. À fome se somam outras calamidades, que a cada dia abalam um pouco mais o moral dos invasores. A chuva cai sem parar, justificando o apelido grosseiro de "mijona" com que os sírios chamam Antioquia. O acampamento dos sitiantes está mergulhado na lama. E depois há aquela terra que não para de tremer. As pessoas da região estão acostumadas, mas os *franj* se assustam; ouve-se subir até a cidade o grande rumor de suas orações, quando eles se reúnem para invocar o céu, acreditando ser vítimas de uma punição divina. Dizem que para acalmar a cólera do Altíssimo eles decidem expulsar as prostitutas de seu acampamento, fechar as tabernas e proibir os jogos de dados. As deserções são numerosas, inclusive entre os líderes.

Essas notícias reforçam, é claro, a combatividade dos defensores, que multiplicam as saídas audaciosas. Como dirá Ibn al-Athir, *Yaghi Siyan manifestou uma coragem, uma sabedoria e uma firmeza admiráveis.* E o historiador árabe acrescenta, levado pelo entusiasmo: *A maioria*

46   A INVASÃO

*dos franj pereceu. Se tivessem continuado tão numerosos quanto ao chegar, eles teriam ocupado todos os países do Islã!* Exagero cabotino, que no entanto presta uma merecida homenagem ao heroísmo da guarnição de Antioquia, que suporta sozinha, por longos meses, o peso da invasão.

Pois os socorros continuam se fazendo esperar. Em janeiro de 1098, ultrajado com a frouxidão de Duqaq, Yaghi Siyan é obrigado a se voltar para Raduano. Mais uma vez, Shams al-Dawla recebe a penosa missão de apresentar suas mais humildes desculpas ao rei de Alepo, de ouvir todos os seus sarcasmos sem pestanejar e de suplicar em nome do Islã e de seus laços de parentesco que ele condescenda em enviar suas tropas para salvar Antioquia. Shams sabe muito bem que seu real cunhado é totalmente insensível a esse tipo de argumento e que ele preferiria cortar a própria mão a ter que estendê-la a Yaghi Siyan. Mas os fatos são mais prementes. Os *franj*, cuja situação alimentar está cada vez mais crítica, acabam de lançar uma investida nas terras do rei seljúcida, pilhando e saqueando os arredores de Alepo, e Raduano, pela primeira vez, sente a ameaça que pesa sobre seu próprio território. Mais para se defender do que para ajudar Antioquia, ele decide então enviar seu exército contra os *franj*. Shams exulta. Ele envia ao pai uma mensagem indicando a data da ofensiva alepina e pedindo que ordene uma saída massiva para encurralar os sitiantes pelos dois lados.

Em Antioquia, a intervenção de Raduano é tão inesperada que parece um presente do céu. Será a virada decisiva daquela batalha, que se prolonga há mais de cem dias?

Em 9 de fevereiro de 1098, no início da tarde, as sentinelas da cidadela assinalam a aproximação do exército de Alepo. Ele conta com vários milhares de cavaleiros, enquanto os *franj* só podem alinhar setecentos ou oitocentos, de tanto que a fome assolou suas montarias. Os sitiantes, que se mantêm de sobreaviso há vários dias, gostariam que o combate começasse imediatamente. Mas como as tropas de Raduano se detiveram e começaram a montar as tendas, a ordem de batalha é adiada para o dia seguinte. Os preparativos continuam a noite toda. Cada soldado agora sabe com precisão onde e quando agir. Yaghi Siyan confia em seus homens, que, ele tem certeza, executarão sua parte do combinado.

O que todo mundo ignora é que a batalha já está perdida antes mesmo de ter começado. Aterrorizado com o que se conta sobre as qualidades guerreiras dos *franj*, Raduano já não ousa tirar proveito de sua superioridade numérica. Em vez de posicionar suas tropas, ele busca apenas protegê-las. E, para evitar todo risco de ser cercado, ele as aquartela a noite toda numa estreita faixa de terra entre o Rio Orontes e o Lago de Antioquia. Quando os *franj* atacam ao amanhecer, os alepinos estão praticamente paralisados. Devido à exiguidade do terreno, qualquer movimento lhes é impossível. As montarias empinam e os que caem são pisoteados por seus irmãos antes de poder se reerguer. Obviamente, já não é possível empregar as táticas tradicionais e lançar contra o inimigo ondas sucessivas de cavaleiros-arqueiros. Os homens de Raduano são acuados a um corpo a corpo em que os cavaleiros cobertos de armaduras adquirem sem dificuldade uma vantagem esmagadora. É uma verdadeira carnificina. O rei e seu exército, perseguidos pelos *franj*, só pensam em fugir em meio a uma desordem indescritível.

Sob os muros de Antioquia, a batalha se desenrola de outra forma. Com as primeiras luzes da aurora, os defensores operaram uma saída massiva que obrigou os sitiantes a recuar. As lutas são encarniçadas, e os soldados de Yaghi Siyan estão em excelente posição. Pouco antes do meio-dia, eles começam a investir contra o acampamento dos *franj* quando chegam as notícias da debandada dos alepinos. Muito contrariado, o emir ordena então a seus homens que voltem à cidade. O recuo está quase concluído quando os cavaleiros que esmagaram Raduano voltam, carregando troféus macabros. Os habitantes de Antioquia logo ouvem estrondosas gargalhadas, alguns assobios surdos, e veem aterrissar, projetadas por catapultas, as cabeças terrivelmente mutiladas dos alepinos. Um silêncio de morte toma conta da cidade.

Por mais que Yaghi Siyan distribua a seu redor algumas frases de encorajamento, pela primeira vez ele sente que o cerco se fecha em torno de sua cidade. Depois da debandada dos dois irmãos inimigos, não há mais nada a esperar dos príncipes da Síria. Resta-lhe um único recurso: o governador de Mossul, o poderoso emir Kerboga, que tem a desvantagem de estar a mais de duas semanas de caminhada de Antioquia.

Mossul, pátria do historiador Ibn al-Athir, é a capital da "Jazira", a Mesopotâmia, planície fértil regada pelos dois grandes rios que são o Tigre e o Eufrates. É um centro político, cultural e econômico de grande importância. Os árabes elogiam suas frutas suculentas, maçãs, peras, uvas e romãs. O mundo inteiro associa o nome de Mossul ao fino tecido que a cidade exporta, a "musselina". À chegada dos *franj*, já se explorava nas terras do emir Kerboga outra riqueza que o viajante Ibn Jubayr descreverá com maravilhamento algumas dezenas de anos depois: as fontes de nafta. O precioso líquido marrom que um dia fará a fortuna dessa parte do mundo já se mostra aos viajantes:

*Atravessamos uma localidade chamada al-Qayara (a betumeira), perto do Tigre. À direita do caminho que leva a Mossul há uma depressão de terra, preta como se estivesse sob uma nuvem. Deus ali faz brotar fontes, grandes e pequenas, que dão betume. Às vezes uma delas lança alguns pedaços, como numa ebulição. Bacias são construídas para recolhê-lo. Em torno dessas fontes, há um lago preto, em cuja superfície flutua uma espuma preta e leve que vai para as beiras e se coagula em betume. Esse produto tem a aparência de uma lama muito viscosa, lisa, brilhante, que exala um cheiro forte. Pudemos assim observar com nossos próprios olhos uma maravilha da qual tínhamos ouvido falar e cuja descrição nos parecera muito extraordinária. Não longe dali, nas margens do Tigre, há outra grande fonte da qual avistávamos de longe a fumaça. Nos disseram que se ateia fogo nela quando se quer retirar o betume. A chama consome os elementos líquidos. O betume é então cortado em pedaços e transportado. Ele é conhecido em todos esses países, inclusive na Síria, em Acre e em todas as regiões costeiras. Alá cria o que quer. Que Ele seja louvado!*

Os habitantes de Mossul atribuem ao líquido marrom virtudes curativas e nele mergulham quando estão doentes. O betume produzido a partir do petróleo também serve na construção, para "cimentar" os tijolos. Graças a sua vedação, ele é utilizado para cobrir as paredes dos *hammam*, onde adquire a aparência de um mármore preto polido. Como veremos, porém, é no âmbito militar que o petróleo é mais comumente empregado.

Independentemente desses recursos promissores, Mossul desempenha no início da invasão franca um papel estratégico essencial e, tendo seus governantes adquirido o direito de interferir nos assuntos da Síria, o ambicioso Kerboga tem a intenção de exercê-lo. Para ele, o pedido de ajuda de Yaghi Siyan representa a sonhada ocasião de ampliar sua influência. Sem hesitar, ele promete mobilizar um grande exército. Doravante, Antioquia vive apenas à espera de Kerboga.

Esse homem providencial é um antigo escravo, coisa que, para os emires turcos, nada tem de degradante. Os príncipes seljúcidas têm, de fato, o costume de designar seus escravos mais fiéis e mais talentosos para postos de responsabilidade. Os chefes do exército e os governadores das cidades com frequência são escravos, "mamelucos", e sua autoridade é tal que nem precisam ser oficialmente emancipados. Antes que se conclua a ocupação franca, todo o Oriente muçulmano será dirigido por sultões mamelucos. Em 1098, os homens mais influentes de Damasco, do Cairo e de várias outras metrópoles são escravos ou filhos de escravos.

Kerboga é um dos mais poderosos. Esse oficial autoritário de barba grisalha tem o título turco de atabegue, literalmente "pai do príncipe". No império seljúcida, entre os membros da família reinante a mortalidade é muito elevada – combates, assassinatos, execuções – e muitas vezes deixa herdeiros menores de idade. Para preservar os interesses destes últimos, designa-se um tutor, que para preencher seu papel de pai adotivo costuma se casar com a mãe do pupilo. Esses atabegues se tornam, obviamente, os verdadeiros detentores do poder, que eles com frequência transmitem a seus próprios filhos. O príncipe legítimo se torna então um simples fantoche em suas mãos, às vezes até mesmo um refém. Mas as aparências são escrupulosamente respeitadas. Os exércitos são "comandados" oficialmente por crianças de três ou quatro anos que "delegaram" seu poder a seus atabegues.

É justamente a esse espetáculo insólito que se assiste nos últimos dias de abril de 1098, quando cerca de trinta mil homens se reúnem à saída de Mossul. O decreto oficial anuncia que os valorosos combatentes realizarão o jihad contra os infiéis sob as ordens de um obscuro descendente seljúcida que, de suas fraldas, confiara o comando do exército ao atabegue Kerboga.

Segundo o historiador Ibn al-Athir, que passaria a vida a serviço dos atabegues de Mossul, *os franj foram tomados de medo ao ouvir que o exército de Kerboga se dirigia para Antioquia, pois eles estavam muito enfraquecidos e suas provisões eram escassas.* Os defensores, em contrapartida,

50 ⚜ A INVASÃO

recuperam as esperanças. Mais uma vez, eles se preparam para efetuar uma saída assim que as tropas muçulmanas se aproximarem. Com a mesma tenacidade, Yaghi Siyan, eficazmente auxiliado por seu filho Shams al-Dawla, verifica as reservas de trigo, inspeciona as fortificações e encoraja as tropas, prometendo-lhes o fim próximo do cerco "com a permissão de Deus".

Mas a segurança que ele demonstra em público é apenas uma fachada. Há algumas semanas, a situação vem se degradando sensivelmente. O bloqueio da cidade se torna muito mais rigoroso, o abastecimento mais difícil e, circunstância mais preocupante ainda, as informações sobre o acampamento inimigo se fazem raras. Os *franj*, que aparentemente se dão conta de que tudo o que diziam e faziam era relatado a Yaghi Siyan, decidem agir com rigor. Os agentes do emir os veem matar um homem, assá-lo num espeto e comer sua carne gritando em alto e bom som que todo espião capturado terá o mesmo destino. Horrorizados, os informantes fogem e Yaghi Siyan já não sabe muita coisa sobre os sitiantes. Militar prudente, ele julga a situação extremamente preocupante.

O que o tranquiliza é saber que Kerboga está a caminho. Ele deve chegar em meados de maio, com suas dezenas de milhares de combatentes. Em Antioquia, todos aguardam esse momento. Cada dia, circulam rumores, propagados por cidadãos que confundem seus sonhos com a realidade. Eles cochicham, correm até as muralhas, as velhas senhoras interrogam maternalmente alguns soldados imberbes. A resposta é sempre a mesma: não, as tropas de socorro não estão à vista, mas não devem demorar.

O grande exército muçulmano oferece um espetáculo deslumbrante ao deixar Mossul sob os inúmeros clarões de suas lanças ao sol e sob seus estandartes pretos, emblema dos abássidas e dos seljúcidas, que tremulam em meio a um mar de cavaleiros vestidos de branco. O passo é rápido, apesar do calor. Nesse ritmo, eles chegarão a Antioquia em menos de duas semanas. Mas Kerboga está preocupado. Pouco antes da partida, ele recebeu notícias alarmantes. Uma tropa de *franj* conseguiu tomar Edessa, a ar-Ruha dos árabes, uma grande cidade armênia ao norte da estrada que leva de Mossul a Antioquia. E o atabegue não consegue deixar de pensar que quando estiver próximo da cidade sitiada, os *franj* de Edessa

UM MALDITO FABRICANTE DE COURAÇAS ❖ 51

estarão em sua retaguarda. Ele não corre o risco de ser atacado em duas frentes? Nos primeiros dias de maio, ele reúne seus principais emires para anunciar que decidiu modificar sua rota. Ele primeiro se dirigirá para o norte, resolverá em poucos dias o problema de Edessa, depois poderá enfrentar sem riscos os sitiantes de Antioquia. Alguns protestam, lembrando-lhe da mensagem angustiada de Yaghi Siyan. Mas Kerboga os manda calar. Depois que toma uma decisão, ele é teimoso como uma mula. Enquanto seus emires obedecem praguejando, o exército segue pelas trilhas montanhosas que levam a Edessa.

A situação da cidade armênia é de fato preocupante. Os raros muçulmanos que puderam deixá-la transmitem as notícias. Um líder franco chamado Balduíno chegou em fevereiro à frente de várias centenas de cavaleiros e de mais de dois mil soldados de infantaria. Foi a ele que o senhor da cidade, Teodoro, um velho príncipe armênio, apelou para reforçar a guarnição de sua cidade diante dos repetidos ataques dos guerreiros turcos. Mas Balduíno se recusou a ser um simples mercenário. Ele exigiu ser designado herdeiro legítimo de Teodoro. E este, idoso e sem filhos, aceitou. Uma cerimônia oficial de adoção ocorreu, segundo o costume armênio. Enquanto Teodoro é vestido com uma camisola branca muito larga, Balduíno, nu até a cintura, se esgueira sob a roupa de seu "pai", para colar seu corpo ao dele. Depois é a vez da "mãe", isto é, da mulher de Teodoro, contra a qual, entre a camisola e a carne nua, Balduíno, mais uma vez, se esgueira sob o olhar divertido da assistência, que murmurava que esse rito, concebido para a adoção de crianças, era um tanto quanto inadequado quando o "filho" era um grande cavaleiro peludo!

Ao imaginar a cena que lhes é relatada, os soldados do exército muçulmano riem alto e forte. Mas a sequência da narrativa os faz estremecer: alguns dias depois da cerimônia, "pai e mãe" foram linchados pela multidão por instigação do "filho", que assistiu, impassível, à morte dos dois, antes de se proclamar "conde" de Edessa e de confiar a seus companheiros francos todos os cargos importantes do exército e da administração.

Ao ver suas apreensões confirmadas, Kerboga organiza o cerco à cidade. Mais uma vez, seus emires tentam dissuadi-lo. Os três mil soldados francos de Edessa nunca se atreverão a atacar o exército muçulmano, que conta com dezenas de milhares de homens; em contrapartida, eles são mais do que suficientes para defender a cidade e o cerco corre o risco de se prolongar por meses. Enquanto isso, Yaghi Siyan, abandonado à própria sorte, talvez ceda à pressão dos invasores. O atabegue não quer ouvir. E somente depois de perder três semanas sob as muralhas de Edessa é que ele reconhece seu erro e retoma, em marcha forçada, o caminho de Antioquia.

Na cidade sitiada, a esperança dos primeiros dias de maio deu lugar à total desordem. Tanto no palácio quanto nas ruas, ninguém entende por que as tropas de Mossul demoram tanto. Yaghi Siyan está desesperado.

A tensão chega ao auge no dia 2 de junho, pouco antes do pôr do sol, quando as sentinelas informam que os *franj* reuniram todas as suas forças e se dirigem para o nordeste. Emires e soldados veem uma única explicação: Kerboga está nas vizinhanças e os sitiantes vão a seu encontro. Em poucos minutos, o boca a boca alertou casas e fortificações. A cidade respira novamente. Amanhã, o atabegue libertará a cidade. Amanhã, o pesadelo terá fim. A noite é fresca e úmida. Todos passam longas horas conversando à porta das casas, com todas as luzes apagadas. Antioquia finalmente adormece, exausta mas confiante.

Quatro horas da manhã: ao sul da cidade, o barulho surdo de uma corda roçando a pedra. Um homem se debruça do alto de uma grande torre pentagonal e faz sinais com a mão. Ele não pregou o olho a noite toda e sua barba está desgrenhada. Ele se chama Firuz, *um fabricante de couraças designado para a defesa das torres*, dirá Ibn al-Athir. Muçulmano de origem armênia, Firuz por muito tempo pertencera ao círculo de Yaghi Siyan, mas este recentemente o acusara de vender no mercado negro, impondo-lhe uma pesada multa. Querendo se vingar, Firuz entrara em contato com os sitiantes. Ele disse a eles que controla o acesso a uma janela que dá para o vale, ao sul da cidade, e se diz disposto a deixá-los entrar. Melhor ainda, para provar que não se trata de uma armadilha, ele lhes enviou seu próprio filho como refém. Os sitiantes, por sua vez, lhe prometeram ouro e terras. O plano foi decidido: eles agirão na madrugada de 3 de junho. Na véspera, para enganar a vigilância da guarnição, os sitiantes fingiram se afastar.

*Quando o acordo foi selado entre os franj e esse maldito fabricante de couraças,* contará Ibn al-Athir, *eles subiram até essa pequena janela, abriram-na e fizeram vários homens subir por meio de cordas. Quando eles foram mais de quinhentos, começaram a tocar o clarim à alvorada, enquanto os defensores estavam exaustos da longa vigília. Yaghi Siyan se levantou e perguntou o que estava acontecendo. Responderam-lhe que o som dos clarins vinha da cidadela, que certamente fora tomada.*

Os sons vêm da torre das Duas Irmãs. Mas Yaghi Siyan não se dá ao trabalho de verificar. Ele acredita que tudo está perdido. Cedendo ao pavor, ele ordena que abram uma das portas da cidade e, acompanhado de alguns guardas, foge. Desnorteado, cavalga assim por horas, incapaz de voltar à razão. Depois de duzentos dias de resistência, o senhor de Antioquia desaba. Ao mesmo tempo em que critica sua fraqueza, Ibn al-Athir menciona seu fim com emoção.

*Ele começou a chorar por ter abandonado a família, os filhos e os muçulmanos e, de dor, caiu do cavalo sem consciência. Seus companheiros tentaram recolocá-lo na sela, mas ele já não se aguentava em pé. Estava morrendo. Eles o deixaram e se afastaram. Um lenhador armênio que passava por ali o reconheceu. Ele cortou sua cabeça e a levou aos franj em Antioquia.*

A cidade está a ferro e fogo. Homens, mulheres e crianças tentam fugir pelas ruelas lamacentas, mas os cavaleiros os alcançam sem dificuldade e os degolam na hora. Pouco a pouco, os gritos de horror dos últimos sobreviventes se apagam, logo substituídos pelas vozes em falsete de alguns saqueadores francos já embriagados. A fumaça sobe de várias casas incendiadas. Ao meio-dia, um véu de luto envolve a cidade.

No meio dessa loucura sanguinária de 3 de junho de 1098, um único homem soube manter a cabeça fria. O incansável Shams al-Dawla. Assim que a cidade foi invadida, o filho de Yaghi Siyan se entrincheirou com um grupo de combatentes dentro da cidadela. Os *franj* tentam várias vezes retirá-lo de lá, mas sempre são repelidos, não sem sofrer pesadas perdas. O mais importante dos líderes francos, Boemundo, um gigante de longos cabelos loiros, é ferido durante um desses ataques. Calejado com sua primeira tentativa, ele envia uma mensagem a Shams para convidá-lo a sair da cidadela em troca de um salvo-conduto. Mas o jovem emir recusa com altivez. Antioquia é o feudo que ele sempre pensou que um dia herdaria: ele lutará até seu último sopro. Nem provisões nem flechas afiadas lhe faltam. Dominando majestosamente o topo do monte Habib an-Najjar, a cidadela pode desafiar os *franj* por meses. Eles perderiam milhares de homens se teimassem em escalar suas muralhas.

A determinação dos últimos resistentes se revela vantajosa. Os cavaleiros desistem de atacar a cidadela, contentando-se em cercá-la com um cordão de segurança. E é através dos gritos de alegria de Shams e de seus companheiros que, três dias depois da queda de Antioquia, eles ficam sabendo que o exército de Kerboga aparece no horizonte. Para Shams e seu punhado de irredutíveis, o surgimento de cavaleiros islâmicos tem algo de irreal. Eles esfregam os olhos, choram, rezam, se abraçam. Os gritos de "Allahu akbar!" (Deus é grande!) chegam à cidadela num rugido ininterrupto. Os *franj* se escondem atrás dos muros de Antioquia. De sitiantes eles se tornaram sitiados.

Shams fica feliz, mas sente um fundo de amargura. Assim que os primeiros emires da expedição de socorro se juntam a ele em seu reduto, ele os atormenta com mil perguntas. Por que demoraram tanto? Por que deram tempo aos *franj* para ocupar Antioquia e massacrar seus habitantes? Para seu grande espanto, todos os seus interlocutores, longe de justificar a atitude de seu exército, acusam Kerboga de todos os males; Kerboga, o arrogante, o pretencioso, o incapaz, o covarde.

Não se trata apenas de antipatias pessoais, mas de uma verdadeira conspiração, instigada por ninguém menos que o rei Duqaq, de Damasco, que se uniu às tropas de Mossul assim que elas entraram na Síria. O exército muçulmano decididamente não é uma força homogênea, mas uma coalizão de príncipes com interesses muitas vezes contraditórios. As ambições territoriais do atabegue não são segredo para ninguém, e Duqaq não teve nenhuma dificuldade de convencer seus pares de que o verdadeiro inimigo é o próprio Kerboga. Se ele sair vitorioso da batalha contra os infiéis, ele se instituirá como salvador e nenhuma cidade da Síria poderá escapar a sua autoridade. Se, em contrapartida, Kerboga for derrotado, o perigo que pesa sobre as cidades sírias será afastado. Diante dessa ameaça, o perigo franco é um mal menor. Não há nada dramático no fato de que os *rum* queiram, com a ajuda de seus mercenários, recuperar a cidade de Antioquia, desde que permaneça impensável que os *franj* criem seus próprios Estados na Síria. Como dirá Ibn al-Athir, "o atabegue indispôs tanto os muçulmanos com sua pretensão que eles decidiram traí-lo no momento mais decisivo da batalha".

O magnífico exército não passa de um colosso de pés de argila, portanto, que pode desmoronar ao menor empurrão! Disposto a esquecer que eles decidiram abandonar Antioquia, Shams ainda tenta se sobrepor a todas essas mesquinharias. O momento lhe parece inapropriado para ajustes de contas. Suas esperanças terão curta duração. No dia seguinte à sua chegada, Kerboga o convoca para lhe dizer que o comando da cidadela lhe foi retirado. Shams fica indignado. Não tinha ele lutado como um bravo? Não tinha ele enfrentado todos os cavaleiros francos? Não era ele o herdeiro do senhor de Antioquia? O atabegue recusa qualquer discussão. Ele é o chefe e exige ser obedecido.

O filho de Yaghi Siyan agora se convence de que o exército muçulmano, apesar de sua imponente dimensão, é incapaz de vencer. Seu único consolo é saber que a situação no acampamento inimigo não é muito melhor. Segundo Ibn al-Athir, "depois de conquistar Antioquia, os *franj* ficaram doze dias sem comer. Os nobres se alimentavam de suas montarias e os pobres de carcaças e folhas". Os *franj* tinham conhecido outros momentos de fome nos últimos meses, mas se sabiam livres para saquear os arredores para trazer provisões. A nova condição de sitiados proíbe que façam isso. E as reservas de Yaghi Siyan, com que eles contavam, estão praticamente esgotadas. As deserções recomeçam.

Entre aqueles dois exércitos esgotados e desmoralizados que se enfrentam em junho de 1098 por Antioquia, o céu não parecia saber para que lado pender, até que um acontecimento extraordinário vem forçar sua decisão. Os ocidentais falarão em milagre, mas o relato de Ibn al-Athir não deixa espaço algum para o maravilhoso.

*Entre os franj havia Boemundo, o chefe de todos, mas também havia um monge extremamente astucioso que lhes garantiu que uma lança do Messias, que a paz esteja com Ele, estava enterrada no Kussyan, um grande edifício de Antioquia. Ele lhes disse: "Se vocês a encontrarem, vencerão; senão, é a morte certa". Previamente, ele havia enterrado uma lança no solo do Kussyan e apagado todos os rastros. Ordenou-lhes que jejuassem e fizessem penitências por três dias; no quarto, mandou que entrassem no edifício com seus valetes e operários, que cavaram por toda parte e encontraram a lança.*

*Então o monge exclamou: "Regozijem-se, pois a vitória é certa!". No quinto dia, eles saíram pela porta da cidade em pequenos grupos de cinco ou seis. Os muçulmanos disseram a Kerboga: "Deveríamos ficar junto à porta e abater todos que saem. É fácil, pois eles estão dispersos!". Mas ele respondeu: "Não! Esperem que estejam todos do lado de fora e mataremos até o último!".*

O cálculo do atabegue é menos absurdo do que parece. Com tropas tão indisciplinadas, com emires à espera da primeira ocasião para desertar, ele não pode prolongar o cerco. Se os *franj* querem começar a batalha, não se deve assustá-los com um ataque massivo demais, pois eles poderiam voltar para a cidade. O que Kerboga não prevê é que a decisão de contemporizar será imediatamente explorada por aqueles que buscam sua derrota. Enquanto os *franj* seguem a movimentação, as deserções têm início no campo dos muçulmanos. Eles se acusam de covardia e traição. Sentindo que perde o controle sobre suas tropas e que sem dúvida subestimou os efetivos dos sitiados, Kerboga lhes solicita uma trégua. O que acaba por definitivamente desacreditá-lo aos olhos dos seus e por reforçar a confiança dos inimigos: os *franj* atacam sem nem mesmo responder à proposta, forçando-o a investir contra eles uma onda de cavaleiros-arqueiros. Enquanto isso, Duqaq e a maioria dos emires se afastam tranquilamente com suas tropas. Vendo-se cada vez mais isolado, o atabegue ordena uma retirada geral que imediatamente degenera em debandada.

Assim se desintegrou o poderoso exército muçulmano, "sem ter dado um só golpe de espada ou de lança, ou atirado uma só flecha". O historiador de Mossul quase não exagera. "Os próprios *franj* temeram se tratar de uma artimanha, pois ainda não houvera combate que justificasse uma fuga daquelas. Por isso preferiram desistir de perseguir os muçulmanos!" Kerboga pode voltar para Mossul são e salvo, com o que resta de suas tropas. Todas as suas ambições se dissipam para sempre em Antioquia, a cidade que ele jurara salvar agora é solidamente ocupada pelos *franj*. E por muito tempo.

Mas o mais grave, depois dessa jornada vergonhosa, é que já não existe na Síria nenhuma força capaz de deter o avanço dos invasores.

# CAPÍTULO 3

## Os canibais de Maarate

*Não sei se é um pasto de animais selvagens ou minha casa, minha terra natal!*

Esse grito de aflição de um poeta anônimo de Maarate não é uma simples figura de linguagem. Infelizmente, devemos considerar suas palavras ao pé da letra e nos perguntar, como ele: o que aconteceu de tão monstruoso na cidade síria de Maarate no final do ano de 1098? Até a chegada dos *franj*, os habitantes viviam pacificamente, protegidos por sua muralha circular. Seus vinhedos, bem como seus campos de oliveiras e figueiras, lhes proporcionavam uma modesta prosperidade. Os negócios da cidade, por sua vez, eram geridos por honradas personalidades locais sem grande ambição, sob a suserania nominal de Raduano de Alepo. O orgulho de Maarate era ser a pátria de uma das maiores figuras da literatura árabe, Abu al-Ala al-Maarri, morto em 1057. Esse poeta cego, livre-pensador, ousara criticar os costumes de sua época, sem levar em conta as proibições. Era preciso audácia para escrever:

> *Os habitantes da terra se dividem em dois grupos,*
> *Os que têm cérebro, mas não têm religião,*
> *E os que têm religião, mas não têm cérebro.*

Quarenta anos depois de sua morte, um fanatismo vindo de longe aparentemente daria razão ao filho de Maarate, tanto em seu ateísmo quanto em seu lendário pessimismo:

*O destino nos quebra como se fôssemos de vidro,*
*E nossos pedaços nunca mais se soldarão.*

Sua cidade será, de fato, reduzida a um monte de ruínas, e a desconfiança que o poeta tantas vezes expressara a respeito de seus semelhantes encontrará sua mais cruel ilustração.

Nos primeiros meses de 1098, os habitantes de Maarate seguiram com preocupação a Batalha de Antioquia, que acontecia a três dias de caminhada a noroeste de sua cidade. Depois da vitória, os *franj* tinham saqueado algumas aldeias vizinhas e Maarate fora poupada, mas algumas famílias tinham preferido deixá-la rumo a lugares mais seguros, Alepo, Homs ou Hama. Seus temores se revelam justificados quando, em fins de novembro, milhares de guerreiros francos cercam a cidade. Embora alguns cidadãos ainda consigam fugir, a maioria fica encurralada. Maarate não tem exército, apenas uma simples milícia urbana à qual rapidamente se juntam algumas centenas de jovens sem experiência militar. Ao longo de duas semanas, eles resistem bravamente aos temíveis cavaleiros, chegando a atirar sobre os sitiantes, do alto das muralhas, colmeias cheias de abelhas.

*Vendo-os tão tenazes,* contará Ibn al-Athir, *os franj construíram uma torre de madeira que chegava à altura das muralhas. Alguns muçulmanos, tomados de pavor e desencorajados, pensaram que poderiam se defender melhor entrincheirando-se nos edifícios mais altos da cidade. Eles deixaram as muralhas, desguarnecendo assim os postos que ocupavam. Outros seguiram seu exemplo e outro ponto da muralha foi abandonado. Em pouco tempo toda a muralha ficou sem defensores. Os franj subiram com escadas e quando os muçulmanos os viram no topo da muralha, perderam a coragem.*

Chega a noite de 11 de setembro. Está muito escuro e os *franj* ainda não ousam entrar na cidade. Os notáveis de Maarate entram em contato com Boemundo, o novo senhor de Antioquia, que está à frente dos sitiantes. O líder franco promete aos habitantes que poupará suas vidas se eles cessarem o combate e se retirarem de alguns edifícios. Agarrando-se desesperadamente a sua palavra, as famílias se reúnem nas casas e nos porões da cidade e, a noite toda, aguardam tremendo.

Ao alvorecer, os *franj* chegam: é uma carnificina. *Durante três dias, eles passaram todo mundo no fio da espada, matando mais de cem mil pessoas e fazendo muitos prisioneiros.* Os números de Ibn al-Athir são obviamente fantasiosos, pois a população da cidade na véspera de sua queda era provavelmente inferior a dez mil habitantes. Mas o horror está menos no número de vítimas do que no destino quase inimaginável que lhes foi reservado.

*Em Maarate, os nossos ferviam os pagãos adultos em marmitas, enfiavam as crianças em espetos e as devoravam grelhadas.* Essa confissão do cronista franco Raul de Caen não será lida pelos habitantes das localidades próximas a Maarate, mas até o fim de suas vidas eles se lembrarão do que viram e ouviram. Pois a lembrança daquelas atrocidades, propagada pelos poetas locais e pela tradição oral, imprimirá nos espíritos uma imagem dos *franj* difícil de apagar. O cronista Osama Ibn Munqidh, nascido três anos antes desses acontecimentos na cidade vizinha de Xaizar, um dia escreverá:

> *Todos os que se informaram sobre os franj viram neles animais que têm a superioridade da coragem e do ardor no combate, mas nenhuma outra, assim como os animais têm a superioridade da força e da agressão.*

Um julgamento sem complacência, que resume bem a impressão produzida pelos *franj* ao chegar na Síria: uma mistura de medo e desprezo, bastante compreensível da parte de uma nação árabe muito superior em cultura mas que perdeu toda combatividade. Os turcos nunca esquecerão o canibalismo dos ocidentais. Através de toda a sua literatura da época, os *franj* serão invariavelmente descritos como antropófagos.

Essa visão dos *franj* é injusta? Os invasores ocidentais devoraram os habitantes da cidade mártir com o único objetivo de sobreviver? Seus líderes afirmarão no ano seguinte, numa carta oficial ao papa: *Uma terrível fome assolou o exército em Maarate e o colocou na cruel necessidade de se alimentar dos cadáveres dos sarracenos.* Mas isso não parece totalmente exato. Porque os habitantes da região de Maarate presenciam, durante aquele sinistro inverno, comportamentos que a fome não pode explicar. Eles veem, de fato, grupos de *franj* fanáticos, os tafurs, que se espalham pelos campos clamando em alto e bom som querer comer a carne dos sarracenos, e que se reúnem à noite em torno do fogo para devorar suas presas. Canibais por necessidade? Canibais por fanatismo? Tudo isso parece irreal, mas os testemunhos são esmagadores, tanto pelos fatos que descrevem quanto pela atmosfera mórbida que sugerem. Nesse ponto, uma frase do cronista franco Alberto de Aquisgrão, que participou pessoalmente da Batalha de Maarate, permanece inigualável em horror: *Os nossos não se repugnavam de comer não apenas os turcos e os sarracenos mortos como também os cães!*

O suplício da cidade de Abu al-Ala só chegará ao fim em 13 de janeiro de 1099, quando centenas de *franj* armados de tochas percorrerão as ruelas, incendiando cada casa. A muralha já fora demolida pedra por pedra.

O episódio de Maarate contribuirá para criar, entre árabes e *franj*, um abismo que vários séculos não serão suficientes para preencher. De imediato, porém, as populações, paralisadas pelo terror, já não resistem mais, a menos que sejam encurraladas. E quando os invasores, que só deixam ruínas fumegantes atrás de si, retomam a marcha para o sul, os emires sírios se apressam em lhes enviar emissários cheios de presentes, para se assegurarem de sua boa vontade e oferecerem toda a ajuda de que eles precisarem.

O primeiro é Sultan Ibn Munqidh, tio do cronista Osama, que reina sobre o pequeno emirado de Xaizar. Os *franj* atingem seu território no dia seguinte da partida de Maarate. Eles são guiados por Saint-Gilles, um dos chefes mais citados pelos cronistas árabes. O emir despacha uma embaixada e um acordo é logo firmado: além de Sultan se comprometer a abastecer os *franj*, ele os autoriza a comprar cavalos no mercado de Xaizar e lhes fornecerá guias para que eles possam atravessar sem dificuldade o resto da Síria.

A região já não ignora nada do avanço dos *franj*, até seu itinerário se torna conhecido. Eles não proclamam aos quatro ventos que seu objetivo final é Jerusalém, onde querem se apoderar do túmulo de Jesus? Todos que se encontram no caminho para a Cidade Santa tentam se precaver contra o flagelo que eles representam. Os mais pobres se escondem nos bosques vizinhos, cheios de feras, leões, lobos, ursos e hienas. Os que têm meios emigram para o interior do país. Os outros se refugiam na fortaleza mais próxima. É esta última solução que os camponeses da rica planície de Bukaya escolhem quando, durante a última semana de janeiro de 1099, são informados da proximidade das tropas francas. Depois de reunir o gado e as reservas de óleo e trigo, eles sobem para Hosn al-Akrad, "a cidadela dos curdos", que, do alto de um cume de difícil acesso, domina toda a planície até o Mediterrâneo. Ainda que a fortaleza esteja fora de uso há muito tempo, suas muralhas são sólidas e os camponeses esperam estar ao abrigo. Mas os *franj*, sempre carecendo de provisões, vêm sitiá-los. Em 28 de janeiro, seus guerreiros começam a escalar as muralhas de Hosn al-Akrad. Sentindo-se perdidos, os camponeses bolam um estratagema. Eles abrem subitamente as portas da cidadela e deixam escapar uma parte de seus rebanhos. Esquecendo o combate, todos os *franj* correm atrás dos animais para capturá-los. A desordem é tão grande em suas fileiras que os defensores, encorajados, efetuam uma saída e chegam à tenda de Saint-Gilles, onde o líder franco, abandonado por seus guardas, que também querem sua parte do rebanho, escapa por pouco de ser capturado.

Nossos camponeses ficam muito satisfeitos com sua façanha. Mas eles sabem que os sitiantes voltarão para se vingar. No dia seguinte, quando Saint-Gilles lança seus homens ao assalto das muralhas, eles não se mostram. Os atacantes se perguntam que novo ardil os camponeses inventaram. É de fato o mais sensato de todos: eles aproveitaram a noite para sair sem fazer barulho e desaparecer ao longe. É no sítio de Hosn al-Akrad que, quarenta anos depois, os *franj* construirão uma de suas fortalezas mais temíveis. O nome mudará pouco: "Akrad" será transformado em "Krat", depois em "Krak". O "Krak dos Cavaleiros", com sua silhueta imponente, ainda domina, no século XXI, a planície de Bukaya.

Em fevereiro de 1099, a cidadela se torna, por alguns dias, o quartel-general dos *franj*. Assiste-se a um espetáculo desconcertante. De todas as cidades vizinhas, e mesmo de algumas aldeias, chegam delegações que arrastam atrás de si mulas carregadas de ouro, tecidos e provisões. A fragmentação política da Síria é tal que o menor vilarejo se comporta como um emirado independente. Cada um sabe que só pode contar com suas próprias forças para se defender e negociar com os invasores. Nenhum príncipe, nenhum cádi, nenhum notável pode esboçar qualquer gesto de resistência sem colocar toda a sua comunidade em perigo. Os sentimentos patrióticos são deixados de lado, portanto, e eles se apresentam com um sorriso forçado para oferecer presentes e homenagens. *Beija o braço que não podes quebrar e reza a Deus para que Ele o quebre*, diz um provérbio local.

É essa sabedoria da resignação que ditará a conduta do emir Janah ad-Dawla, senhor da cidade de Homs. Esse guerreiro renomado por sua bravura era, havia apenas sete meses, o mais fiel aliado do atabegue Kerboga. Ibn al-Athir afirma que *Janah ad-Dawla foi o último a fugir* diante de Antioquia. Mas o momento já não é de zelo guerreiro ou religioso, e o emir se mostra particularmente atencioso com Saint-Gilles, oferecendo-lhe, além dos presentes habituais, um grande número de cavalos, pois, explicam os embaixadores de Homs em tom melífluo, Janah ad-Dawla ficou sabendo que faltavam montarias aos cavaleiros.

De todas as delegações que desfilam pelas imensas salas vazias de Hosn al-Akrad, a mais generosa é a de Trípoli. Seus embaixadores, tirando uma por uma as esplêndidas joias fabricadas pelos artesãos judeus da cidade, desejam aos *franj* as boas-vindas em nome do príncipe mais respeitado da costa síria, o cádi Jalal al-Mulk. Este pertence à família dos Banu Amar, que fez de Trípoli a joia do Oriente árabe. Não se trata em absoluto de um dos inúmeros clãs militares que constituíram seus feudos somente pela força das armas, mas de uma dinastia de letrados, que tem por fundador um magistrado, um cádi, título que os soberanos da cidade conservaram.

À chegada dos *franj*, Trípoli e sua região vivem, graças à sabedoria dos cádis, uma época de paz e prosperidade invejada por seus vizinhos. O orgulho dos cidadãos é a imensa "casa da cultura", Dar al-Ilm, que contém uma biblioteca de cem mil volumes, uma das mais importantes da época. A cidade é cercada por campos de oliveiras, de alfarrobeira, de cana-de-açúcar e de frutas de todo tipo com colheitas abundantes. Seu porto conhece um tráfego intenso.

É justamente essa opulência que valerá à cidade seus primeiros problemas com os invasores. Na mensagem que envia a Hosn al-Akrad, Jalal al-Mulk convida Saint-Gilles a enviar uma delegação a Trípoli para negociar uma aliança. Erro imperdoável. Os emissários francos ficam tão maravilhados com os jardins, com os palácios, com o porto e com o mercado dos ourives que não têm ouvidos para as propostas do cádi. Eles já pensam em tudo o que poderiam pilhar se tomassem a cidade. E ao que tudo indica eles fizeram de tudo, ao voltar até seu chefe, para atiçar sua cobiça. Jalal al-Mulk, que ingenuamente aguarda a resposta de Saint-Gilles para sua oferta de aliança, não fica pouco surpreso ao descobrir que os *franj* sitiaram Arqa, a segunda cidade do principado de Trípoli, em 14 de fevereiro. Ele fica decepcionado, mas sobretudo aterrorizado, convencido de que a manobra dos invasores era apenas um primeiro passo na direção da conquista de sua capital. Como se impedir de pensar no destino de Antioquia? Jalal al-Mulk já se vê no lugar do infeliz Yaghi Siyan, cavalgando vergonhosamente rumo à morte ou ao esquecimento. Em Trípoli, reservas são feitas para antecipar um longo cerco. Os habitantes se perguntam com angústia quanto tempo os invasores ficarão detidos em Arqa. Cada dia que passa é uma prorrogação inesperada.

Fevereiro passa, depois março e abril. Como todos os anos, as fragrâncias dos pomares floridos envolvem Trípoli. O tempo fica ainda mais bonito porque as notícias são reconfortantes: os *franj* ainda não conseguiram tomar Arqa, cujos defensores ficam tão espantados quanto os sitiantes. É verdade que as muralhas são sólidas, mas não mais que as de outras cidades, mais importantes, que os *franj* conseguiram tomar. O que faz a força de Arqa é que seus habitantes foram convencidos, desde o primeiro momento da batalha, que se uma única brecha se abrisse, todos seriam degolados, como tinham sido seus irmãos de Maarate e Antioquia. Eles vigiavam dia e noite, repelindo todos os ataques, impedindo a mínima infiltração. Os invasores acabam se cansando. O som de suas brigas chega à cidade sitiada. Em 13 de maio de 1099, eles finalmente levantam acampamento e se afastam cabisbaixos. Depois de três meses de luta exaustiva, a tenacidade dos resistentes foi recompensada. Arqa exulta.

Os *franj* retomam a marcha rumo ao sul. Eles passam diante de Trípoli com angustiante lentidão. Jalal al-Mulk, que os sabe irritados, se apressa a transmitir seus melhores votos para a continuação da viagem. Ele toma o cuidado de acrescentar víveres, ouro, alguns cavalos

64 ❧ A INVASÃO

e também guias, que os farão atravessar a estreita rota costeira que leva a Beirute. Aos batedores tripolitanos logo se somam cristãos maronitas da montanha libanesa, que, como os emires muçulmanos, vêm oferecer seu auxílio aos guerreiros ocidentais.

Sem atacar mais nenhum domínio dos Banu Amar, como Jbeil, a antiga Biblos, os invasores chegam a Nahr al-Kalb, o "Rio do Cachorro".

Atravessando-o, eles declaram guerra ao Califado Fatímida do Egito.

O homem forte do Cairo, o poderoso e corpulento vizir al-Afdal Shahanshah, não escondera sua satisfação quando os emissários de Aleixo Comneno tinham vindo anunciar, em abril de 1097, a chegada massiva de cavaleiros francos em Constantinopla e o início de sua ofensiva na Ásia Menor. Al-Afdal, "o Melhor", um antigo escravo de 35 anos que dirige sozinho uma nação egípcia de sete milhões de habitantes, transmitira ao imperador seus votos de sucesso e pedira para ser informado, enquanto amigo, dos progressos da expedição.

*Alguns dizem que quando os senhores do Egito viram a expansão do império seljúcida, eles foram tomados de medo e pediram aos franj que marchassem sobre a Síria e estabelecessem um tampão entre eles e os muçulmanos. Só Deus conhece a verdade.*

Essa singular explicação, emitida por Ibn al-Athir a respeito da origem da invasão franca, diz muito sobre a divisão que reina no mundo islâmico entre os sunitas, que se dizem do Califado Abássida de Bagdá, e os xiitas, que se reconhecem no Califado Fatímida do Cairo. O xiismo, que data do século VII e de um conflito no seio da família do Profeta, nunca deixou de provocar lutas encarniçadas entre os muçulmanos. Mesmo para os homens de Estado como Saladino, a luta contra os xiitas parecerá no mínimo tão importante quanto a guerra contra os *franj*. Os "heréticos" são regularmente acusados de todos os males que atingem o Islá, e não surpreende que a própria invasão franca seja atribuída a suas maquinações. Dito isso, embora o apelo dos fatímidas aos *franj* seja puramente imaginário, a alegria dos dirigentes do Cairo com a chegada dos guerreiros ocidentais é real.

OS CANIBAIS DE MAARATE · 65

À queda de Niceia, o vizir al-Afdal parabenizara calorosamente o basileu e, três meses antes de os invasores tomarem Antioquia, uma delegação egípcia carregada de presentes visitou o acampamento dos *franj* para lhes desejar uma vitória iminente e propor-lhes uma aliança. Militar de origem armênia, o senhor do Cairo não tem nenhuma simpatia pelos turcos, e seus sentimentos pessoais coincidem nesse ponto com os interesses do Egito. Desde meados do século, os avanços dos seljúcidas corroem os territórios do Califado Fatímida e o do Império Bizantino. Enquanto os *rum* viam Antioquia e a Ásia Menor escapar a seu controle, os egípcios perdiam Damasco e Jerusalém, que lhes pertencera por um século. Entre o Cairo e Constantinopla, bem como entre al-Afdal e Aleixo, uma sólida amizade se estabelecera. Eles se consultavam regularmente, trocavam informações, elaboravam projetos em comum. Pouco antes da chegada dos *franj*, os dois homens constataram com satisfação que o império seljúcida era solapado por disputas internas. Tanto na Ásia Menor quanto na Síria, inúmeros pequenos Estados rivais se formaram. A hora da revanche contra os turcos teria chegado? Não seria o momento, tanto para egípcios como para *rums*, de recuperar os domínios perdidos? Al-Afdal sonha com uma operação combinada das duas potências aliadas e, quando fica sabendo que o basileu recebeu dos países dos *franj* um grande reforço de tropas, ele sente a revanche ao alcance das mãos.

A delegação que ele enviou aos sitiantes de Antioquia não falava de tratado de não-agressão. Para o vizir, ela nem precisava ser enunciada. O que ele propunha aos *franj* era uma verdadeira partilha: para eles, a Síria do Norte, para ele, a Síria do Sul, isto é, a Palestina, Damasco e as cidades da costa até Beirute. Ele fez questão de apresentar sua oferta o mais cedo possível, num momento em que os *franj* ainda não estavam certos de tomar Antioquia. Estava convencido de que eles aceitariam na mesma hora.

Curiosamente, a resposta que recebeu foi evasiva. Eles pediam explicações, especialmente sobre o destino de Jerusalém. Mostravam-se amigáveis para com os diplomatas egípcios, sem dúvida, chegando inclusive a lhes oferecer o espetáculo de trezentas cabeças de turcos mortos perto de Antioquia. Mas se recusavam a firmar qualquer acordo. Al-Afdal não entende. Sua proposta não era realista, e mesmo

66 ◆ A INVASÃO

generosa? Os *rum* e seus auxiliares francos teriam a séria intenção de se apoderar de Jerusalém, como parecera a seus enviados? Aleixo teria mentido para ele?

O homem forte do Cairo ainda hesitava sobre a política a seguir quando, em junho de 1098, a notícia da queda de Antioquia chegou até ele, seguida, menos de três semanas depois, da notícia da humilhante derrota de Kerboga. O vizir decide agir imediatamente, para antecipar adversários e aliados. *Em julho*, relata Ibn al-Qalanissi, *anunciou-se que o generalíssimo, emir dos exércitos, al-Afdal, deixara o Egito à frente de um exército numeroso e sitiara Jerusalém, onde se encontravam os emires Soqman e Ilgazi, filhos de Artuk. Ele atacou a cidade e posicionou suas manganelas.* Os dois irmãos turcos que dirigiam Jerusalém acabavam de chegar do norte, onde tinham participado da infeliz expedição de Kerboga. Depois de quarenta dias de cerco, a cidade capitulou. *Al-Afdal tratou com generosidade os dois emires e os libertou, eles e seus séquitos.*

Por vários meses, os acontecimentos pareceram dar razão ao senhor do Cairo. Tudo acontecia como se os *franj*, diante do fato consumado, tivessem desistido de seguir em frente. Os poetas da corte fatímida já não encontravam palavras suficientemente elogiosas para celebrar o feito do homem de Estado que arrancara a Palestina dos "heréticos" sunitas. Em janeiro de 1099, porém, quando os *franj* retomam a marcha decidida para o sul, al-Afdal se inquieta.

Ele despacha um de seus homens de confiança a Constantinopla para consultar Aleixo, que lhe faz então, numa célebre carta, a confissão mais perturbadora que poderia haver: o basileu já não exerce nenhuma influência sobre os *franj*. Por mais incrível que possa parecer, aquela gente age por sua própria conta, procura estabelecer seus próprios Estados, recusando-se a devolver Antioquia ao império, ao contrário do que jurara fazer, e parece decidida a tomar Jerusalém a todo custo. O papa os incitou à guerra santa para tomar o túmulo de Cristo, e nada poderá desviá-los de seu objetivo. Aleixo acrescenta que, de sua parte, ele repudia aquela atitude e se atém estritamente à sua aliança com o Cairo.

Apesar desse último pormenor, al-Afdal tem a impressão de estar preso numa engrenagem mortal. Sendo ele mesmo de origem cristã, não lhe é difícil entender que os *franj*, que têm a fé ardente e ingênua,

OS CANIBAIS DE MAARATE ❧ 67

estão determinados a ir até o fim daquela peregrinação armada. Ele agora lamenta ter se lançado naquela aventura palestina. Não teria sido melhor deixar os *franj* e os turcos lutarem por Jerusalém, em vez de ter se colocado, sem necessidade, no caminho daqueles cavaleiros tão corajosos quanto fanáticos?

Sabendo precisar de vários meses para mobilizar um exército capaz de enfrentar os *franj*, ele escreve a Aleixo, instando-o a fazer tudo o que estiver em seu poder para desacelerar o avanço dos invasores. O basileu de fato envia, em abril de 1099, durante o cerco de Arqa, uma mensagem solicitando aos *franj* que a partida para a Palestina seja atrasada, alegando que logo se uniria a eles pessoalmente. O senhor do Cairo, por sua vez, faz chegar aos *franj* novas propostas de acordo. Além da partilha da Síria, ele explica sua política a respeito da Cidade Santa: liberdade de culto estritamente respeitada e autorização aos peregrinos para visitá-la sempre que desejarem, desde que, é claro, em pequenos grupos e sem armas. A resposta dos *franj* é categórica: "Iremos a Jerusalém todos juntos, em formação de combate, com as lanças erguidas!".

É uma declaração de guerra. Em 19 de maio de 1099, unindo a ação à palavra, os invasores atravessam o Nahr al-Kalb, o limite norte do território fatímida.

Mas o "Rio do Cachorro" é uma fronteira fictícia, pois al-Afdal se limitou a reforçar a guarnição de Jerusalém, abandonando à própria sorte os domínios egípcios do litoral. Assim, todas as cidades costeiras, com uma única exceção, se apressam a pactuar com o invasor.

A primeira é Beirute, a quatro horas de caminhada de Nahr al-Kalb. Seus habitantes enviam uma delegação aos cavaleiros, prometendo fornecer-lhes ouro, provisões e guias, desde que eles respeitem as plantações da planície circundante. Os beirutinos acrescentam que estariam dispostos a reconhecer a autoridade dos *franj* se estes conseguissem conquistar Jerusalém. Sayda, a antiga Sídon, reage de outra forma. Sua guarnição efetua várias investidas audaciosas contra os invasores, que se vingam devastando seus pomares e pilhando as aldeias vizinhas. Este será o único caso de resistência. Os portos de Tiro e Acre, embora fáceis de defender, seguem o exemplo de Beirute.

Na Palestina, quase todas as cidades e aldeias são evacuadas por seus habitantes antes mesmo da chegada dos *franj*. Em nenhum momento estes encontram verdadeira resistência e, na manhã de 7 de junho de 1099, os habitantes de Jerusalém os veem aparecer ao longe, sobre a colina, perto da mesquita do profeta Samuel. Quase se ouve seu clamor. No fim da tarde, eles já acampam sob as muralhas da cidade.

O general Iftikhar ad-Dawla, "Orgulho do Estado", comandante da guarnição egípcia, os observa com serenidade do alto da torre de Davi. Há vários meses vem tomando todas as disposições necessárias para resistir a um longo cerco. Consertou um pedaço de muralha danificado durante o assalto de al-Afdal contra os turcos, no verão anterior. Reuniu enormes provisões para evitar todo risco de penúria, esperando que o vizir que prometeu libertar a cidade chegue antes do fim de julho. Para mais prudência, seguiu o exemplo de Yaghi Siyan e expulsou os habitantes cristãos suscetíveis de colaborar com seus correligionários francos. Nos últimos dias, inclusive mandou envenenar as fontes e os poços dos arredores para impedir que o inimigo os utilizasse. Sob o sol de junho, naquela paisagem montanhosa, árida, salpicada aqui e ali por algumas oliveiras, a vida dos sitiantes não seria fácil.

Para Iftikhar, o combate parece ter início em boas condições. Com seus cavaleiros árabes e seus arqueiros sudaneses, solidamente entrincheirados nas espessas fortificações que escalam colinas e mergulham em ravinas, ele se sente capaz de resistir. É verdade que os cavaleiros do Ocidente são reputados pela bravura, mas seu comportamento sob as muralhas de Jerusalém é um tanto desconcertante aos olhos de um militar experiente. Iftikhar esperava vê-los construir, desde a chegada, torres móveis e diversos instrumentos de guerra, cavar trincheiras para se preservar das incursões da guarnição. Mas em vez de se dedicar a esses preparativos, eles começaram organizando uma procissão em torno das muralhas, conduzida por sacerdotes que rezam e cantam a plenos pulmões, depois se lançaram como loucos ao assalto das fortificações sem qualquer tipo de escada. Por mais que al-Afdal tivesse lhe explicado que os *franj* queriam tomar a cidade por motivos religiosos, aquele fanatismo cego o surpreende. Ele próprio é um muçulmano crente, mas se luta na Palestina é para defender os interesses do Egito e, por que negá-lo, para promover sua própria carreira militar.

Ele sabe que aquela cidade não é como as outras. Iftikhar sempre a chamou por seu nome corrente, Iliya, mas os ulemás, os doutores da lei, a chamam de al-Quds, Beit al-Maqdess ou al-Beit al-Muqaddas, "o lugar da santidade". Eles dizem que ela é a terceira Cidade Santa do Islã, depois de Meca e Medina, pois foi para lá que Deus conduziu o Profeta, ao longo de uma noite milagrosa, para que encontrasse Moisés e Jesus, filho de Maria. Desde então, al-Quds é, para todo muçulmano, o símbolo da continuidade da mensagem divina. Muitos devotos vêm se recolher na mesquita al-Aqsa, sob a imensa cúpula cintilante que domina majestosamente as casas quadradas da cidade.

Embora o céu esteja presente em cada esquina, Iftikhar tem, por sua vez, os pés bem firmes no chão. As técnicas militares são as mesmas, ele estima, qualquer que seja a cidade. As procissões cantantes dos *franj* o irritam, mas não o preocupam. Somente depois de uma semana de cerco ele começa a sentir a preocupação nascer, quando o inimigo se dedica com ardor à construção de duas imensas torres de madeira. No início de julho, elas já estão de pé, prontas para transportar centenas de combatentes até o topo das muralhas. Suas silhuetas se erguem ameaçadoras no meio do acampamento inimigo.

As ordens de Iftikhar são estritas: se uma daquelas máquinas fizer qualquer movimento em direção aos muros, deve ser inundada por uma chuva de flechas. Se a torre ainda conseguir se aproximar, deve-se utilizar o fogo grego, uma mistura de petróleo e enxofre despejada em cântaros e atirada, em chamas, sobre os sitiantes. Espalhando-se, o líquido provoca incêndios difíceis de conter. Essa arma temível permitirá que os soldados de Iftikhar rechacem vários ataques sucessivos ao longo da segunda semana de julho, ainda que, para se precaver das chamas, os sitiantes tivessem coberto suas torres móveis com peles de animais recém escorchadas e embebidas em vinagre. Enquanto isso, rumores anunciando a chegada iminente de al-Afdal começam a circular. Os sitiantes, que temem ficar em meio a fogo cruzado, duplicam os esforços.

*Das duas torres móveis construídas pelos franj,* contará Ibn al-Athir, *uma estava do lado de Sião, ao sul, a outra ao norte. Os muçulmanos conseguiram queimar a primeira, matando todos os que estavam dentro dela. Mas assim que acabaram de destruí-la, um mensageiro chegou com*

70 ❧ A INVASÃO

*um pedido de ajuda, pois a cidade fora invadida do outro lado. Ela de fato fora tomada pelo norte, numa manhã de sexta-feira, sete dias antes do fim do mês de xabã do ano de 492.*

Naquele terrível dia de julho de 1099, Iftikhar está entrincheirado na torre de Davi, uma cidadela octogonal cujas fundações foram soldadas com chumbo e que constitui o ponto forte da muralha. Ele ainda pode resistir vários dias, mas sabe que a batalha está perdida. O bairro judeu foi invadido, as ruas estão cheias de cadáveres e os combates já se aproximam da grande mesquita. Ele e seus homens logo estarão cercados por todos os lados. No entanto, ele continua a lutar. O que mais poderia fazer? À tarde, os enfrentamentos praticamente cessaram no centro da cidade. O estandarte branco dos fatímidas tremula apenas sobre a torre de Davi.

De repente, os ataques dos *franj* cessam e um mensageiro se aproxima. Ele vem, da parte de Saint-Gilles, dizer ao general egípcio e a seus homens que os deixará partir sãos e salvos se eles aceitarem lhe entregar a torre. Iftikhar hesita. Mais de uma vez os *franj* traíram seus compromissos e nada garante que Saint-Gilles não vá fazer o mesmo. No entanto, ele é descrito como um sexagenário de cabelos brancos que todos cumprimentam com respeito, o que deveria confirmar o peso de sua palavra. Em todo caso, ele precisa tratar com a guarnição, pois sua torre de madeira foi destruída e todos os ataques foram repelidos. Desde a manhã, de fato, ele permanece parado sob as muralhas enquanto seus irmãos, os outros chefes francos, já pilham a cidade e disputam suas casas. Pesando os prós e os contras, Iftikhar acaba se declarando disposto a capitular, desde que Saint-Gilles prometa, por sua honra, garantir sua segurança e a de todos os seus homens.

*Os franj cumpriram sua palavra e os deixaram partir à noite rumo ao porto de Ascalão, onde eles se estabeleceram,* registrará conscienciosamente Ibn al-Athir, antes de acrescentar: *A população da Cidade Santa foi passada no fio da espada e os franj massacraram os muçulmanos por uma semana. Na mesquita de al-Aqsa, eles mataram mais de setenta mil pessoas.* E Ibn al-Qalanissi, que evita manipular números que não podem ser verificados, afirma: *Muitas pessoas foram mortas. Os judeus foram reunidos em sua sinagoga e os franj os queimaram vivos.*

*Eles também destruíram os monumentos santos e o túmulo de Abraão — que a paz esteja com ele!*

Entre os monumentos saqueados pelos invasores encontra-se a mesquita de Omar, erigida em memória do segundo sucessor do Profeta, o califa Omar Ibn al-Khattab, que tomara Jerusalém dos *rum* em fevereiro de 638. No futuro, os árabes não deixarão de evocar com frequência esse acontecimento, com a intenção de destacar a diferença entre seu comportamento e o dos *franj*. Naquele dia, Omar entrara na cidade em seu famoso camelo branco, enquanto o patriarca grego da Cidade Santa vinha a seu encontro. O califa começara garantindo que a vida e os bens de todos os habitantes seriam respeitados, depois lhe pedira para visitar os lugares sagrados do cristianismo. Enquanto eles estavam na igreja de al-Qyama, o Santo Sepulcro, a hora da oração chegara e Omar perguntara a seu anfitrião onde ele poderia estender seu tapete para se prostrar. O patriarca o convidara a permanecer no local, mas o califa respondera: "Se eu fizer isso, amanhã os muçulmanos se apropriarão deste local, dizendo: Omar rezou aqui". E, carregando seu tapete, ele se ajoelhara do lado de fora. Ele fez bem, pois naquele lugar seria construída a mesquita que carregava seu nome. Os chefes francos, infelizmente, não tiveram a mesma magnanimidade. Eles festejam a vitória com uma matança indescritível, depois pilham selvagemente a cidade que afirmam venerar.

Nem seus próprios correligionários são poupados: uma das primeiras medidas tomadas pelos *franj* é expulsar da igreja do Santo Sepulcro todos os sacerdotes dos ritos orientais – gregos, georgianos, armênios, coptas e sírios – que ali oficiavam juntos graças a uma antiga tradição que todos os conquistadores até então tinham respeitado. Estupefatos com tanto fanatismo, os dignitários das comunidades cristãs orientais decidem resistir. Eles recusam revelar ao ocupante o lugar onde eles esconderam a verdadeira cruz em que Cristo morreu. Para aqueles homens, a devoção religiosa por aquela relíquia está associada ao orgulho patriótico. Eles não são, de fato, concidadãos do Nazareno? Mas os invasores não se deixam impressionar. Prendendo os sacerdotes que têm a guarda da cruz e submetendo-os à tortura para arrancar seu segredo, eles conseguem obter à força dos cristãos da Cidade Santa sua relíquia mais preciosa.

Enquanto os ocidentais acabam de massacrar alguns sobreviventes escondidos e passam a mão em todas as riquezas de Jerusalém, o exército reunido por al-Afdal avança lentamente pelo Sinai. Ele só chega à Palestina vinte dias depois do drama. O vizir, que o conduz pessoalmente, hesita em marchar diretamente sobre a Cidade Santa. Embora ele disponha de quase trinta mil homens, ele não se julga em posição de força porque lhe faltam materiais para o cerco, e a determinação dos cavaleiros francos o assusta. Ele decide se instalar com suas tropas nos arredores de Ascalão e enviar uma embaixada a Jerusalém para sondar as intenções do inimigo. Na cidade ocupada, os emissários egípcios são conduzidos até um grande cavaleiro de cabelos compridos e barba loira que lhes é apresentado como Godofredo de Bulhão, novo senhor de Jerusalém. É a ele que transmitem a mensagem do vizir, acusando os *franj* de terem abusado de sua boa-fé e propondo um arranjo se eles prometerem deixar a Palestina. Como resposta, os ocidentais reúnem suas forças e se lançam sem demora rumo a Ascalão.

Seu avanço é tão rápido que eles chegam às proximidades do acampamento muçulmano sem que os batedores tenham sequer sinalizado sua presença. Desde o primeiro confronto, *o exército egípcio perdeu pé e voltou para o porto de Ascalão*, relata Ibn al-Qalanissi. *Al-Afdal também se retirou. Os sabres dos franj triunfaram sobre os muçulmanos. A matança não poupou nem a infantaria, nem os voluntários, nem as pessoas da cidade. Cerca de dez mil almas pereceram e o acampamento foi pilhado.*

É sem dúvida alguns dias depois da derrota dos egípcios que o grupo de refugiados conduzido por Abu-Saad al-Harawi chega a Bagdá. O cádi de Damasco ainda ignora que os *franj* acabam de obter uma nova vitória, mas ele já sabe que os invasores são senhores de Jerusalém, Antioquia e Edessa, que eles venceram Kilij Arslan e Danismende, que atravessaram toda a Síria de norte a sul, massacrando e pilhando à vontade sem ser molestados. Ele sente que seu povo e sua fé foram achincalhados, humilhados, e ele tem vontade de gritar isso em alto e bom tom para que os muçulmanos finalmente acordem. Ele quer sacudir seus irmãos, provocá-los, escandalizá-los.

Na sexta-feira, 19 de agosto de 1099, ele leva seus companheiros à grande mesquita de Bagdá e, ao meio-dia, quando os crentes afluem de todos os lados para a oração, ele começa a comer ostensivamente, embora se esteja no Ramadá, o mês do jejum obrigatório. Em poucos instantes, uma multidão furiosa se amontoa a seu redor, soldados se aproximam para prendê-lo. Mas Abu-Saad se levanta e pergunta calmamente aos que o cercam como eles podem se mostrar tão ofendidos com uma quebra de jejum enquanto o massacre de milhares de muçulmanos e a destruição dos lugares santos do Islá os deixam em total indiferença. Tendo assim silenciado a multidão, ele descreve então em detalhe as desgraças que oprimem a Síria, "Bilad ech-Cham", e sobretudo as que acabam de atingir Jerusalém. *Os refugiados choraram e fizeram chorar*, dirá Ibn al-Athir.

Deixando a rua, é aos palácios que al-Harawi leva seu escândalo. "Vejo que os suportes da fé são fracos!", ele exclama na sala do conselho do príncipe dos crentes, al-Mustazhir-billah, um jovem califa de 22 anos. De tez clara, barba curta, rosto redondo, ele é um soberano jovial e bonachão, que tem acessos de cólera muito breves e faz ameaças que raramente são executadas. Numa época em que a crueldade parece ser o primeiro atributo dos dirigentes, esse jovem califa árabe se vangloria de nunca ter causado mal a quem quer que seja. *Ele sentia uma verdadeira alegria quando lhe diziam que o povo estava feliz*, registrará candidamente Ibn al-Athir. Sensível, refinado, de trato agradável, al-Mustazhir gosta das artes. Apaixonado por arquitetura, ele supervisionou pessoalmente a construção de uma muralha em torno de seu bairro de residência, o Harém, situado a leste de Bagdá. Nas horas vagas, que são numerosas, ele compõe poemas de amor: *Quando estendi a mão para dizer adeus à bem-amada, o ardor de minha chama fez o gelo derreter*.

Infelizmente para seus súditos, esse *homem de bem, distante de qualquer gesto de tirania*, como o define Ibn al-Qalanissi, não dispõe de nenhum poder, ainda que esteja cercado, a cada instante, por um complicado cerimonial de veneração e que os cronistas mencionem seu nome com deferência. Os refugiados de Jerusalém, que colocaram todas as suas esperanças em sua pessoa, parecem esquecer que sua autoridade não se exerce para além dos muros de seu palácio e que, de todo modo, a política o entedia.

No entanto, ele tem uma história gloriosa atrás de si. Os califas, seus predecessores, foram pelos dois séculos que seguiram à morte do

Profeta (632-833) os líderes espirituais e temporais de um imenso império que, em seu apogeu, se estendia do Indo aos Pirineus, e que inclusive adentrou na direção dos vales do Ródano e do Loire. E a dinastia abássida, a que pertence al-Mustazhir, fez de Bagdá a fabulosa cidade das Mil e Uma Noites. No início do século IX, na época em que reinava seu ancestral Harun al-Rachid, o califado era o Estado mais rico e mais poderoso da Terra, e sua capital o centro da civilização mais avançada. Ela tinha mil médicos diplomados, um grande hospital gratuito, um serviço postal regular, vários bancos, alguns com sucursais na China, um excelente sistema de canalização de água, rede de esgoto e uma fábrica de papel – os ocidentais, que só utilizavam o pergaminho ao chegar no Oriente, aprenderão na Síria a arte de fabricar o papel a partir da palha de trigo.

Mas naquele verão sangrento de 1099, quando al-Harawi anunciou na sala do conselho de al-Mustazhir a queda de Jerusalém, essa idade de ouro já passou há muito tempo. Harun morreu em 809. Um quarto de século depois, seus sucessores perderam todo poder real, Bagdá está semidestruída e o império se desintegrou. Resta apenas o mito de uma era de unidade, grandeza e prosperidade, que assombrará para sempre os sonhos dos árabes. Os abássidas ainda reinarão por quatro séculos, é verdade. Mas eles não governarão mais. Eles serão reféns nas mãos de seus soldados turcos ou persas, capazes de fazer e desfazer soberanos à vontade, quase sempre recorrendo ao assassinato. E é para escapar a esse destino que a maioria dos califas renuncia a todo tipo de atividade política. Confinados em seus haréns, eles se dedicarão exclusivamente aos prazeres da vida, tornando-se poetas ou músicos, colecionando lindas escravas perfumadas.

O príncipe dos crentes, que por muito tempo fora a encarnação da glória dos árabes, se tornou o símbolo vivo de sua decadência. E al-Mustazhir, de quem os refugiados de Jerusalém esperam um milagre, é o representante daquela raça de califas ociosos. Mesmo se quisesse, ele seria incapaz de voar em socorro da Cidade Santa, pois seu único exército é uma guarda pessoal de algumas centenas de eunucos pretos e brancos. Mas não faltam soldados em Bagdá. Eles perambulam pelas ruas aos milhares, com frequência bêbados. Para se proteger de suas violências, os cidadãos adquiriram o costume de todas as noites bloquear o acesso a todos os bairros por meio de pesadas barreiras de madeira ou ferro.

Obviamente, esses flagelos de uniforme, que condenaram os mercados à ruína com seus saques sistemáticos, não obedecem às ordens de al-Mustazhir. Seu líder quase não fala o árabe. Pois, a exemplo de todas as cidades da Ásia muçulmana, Bagdá caiu há mais de quarenta anos nas mãos dos turcos seljúcidas. O homem forte da capital abássida, o jovem sultão Berkyaruq, um primo de Kilij Arslan, é teoricamente o suserano de todos os príncipes da região, mas, na verdade, cada província do império seljúcida é praticamente independente, e os membros da família reinante estão totalmente absorvidos em suas disputas dinásticas.

E em setembro de 1099, quando al-Harawi deixa a capital abássida, ele não conseguiu se encontrar com Berkyaruq, pois o sultão está em campanha no norte da Pérsia contra seu próprio irmão Mohammed, uma luta que aliás acaba com a vantagem deste último, pois é Mohammed que, em outubro, se apodera de Bagdá. No entanto, esse conflito absurdo não terminou. Ele inclusive adquirirá, sob o olhar de espanto dos árabes, que já não tentam entender mais nada, um aspecto literalmente burlesco. Que cada um julgue por si! Em janeiro de 1100, Mohammed deixa Bagdá às pressas e Berkyaruq entra triunfante na cidade. Não por muito tempo, pois na primavera ele a perde de novo, para voltar com força em abril de 1101, depois de um ano de ausência, e esmagar seu irmão; nas mesquitas da capital abássida, seu nome volta a ser pronunciado no sermão de sexta-feira, mas em setembro a situação se inverte mais uma vez. Vencido por uma coalizão de dois de seus irmãos, Berkyaruq parece definitivamente fora de combate. Seria não o conhecer: apesar da derrota, ele retorna inopinadamente a Bagdá e toma posse da cidade por alguns dias, antes de ser novamente expulso em outubro. No entanto, mais uma vez, sua ausência é breve, pois desde dezembro um acordo lhe restitui a cidade. Esta terá mudado de mão oito vezes em trinta meses: ela terá tido um senhor a cada cem dias! Isso enquanto os invasores ocidentais consolidam sua presença nos territórios conquistados.

*Os sultões não se entendiam*, dirá Ibn al-Athir com um belo eufemismo, *e foi por isso que os franj puderam tomar o país.*

# SEGUNDA PARTE

❧

# A OCUPAÇÃO
## (1100-1128)

*Sempre que os franj tomam
uma fortaleza, eles atacam outra.
Sua potência seguirá crescendo
até que eles ocupem toda a Síria e
exilem os muçulmanos desse país.*

Fakhr el-Mulk Ibn Ammar,
Senhor de Trípoli

CAPÍTULO 4

# Os dois mil dias de Trípoli

Depois de tantas derrotas sucessivas, tantas decepções e tantas humilhações, as três notícias inesperadas que chegam a Damasco naquele verão de 1100 suscitam muitas esperanças. Não apenas entre os militantes religiosos em torno do cádi al-Harawi, mas também nos mercados, sob as arcadas da Rua Direita, onde os mercadores de seda crua, brocados dourados, tecido adamascado e móveis damasquinados, sentados à sombra de vinhas escandentes, se interpelam de uma loja a outra por cima dos passantes, com a voz dos dias venturosos.

No início de julho, surge um primeiro rumor, logo verificado: o velho Saint-Gilles, que nunca escondeu suas ambições sobre Trípoli, Homs e o conjunto da Síria central, embarcou subitamente para Constantinopla, depois de um conflito com os outros líderes francos. Murmura-se que não voltará.

No final de julho, chega uma segunda notícia, mais extraordinária ainda, que se propaga em poucos minutos de mesquita em mesquita, de ruela em ruela. *Enquanto sitiava a cidade de Acre, Godofredo, senhor de Jerusalém, foi atingido por uma flecha que o matou*, relata Ibn al-Qalanissi. Fala-se também das frutas envenenadas que um palestino ilustre teria oferecido ao líder franco. Alguns acreditam numa morte natural, causada por uma epidemia. Mas a versão do cronista de Damasco é a preferida do público: Godofredo teria caído sob os golpes dos defensores de Acre. Um ano depois da queda de Jerusalém, essa vitória não indicaria que os ventos começam a mudar?

Essa impressão parece confirmada alguns dias depois, quando se descobre que Boemundo, o mais temível dos *franj*, acabara de ser capturado. Danismende, "o sábio", o vencera. Assim como já fizera três anos antes, durante a Batalha de Niceia, o chefe turco cercara a cidade armênia de Malatya. *Diante dessa notícia,* diz Ibn al-Qalanissi, *Boemundo, rei dos franj e senhor de Antioquia, reuniu seus homens e marchou contra o exército muçulmano.* Investida temerária, pois, para alcançar a cidade sitiada, o chefe franco precisa cavalgar uma semana por um território montanhoso solidamente dominado pelos turcos. Informado de sua aproximação, Danismende prepara uma emboscada. Boemundo e os quinhentos cavaleiros que o acompanham são recebidos por uma barreira de flechas que caem sobre eles numa estreita passagem onde não conseguem se posicionar. *Deus deu a vitória aos muçulmanos, que mataram um grande número de franj. Boemundo e alguns de seus companheiros foram capturados.* Eles foram conduzidos, acorrentados, até Niksar, no norte da Anatólia.

A sucessiva eliminação de Saint-Gilles, Godofredo e Boemundo, os três principais artífices da invasão franca, parece a todos como um sinal do céu. Os que estavam abalados com a aparente invencibilidade dos ocidentais recuperam a coragem. Não será o momento de desferir o golpe definitivo? Um homem, em todo caso, deseja isso ardentemente: Duqaq.

Que ninguém se engane, o jovem rei de Damasco não é em absoluto um defensor zeloso do Islã. Não ficara amplamente provado, durante a Batalha de Antioquia, que ele estava disposto a trair os seus para satisfazer suas ambições locais? Foi somente na primavera de 1100, aliás, que o seljúcida sentiu subitamente a necessidade de uma guerra santa contra os infiéis. Tendo um de seus vassalos, um chefe beduíno do planalto de Golã, se queixado das repetidas incursões dos *franj* de Jerusalém, que pilhavam suas colheitas e roubavam seus rebanhos, Duqaq decidiu intimidá-los. Num dia de maio, enquanto Godofredo e seu braço direito Tancredo, um sobrinho de Boemundo, voltavam com seus homens de uma razia particularmente vantajosa, o exército de Damasco os atacou. Dado o peso do butim, os *franj* foram incapazes de combater. Eles preferiram fugir, deixando para trás vários mortos. O próprio Tancredo escapou por pouco.

Para se vingar, ele organizou um ataque de represália nos arredores da metrópole síria. Os pomares foram devastados, as aldeias saqueadas e incendiadas. Tomado de surpresa pela amplidão e pela velocidade da resposta, Duqaq não ousou intervir. Com sua habitual versatilidade, já lamentando amargamente a operação no Golã, ele chegou a propor a Tancredo pagar-lhe uma grande quantia se ele aceitasse se afastar. Sua oferta obviamente só reforça a determinação do príncipe franco. Estimando, com toda lógica, que o rei estava acuado, ele lhe enviou uma delegação de seis pessoas para intimá-lo a se converter ao cristianismo ou entregar Damasco. Nada menos. Ultrajado com tanta arrogância, o seljúcida ordenou que os emissários fossem presos e, gaguejando de raiva, intimou-os por sua vez a abraçar o Islã. Um deles aceitou. Os outros cinco tiveram a cabeça cortada na mesma hora.

Enquanto a notícia se tornava conhecida, Godofredo se unia a Tancredo e, com todos os homens de que dispunham, eles se dedicaram, por dez dias, à destruição sistemática dos arredores da metrópole síria. A rica planície de Ghuta, que *circunda Damasco como o halo circunda a lua*, segundo a expressão de Ibn Jubayr, oferecia um espetáculo desolador. Duqaq não se movia. Fechado em seu palácio de Damasco, ele esperava que a tempestade passasse. Principalmente depois que seu vassalo de Golã rejeitara sua suserania e que, a partir de então, seria aos senhores de Jerusalém que pagaria o tributo anual. Mais grave ainda, a população da metrópole síria começava a se queixar da incapacidade de seus dirigentes de protegê-la. Ela praguejava contra todos aqueles soldados turcos que se pavoneavam nos mercados mas que desapareciam embaixo da terra assim que o inimigo chegava às portas da cidade. Duqaq estava obcecado por uma única coisa: vingar-se, o mais cedo possível, mesmo que apenas para se reabilitar aos olhos de seus próprios súditos.

É fácil imaginar que, nessas condições, a morte de Godofredo tenha causado uma imensa alegria ao seljúcida, que, três meses antes, teria ficado bastante indiferente com ela. A captura de Boemundo, ocorrida alguns dias depois, o encoraja a tentar uma ação grandiosa.

A ocasião se apresenta em outubro. *Quando Godofredo foi morto,* conta Ibn al-Qalanissi, *seu irmão, o conde Balduíno, senhor de Edessa, se pôs a caminho de Jerusalém com quinhentos cavaleiros e soldados de*

OS DOIS MIL DIAS DE TRÍPOLI · 81

*infantaria. Ao saber de sua passagem, Duqaq reuniu suas tropas e avançou contra ele. Encontrou-o perto da praça costeira de Beirute.* Balduíno claramente quer suceder a Godofredo. Ele é um cavaleiro renomado pela brutalidade e ausência de escrúpulos, como o assassinato de seus "pais adotivos" em Edessa o demonstrara, mas também é um guerreiro corajoso e astuto, cuja presença em Jerusalém constituiria uma ameaça permanente para Damasco e o restante da Síria muçulmana. Matá-lo ou capturá-lo naquele momento crítico seria, de fato, decapitar o exército invasor e colocar em causa a presença dos *franj* no Oriente. E se o momento foi bem escolhido, o local de ataque também o foi.

Vindo do norte, ao longo da costa mediterrânea, Balduíno deve chegar a Beirute por volta de 24 de outubro. Antes, ele precisa atravessar o Nahr al-Kalb, a antiga fronteira fatímida. Perto da foz do "Rio do Cachorro", a estrada se estreita, cercada por falésias e montes abruptos. O lugar é ideal para uma emboscada. É justamente ali que Duqaq decide esperar os *franj*, dissimulando seus homens nas cavernas ou encostas arborizadas. Regularmente, seus batedores o informam do avanço do inimigo.

Desde a mais remota antiguidade, Nahr al-Kalb é a ideia fixa dos conquistadores. Quando um deles consegue ultrapassá-lo, fica tão orgulhoso que deixa na falésia o relato de sua façanha. Na época de Duqaq, já se pode admirar vários desses vestígios, desde os hieroglíficos do faraó Ramsés II e os cuneiformes do babilônio Nabucodonosor, até os louvores latinos que o imperador romano de origem síria, Sétimo Severo, dirigira a seus valorosos legionários gauleses. Mas ao lado desse punhado de vencedores, quantos guerreiros tiveram seus sonhos despedaçados naquelas rochas sem deixar rastros! Para o rei de Damasco, não há a menor dúvida que "o maldito Balduíno" logo se juntará a essa coorte de vencidos. Duqaq tem motivos de sobra para estar otimista. Suas tropas são seis ou sete vezes mais numerosas que as do chefe franco, e, acima de tudo, ele se beneficia do efeito surpresa. Ele não apenas vai remediar a afronta que lhe foi infligida como vai retomar seu lugar preponderante entre os príncipes da Síria e de novo exercer uma autoridade que a chegada dos *franj* solapara.

Se há um homem a quem as implicações da batalha não escaparam, é o novo senhor de Trípoli, o cádi Fakhr el-Mulk, que um ano antes sucedeu a seu irmão Jalal el-Mulk. Como sua cidade fora cobiçada pelo senhor de Damasco antes da chegada dos ocidentais, não lhe faltam motivos para temer a derrota de Balduíno, pois Duqaq desejará se erigir como um campeão do Islã e libertador da terra síria, e será preciso reconhecer sua suserania e suportar seus caprichos.

Para evitar que isso aconteça, Fakhr el-Mulk ignora todos os escrúpulos. Ao saber que Balduíno se aproxima de Trípoli a caminho de Beirute e Jerusalém, ele lhe envia vinho, mel, pão, carne e ricos presentes de ouro e prata, bem como um mensageiro que insiste em vê-lo em particular e o põe a par da emboscada de Duqaq, fornecendo-lhe vários detalhes sobre a disposição das tropas de Damasco e aconselhando-o sobre as melhores táticas a utilizar. O chefe franco agradece ao cádi por sua colaboração, tão preciosa quanto inesperada, e retoma a estrada para Nahr al-Kalb.

Sem desconfiar de nada, Duqaq se prepara para investir contra os *franj* assim que eles tiverem entrado na estreita faixa costeira que seus arqueiros têm na mira. Os *franj* de fato aparecem para os lados da localidade de Junieh e avançam demonstrando total despreocupação. Mais alguns passos e eles cairão na armadilha. De repente, porém, eles se imobilizam e, lentamente, começam a recuar. Nada está decidido ainda, mas vendo que o inimigo não caiu em sua armadilha Duqaq não sabe mais o que fazer. Pressionado por seus emires, ele acaba ordenando a seus arqueiros uma saraivada de flechas, sem no entanto ousar lançar seus cavaleiros contra os *franj*. Com a caída da noite, o moral das tropas muçulmanas está no chão. Árabes e turcos se acusam mutuamente de covardia. Algumas rixas estouram. Na manhã seguinte, depois de um breve confronto, as tropas de Damasco refluem para a montanha libanesa, enquanto os *franj* continuam tranquilamente seu caminho para a Palestina.

Deliberadamente, o cádi de Trípoli escolhera salvar Balduíno, julgando que a principal ameaça contra sua cidade vinha de Duqaq, que agira da mesma forma com Kerboga dois anos antes. Tanto para um quanto para o outro, a presença franca pareceu, no momento decisivo, um mal menor. Mas o mal se propagará muito rápido. Três semanas depois da emboscada perdida de Nahr al-Kalb, Balduíno se proclama rei de Jerusalém e se lança num duplo esforço de organização e conquista, a fim de consolidar os produtos da invasão. Ao tentar entender, quase um século depois, o que levou os *franj* ao Oriente, Ibn al-Athir atribuirá a iniciativa do movimento ao rei Balduíno, "al-Bardawil", que ele de certo modo considerava o chefe do Ocidente. Não está errado, pois embora esse cavaleiro tenha sido apenas um dos numerosos responsáveis pela invasão, o historiador de Mossul tem razão em designá-lo como o principal artífice da ocupação. Diante da irremediável fragmentação do mundo árabe, os Estados francos logo aparecem, por sua determinação, suas qualidades guerreiras e sua relativa solidariedade, como uma verdadeira potência regional.

Os muçulmanos dispõem, no entanto, de um trunfo considerável: a extrema fraqueza numérica de seus inimigos. Depois da queda de Jerusalém, a maioria dos *franj* volta para seus países. Balduíno só pode contar com algumas centenas de cavaleiros, quando de sua ascensão ao trono. Mas essa aparente fraqueza desaparece quando, na primavera de 1101, chegam notícias de que novos exércitos francos, muito mais numerosos dos que os vistos até então, se reuniram em Constantinopla.

Os primeiros a se alarmar são, obviamente, Kilij Arslan e Danismende, que ainda se lembram da última passagem dos *franj* pela Ásia Menor. Sem hesitar, eles decidem unificar suas forças para tentar impedir a passagem da nova invasão. Os turcos não ousam mais se aventurar para os lados de Niceia ou de Dorileia, então firmemente defendidas pelos *rum*. Eles preferem tentar uma nova emboscada muito mais longe, no sudeste da Anatólia. Kilij Arslan, que ganhara idade e experiência, manda envenenar todas as fontes de água ao longo da rota seguida pela expedição anterior.

Em maio de 1101, o sultão é informado de que cerca de cem mil homens cruzaram o Bósforo, comandados por Sain-Gilles, que há um ano residia em Bizâncio. Ele tenta seguir seus movimentos passo a passo, para saber em que momento os surpreender. A primeira etapa deveria ser Niceia. Curiosamente, porém, os batedores postados perto da antiga capital do sultão não os veem chegar. Para os lados do Mar de Mármara, e mesmo em Constantinopla, ninguém os vê. Kilij Arslan só encontra seus rastros no final de junho, quando eles irrompem subitamente sob os muros de uma cidade que lhe pertence, Ancara, localizada no centro da Anatólia, em pleno território turco, e na qual ele em momento algum previu um ataque. Antes mesmo que ele tenha tempo de chegar à cidade, os *franj* a tomaram. Kilij Arslan sente ter voltado quatro anos no tempo, para a época da queda de Niceia. Mas a hora não é para lamentações, pois os ocidentais ameaçam o próprio coração de seus domínios. Ele decide preparar uma emboscada para assim que eles saírem de Ancara rumo ao sul. Mais uma vez, porém, comete um erro: os invasores, dando as costas à Síria, caminham decididamente para noroeste, na direção de Niksar, a poderosa cidadela em que Danismende mantém Boemundo. Então é isso! Os *franj* querem libertar o senhor de Antioquia!

O sultão e seu aliado finalmente começam a entender, mal conseguindo acreditar, o curioso itinerário dos invasores. Em certo sentido, eles ficam mais tranquilos, pois agora podem escolher o lugar da emboscada. Será a aldeia de Merzifon, que os ocidentais alcançarão nos primeiros dias de agosto, entorpecidos por um sol abrasador. Seu exército não é muito impressionante. Algumas centenas de cavaleiros que avançam pesadamente, curvados sob o peso de armaduras escaldantes e, atrás deles, uma multidão variada que conta com mais mulheres e crianças do que com verdadeiros combatentes. Já no primeiro ataque dos cavaleiros turcos, os *franj* recuam. Não é uma batalha, mas uma carnificina, que dura um dia inteiro. Ao cair da noite, Saint-Gilles foge com seus próximos sem nem avisar o grosso do exército. No dia seguinte, os últimos sobreviventes são mortos. Milhares de jovens mulheres são capturadas e irão povoar os haréns da Ásia.

Assim que o massacre de Merzifon chega ao fim, mensageiros vêm alertar Kilij Arslan: uma nova expedição franca já avança pela Ásia Menor. Dessa vez, o itinerário não esconde nenhuma surpresa. Os guerreiros da cruz pegaram o rumo do sul, e somente depois de vários dias de marcha eles percebem que o caminho encerra uma armadilha. No final de agosto, quando o sultão chega do nordeste com seus cavaleiros, os *franj*, torturados pela sede, já estão agonizando. Eles são dizimados sem nenhuma resistência.

Não para por aí. Uma terceira expedição franca segue a segunda, na mesma rota, com uma semana de intervalo. Cavaleiros, soldados de infantaria, mulheres e crianças chegam completamente desidratados aos arredores da cidade de Heracleia. Eles avistam o brilho de um rio, para o qual todos se precipitam, desordenadamente. Mas é justamente na beira daquele curso d'água que Kilij Arslan os espera...

Os *franj* nunca se recuperarão desse triplo massacre. Com a vontade de expansão que os anima naqueles anos decisivos, o aporte de um número tão grande de recém-chegados, combatentes ou não, sem dúvida teria permitido que eles colonizassem o conjunto do Oriente árabe antes que este tivesse tempo de se recuperar. No entanto, é essa escassez de homens que estará na origem da obra mais duradoura e mais espetacular dos *franj* em terras árabes: a construção de castelos fortificados. Pois é para compensar a fraqueza de seus efetivos que eles precisarão construir fortalezas, tão bem protegidas que um punhado de defensores conseguirá deter uma multidão de sitiantes. Mas para superar a desvantagem do número, os *franj* tirarão proveito, por muitos anos, de uma arma ainda mais temível que suas fortalezas: o torpor do mundo árabe. Nada ilustra melhor esse estado de coisas do que a descrição de Ibn al-Athir sobre a extraordinária batalha que acontece diante de Trípoli no início de abril de 1102.

*Saint-Gilles, que Deus o amaldiçoe, voltou para a Síria depois de ter sido esmagado por Kilij Arslan. Ele dispunha de apenas trezentos homens. Então Fakhr el-Mulk, senhor de Trípoli, mandou dizer ao rei Duqaq e ao governador de Homs: "É agora ou nunca que podemos acabar com Saint-Gilles, já que está com tão poucas tropas!". Duqaq despachou dois mil homens, e o governador de Homs compareceu em pessoa. As tropas de Trípoli se juntaram a eles diante das portas da cidade e juntos eles lutaram contra Saint-Gilles. Este lançou cem soldados contra os homens de Trípoli, cem contra os de Damasco, cinquenta contra os de Homs e manteve cinquenta com ele. Só de ver o inimigo, os homens de Homs fugiram, logo seguidos pelos damascenos. Somente os tripolitanos os enfrentaram e, ao ver isso, Saint-Gilles os atacou com seus duzentos outros soldados, venceu-os e matou sete mil.*

Trezentos *franj* vencem vários milhares de muçulmanos? Parece que o relato do historiador árabe está de acordo com a realidade. A explicação mais provável é que Duqaq tenha desejado fazer o cádi de Trípoli pagar por sua atitude no momento da emboscada de Nahr

86 ◈ A OCUPAÇÃO

al-Kalb. A traição de Fakhr el-Mulk impedira a eliminação do fundador do reino de Jerusalém; a revanche do rei de Damasco permitirá a criação de um quarto estado franco: o condado de Trípoli.

Seis semanas depois dessa derrota humilhante, assiste-se a uma nova demonstração da incúria dos dirigentes da região, que, apesar da vantagem do número, se revelam incapazes de explorar a vitória quando dominantes.

A cena ocorre em maio de 1102. Um exército egípcio de quase vinte mil homens, comandado por Sharaf, filho do vizir al-Afdal, chegou à Palestina e conseguiu surpreender as tropas de Balduíno em Ramla, perto do porto de Jafa. O rei só escapou da captura porque se escondeu de barriga no chão, entre os juncos. A maior parte de seus cavaleiros é morta ou capturada. Naquele dia, o exército do Cairo é perfeitamente capaz de tomar Jerusalém, pois, como dirá Ibn al-Athir, a cidade está sem defensores e o rei franco, em fuga.

*Alguns homens de Sharaf lhe disseram: "Vamos tomar a Cidade Santa!". Outros lhe disseram: "Vamos tomar Jafa!". Sharaf não conseguia se decidir. Enquanto ele hesitava, os franj receberam reforços por mar e Sharaf precisou voltar para a casa de seu pai no Egito.*

Vendo que estivera a dois dedos da vitória, o senhor do Cairo decide lançar uma nova ofensiva no ano seguinte, depois no outro. Mas a cada tentativa um acontecimento imprevisto se interpõe entre ele e a vitória. Uma vez é a frota egípcia que se desentende com o exército terrestre. Outra vez é o comandante da expedição que morre acidentalmente, semeando a desordem nas tropas com sua morte. Ele era um general corajoso, mas, nos diz Ibn al-Athir, extremamente supersticioso. *Alguém fizera a previsão de que ele morreria de uma queda de cavalo e, quando ele fora nomeado governador de Beirute, ele ordenara que toda a pavimentação fosse arrancada das ruas, por medo de que sua montaria escorregasse. Mas a prudência não previne contra o destino.* Durante a batalha, seu cavalo empina sem ser atacado, e o general cai morto no meio de suas tropas. Falta de sorte, falta de imaginação, falta de coragem, as sucessivas expedições de al-Afdal sempre terminam lamentavelmente. Enquanto isso, os *franj* seguem tranquilamente à conquista da Palestina.

Depois de conquistar Haifa e Jafa, eles atacam, em maio de 1104, o porto de Acre, que, em virtude de seu ancoradouro natural, é o único lugar onde os barcos podem atracar tanto no verão quanto no inverno. *Perdendo as esperanças de receber socorros, o governador egípcio pediu que poupassem sua vida e a das pessoas da cidade*, diz Ibn al-Qalanissi. Balduíno promete que eles não serão incomodados. Mas assim que os muçulmanos saem da cidade com seus bens, os *franj* se atiram sobre eles e os despojam, matando um grande número. Al-Afdal jura vingar essa nova humilhação. A cada ano ele enviará um poderoso exército para atacar os *franj*, mas a cada vez será um novo desastre. A ocasião perdida em Ramla em maio de 1102 não se apresentará de novo.

No norte, a incúria dos emires muçulmanos também salva os *franj* do aniquilamento. Depois da captura de Boemundo em agosto de 1100, o principado que ele fundou em Antioquia fica sete meses sem chefe, praticamente sem exército, mas nenhum dos monarcas vizinhos, nem Raduano, nem Kilij Arslan, nem Danismende, pensam em tirar proveito disso. Eles dão aos *franj* tempo para escolher um regente para Antioquia, no caso Tancredo, sobrinho de Boemundo, que toma posse de seu feudo em março de 1102 e que, para afirmar sua presença, saqueia os arredores de Alepo como fizera um ano antes com Damasco. Raduano reage com mais covardia ainda que seu irmão Duqaq. Ele manda dizer a Tancredo que está disposto a satisfazer a todos os seus caprichos se ele consentir em se afastar. Mais arrogante que nunca, o *franj* exige a colocação de uma imensa cruz sobre o minarete da grande mesquita de Alepo. Raduano obedece. Uma humilhação que, como veremos, terá consequências!

Na primavera de 1103, Danismende, que não ignora nem um pouco as ambições de Boemundo, decide, no entanto, soltá-lo sem nenhuma contraparte política. "Ele exigiu cem mil dinares de resgate e a libertação da filha de Yaghi Siyan, o antigo senhor de Antioquia, que estava cativa." Ibn al-Athir está escandalizado.

*Ao sair da prisão, Boemundo voltou para Antioquia, devolvendo a coragem a seu povo, e não demorou em fazer os habitantes das cidades vizinhas pagarem o preço de seu resgate. Os muçulmanos então sofreram um prejuízo que os fez esquecer dos benefícios da captura de Boemundo!*

Depois de assim "reembolsado", às custas da população local, o príncipe franco decide ampliar seus domínios. Na primavera de 1104, uma operação conjunta dos *franj* de Antioquia e de Edessa é iniciada contra a praça-forte de Harã, que domina a vasta planície que se estende às margens do Eufrates e controla as comunicações entre o Iraque e a Síria do Norte.

A cidade em si não tem grande interesse. Ibn Jubayr, que a visitará alguns anos depois, a descreverá em termos particularmente desalentadores.

*Em Harã, a água nunca conhece o frescor, o intenso calor daquela fornalha queima a terra sem parar. Não se encontra ali nenhum canto de sombra para fazer a sesta; respira-se sempre com o peito oprimido. Harã dá a impressão de ter sido abandonada na planície nua. Ela não tem o brilho de uma cidade, e seus arredores não são ornados com nenhum aparato elegante.*

Mas seu valor estratégico é considerável. Tomando Harã, os *franj* poderiam no futuro avançar na direção de Mossul e até de Bagdá. No momento, sua queda condenaria o reino de Alepo a um cerco. Objetivos ambiciosos, por certo, mas os invasores não carecem de audácia. Ainda mais porque as divisões do mundo árabe encorajam suas iniciativas. Com a intensa retomada da luta sangrenta entre os irmãos inimigos Berkyaruq e Mohammed, Bagdá passa de novo de um sultão seljúcida a outro. Em Mossul, o atabegue Kerboga acaba de morrer, e seu sucessor, o emir turco Jekermish, não consegue se impor.

Em Harã, a situação é caótica. O governador foi assassinado por um de seus lugares-tenentes durante uma bebedeira e a cidade está a ferro e fogo. *Foi nesse momento que os franj marcharam sobre Harã,* explicará Ibn al-Athir. Jekermish, o novo senhor de Mossul, e seu vizinho Soqman, antigo governador de Jerusalém, são informados disso quando estão em guerra um contra o outro.

*Soqman queria vingar um de seus sobrinhos, morto por Jekermish, e eles se preparavam para se enfrentar. Diante desse novo fato, porém, eles decidiram unir suas forças para salvar a situação em Harã, cada um se dizendo disposto a oferecer sua vida a Deus e a buscar apenas a glória do Altíssimo. Eles se reuniram, selaram a aliança e se puseram em marcha contra os franj, Soqman com sete mil cavaleiros turcomanos e Jekermish com três mil.*

Os dois aliados encontraram o inimigo às margens do Rio Balikh, um afluente do Eufrates, em maio de 1104. Os muçulmanos fingem fugir, deixando os *franj* persegui-los por mais de uma hora. Depois, a um sinal de seus emires, eles dão meia-volta, cercam seus perseguidores e acabam com eles.

*Boemundo e Tancredo tinham se separado do grosso das tropas e escondido atrás de uma colina para pegar os muçulmanos pela retaguarda. Mas quando viram que seus homens tinham sido vencidos, eles decidiram não se mexer. Esperaram então a noite e fugiram, perseguidos pelos muçulmanos que mataram e capturaram um bom número de seus companheiros. Eles conseguiram escapar com apenas seis cavaleiros.*

Entre os chefes francos que participam da Batalha de Harã está Balduíno II, um primo do rei de Jerusalém que o sucedeu à frente do condado de Edessa. Ele também tentou fugir, mas, ao atravessar o Balikh a vau, seu cavalo atolou na lama. Os soldados de Soqman o fazem prisioneiro e o conduzem à tenda de seu senhor, o que desperta, segundo o relato de Ibn al-Athir, a inveja de seus aliados.

*Os homens de Jekermish lhe disseram: "O que vão pensar de nós se os outros pegarem todo o butim e nós ficarmos de mãos vazias?". E eles o convenceram a buscar o conde na tenda de Soqman. Quando este voltou, ficou muito perturbado. Seus companheiros já estavam montados, prontos para a batalha, mas ele os reteve, dizendo: "A alegria que nossa vitória causará nos muçulmanos não deve ser estragada por nossas desavenças. Não quero aliviar minha raiva dando satisfação ao inimigo às custas dos muçulmanos". Ele reuniu então todas as armas e os estandartes tomados dos franj, vestiu seus homens com as roupas deles, fez com que montassem em suas montarias e se dirigiu para as fortalezas em poder dos franj. Estes, acreditando ver o retorno de seus companheiros vitoriosos, sempre saíam a seu encontro. Soqman os massacrava e tomava a fortaleza. Ele repetiu esse estratagema em vários lugares.*

A repercussão da vitória de Hará será enorme, como atesta o tom incomumente entusiasta de Ibn al-Qalanissi:

*Foi para os muçulmanos um triunfo sem igual. O moral dos franj foi afetado, seu número diminuiu, sua capacidade ofensiva diminuiu, bem como seus armamentos. O moral dos muçulmanos foi fortalecido, seu ardor em defender a religião foi reforçado. As pessoas se felicitaram por essa vitória e adquiriram a certeza de que o sucesso abandonara os franj.*

Um *franj*, e não dos menores, será de fato desmoralizado por essa derrota: Boemundo. Alguns meses depois, ele embarcará num navio. Nunca mais será visto em terras árabes.

A Batalha de Hará, portanto, tirou de cena, dessa vez para sempre, o principal artífice da invasão. Acima de tudo, e isso é o mais importante, ela bloqueou para sempre o avanço dos *franj* para o leste. Mas, como os egípcios em 1102, os vencedores se revelam incapazes de colher os frutos de seu sucesso. Em vez de se dirigirem juntos para Edessa, a dois dias de marcha do campo de batalha, eles se separam devido a suas desavenças. E se o estratagema de Soqman lhe permite tomar algumas fortalezas sem grande importância, Jekermish logo se deixa surpreender por Tancredo, que consegue capturar várias pessoas de seu séquito, como uma jovem princesa de rara beleza, tão importante para o senhor de Mossul que ele manda dizer a Boemundo e Tancredo que está disposto a trocá-la por Balduíno II de Edessa ou a comprá-la por quinze mil dinares de ouro. O tio e o sobrinho consultam um ao outro e informam a Jekermish que, pesando bem as coisas, preferem aceitar o dinheiro e deixar o companheiro no cativeiro – que durará mais de três anos. Ignora-se o sentimento do emir depois dessa resposta pouco cavaleiresca dos chefes francos. Ele pagará a quantia combinada, recuperará sua princesa e ficará com Balduíno.

Mas o caso não para por aí. Ele incitará um dos episódios mais curiosos das guerras francas.

A cena se desenrola quatro anos depois, no início do mês de outubro de 1108, num campo de ameixeiras onde os últimos frutos negros acabam de amadurecer. Ao redor, colinas pouco arborizadas se sucedem ao infinito. Sobre uma delas se eleva, majestosa, a muralha de Turbessel, diante da qual os dois exércitos que se defrontam oferecem um espetáculo pouco comum.

Num acampamento, Tancredo de Antioquia, cercado por 1.500 cavaleiros e soldados de infantaria francos, que usam elmos que cobrem cabeça e nariz, e seguram firmemente espadas, maças e machados afiados. A seu lado estão seiscentos cavaleiros turcos de longas tranças, enviados por Raduano de Alepo.

No outro acampamento, o emir de Mossul, Jawali, com uma cota de malha coberta por uma longa túnica de mangas bordadas, cujo exército compreende dois mil homens divididos em três batalhões: à esquerda árabes, à direita turcos e no centro cavaleiros francos, entre os quais Balduíno de Edessa e seu primo Joscelino, senhor de Turbessel.

Os que tinham participado da gigantesca Batalha de Antioquia poderiam imaginar que, dez anos depois, um governador de Mossul, sucessor do atabegue Kerboga, firmaria uma aliança com um conde franco de Edessa e que eles lutariam lado a lado contra uma coalizão formada por um príncipe franco de Antioquia e o rei seljúcida de Alepo? Decididamente, não foi preciso esperar muito tempo para ver os *franj* se tornarem parceiros de pleno direito no jogo de massacre dos reis muçulmanos! Os cronistas não parecem nem um pouco chocados. Seria possível no máximo vislumbrar um pequeno sorriso zombeteiro em Ibn al-Athir, mas ele mencionará as disputas dos francos e suas alianças sem mudar de tom, exatamente como faz ao longo de toda sua *História perfeita* a respeito dos inúmeros conflitos entre os príncipes muçulmanos. Enquanto Balduíno era prisioneiro em Mossul, explica o historiador árabe, Tancredo tomara Edessa, o que dá a entender que não tinha a mínima pressa de ver o companheiro recuperar a liberdade. Ele inclusive tramara para que Jekermish o retivesse o máximo possível.

Em 1107, porém, com a derrubada desse emir, o conde caiu nas mãos do novo senhor de Mossul, Jawali, um aventureiro turco de notável inteligência, que entendeu na hora o partido que poderia tirar da disputa entre os dois chefes francos. Então libertou Balduíno, ofereceu-lhe roupas de gala e firmou com ele uma aliança. "Seu feudo de Edessa está ameaçado", disse-lhe em suma, "e minha posição em Mossul não está nem um pouco garantida. Ajudemo-nos mutuamente."

*Assim que foi libertado, contará Ibn al-Athir, o conde Balduíno, al-Comes Bardawil, foi ver "Tancry" em Antioquia e pediu que lhe restituísse Edessa. Tancredo lhe ofereceu trinta mil dinares, cavalos, armas, roupas e várias outras coisas, mas se recusou a lhe devolver a cidade. E quando Balduíno, furioso, deixou Antioquia, Tancredo tentou segui-lo para impedir que se unisse a seu aliado Jawali. Houve alguns confrontos entre eles, mas depois de cada combate eles se reuniam para comer juntos e conversar!*

Esses *franj* são loucos, parece dizer o historiador de Mossul. Ele continua:

*Como eles não conseguiam resolver esse problema, uma mediação foi tentada pelo patriarca, que é uma espécie de imã para eles. Este nomeou uma comissão de bispos e sacerdotes que atestaram que Boemundo, tio de Tancredo, antes de voltar para seu país, lhe recomendara devolver Edessa a Balduíno se ele voltasse do cativeiro. O senhor de Antioquia aceitou a arbitragem, e o conde recuperou a posse de seu domínio.*

Calculando que sua vitória se devia menos à boa vontade de Tancredo do que a seu medo de uma intervenção de Jawali, Balduíno libertou sem demora todos os prisioneiros muçulmanos de seu território, chegando a executar um de seus funcionários cristãos que publicamente injuriara o Islã.

Tancredo não era o único dirigente a se exasperar com a curiosa aliança entre o conde e o emir. O rei Raduano escreveu ao senhor de Antioquia para adverti-lo das ambições e da perfídia de Jawali. Ele lhe disse que o emir queria tomar Alepo e que, se conseguisse, os *franj* não poderiam mais se manter na Síria. A preocupação do rei seljúcida com a segurança dos *franj* é um tanto cômica, mas os príncipes se entendem com meias-palavras, para além das barreiras religiosas ou culturais. Uma nova coalizão islamo-franca se formou então para enfrentar a primeira.

É por isso que, naquele mês de outubro de 1108, os dois exércitos se defrontam perto das muralhas de Turbessel.

Os homens de Antioquia e de Alepo logo adquirem a vantagem. *Jawali foge e um grande número de muçulmanos busca refúgio em Turbessel, onde Balduíno e seu primo Joscelino os trataram com benevolência; eles cuidaram dos feridos, deram-lhes roupas e os levaram para suas casas.* A homenagem prestada pelo historiador árabe ao espírito cavalheiresco de Balduíno contrasta com a opinião que os habitantes cristãos de Edessa têm do conde. Ao saber que este fora vencido, e acreditando-o morto, os armênios da cidade julgam que é chegado o momento de se libertar da dominação franca. Tanto que, ao voltar, Balduíno encontra sua capital administrada por uma espécie de comuna. Preocupado com as veleidades de independência de seus súditos, ele manda prender os principais notáveis, entre os quais vários sacerdotes, e ordena que tenham os olhos furados.

Seu aliado Jawali gostaria de fazer o mesmo com os notáveis de Mossul, que também aproveitaram sua ausência para se revoltar. Mas ele precisa renunciar, pois sua derrota acabou de desacreditá-lo. A partir de então, sua sorte não será nada invejável: ele perde seu feudo, seu exército e seu tesouro, e o sultão Mohammed coloca sua cabeça a prêmio. Mas Jawali não se dá por vencido. Ele se disfarça de mercador, chega ao palácio de Isfahan e se curva humildemente diante do trono do sultão, com sua mortalha na mão. Comovido, Mohammed aceita perdoá-lo. Algum tempo depois, ele o nomeia governador de uma província na Pérsia.

Quanto a Tancredo, a vitória de 1108 o levou ao apogeu de sua glória. O principado de Antioquia se tornou uma potência regional temida por todos os seus vizinhos, sejam eles turcos, árabes, armênios ou francos. O rei Raduano se tornou um simples vassalo temeroso. O sobrinho de Boemundo se faz chamar de "o grande emir"!

Poucas semanas depois da Batalha de Turbessel, que consagra a presença dos *franj* na Síria do Norte, é a vez do reino de Damasco assinar um armistício com Jerusalém: os rendimentos das terras agrícolas situadas entre as duas capitais serão divididos em três, *um terço para os turcos, um terço para os franj, um terço para os camponeses*, escreve Ibn al-Qalanissi. *Um protocolo foi redigido sobre essa base.* Alguns meses depois, a metrópole síria reconhece, com um novo tratado, a perda de uma zona ainda mais importante: o rico Vale do Beca, situado a leste do Monte Líbano, é por sua vez dividido com o reino de Jerusalém. Os damascenos são simplesmente reduzidos à impotência. Suas colheitas estão à mercê dos *franj* e seu comércio transita pelo porto de Acre, onde os mercadores genoveses fazem a lei. Tanto no sul quanto no norte da Síria, a ocupação franca é uma realidade cotidiana.

Mas os *franj* não param por aí. Em 1108, eles estão às vésperas do mais vasto movimento de expansão territorial desde a queda de Jerusalém. Todas as grandes cidades da costa estão ameaçadas, e os potentados locais não têm mais força ou vontade de se defender.

O primeiro alvo é Trípoli. Em 1103, Saint-Gilles se instalara nos arredores da cidade e mandara construir uma fortaleza à qual os cidadãos logo deram seu nome. Bem conservada, "Qalaat Saint-Gilles" ainda pode ser vista no século XXI, no centro da cidade moderna de Trípoli. À chegada dos *franj*, porém, a cidade se limita ao bairro do porto, al-Mina, na ponta de uma península cujo acesso é controlado por essa famosa fortaleza. Nenhuma caravana pode alcançar Trípoli ou sair dela sem ser inspecionada pelos homens de Saint-Gilles.

O cádi Fakhr el-Mulk quer a todo custo destruir a cidadela que ameaça estrangular sua capital. Todas as noites, seus soldados tentam golpes audaciosos para apunhalar um guarda ou danificar um muro em construção, mas é em setembro de 1104 que ocorre a operação mais espetacular. Toda a guarnição de Trípoli efetua uma investida em massa sob a condução do cádi. Vários guerreiros francos são massacrados e uma ala da fortaleza é incendiada. O próprio Saint-Gilles é surpreendido num dos telhados em chamas. Gravemente queimado, ele morre cinco meses depois, num sofrimento atroz. Durante sua agonia, ele pede para ver emissários de Fakhr el-Mulk e propõe um arranjo: os tripolitanos cessariam de atacar a cidadela e, em troca, o chefe franco se comprometeria a não mais perturbar o tráfego de viajantes e mercadores. O cádi aceita.

Estranho acordo! O objetivo de um cerco não é justamente impedir a circulação de homens e víveres? No entanto, tem-se a impressão de que uma relação quase normal se estabelece entre sitiantes e sitiados.

Com isso, o porto de Trípoli conhece uma retomada das atividades, as caravanas vão e vêm depois de pagar uma taxa aos *franj* e os tripolitanos ilustres cruzam as linhas inimigas munidos de um salvo-conduto! Na verdade, os dois beligerantes estão à espera. Os *franj* esperam que uma frota cristã venha de Gênova ou Constantinopla, permitindo-lhes atacar a cidade sitiada. Os tripolitanos, que não o ignoram, também esperam que um exército muçulmano venha em seu socorro. O apoio mais eficaz deveria vir do Egito. O Califado Fatímida é uma grande potência marítima e sua intervenção bastaria para desencorajar os *franj*. Mas entre o senhor de Trípoli e o do Cairo as relações mais uma vez são desastrosas. O pai de al-Afdal fora escravo na família do cádi e parece que tivera péssimas relações com seus amos. O vizir nunca escondera seu rancor e seu desejo de humilhar Fakhr, que, por sua vez, preferiria entregar sua cidade para Saint-Gilles do que colocar seu destino nas mãos de al-Afdal. O cádi também não pode contar com nenhum aliado na Síria. Ele precisa buscar socorros em outra parte.

Quando as notícias da vitória de Hará chegam até ele, em junho de 1104, ele envia uma mensagem na mesma hora para o emir Soqman, pedindo-lhe para aumentar seu triunfo afastando os *franj* de Trípoli. Para apoiar seu pedido, ele lhe oferece uma grande quantidade de ouro e se compromete a cobrir todos os custos da expedição. O vencedor de Hará fica tentado. Reunindo um poderoso exército, ele se dirige para a Síria. Mas quando chega a menos de quatro dias de marcha de Trípoli, um ataque de angina o derruba. Suas tropas se dispersam. O moral do cádi e de seus súditos desaba.

Em 1105, porém, surge um lampejo de esperança. O sultão Berkyaruq acaba de morrer de tuberculose, o que coloca um fim na interminável guerra fratricida que paralisa o império seljúcida desde o início da invasão franca. A partir de então, o Iraque, a Síria e a Pérsia ocidental deveriam ter um único senhor, "o sultão salvador do mundo e da religião, Mohammed Ibn Malikshah". O título desse monarca seljúcida de 24 anos é tomado ao pé da letra pelos tripolitanos. Fakhr el-Mulk envia ao sultão mensagem após mensagem e recebe promessa após promessa. Mas nenhum exército de socorro aparece.

Enquanto isso, o bloqueio da cidade aumenta. Saint-Gilles foi substituído por um de seus primos, "al-Cerdani", o conde de

Cerdanha, que aumenta a pressão sobre os sitiados. Os víveres encontram cada vez mais obstáculos por via terrestre. Os preços dos produtos aumentam vertiginosamente: uma libra de tâmaras é vendida a um dinar de ouro, moeda que em geral garante a subsistência de uma família inteira por várias semanas. Vários cidadãos tentam emigrar para Tiro, Homs ou Damasco. A fome incita traições. Tripolitanos ilustres vão ao encontro de al-Cerdani e, para obter seus favores, indicam-lhe os meios com que a cidade ainda consegue obter algumas provisões. Fakhr el-Mulk oferece então a seu adversário uma quantia fabulosa para que ele entregue os traidores. Mas o conde recusa. Na manhã seguinte, os notáveis são encontrados degolados dentro do próprio acampamento inimigo.

Apesar desse feito, a situação de Trípoli continua se degradando. O socorro ainda se faz esperar e circulam rumores persistentes a respeito da aproximação de uma frota franca. Em desespero, Fakhr el-Mulk decide ir pessoalmente defender sua causa em Bagdá para o sultão Mohammed e o califa al-Mustazhir-billah. Um de seus primos é encarregado, em sua ausência, de garantir a interinidade do governo, e suas tropas recebem seis meses de pagamento adiantado. Ele preparou uma considerável escolta de quinhentos cavaleiros e soldados de infantaria, com numerosos servos com presentes de todos os tipos: espadas cinzeladas, cavalos puro-sangue, túnicas de gala bordadas, bem como objetos de ourivesaria, a especialidade de Trípoli. É, portanto, no final de março de 1108 que ele deixa sua cidade com seu longo cortejo. *Ele saiu de Trípoli por terra*, especifica sem ambiguidade Ibn al-Qalanissi, o único cronista que viveu esses acontecimentos, sugerindo que o cádi teria obtido dos *franj* autorização para atravessar suas linhas para ir pregar contra eles a guerra santa! Dadas as curiosas relações que existem entre sitiantes e sitiados, não se pode excluir essa hipótese. Mas parece mais plausível que o cádi tenha chegado a Beirute de barco e que somente então tenha tomado a estrada.

Seja como for, Fakhr el-Mulk para primeiro em Damasco. O senhor de Trípoli tinha uma forte aversão por Duqaq, mas o incapaz rei seljúcida morreu há pouco tempo, sem dúvida envenenado, e a cidade está nas mãos de seu tutor, o atabegue Toghtekin, um antigo escravo manco cujas relações ambíguas com os *franj* vão dominar a cena política síria por mais de vinte anos. Ambicioso, astuto, sem escrúpulos, esse militar turco é, como o próprio Fakhr el-Mulk, um homem maduro e realista. Rompendo com as atitudes vingativas de Duqaq, ele recebe o senhor de Trípoli calorosamente, organiza um grande banquete em sua homenagem e o convida para seu *hammam* particular. O cádi aprecia suas atenções, mas prefere dormir fora dos muros da cidade – a confiança tem limites!

Em Bagdá, a recepção é ainda mais suntuosa. O cádi é tratado como um poderoso monarca, tamanho é o prestígio de Trípoli no mundo muçulmano. O sultão Mohammed envia seu próprio barco para que ele atravesse o Tigre. Os responsáveis pelo protocolo conduzem o senhor de Trípoli até um salão flutuante na ponta do qual está colocada a grande almofada bordada onde o sultão costuma se sentar. Fakhr el-Mulk se senta ao lado, no lugar dos visitantes, mas os dignitários se precipitam e o seguram pelos dois braços: o monarca insistiu pesso-almente para que seu hóspede ocupe sua própria almofada. Recebido de palácio em palácio, o cádi é interrogado pelo sultão, pelo califa e por seus colaboradores sobre o cerco da cidade, enquanto toda Bagdá louva sua bravura no jihad contra os *franj*.

Quando eles chegam aos assuntos políticos, porém, e Fakhr el-Mulk pede a Mohammed que envie um exército para libertar Trípoli, *o sultão*, relata maliciosamente Ibn al-Qalanissi, *ordenou a alguns dos principais emires que partissem com Fakhr el-Mulk para ajudá-lo a repelir os que sitiavam sua cidade; ele deu ao corpo expedicionário a missão de parar um pouco em Mossul para tirá-la das mãos de Jawali e, assim que isso estivesse feito, seguir para Trípoli.*

Fakhr el-Mulk fica abismado. A situação em Mossul era tão con-fusa que eles levariam anos para resolvê-la. Acima de tudo, porém, a cidade ficava a norte de Bagdá, enquanto Trípoli ficava totalmente a oeste. Se o exército fizesse aquele desvio, nunca chegaria a tempo para salvar sua capital. Esta pode cair de um dia para outro, ele insiste. Mas o sultão não quer entender. Os interesses do império seljúcida exigem que se dê a prioridade ao problema de Mossul. Por mais que o cádi tente de tudo, como comprar a preço de ouro alguns conselheiros do monarca, não adianta: o exército primeiro irá para Mossul. Depois de quatro meses, quando Fakhr el-Mulk pega o caminho de volta, não há nenhum cerimonial. Ele agora se convence de que não conseguirá guardar sua cidade. O que ele ainda não sabe é que já a perdeu.

Assim que ele chega a Damasco, em agosto de 1108, a triste notícia lhe é anunciada. Desmoralizados por sua longa ausência, os notáveis de Trípoli decidiram confiar a cidade ao senhor do Egito, que prometeu defendê-la dos *franj*. Al-Afdal enviou navios com víveres e um governador, que tomou em mãos os negócios da cidade, com a primeira missão de se apoderar da família de Fakhr el-Mulk, de seus partidários, de seu tesouro, de seus móveis e de seus pertences pessoais, e enviar tudo de barco para o Egito!

Enquanto o vizir acossa o desafortunado cádi, os *franj* preparam o assalto final contra Trípoli. Seus chefes chegam um após o outro sob os muros da cidade sitiada. Há o rei Balduíno de Jerusalém, senhor de todos. Há Balduíno de Edessa, e Tancredo de Antioquia, que se reconciliaram para a ocasião. Há também dois membros da família de Saint-Gilles, al-Cerdani e o próprio filho do falecido conde, que os cronistas chamam de Ibn Saint-Gilles, e que acaba de chegar de seu país com dezenas de navios genoveses. Os dois cobiçam Trípoli, mas o rei de Jerusalém os obrigará a calar suas querelas. E Ibn Saint-Gilles esperará o fim da batalha para assassinar seu rival.

Em março de 1109, tudo parece pronto para um ataque combinado por terra e mar. Os tripolitanos observam esses preparativos com pavor, mas não perdem as esperanças. Al-Afdal não lhes prometeu enviar uma frota mais poderosa do que todas as que eles tinham visto até então, com víveres, combatentes e material de guerra suficientes para durar um ano?

Os tripolitanos não têm dúvida de que os navios genoveses fugirão assim que a frota fatímida estiver à vista. Ela só precisa chegar a tempo!

No início do verão, diz Ibn al-Qalanissi, *os franj começaram a atacar Trípoli com todas as suas forças, empurrando suas torres móveis até as muralhas. Quando as pessoas da cidade viram os violentos ataques que deveriam enfrentar, elas perderam a coragem, pois entenderam que sua derrota era inevitável. Os alimentos estavam esgotados e a frota egípcia demorava para chegar. Os ventos continuavam contrários, segundo a vontade de Deus, que decide a realização das coisas. Os franj redobraram seus esforços e tomaram a cidade depois de árdua luta*, em 12 de julho de

1109. Depois de dois mil dias de resistência, a cidade da ourivesaria e das bibliotecas, dos marinheiros intrépidos e dos cádis letrados, é pilhada pelos guerreiros do Ocidente. Os cem mil volumes de Dar al-Ilm foram pilhados e incendiados, a fim de que os livros "ímpios" fossem destruídos. Segundo o cronista de Damasco, *os franj decidiram que um terço da cidade iria para os genoveses, os outros dois terços para o filho de Saint-Gilles. Eles separaram para o rei Balduíno tudo o que lhe agradou.* A maioria dos habitantes, de fato, é vendida como escrava, os outros são despojados de seus bens e expulsos. Muitos irão para o porto de Tiro. Fakhr el-Mulk terminará seus dias nos arredores de Damasco.

E a frota egípcia? *Ela chegou a Tiro oito dias depois da queda de Trípoli*, relata Ibn al-Qalanissi, *quando tudo estava acabado, em razão da sanção divina que atingira seus habitantes.*

Os *franj* escolheram Beirute como segundo alvo. Encrustada na montanha libanesa, a cidade é cercada por florestas de pinheiros, especialmente nos subúrbios de Mazraat al-Arab e Ras el-Nabeh, onde os invasores encontrarão a madeira necessária para a construção de suas máquinas de cerco. Beirute não tem nada do esplendor de Trípoli e suas modestas casas dificilmente se comparam aos palácios romanos cujos vestígios de mármore ainda salpicam o solo da antiga Berytus. Mesmo assim, é uma cidade relativamente próspera, graças a seu porto, situado na escarpa onde, segundo a tradição, São Jorge teria matado o dragão. Cobiçada pelos damascenos, *negligentemente mantida pelos egípcios*, é finalmente com seus próprios meios que ela enfrenta os *franj* a partir de fevereiro de 1110. Seus cinco mil habitantes lutam com a energia do desespero, destruindo uma a uma as torres de madeira dos sitiantes. *Nem antes nem depois os franj viram uma batalha mais dura do que aquela!*, exclama Ibn al-Qalanissi. Os invasores não o perdoarão. Quando a cidade é tomada, em 13 de maio, eles se entregam cegamente ao massacre. Para que sirva de exemplo.

A lição é aprendida. No verão seguinte, *um certo rei franco* (podemos criticar o cronista de Damasco por não reconhecer Sigurd, soberano da longínqua Noruega?) *chegou por mar com mais de sessenta navios cheios de combatentes para fazer sua peregrinação e travar guerra no país do Islã. Como ele se dirigia a Jerusalém, Balduíno veio a seu encontro e eles armaram juntos o cerco, por terra e por mar, diante do porto de Sayda*, a antiga Sídon dos fenícios. Sua muralha, mais de uma vez destruída e reconstruída ao longo da história, segue impressionante até hoje, com seus enormes blocos de pedra constantemente fustigados pelo Mediterrâneo. Mas seus habitantes, que tinham feito prova de grande coragem no início da invasão franca, não têm mais ânimo para lutar, pois, segundo Ibn al-Qalanissi, *temiam o destino de Beirute. Eles enviaram seu cádi aos franj, portanto, junto com uma delegação de notáveis para pedir a Balduíno que poupasse suas vidas. Ele aceitou o pedido.* A cidade capitulou em 4 de dezembro de 1110. Dessa vez, não haverá massacre, mas um êxodo massivo para Tiro e Damasco, que já estão cheias de refugiados.

No espaço de dezessete meses, Trípoli, Beirute e Sayda, três das mais renomadas cidades do mundo árabe, foram tomadas e saqueadas, seus habitantes massacrados ou deportados, seus emires, cádis e homens de lei assassinados ou forçados ao exílio, suas mesquitas profanadas. Que força ainda pode impedir os *franj* de logo chegar a Tiro, Alepo, Damasco, Cairo, Mossul ou – por que não? – Bagdá? Ainda existe alguma vontade de resistir? Nos dirigentes muçulmanos, sem dúvida não. Mas entre a população das cidades mais ameaçadas, a guerra santa travada sem descanso ao longo dos últimos treze anos pelos peregrinos-combatentes do Ocidente começa a surtir efeito: o jihad, que há muito tempo não passava de uma palavra usada para ornar os discursos oficiais, voltou a aparecer. Ele é de novo defendido por alguns grupos de refugiados, alguns poetas, alguns religiosos.

É justamente um desses homens, Abdu-Fadl Ibn al-Khashshab, um cádi de Alepo de tamanho diminuto e voz potente, que, por sua tenacidade e sua força de caráter, decide acordar o gigante adormecido que o mundo árabe se tornou. Seu primeiro ato popular consiste em repetir, doze anos depois, o escândalo que al-Harawi provocara nas ruas de Bagdá. Dessa vez, haverá um verdadeiro motim.

# CAPÍTULO 5

## Um resistente de turbante

Na sexta-feira, 17 de fevereiro de 1111, o cádi Ibn al-Khashshab irrompe na mesquita do sultão, em Bagdá, na companhia de um importante grupo de alepinos, entre os quais um xarife hachemita, descendente do Profeta, ascetas sufis, imãs e mercadores.

*Eles forçaram o predicador a descer do púlpito, que eles quebraram,* diz Ibn al-Qalanissi, *e começaram a gritar e chorar os infortúnios que o Islã padecia por causa dos franj, que matavam os homens e sujeitavam as mulheres e as crianças. Como eles impediam os crentes de rezar, os responsáveis presentes lhes fizeram, em nome do sultão, promessas para apaziguá-los: enviariam exércitos para defender o Islã dos franj e de todos os infiéis.*

Mas essas boas palavras não foram suficientes para acalmar os revoltosos. Na sexta-feira seguinte, eles recomeçam suas manifestações, dessa vez na mesquita do califa. Quando os guardas tentam impedir sua passagem, eles os derrubam brutalmente, quebram o púlpito de madeira, ornado de arabescos e versículos corânicos e proferem insultos dirigidos ao próprio príncipe dos crentes. Bagdá vive uma grande confusão.

*Na mesma hora,* relata o cronista de Damasco num tom falsamente ingênuo, *a princesa, irmã do sultão Mohammed e esposa do califa, chegava em Bagdá vinda de Isfahan com uma magnífica equipagem: pedras preciosas, roupas suntuosas, arreios e animais de tração de todo tipo, servos, escravos dos dois sexos, acompanhantes e tantas coisas que era um desafio avaliá-las e contá-las. Sua chegada coincidiu com as cenas acima descritas. A alegria e a segurança desse retorno principesco foram perturbadas. O califa al-Mustazhir-billah ficou muito descontente. Ele quis perseguir os autores do incidente para puni-los severamente. Mas o sultão o impediu, desculpou a ação daquelas pessoas e ordenou aos emires e aos chefes militares que voltassem para suas províncias para se prepararem para o jihad contra os infiéis, inimigos de Deus.*

O bom al-Mustazhir foi tomado de cólera não apenas em razão do aborrecimento causado a sua jovem esposa, mas por causa do terrível slogan repetido aos brados nas ruas da capital: "O rei dos *rum* é mais muçulmano que o príncipe dos crentes!". Pois ele sabe que não se trata de uma acusação gratuita, mas que os manifestantes, liderados por Ibn al-Khashshab, fizeram, com essas declarações, uma alusão à mensagem recebida algumas semanas antes na sala do conselho do califa. Ela vinha do imperador Aleixo Comneno e pedia encarecidamente aos muçulmanos que se unissem aos *rum* para *lutar contra os franj e expulsá-los de nossas terras.*

Paradoxalmente, o poderoso mestre de Constantinopla e o pequeno cádi de Alepo levam de comum acordo seus pedidos a Bagdá porque ambos se sentem humilhados pelo mesmo Tancredo. O "grande emir" franco de fato mandara embora com insolência os embaixadores bizantinos que o lembraram que os cavaleiros do Ocidente tinham jurado devolver Antioquia ao basileu e que, treze anos depois da queda da cidade, ainda não tinham cumprido sua promessa. Quanto aos alepinos, Tancredo recentemente lhes impusera um tratado particularmente desonroso: eles deveriam lhe pagar um tributo anual de vinte mil dinares, entregar-lhe duas importantes fortalezas nos arredores imediatos de sua cidade e oferecer-lhe, em sinal de fidelidade, seus dez melhores cavalos. O rei Raduano, medroso como sempre, não ousou recusar. Mas desde que os termos do tratado se tornaram conhecidos, sua capital está em efervescência.

Nas horas críticas de sua história, os alepinos sempre tiveram o hábito de se reunir em pequenos grupos para discutir com vivacidade os perigos que os espreitam. Os notáveis com frequência se reúnem na grande mesquita, sentados de pernas cruzadas sobre os tapetes vermelhos, ou no pátio, à sombra do minarete que se eleva acima das casas ocre da cidade. Os comerciantes se encontram durante o dia ao longo da antiga avenida com colunatas construída pelos romanos, que atravessa Alepo de oeste a leste, da porta de Antioquia ao bairro proibido da cidadela, onde reside o tenebroso Raduano. Essa artéria central está há muito tempo fechada para a circulação de carruagens e cortejos. O pavimento foi invadido por centenas de tendas em que se acumulam tecidos, âmbar e bugigangas, tâmaras, pistaches e condimentos. Para abrigar os pedestres do sol e da chuva, a avenida e as ruelas vizinhas foram inteiramente cobertas com um teto de madeira que, nos cruzamentos, se eleva em altas cúpulas de estuque. Nas esquinas das alamedas, especialmente das que levam aos mercados dos fabricantes de esteiras, aos ferreiros e aos vendedores de lenha para o aquecimento, os alepinos conversam diante de inúmeras tabernas que, em meio a um persistente cheiro de óleo fervente, carne grelhada e especiarias, oferecem refeições a preços módicos: almôndegas de ovelha, bolinhos fritos, lentilhas. As famílias modestas compram sua comida pronta no mercado; somente os ricos se permitem cozinhar em casa. Não muito longe das tabernas, ouve-se o característico tilintar dos vendedores de "charab", bebidas frescas de frutas concentradas que os *franj* tomarão emprestadas dos árabes na forma líquida de "xarope" ou gelada de "sorbets".

À tarde, pessoas de todas as condições se encontram nos *hammam*, pontos de encontro privilegiados onde elas se purificam antes da oração do pôr do sol. Depois, com a chegada da noite, os cidadãos desertam o centro de Alepo para voltar aos bairros, ao abrigo dos soldados bêbados. Lá, as notícias e rumores também circulam, pela boca das mulheres e dos homens, e as ideias abrem caminho. A raiva, o entusiasmo ou o desânimo sacodem cotidianamente essa colmeia que zumbe assim há mais de três milênios.

Ibn al-Khashshab é o homem mais ouvido dos bairros de Alepo. Nascido numa família de ricos negociantes de madeira, ele tem um papel primordial na administração da cidade. Enquanto cádi xiita, ele goza de grande autoridade religiosa e moral, e tem o encargo de arbitrar os litígios relativos às pessoas e aos bens de sua comunidade, a mais importante de Alepo. Além disso, ele é *raïs*, isto é, chefe da cidade, o que significa que é tanto o preboste dos mercadores quanto o representante dos interesses da população junto ao rei e o comandante da milícia urbana.

Mas a atividade de Ibn al-Khashshab vai além dos limites, já amplos, de suas funções oficiais. Cercado por uma "clientela" numerosa, ele

104 ❧ A OCUPAÇÃO

anima, desde a chegada dos *franj*, uma corrente de opinião patriótica e religiosa que exige uma atitude mais firme diante dos invasores. Ele não teme dizer ao rei Raduano o que ele pensa de sua política conciliadora, e mesmo servil. Quando Tancredo impôs ao monarca seljúcida que colocasse uma cruz no minarete da grande mesquita, o cádi organizara uma revolta e conseguiu que o crucifixo fosse transferido para a catedral Santa Helena. Desde então, Raduano evita entrar em conflito com o irascível cádi. Refugiado na cidadela, entre seu harém, sua guarda, sua mesquita, sua fonte de água e seu hipódromo verde, o rei turco prefere não ferir as suscetibilidades de seus súditos. Enquanto sua autoridade não for posta em causa, ele tolera a opinião pública.

Em 1111, porém, Ibn al-Khashshab se apresentou à cidadela para expressar mais uma vez a Raduano o extremo descontentamento dos cidadãos. Os crentes, ele explica, estão escandalizados de precisar pagar um tributo aos infiéis instalados nas terras do Islã, e os mercadores veem seu comércio periclitar desde que o insuportável príncipe de Antioquia controla todas as rotas que vão de Alepo ao Mediterrâneo e extorque as caravanas. Já que a cidade já não pode se defender por seus próprios meios, o cádi sugere que uma delegação reunindo notáveis xiitas e sunitas, comerciantes e religiosos vá pedir em Bagdá o auxílio do sultão Mohammed. Raduano não tem a menor vontade de envolver seu primo seljúcida nos negócios de seu reino. Ele prefere se entender com Tancredo. Mas dada a inutilidade das missões enviadas à capital abássida, ele não pensa correr nenhum risco ao concordar com o pedido de seus súditos.

É nisso que ele se engana. Pois, ao contrário das expectativas, as manifestações de fevereiro de 1111 em Bagdá produzem o efeito esperado por Ibn al-Khashshab. O sultão, que acaba de ser informado da queda de Sayda e do tratado imposto aos alepinos, começa a se preocupar com as ambições dos *franj*. Aceitando as súplicas de Ibn al-Khashshab, ele ordena ao mais recente governador de Mossul, o emir Mawdud, que marche sem demora à frente de um poderoso exército e socorra Alepo. A seu retorno, Ibn al-Khashshab informa Raduano do sucesso de sua missão, e o rei, rezando para que nada aconteça, finge se alegrar. Ele inclusive comunica ao primo sua pressa de participar do jihad a seu lado. No entanto, quando lhe informam, em julho, que as tropas do sultão de fato se aproximam da cidade, ele já não esconde sua aflição. Instalando barricadas em todas as portas, ele prende Ibn al-Khashshab e seus principais apoiadores e os coloca na prisão da cidadela. Os soldados turcos são encarregados de esquadrinhar dia e noite os bairros da cidade, para impedir todo contato entre a população e o "inimigo". A sequência dos acontecimentos em parte justificará aquela reviravolta. Privadas do reabastecimento que o rei deveria lhes proporcionar, as tropas do sultão se vingam pilhando selvagemente os arredores de Alepo. Depois, dadas as dissensões entre Mawdud e os outros emires, o exército se desintegra sem que nenhum combate seja travado.

Mawdud volta para a Síria dois anos depois, encarregado pelo sultão de reunir todos os príncipes muçulmanos, com exceção de Raduano, contra os *franj*. Alepo lhe estando proibida, é em outra grande cidade, Damasco, que ele naturalmente instala seu quartel-general, a fim de preparar uma ofensiva de peso contra o reino de Jerusalém. Seu anfitrião, o atabegue Toghtekin, finge ficar encantado com a honra que o delegado do sultão lhe confere, mas fica tão aterrorizado quanto Raduano. Ele teme que Mawdud queira se apoderar de sua capital, cada gesto do emir é percebido como uma ameaça para o futuro.

Em 2 de outubro de 1113, nos diz o cronista de Damasco, o emir Mawdud deixa seu acampamento, situado perto da Porta de Ferro, uma das oito entradas da cidade, para ir, como todos os dias, à mesquita omíada na companhia do atabegue manco.

*Depois que a oração chegou ao fim e Mawdud fez algumas devoções suplementares, os dois foram embora. Toghtekin caminhando à frente para honrar o emir. Eles estavam cercados por soldados, guardas e milicianos com todo tipo de armas; sabres afiados, espadas pontiagudas, cimitarras e punhais nus, que davam a impressão de uma mata densa. Em volta deles, a multidão se empurrava para admirar sua pompa e magnificência. Quando eles chegaram ao pátio da mesquita, um homem saiu da multidão e se aproximou do emir Mawdud, como para rezar a Deus em seu favor e lhe pedir uma esmola. De repente, ele tirou o punhal do cinto de seu manto e o atingiu duas vezes acima do umbigo. O atabegue Toghtekin deu alguns passos para trás e seus companheiros o cercaram. Mawdud, por sua vez, muito senhor de si, caminhou até a porta norte da mesquita e então caiu. Um cirurgião foi chamado e conseguiu costurar uma parte dos ferimentos, mas o emir morreu depois de algumas horas, Deus tenha misericórdia dele!*

Quem matou o governador de Mossul na véspera de sua ofensiva contra os *franj*? Toghtekin se apressou a acusar Raduano e seus amigos da Ordem dos Assassinos. Mas para a maioria dos contemporâneos, somente o senhor de Damasco poderia ter armado o braço do matador. Segundo Ibn al-Athir, o rei Balduíno, chocado com esse assassinato, teria enviado a Toghtekin uma mensagem particularmente desdenhosa: *Uma nação*, ele disse, *que mata seu chefe na casa de seu deus merece ser aniquilada!* O sultão Mohammed, por sua vez, grita de raiva quando é informado da morte de seu lugar-tenente. Sentindo-se pessoalmente insultado com aquele crime, ele decide subjugar definitivamente todos os dirigentes sírios, tanto os de Alepo quanto os de Damasco, e mobiliza um exército de várias dezenas de milhares de soldados, comandado pelos melhores oficiais do clã seljúcida, e ordena secamente a todos os príncipes muçulmanos que venham se unir a ele para cumprir o dever sagrado do jihad contra os *franj*.

Quando a poderosa expedição do sultão chega à Síria Central, na primavera de 1115, uma surpresa de peso o espera. Balduíno de Jerusalém e Toghtekin de Damasco estão ali, lado a lado, cercados por suas tropas, bem como pelas de Antioquia, Alepo e Trípoli. Os príncipes da Síria, tanto os muçulmanos quanto os francos, sentindo-se igualmente ameaçados pelo sultão, decidiram se unir. O exército seljúcida precisará se retirar vergonhosamente depois de alguns meses. Mohammed jura então que nunca mais se ocupará do problema franco. Ele manterá sua palavra.

Enquanto os príncipes muçulmanos dão novas provas de sua total irresponsabilidade, duas cidades árabes vão demonstrar, com alguns meses de intervalo, que ainda é possível resistir à ocupação estrangeira. Depois da rendição de Sayda, em dezembro de 1110, os *franj* são senhores de todo o litoral, o "sahel", do Sinai até o "país do filho do armênio", ao norte de Antioquia. Com exceção, no entanto, de dois enclaves costeiros: Ascalão e Tiro. Encorajado por suas sucessivas vitórias, Balduíno se propõe a resolver aquilo sem demora. A região de Ascalão é conhecida pelo cultivo de cebolas avermelhadas, ditas "ascalonias", uma palavra que os *franj* transformarão em "chalotas". Mas sua importância é sobretudo militar, pois ela constitui o ponto de reunião das tropas egípcias, sempre que estas planejam uma expedição contra o reino de Jerusalém.

Em 1111, Balduíno desfila com seu exército sob os muros da cidade. O governador fatímida de Ascalão, Shams al-Khilafa, "Sol do Califado", *mais inclinado ao comércio do que à guerra*, constata Ibn al-Qalanissi, fica apavorado com a demonstração de força dos ocidentais. Sem esboçar qualquer gesto de resistência, ele aceita pagar um tributo de sete mil dinares. A população palestina da cidade, que se sente humilhada com a inesperada capitulação, envia emissários ao Cairo para pedir a destituição do governador. Informado, e temendo que o vizir al-Afdal queira puni-lo por sua covardia, Shams al-Khilafa tenta evitar que isso aconteça expulsando os funcionários egípcios e colocando-se abertamente sob a proteção dos *franj*. Balduíno despacha trezentos homens, que se apoderam da cidadela de Ascalão.

Escandalizados, os habitantes não se desencorajam. Reuniões secretas ocorrem nas mesquitas e planos são elaborados, até que num dia de julho de 1111, quando Shams al-Khalifa sai a cavalo de sua residência, um grupo de conspiradores o ataca e o enche de punhaladas. É o sinal para a revolta. Cidadãos armados, aos quais se unem soldados berberes da guarda do governador, se lançam ao assalto da cidadela. Os guerreiros francos são perseguidos nas torres e ao longo das muralhas. Nenhum dos trezentos homens de Balduíno conseguirá se salvar. A cidade escapará à dominação dos *franj* por mais quarenta anos.

A fim de vingar a humilhação que os resistentes de Ascalão acabam de lhe infligir, Balduíno se volta contra Tiro, a antiga cidade fenícia de onde partira, para difundir o alfabeto através do Mediterrâneo, o príncipe Cadmo, irmão de Europa, que daria seu nome ao continente dos *franj*. A imponente muralha de Tiro ainda lembra sua gloriosa história. A cidade tem três lados cercados pelo mar, somente uma estreita cornija construída por Alexandre, o Grande, a liga à terra firme. Considerada inexpugnável, ela abriga em 1111 um grande número de refugiados dos territórios recentemente ocupados. O papel deles na defesa será fundamental, como conta Ibn al-Qalanissi, cujo relato claramente se baseia em informações de primeira mão.

*Os franj tinham erguido uma torre móvel à qual fixaram um aríete de temível eficácia. Os muros foram sacudidos, uma parte das pedras voou em pedaços e os sitiados se viram à beira do desastre. Foi então que um marinheiro originário de Trípoli, que tinha conhecimentos em metalurgia e experiência em assuntos de guerra, começou a fabricar ganchos de ferro,* destinados a se agarrar ao aríete pela cabeça e pelos lados, por meio de cordas seguradas pelos defensores. Estes puxavam tão vigorosamente que a torre de madeira se desequilibrava. Por várias vezes, os franj tiveram que quebrar seu próprio aríete para evitar que a torre desabasse.

Reiterando suas tentativas, os atacantes conseguem empurrar a torre móvel para perto da muralha e das fortificações, que eles voltam a martelar com um novo aríete de sessenta côvados de comprimento, que tem a cabeça constituída por uma peça de ferro fundido pesando mais de vinte libras. Mas o marinheiro tripolitano não se rende.

*Com a ajuda de algumas vigas habilmente instaladas*, continua o cronista de Damasco, *ele subiu jarros cheios de sujeiras e imundícies que foram derramados sobre os franj. Sufocados pelos odores que se espalhavam sobre eles, estes não conseguiram manobrar o aríete. O marinheiro pegou então cestos de uvas e alcofas que encheu de óleo, betume, lenha, resina e casca de junco. Depois de incendiá-los, ele os atirou em cima da torre franca. Um incêndio começou no topo desta e, enquanto os franj se dedicavam a apagá-lo com vinagre e água, o tripolitano se apressou a lançar outros cestos cheios de óleo fervente para avivar as chamas. O fogo inflamou todo o alto da torre, aos poucos ganhou todos os andares, se propagando pela madeira do edifício.*

Incapazes de vencer o incêndio, os atacantes acabam por evacuar a torre e fugir. Os defensores aproveitam para sair das muralhas e se apossar de uma grande quantidade de armas abandonadas.

*Vendo isso*, conclui triunfalmente Ibn al-Qalanissi, *os franj perderam a coragem e bateram em retirada depois de incendiar as tendas que tinham edificado em seu acampamento.*

Estamos em 10 de abril de 1112. Ao cabo de 133 dias de cerco, a população de Tiro acaba de infligir aos *franj* uma derrota retumbante.

Depois dos motins de Bagdá, da insurreição de Ascalão e da resistência de Tiro, um vento de revolta começa a soprar. Conta-se um número crescente de árabes que juntam num mesmo ódio os invasores e a maioria dos dirigentes muçulmanos, acusados de incúria e até traição.

Em Alepo, sobretudo, essa atitude rapidamente supera uma simples reação inspirada pela raiva. Sob o comando do cádi Ibn al-Khashshab, os cidadãos decidem tomar nas mãos o próprio destino. Eles mesmos escolherão seus dirigentes e imporão a política a ser seguida.

Serão muitas as derrotas e as decepções, sem dúvida. A expansão dos *franj* ainda não terminou e sua arrogância não conhece limites. Mas agora se assistirá, a partir das ruas de Alepo, à lenta formação de uma contracorrente que aos poucos tomará o Oriente árabe e um dia levará ao poder homens justos, corajosos, dedicados, capazes de reconquistar o território perdido.

Antes de chegar a isso, Alepo atravessará o período mais errático de sua longa história. No final de novembro de 1113, Ibn al-Khashshab é informado de que Raduano está gravemente doente em seu palácio na cidadela, reúne seus amigos e pede-lhes que fiquem prontos para intervir. Em 10 de dezembro, o rei morre. Assim que a notícia se torna conhecida, grupos de milicianos armados se espalham pelos bairros da cidade, ocupam os principais edifícios e se apoderam de vários apoiadores de Raduano, especialmente os adeptos da Ordem dos Assassinos, imediatamente executados por cumplicidade com o inimigo franco.

O objetivo do cádi não é tomar o poder para si, mas impressionar o novo rei, Alp Arslan, filho de Raduano, para que ele adote uma política diferente da de seu pai. Nos primeiros dias, o jovem de dezesseis anos, tão gago que tinha o apelido de "o mudo", parece aprovar o militantismo de Ibn al-Khashshab. Ele manda prender todos os colaboradores de Raduano e faz com que tenham a cabeça cortada imediatamente, com uma alegria não dissimulada. O cádi se preocupa. Ele recomenda ao jovem monarca que não mergulhe a cidade num banho de sangue, apenas que puna os traidores de maneira exemplar. Alp Arslan não dá ouvidos. Ele executa dois de seus próprios irmãos, vários militares, um certo número de criados e, em geral, todos com quem não simpatizava. Pouco a pouco, os cidadãos descobrem a horrível verdade: o rei está louco! A melhor fonte de que dispomos para entender esse período é a crônica de um escritor diplomata alepino, Kamal al-Adim, escrita um século depois dos acontecimentos a partir de testemunhos deixados pelos contemporâneos.

*Um dia*, ele conta, *Alp Arslan reuniu um certo número de emires e notáveis e fez com que visitassem uma espécie de subterrâneo escavado na cidadela. Quando eles chegaram lá dentro, ele lhes perguntou:*

*— O que vocês diriam se eu mandasse cortar o pescoço de todos, aqui mesmo?*

*— Somos escravos submissos às ordens de vossa majestade — responderam os infelizes, fingindo tomar a ameaça como uma boa brincadeira.*

*E foi assim que eles escaparam à morte.*

Um vazio não demora a se formar em torno do jovem demente. Um único homem ainda ousa se aproximar dele, seu eunuco Lulu, "Pérola". Mas este último começa a temer por sua vida. Em setembro de 1114, ele aproveita o sono de seu amo para matá-lo e instala no trono outro filho de Raduano, de seis anos de idade.

Alepo afunda na anarquia um pouco mais a cada dia. Enquanto na cidadela grupos descontrolados de escravos e soldados se entredevoram, os cidadãos em armas patrulham as ruas da cidade para se proteger dos saqueadores. Nesse primeiro momento, os *franj* de Antioquia não tentam tirar proveito do caos que paralisa Alepo. Tancredo morreu um ano antes de Raduano, e seu sucessor, sire Roger, que Kamal al-Adim chama em sua crônica de Sirjal, ainda não tem confiança suficiente para empreender uma ação de grande envergadura. Mas o descanso é breve. Em 1116, Roger de Antioquia, garantindo o controle de todas as rotas que levam a Alepo, ocupa sucessivamente todas as principais fortalezas que cercam a cidade e, sem encontrar resistência, chega inclusive a cobrar uma taxa de cada peregrino que vai a Meca.

Em abril de 1117, o eunuco Lulu é assassinado. Segundo Kamal al-Adim, *os soldados de sua escolta tinham tramado um complô contra ele. Enquanto ele caminhava no leste da cidade, eles retesaram subitamente seus arcos, gritando: "Uma lebre! Uma lebre!", para fazê-lo acreditar que queriam caçar esse animal. Na verdade, foi o próprio Lulu que crivaram de flechas.* Com sua morte, o poder passa a um novo escravo que, incapaz de se impor, pede a Roger que venha em seu auxílio. O caos se torna então indescritível. Enquanto os *franj* se preparam para cercar a cidade, os militares continuam lutando pelo controle da cidadela. Assim, Ibn al-Khashshab decide agir sem demora. Ele reúne os principais notáveis da cidade e lhes submete um projeto que terá graves consequências. Enquanto cidade fronteiriça, Alepo, ele lhes explica, deve estar na vanguarda do jihad contra os *franj* e, por isso, deve oferecer seu governo a um emir poderoso, talvez ao próprio sultão, de maneira a nunca mais ser governada por um pequeno rei local que coloque seus interesses pessoais acima dos do Islá. A proposta do cádi é aprovada, não sem reticências, pois os alepinos são muito ciosos de seu particularismo. Os principais candidatos são passados em revista. O sultão? Ele não quer mais ouvir falar da Síria. Toghtekin? Ele é o único príncipe sírio a ter certa envergadura, mas os alepinos nunca aceitariam um damasceno. Então Ibn al-Khashshab apresenta o nome do emir turco Ilgazi, governador de Mardin, na Mesopotâmia. Sua conduta nem sempre foi exemplar. Ele apoiou, dois anos antes, a aliança islamo-franca contra o sultão e é conhecido por suas bebedeiras. *Quando ele bebia vinho*, nos diz Ibn al-Qalanissi, *Ilgazi ficava em estado de torpor por vários dias, sem voltar a si nem mesmo para dar alguma ordem ou instrução.* Mas seria preciso procurar bastante para encontrar um militar sóbrio. Além disso, afirma Ibn al-Khashshab, Ilgazi é um combatente corajoso, sua família governou Jerusalém por muito tempo e seu irmão Soqman obteve a vitória em Hará contra os *franj*. A maioria acaba aderindo a essa opinião. Ilgazi é então convidado a vir, e o cádi em pessoa lhe abre as portas de Alepo durante o verão de 1118. O primeiro ato do emir é casar-se com a filha do rei Raduano, gesto que simboliza a união entre a cidade e seu novo senhor e, ao mesmo tempo, afirma a legitimidade deste último. Ilgazi reúne suas tropas.

Vinte anos depois do início da invasão franca, a capital da Síria do Norte tem, pela primeira vez, um líder desejoso de lugar. O resultado é fulminante. No sábado, 28 de junho de 1119, o exército do senhor de Alepo enfrenta o de Antioquia na planície de Sarmada, a meio caminho entre as duas cidades. O *khamsin*, um vento seco e quente, carregado de areia, sopra nos olhos dos combatentes. Kamal al-Adim nos relatará a cena:

> *Ilgazi fez seus emires jurarem que combateriam bravamente, que aguentariam firme, que não recuariam e que dariam suas vidas pelo jihad. Depois, os muçulmanos tomaram posição em pequenas ondas e se postaram, para a noite, ao lado das tropas de sire Roger. Bruscamente, ao nascer do*

*dia, os franj viram os estandartes dos muçulmanos se aproximarem e os cercarem por todos os lados. O cádi Ibn al-Khashshab avançou, montado em sua égua e com uma lança na mão, levando os nossos à batalha. Vendo-o, um dos soldados exclamou em tom desdenhoso: "Viemos de nossa terra para seguir um turbante?". Mas o cádi avançou na direção das tropas, percorreu suas fileiras e lhes dirigiu, para atiçar sua energia e despertar seu ânimo, um discurso tão eloquente que os homens choraram de emoção e o admiraram amplamente. Depois, atacaram de todos os lados ao mesmo tempo. As flechas voavam como nuvens de gafanhotos.*

O exército de Antioquia é dizimado. O próprio sire Roger é encontrado estendido entre os cadáveres, a cabeça rachada na altura do nariz.

*O mensageiro da vitória alcançou Alepo no momento em que os muçulmanos, todos em fila, concluíam a oração do meio-dia na grande mesquita. Ouviu-se então um grande clamor do lado oeste, mas nenhum combatente entrou na cidade antes da oração da tarde.*

Por vários dias, Alepo celebra sua vitória. Os habitantes cantam, bebem, degolam cordeiros, se acotovelam para contemplar os estandartes cruzados, os elmos e as cotas de malhas trazidos pelas tropas, ou para ver um prisioneiro pobre ser decapitado – os ricos são trocados por resgates. Ouvem-se declamar em praça pública poemas improvisados à glória de Ilgazi: *Depois de Deus, é em ti que temos confiança!* Os alepinos viveram por anos aterrorizados por Boemundo, Tancredo, depois por Roger de Antioquia, muito esperavam, como uma fatalidade, o dia em que, como seus irmãos de Trípoli, eles seriam obrigados a escolher entre a morte e o exílio. Com a vitória de Sarmada, eles se sentem voltando à vida. Em todo o mundo árabe, o feito de Ilgazi desperta entusiasmo. *Jamais um triunfo como aquele fora concedido ao Islã nos anos passados*, exclama Ibn al-Qalanissi.

Essas palavras excessivas revelam a extrema desmoralização que reinava às vésperas da vitória de Ilgazi. A arrogância dos *franj* de fato chegara a limites absurdos: no início de março de 1118, o rei Balduíno, com exatamente 216 cavaleiros e 400 soldados de infantaria, decide invadir... o Egito! À frente de suas magras tropas, ele atravessou o Sinai, ocupou sem resistência a cidade de Farama, chegando às margens do Nilo, *onde ele se*

UM RESISTENTE DE TURBANTE ❖ 113

*banha*, dirá, zombeteiro, Ibn al-Athir. Ele teria ido ainda mais longe se não tivesse adoecido de repente. Repatriado o mais rápido possível para a Palestina, Balduíno morreu no caminho, em el-Arish, a nordeste do Sinai. Apesar da morte de Balduíno, al-Afdal nunca se recuperará dessa nova humilhação. Perdendo rapidamente o controle da situação, ele será assassinado três anos depois numa rua do Cairo. O rei dos *franj*, por sua vez, será substituído por seu primo, Balduíno II, de Edessa.

Ocorrida pouco depois dessa expedição espetacular pelo Sinai, a vitória de Sarmada aparece como uma revanche e, para alguns otimistas, como o início da reconquista. Espera-se ver Ilgazi marchando sem demora sobre Antioquia, que não tem mais príncipe nem exército. Os *franj* se preparam, aliás, para resistir a um cerco. A primeira decisão que tomam consiste em desarmar os cristãos sírios, armênios e gregos que residem na cidade e proibir que saiam de suas casas, pois temem que se aliem aos alepinos. As tensões são de fato muito vivas entre os ocidentais e seus correligionários orientais, que os acusam de desprezar seus ritos e confiná-los a empregos subalternos em sua própria cidade. Mas as precauções dos *franj* se revelam inúteis. Ilgazi não cogita avançar suas posições. Escarrapachado, podre de bêbado, ele já não sai da antiga residência de Raduano, onde não acaba nunca de celebrar sua vitória. De tanto beber licores fermentados, ele é logo tomado por um violento acesso de febre. Ele só se recupera vinte dias depois, bem a tempo para descobrir que o exército de Jerusalém, comandado pelo novo rei Balduíno II, acaba de chegar a Antioquia.

Enfraquecido pelo álcool, Ilgazi morrerá três anos depois sem ter sabido explorar seu sucesso. Os alepinos lhe serão gratos por ter fastado de sua cidade o perigo franco, mas não ficarão nem um pouco abalados com sua morte, pois seus olhares já se voltam para seu sucessor, um homem excepcional cujo nome está em todas as bocas: Balaq. Ele é sobrinho de Ilgazi, mas é um homem de índole totalmente diferente. Em poucos meses, ele se torna o herói adorado do mundo árabe, cujos feitos serão celebrados nas mesquitas e nas praças públicas.

Em setembro de 1122, Balaq conseguiu, por um golpe brilhante, capturar Joscelino, que substituiu Balduíno II como conde de Edessa. Segundo Ibn al-Athir, *ele o envolveu numa pele de camelo, que mandou costurar, depois, recusando todas as ofertas de resgate, trancou-o numa fortaleza.*

Depois da morte de Roger de Antioquia, eis um segundo Estado franco privado de seu líder. O rei de Jerusalém, preocupado, decide ir pessoalmente para o norte. Cavaleiros de Edessa o levam para visitar o lugar onde Joscelino foi capturado, uma região pantanosa às margens do Eufrates. Balduíno II faz uma pequena volta de reconhecimento, depois ordena que tendas sejam erguidas para a noite. No dia seguinte, ele se levanta cedo para se dedicar a seu esporte preferido, aprendido com os príncipes orientais, a caça com falcão, quando, subitamente, Balaq e seus homens, que tinham se aproximado sem fazer barulho, cercam o acampamento. O rei de Jerusalém depõe as armas. Também é levado para o cativeiro.

Aureolado pelo prestígio dessas façanhas, Balaq faz, em junho de 1123, uma entrada triunfal em Alepo. Repetindo o gesto de Ilgazi, a primeira coisa que faz é casar-se com a filha de Raduano, depois, sem perder um instante e sem sofrer nenhum revés, empreende a reconquista sistemática das possessões francas em torno da cidade. A habilidade militar desse emir turco de quarenta anos, seu espírito decidido, sua recusa de qualquer acordo com os *franj*, sua sobriedade, bem como sua lista de vitórias sucessivas, contrastam com a desconcertante mediocridade dos outros príncipes muçulmanos.

Uma cidade, em particular, vê nele seu salvador providencial: Tiro, que os *franj* sitiam novamente, apesar da captura de seu rei. A situação dos defensores se revela muito mais delicada do que quando da resistência vitoriosa doze anos antes, pois os ocidentais dessa vez têm o controle do mar. Uma imponente esquadra veneziana com mais de 120 navios de fato aparece na primavera de 1123 ao largo das costas palestinas. Assim que chega, ela consegue surpreender a frota egípcia, que estava ancorada diante de Ascalão, e destruí-la. Em fevereiro de 1124, depois de assinar um acordo com Jerusalém sobre a partilha do butim, os venezianos começaram o bloqueio do porto de Tiro, enquanto o exército franco instalava seu acampamento a leste da cidade. As perspectivas não são boas para os sitiados, portanto. Os habitantes de Tiro lutam encarniçadamente, por certo. Uma noite, por exemplo, um grupo de excelentes nadadores chega a um navio veneziano de guarda na entrada do porto e consegue puxá-lo até a cidade, onde ele é desarmado e destruído. Mas, apesar dessas ações grandiosas, as chances de sucesso são pequenas. A debandada da marinha fatímida torna impossível qualquer socorro por via marítima. Além disso, o abastecimento de água potável se revela difícil. Tiro – essa é sua principal fraqueza – não tem uma fonte dentro de seus muros. Em tempos de paz, a água doce chega de fora por meio de uma canalização. Em caso de guerra, a cidade conta com cisternas e com um intenso abastecimento por barcos pequenos. O rigor do bloqueio veneziano proíbe esse recurso. Se o jugo não afrouxar, a capitulação será inevitável ao cabo de alguns meses.

Sem esperar nada dos egípcios, seus protetores habituais, os defensores se voltam para o herói do momento, Balaq. O emir cerca então uma fortaleza da região de Alepo, Manbij, onde um de seus vassalos entrou em rebelião. Quando o apelo de Tiro chega até ele, Balaq decide imediatamente, contra Kamal al-Adim, entregar a um de seus lugares-tenentes a manutenção do sítio e se dirigir pessoalmente a Tiro. Em 6 de maio de 1124, antes de pegar a estrada, ele efetua uma última ronda de inspeção.

*Capacete na cabeça e escudo no braço,* continua o cronista de Alepo, *Balaq se aproximou da fortaleza de Manbij para escolher o lugar onde seriam erguidas as manganelas. Enquanto ele dava suas ordens, uma flecha saída das muralhas o atingiu sob a clavícula esquerda. Ele a arrancou sozinho e, cuspindo nela com desprezo, murmurou: "Esse golpe será mortal para todos os muçulmanos!". E então morreu.*

Ele estava certo. Assim que a notícia de sua morte chega a Tiro, os habitantes perdem a coragem e só pensam em negociar as condições de sua rendição. *Em 7 de julho de 1124,* conta Ibn al-Qalanissi, *eles saíram entre duas fileiras de soldados, sem serem molestados pelos franj. Todos os militares e civis deixaram a cidade, onde ficaram apenas os impotentes. Alguns exilados foram para Damasco, os outros se dispersaram pela região.*

Embora o banho de sangue tenha sido evitado, é de maneira humilhante que chega ao fim a admirável resistência dos habitantes de Tiro.

Eles não serão os únicos a sofrer as consequências da morte de Balaq. Em Alepo, o poder vai para Timurtash, filho de Ilgazi, um jovem de dezenove anos *preocupado apenas,* segundo Ibn al-Athir, *em se divertir, e que se apressou a deixar Alepo para voltar para sua cidade de origem, Mardin, porque achava que na Síria havia guerras demais com os franj*. Não contente de abandonar sua capital, o incapaz Timurtash se apressa em soltar o rei de Jerusalém em troca de vinte mil dinares. Ele lhe oferece roupas suntuosas, um quepe de ouro e botinas ornadas, e devolve inclusive o cavalo que Balaq lhe tirara no dia de sua captura. Comportamento principesco, sem dúvida, mas totalmente irresponsável, pois algumas semanas depois de sua libertação, Balduíno II chega a Alepo com a firme intenção de tomá-la.

A defesa da cidade cabe inteiramente a Ibn al-Khashshab, que dispõe de apenas algumas centenas de homens armados. O cádi, que vê milhares de combatentes em torno de sua cidade, despacha um mensageiro para o filho de Ilgazi. Arriscando sua vida, o emissário atravessa as linhas inimigas à noite. Chegando a Mardin, ele se apresenta na sala do conselho do emir e suplica com insistência que ele não abandone Alepo. Mas Timurtash, tão insolente quanto covarde, ordena que prendam o mensageiro cujas queixas o irritam.

Ibn al-Khashshab se volta então para outro salvador, al-Bursuqi, um velho militar turco que acaba de ser nomeado governador de Mossul. Conhecido por sua retidão e seu zelo religioso, mas também por sua habilidade política e sua ambição, al-Bursuqi aceita com entusiasmo o convite que o cádi lhe envia e se põe imediatamente a caminho. Sua chegada à cidade sitiada, em janeiro de 1125, surpreende os *franj*, que fogem abandonando suas tendas. Ibn al-Khashshab se apressa em ir ao encontro de al-Bursuqi para incitá-lo a persegui-los, mas o emir está cansado da longa cavalgada e sobretudo com pressa de visitar sua nova possessão. Como Ilgazi cinco anos antes, ele não ousará avançar suas posições e dará ao inimigo tempo de se recuperar. Mas sua intervenção tem uma importância considerável, pois a união realizada em 1125 entre Alepo e Mossul será o núcleo de um poderoso Estado que, em breve, poderá responder com sucesso à arrogância dos *franj*.

Por sua tenacidade e sua surpreendente perspicácia, sabemos que Ibn al-Khashshab não apenas salvou a cidade da ocupação como ajudou, mais que qualquer outro, a preparar o caminho aos grandes líderes do jihad contra os invasores. O cádi, no entanto, não os verá em ação. Num dia do verão de 1125, enquanto saía da grande mesquita de Alepo, depois da oração do meio-dia, um homem vestido de asceta pulou em cima dele e cravou um punhal em seu peito. A vingança dos

Assassinos. Ibn al-Khashshab tinha sido o adversário mais obstinado da Ordem, ele derramara enormemente o sangue de seus adeptos e nunca se arrependera. Ele não devia ignorar, portanto, que um dia ou outro pagaria com a própria vida. Fazia um terço de século que nenhum inimigo conseguia escapar dos Assassinos.

Fora um homem de ampla cultura, sensível à poesia, de espírito curioso sobre os últimos avanços da ciência, que em 1099 criara essa seita, a mais temível de todos os tempos. Hassan as-Sabbah nascera por volta de 1048 na cidade de Ray, bem perto do lugar onde seria fundado, algumas dezenas de anos depois, o vilarejo de Teerã. Ele terá sido, como reza a lenda, o inseparável companheiro de juventude do poeta Omar Khayyam? Não se sabe ao certo. Em contrapartida, se conhece com precisão as circunstâncias que levaram esse homem brilhante a dedicar sua vida à organização de sua seita.

Quando do nascimento de Hassan, a doutrina xiita, à qual ele adere, era dominante na Ásia muçulmana. A Síria pertencia aos fatímidas do Egito, e outra dinastia xiita, dos buídas, controlava a Pérsia e ditava sua lei ao califa abássida em pleno coração de Bagdá. Mas durante a juventude de Hassan a situação se inverteu totalmente. Os seljúcidas, defensores da ortodoxia sunita, se apoderaram de toda a região. O xiismo, outrora triunfante, se torna então uma doutrina quando muito tolerada, e com frequência perseguida.

Hassan, que vive num ambiente de religiosos persas, se insurge contra essa situação. Por volta de 1071, ele decide se instalar no Egito, último baluarte do xiismo. Mas o que ele descobre no país do Nilo não é muito animador. O velho califa fatímida al-Mustansir é ainda mais manipulado que seu rival abássida. Ele não ousa mais sair de seu palácio sem autorização de seu vizir armênio Badr al-Jamali, pai e predecessor de al-Afdal. Hassan encontra no Cairo vários fundamentalistas religiosos que compartilham de suas apreensões e desejam, como ele, reformar o califado xiita e se vingar dos seljúcidas.

Em pouco tempo, um verdadeiro movimento toma forma, tendo como líder Nizar, o filho mais velho do califa. Tão piedoso quanto corajoso, o herdeiro fatímida não tem a menor vontade de se entregar aos prazeres da corte ou de desempenhar o papel de marionete nas mãos de um vizir. Com a morte de seu velho pai, que não demoraria, ele assumiria a sucessão e, com o auxílio de Hassan e de seus amigos, garantiria aos xiitas uma nova idade de ouro. Um plano minucioso, do qual Hassan é o principal artífice, é criado. O militante persa se instalará no coração do império seljúcida para preparar o terreno para a reconquista que Nizar não deixará de empreender quando subir ao trono.

Hassan vai muito além de todas as expectativas, mas com métodos bastante diferentes dos imaginados pelo virtuoso Nizar. Em 1090, ele ataca de surpresa a fortaleza de Alamute, o "ninho de águia" situado na cordilheira de Elbruz, perto do Mar Cáspio, numa região praticamente inacessível. Dispondo assim de um santuário inviolável, Hassan começa a erigir uma organização político-religiosa cuja eficácia e espírito de disciplina não terão igual na História.

Os adeptos são classificados segundo seu nível de instrução, fiabilidade e coragem, de noviços a grão-mestres. Eles têm aulas intensivas de doutrinação, bem como de treinamento físico. A arma preferida de Hassan para aterrorizar seus inimigos é o assassinato. Os membros da seita são enviados individualmente ou, mais raramente, em pequenas equipes de dois ou três, em missões para matar uma personalidade escolhida. Eles em geral se disfarçam de mercadores ou ascetas, circulam pela cidade onde deve ser perpetrado o crime, se familiarizam com o local e com os hábitos da vítima, e uma vez aperfeiçoado o plano, eles agem. Mas, embora os preparativos ocorram em sigilo absoluto, a execução deve necessariamente acontecer em público, na frente da multidão mais numerosa possível. É por isso que o local escolhido é a mesquita e o dia preferido a sexta-feira, geralmente ao meio-dia. Para Hassan, o assassinato não é um simples meio de se livrar de um adversário, ele é acima de tudo uma dupla lição pública: o castigo da pessoa assassinada e o sacrifício heroico do adepto executor, chamado "fedai", isto é, "comando suicida", porque ele quase sempre é executado na hora.

A maneira serena com que os membros da seita aceitam se deixar sacrificar fez seus contemporâneos acreditarem que eles eram drogados com haxixe, o que lhes valeu o apelido de "hashishiyun" ou "hashshashin", palavra que será transformada em "assassino" e que logo se tornará, em inúmeras línguas, uma palavra comum. A hipótese é plausível, mas, como em tudo que diz respeito à seita, é difícil distinguir a lenda da realidade. Hassan levava os adeptos a se drogar, para que tivessem a sensação de estar no paraíso e assim ter coragem para o martírio? Ou tentava, mais prosaicamente, acostumá-los a algum narcótico para mantê-los constantemente à sua mercê? Fornecia apenas um euforizante, para que não fraquejassem na hora do assassinato? Ou contava na fé cega de seus adeptos? Seja qual for a resposta, o simples fato de evocar essas hipóteses é uma homenagem ao excepcional organizador que Hassan era.

Seu sucesso, aliás, é fulminante. O primeiro assassinato, executado em 1092, dois anos depois da fundação da seita, é em si mesmo uma epopeia. Os seljúcidas estão no apogeu de seu poder. O pilar do império, o homem que, por trinta anos, organizou o território conquistado pelos guerreiros turcos num verdadeiro Estado, o artífice do renascimento do poder sunita e da luta contra o xiismo, é um velho vizir cujo nome já evoca sua obra: Nizam al-Mulk, a "Ordem do Reino". Em 14 de outubro de 1092, um adepto de Hassan o atinge com uma punhalada. *Quando Nizam al-Mulk foi assassinado*, dirá Ibn al-Athir, *o Estado se desintegrou*. O império seljúcida, de fato, nunca mais recuperará sua unidade. Sua história já não será pontuada por conquistas, mas por intermináveis guerras de sucessão. Missão cumprida, Hassan poderia dizer a seus camaradas do Egito. A partir de então, o caminho está aberto para a reconquista fatímida. É a vez de Nizar agir. No Cairo, porém, a insur-reição dura pouco. Al-Afdal, que herda o vizirato de seu pai, em 1094, esmaga impiedosamente os amigos de Nizar, que é emparedado vivo.

Hassan se encontra, portanto, diante de uma situação imprevista. Ele não renunciou à renovação do califado xiita, mas ele sabe que levará tempo. Assim, ele modifica sua estratégia: enquanto dá continuidade a seu trabalho de solapar o Islã oficial e seus representantes religiosos e políticos, ele se esforça para encontrar um lugar de implantação para constituir um feudo autônomo. Ora, que região poderia oferecer melhores perspectivas do que a Síria, fragmentada numa miríade de Estados minúsculos e rivais? Bastaria que a seita se introduzisse na re-gião, colocasse uma cidade contra a outra, um emir contra seu irmão, para conseguir sobreviver até o dia em que o Califado Fatímida saísse de seu torpor.

Hassan despacha para a Síria um predicador persa, enigmático "médico-astrólogo", que se instala em Alepo e consegue ganhar a confiança de Raduano. Os adeptos começam a afluir à cidade, a pregar sua doutrina, a constituir células. Para conservar a amizade do rei seljúcida, eles não se recusam a lhe prestar pequenos serviços, especialmente assassinar um certo número de seus adversários políticos. Com a morte do "médico-astrólogo", em 1103, a seita despacha imediatamente para junto de Raduano um novo conselheiro persa, Abu Tair, o ourives. Rapidamente, sua influência se torna ainda mais esmagadora que a de seu predecessor. Raduano vive totalmente sob seu domínio e, segundo Kamal al-Adim, nenhum alepino consegue obter mais nenhum favor do monarca ou resolver um problema administrativo sem passar por um dos inúmeros sectários infiltrados no séquito do rei.

No entanto, devido justamente a seu poder, os Assassinos são detestados. Ibn al-Khashshab, em particular, exige sem parar que se coloque um fim a suas atividades. Ele os acusa não apenas de tráfico de influência como também e principalmente de demonstrar simpatia pelos invasores ocidentais. Por mais paradoxal que seja, essa acusação não deixa de ser justificada. Com a chegada dos *franj*, os Assassinos, que recém começam a se implantar na Síria, são chamados de "batinis", "os que aderem a uma crença diferente da que eles professam em público". Um nome que sugere que os adeptos só são muçulmanos na aparência. Os xiitas, como Ibn al-Khashshab, não têm nenhuma simpatia pelos discípulos de Hassan, em razão de sua ruptura com o Califado Fatímida, que continua, apesar de seu enfraquecimento, o protetor oficial dos xiitas do mundo árabe.

Detestados e perseguidos por todos os muçulmanos, os Assassinos não ficam descontentes, portanto, com a chegada de um exército cristão que inflige derrota após derrota tanto aos seljúcidas quanto a al-Afdal, responsável pela morte de Nizar. Não resta nenhuma dúvida de que a atitude exageradamente conciliatória de Raduano para com os ocidentais se devia, em grande parte, aos conselhos dos "batinis".

Aos olhos de Ibn al-Khashshab, a convivência entre os Assassinos e os *franj* equivale a uma traição. Ele age em resposta a ela. Durante os massacres que se seguem à morte de Raduano, no final de 1113, os batinis são perseguidos de rua em rua, de casa em casa. Alguns são linchados pela multidão, outros são atirados do alto das muralhas. Cerca de duzentos membros da seita perecem assim, dentre os quais Abu Tair, o ourives. No entanto, indica Ibn al-Qalanissi, *vários conseguiram fugir e se refugiaram entre os franj ou se dispersaram pelo país.*

Por mais que Ibn al-Khashshab arranque dos Assassinos seu principal baluarte na Síria, a espantosa carreira da seita está apenas começando. Aprendendo com seus fracassos, ela muda de tática. O novo enviado de Hassan à Síria, um propagandista persa chamado Bahram, decide suspender provisoriamente todas as ações espetaculares e voltar ao trabalho minucioso e discreto de organização e infiltração.

*Bahram*, conta o cronista de Damasco, *vivia no maior segredo e no maior recolhimento, mudava de roupas e disfarces, tanto que circulava pelas cidades e praças-fortes sem que ninguém desconfiasse de sua identidade.*

Depois de alguns anos, ele dispõe de uma rede suficientemente poderosa para pensar em sair da clandestinidade. Na hora certa, ele encontra um excelente protetor para substituir Raduano.

*Um dia*, diz Ibn al-Qalanissi, *Bahram chegou a Damasco, onde o atabegue Toghtekin o recebeu muito bem, para se precaver de sua perfídia e da de seu bando. Ele foi cercado de considerações e recebeu uma vigilante proteção. O segundo personagem da metrópole síria, o vizir Tahir al-Mazdaghani, se entendeu com Bahram, embora não pertencesse à seita, e o ajudou a espalhar por toda parte sua rede de intrigas.*

De fato, apesar da morte de Hassan as-Sabbah em seu refúgio de Alamute, em 1124, a atividade dos Assassinos conhece uma forte recrudescência. O assassinato de Ibn al-Khashshab não é um ato isolado. Um ano antes, outro "resistente de turbante" da primeira hora caía sob seus golpes. Todos os cronistas relatam seu assassinato com solenidade, pois o homem que havia conduzido, em agosto de 1099, a primeira manifestação de ira contra a invasão franca se tornara desde então uma das maiores autoridades religiosas do mundo muçulmano. Anunciou-se do Iraque que o cádi dos cádis de Bagdá, esplendor do Islã, Abu-Saad al-Harawi, fora atacado por batinis na grande mesquita de Hamadá. Eles o mataram a punhaladas e fugiram imediatamente, sem deixar vestígios ou rastros, e sem que ninguém os perseguisse, tamanho era o medo que despertavam. O crime produziu viva indignação em Damasco, onde al-Harawi viveu por muitos anos. Nos meios religiosos, principalmente, a atividade dos Assassinos suscitou crescente hostilidade. Os melhores entre os crentes tinham o coração apertado, mas se abstinham de falar, pois os batinis tinham começado a matar os que resistiam a eles e a apoiar os que aprovavam seus desvarios. Ninguém ousava criticá-los em público, nem emir, nem vizir, nem sultão!

Esse terror é justificado. Em 26 de novembro de 1126, al-Bursuqi, o poderoso mestre de Alepo e de Mossul, sofreu por sua vez a terrível vingança dos Assassinos.

*E no entanto, espanta-se Ibn al-Qalanissi, o emir se mantinha de sobreaviso. Ele usava uma cota de malha onde não podia penetrar a ponta do sabre nem a lâmina do punhal e se cercava de soldados armados até os dentes. Mas o destino que se cumpre não pode ser evitado. Al-Bursuqi comparecera como de hábito à grande mesquita de Mossul para cumprir sua obrigação de sexta-feira. Os celerados estavam lá, vestidos como sufis, rezando num canto sem despertar suspeitas. De repente, eles pularam sobre ele e o atingiram com vários golpes sem conseguir atravessar a cota de malha. Quando os batinis viram que os punhais não podiam ser usados no emir, um deles gritou: "Acertem no alto, na cabeça!". Com seus golpes, eles o atingiram na garganta e o encheram de ferimentos. Al-Bursuqi morreu como mártir e seus assassinos foram executados.*

A ameaça dos Assassinos nunca foi tão séria. Não se trata mais de um simples projeto de perseguição, mas de uma verdadeira lepra que corrói o mundo árabe num momento em que ele precisa de toda sua energia para fazer face à ocupação franca. A sucessão de crimes, aliás, continua. Alguns meses depois da morte de al-Bursuqi, seu filho, que acaba de sucedê-lo no poder, é assassinado por sua vez. Em Alepo, quatro emires rivais disputam o poder, e Ibn al-Khashshab não está mais ali para manter um mínimo de coesão. No outono de 1127, enquanto a cidade afunda na anarquia, os *franj* reaparecem sob seus muros. Antioquia tem um novo príncipe, o jovem filho do grande Boemundo, um gigante loiro de dezoito anos que acaba de chegar de seu país para tomar posse da herança familiar. Ele tem o nome do pai e, acima de tudo, seu caráter impetuoso. Os alepinos se apressam a lhe pagar um tributo, e os mais derrotistas já veem nele o futuro conquistador de sua cidade.

Em Damasco, a situação não é menos dramática. O atabegue Toghtekin, velho e doente, não exerce mais nenhum controle sobre os Assassinos. Eles têm sua própria milícia armada, a administração está em suas mãos e o vizir al-Mazdaghani, que lhes é devotado de corpo e alma, mantém contatos estreitos com Jerusalém. Balduíno II, por sua vez, não esconde mais sua intenção de coroar sua carreira com a tomada da metrópole síria. A única coisa que ainda parece impedir os Assassinos de entregar a cidade aos *franj* é a presença do velho Toghtekin. Mas a suspensão das hostilidades será breve. No início de 1128, o atabegue emagrece a olhos vistos e já não consegue se levantar. À sua cabeceira, as intrigas vão de vento em popa. Depois de designar seu filho Buri como sucessor, ele morre em 12 de fevereiro. Os damascenos estão convencidos de que a queda de sua cidade é apenas uma questão de tempo.

Evocando, um século depois, esse período crítico da história árabe, Ibn al-Athir escreverá, com toda razão:

*Com a morte de Toghtekin desaparecia o último homem capaz de enfrentar os franj. Estes pareciam em condições de ocupar toda a Síria. Mas Deus, em sua infinita bondade, teve piedade dos muçulmanos.*

# TERCEIRA PARTE

❦

# A RESPOSTA
## (1128-1146)

*Eu ia começar a oração quando um franco
se precipitou sobre mim, me agarrou e
virou meu rosto para o Oriente, dizendo:
"É assim que se reza!".*

Osama Ibn Munqidh,
cronista (1095-1188).

CAPÍTULO 6

## Os complôs de Damasco

O vizir al-Mazdaghani se apresentou, como todos os dias, no pavilhão das rosas, no palácio da cidadela, em Damasco. Lá estavam, conta Ibn al-Qalanissi, todos os emires e chefes militares. A assembleia tratou de vários assuntos. O senhor da cidade, Buri, filho de Toghtekin, trocou impressões com os presentes, depois cada um se levantou para voltar para sua casa. Segundo o costume, o vizir devia sair depois de todos os outros. Quando ele se levantou, Buri fez um sinal para um de seus próximos e este atingiu al-Mazdaghani com vários golpes de sabre na cabeça. Depois ele foi decapitado e seu corpo levado em dois pedaços à Porta de Ferro, para que todo mundo pudesse ver o que Deus faz com aqueles que foram pérfidos.

Em poucos minutos, a morte do protetor dos Assassinos é conhecida nos mercados de Damasco e seguida, imediatamente, de uma fúria vingativa. Uma imensa multidão se espalha pelas ruas, brandindo sabres e punhais. Todos os batinis, seus parentes, seus amigos, e todos os suspeitos de simpatia para com eles, são caçados pela cidade, perseguidos em suas casas e degolados impiedosamente. Seus líderes serão crucificados nas ameias das muralhas. Vários membros da família de Ibn al-Qalanissi tomam parte ativa no massacre. Pode ser que o próprio cronista, que naquele mês de setembro de 1129 é um alto funcionário de 57 anos, não tenha se misturado com o populacho. Mas seu tom diz muito sobre seu estado de espírito naquelas horas sangrentas: *Pela manhã, as praças estavam livres dos batinis e os cães uivantes disputavam seus cadáveres.*

127

Os damascenos estavam visivelmente exasperados com o controle dos Assassinos sobre sua cidade, o filho de Toghtekin mais que qualquer outro, pois recusava o papel de fantoche nas mãos da seita e do vizir al-Mazdaghani. Para Ibn al-Athir, não se trata, no entanto, de uma simples luta pelo poder, mas de salvar a metrópole síria de um desastre iminente: *al-Mazdaghani havia escrito aos franj para propor entregar-lhes Damasco se eles aceitassem lhe ceder, em troca, a cidade de Tiro. O negócio fora fechado. Eles tinham combinado inclusive o dia, uma sexta-feira.* As tropas de Balduíno II deviam de fato chegar de súbito sob os muros da cidade, onde grupos de Assassinos armados lhes abririam as portas, e onde outros grupos estariam encarregados de vigiar as saídas da grande mesquita para impedir os dignitários e os militares de sair até que os *franj* tivessem ocupado a cidade. Alguns dias antes da execução do plano, Buri, que tomara conhecimento de tudo, se apressara a eliminar seu vizir, dando assim o sinal à população para que ela se voltasse enfurecida contra os Assassinos.

O complô realmente existiu? Seríamos tentados a duvidar, pois sabemos que nem o próprio Ibn al-Qalanissi, apesar de seu empenho verbal contra os batinis, os acusa em qualquer momento de ter desejado entregar sua cidade aos *franj*. Dito isso, o relato de Ibn al-Athir não é inverossímil. Os Assassinos e seu aliado al-Mazdaghani se sentiam ameaçados em Damasco, tanto por uma crescente hostilidade popular quanto pelas intrigas de Buri e de seu séquito. Além disso, eles sabiam que os *franj* estavam decididos a tomar a cidade a todo custo. Em vez de lutar contra inimigos demais ao mesmo tempo, a seita pode muito bem ter decidido se reservar um santuário como Tiro, a partir do qual ela poderia enviar seus predicadores e seus assassinos para o Egito fatímida, objetivo principal dos discípulos de Hassan as-Sabbah.

A sequência de acontecimentos parece confirmar a tese de complô. Os raros batinis que sobrevivem ao massacre se instalam na Palestina, sob a proteção de Balduíno II, a quem entregam Banias, uma poderosa fortaleza situada ao pé do monte Hérmon e que controla a estrada de Jerusalém a Damasco. Além disso, algumas semanas mais tarde, um poderoso exército franco aparece nos arredores da metrópole síria. Ele reúne cerca de dez mil cavaleiros e soldados de infantaria, vindos não apenas da Palestina mas também de Antioquia, Edessa e Trípoli, bem como várias centenas de guerreiros recém-chegados do país dos *franj*, que proclamam em alto e bom som sua intenção de tomar Damasco. Os mais fanáticos pertencem à Ordem dos Templários, uma ordem religiosa e militar fundada dez anos antes na Palestina.

Não dispondo de tropas suficientes para enfrentar os invasores, Buri chama às pressas alguns bandos de nômades turcos e algumas tribos árabes da região, prometendo-lhes uma boa retribuição se eles o ajudarem a repelir o ataque. O filho de Toghtekin sabe que não poderá contar por muito tempo com aqueles mercenários que, rapidamente, desertarão para se dedicar à pilhagem. Sua principal preocupação, portanto, é iniciar o combate o mais rápido possível. Num dia de novembro, seus batedores o informam de que vários milhares de *franj* foram se abastecer na rica planície de Ghuta. Sem hesitar, ele despacha todo o seu exército atrás deles. Completamente desprevenidos, os ocidentais logo são cercados. Alguns cavaleiros não terão tempo nem de buscar suas montarias.

*Os turcos e os árabes voltaram a Damasco no final da tarde, triunfantes, alegres e carregando o butim*, relata Ibn al-Qalanissi. *A população se regozijou, os corações foram reconfortados e o exército decidiu ir atacar os franj em seu acampamento. Na manhã seguinte, ao alvorecer, vários cavaleiros se precipitaram a toda velocidade. Ao ver muita fumaça subindo, eles pensaram que os franj estavam lá, mas, ao se aproximarem, eles descobriram que os inimigos tinham fugido depois de atear fogo a seus equipamentos, pois já não tinham animais de carga para levá-los.*

Apesar desse fracasso, Balduíno II reúne suas tropas para um novo ataque contra Damasco, quando, subitamente, no início de setembro, uma chuva diluviana se abate sobre a região. O terreno onde os *franj* estão acampados se transforma num imenso lago de lama, onde homens e cavalos ficam irremediavelmente atolados. Com o coração pesado, o rei de Jerusalém ordena a retirada.

Buri, que ao chegar ao poder era considerado um emir frívolo e temeroso, conseguira salvar Damasco dos dois principais perigos que a ameaçavam, os *franj* e os Assassinos. Aprendendo com sua derrota,

Balduíno II renuncia definitivamente a qualquer investida contra a cobiçada cidade.

Mas Buri não reduziu ao silêncio todos os seus inimigos. Um dia, chegam em Damasco dois indivíduos vestidos à moda turca, com túnicas e barretes pontudos. Eles dizem estar à procura de um trabalho com salário fixo, e o filho de Toghtekin os contrata para sua guarda pessoal. Numa manhã de maio de 1131, enquanto o emir volta de seu *hammam* para o palácio, os dois homens pulam em cima dele e o ferem no ventre. Antes de serem executados, eles confessam que o líder dos Assassinos os enviou para a fortaleza de Alamute para vingar seus irmãos, exterminados pelo filho de Toghtekin.

Vários médicos são chamados à cabeceira da vítima e, em particular, registra Ibn al-Qalanissi, *cirurgiões especializados no tratamento de ferimentos*. Os cuidados médicos então oferecidos em Damasco estão entre os melhores do mundo. Duqaq ali fundara um hospital, um "maristan"; um segundo será construído em 1154. O viajante Ibn Jubayr, que os visitará alguns anos depois, descreverá seu funcionamento:

*Cada hospital tem administradores que mantêm registros onde são inscritos os nomes dos doentes, os gastos que são necessários para seus cuidados e alimentação, e várias outras informações. Os médicos comparecem todas as manhãs, examinam os doentes e ordenam a preparação dos remédios e dos alimentos que podem curá-los, segundo o que convém a cada indivíduo.*

Depois da visita dos cirurgiões, Buri, que se sente melhor, insiste em montar a cavalo e, como todos os dias, em receber os amigos para conversar e beber. Mas esses excessos serão fatais para o doente, sua ferida não cicatriza. Ele morre em junho de 1132, após treze meses de sofrimentos atrozes. Os Assassinos, mais uma vez, conseguiram se vingar.

Buri terá sido o primeiro artífice da resposta vitoriosa do mundo árabe à ocupação franca, ainda que seu breve reino não tenha deixado uma lembrança duradoura. É verdade que ele coincidiu com a ascensão de uma personalidade de envergadura completamente distinta: o atabegue Imadeddin Zengui, novo senhor de Alepo e de Mossul,

130 ◦▫ A RESPOSTA

um homem que Ibn al-Athir não hesitará em considerar *o presente da Providência divina aos muçulmanos*.

À primeira vista, esse oficial muito escuro, de barba desgrenhada, não se diferencia dos numerosos chefes militares turcos que o precederam naquela interminável guerra contra os *franj*. Frequentemente embriagado, disposto, como eles, a fazer uso de todas as crueldades e perfídias para chegar a seus fins, Zengui também costuma combater com mais obstinação ainda os muçulmanos que os *franj*. Em 18 de junho, quando ele faz sua entrada solene em Alepo, o que se sabe sobre ele não é muito encorajador. Sua principal façanha fora adquirida no ano anterior, reprimindo uma revolta do califa de Bagdá contra seus protetores seljúcidas. O indulgente al-Mustazhir morrera em 1118, deixando o trono a seu filho al-Mustarshid-billah, um jovem de 25 anos, de olhos azuis, cabelos ruivos, rosto cheio de sardas, que tinha a ambição de restabelecer a gloriosa tradição de seus primeiros ancestrais abássidas. O momento parecia propício, pois o sultão Mohammed acabara de morrer e, como de costume, uma guerra de sucessão tinha início. O jovem califa aproveitara, portanto, para recuperar o controle direto de suas tropas, o que não se via há mais de dois séculos. Orador de talento, al-Mustarshid matinha a população de sua capital unida a seu redor.

Paradoxalmente, enquanto o príncipe dos crentes rompe com uma longa tradição de negligência, o sultanato vai para um jovem de catorze anos preocupado apenas com as caçadas e os prazeres do harém. Mahmud, filho de Mohammed, é tratado com condescendência por al-Mustarshid, que várias vezes o aconselha a voltar para a Pérsia. Há de fato uma revolta dos árabes contra os turcos, militares estrangeiros que os dominam há tanto tempo. Incapaz de enfrentar o levante, o sultão apela a Zengui, então governador do rico porto de Basra, no golfo. Sua intervenção é decisiva: derrotadas perto de Bagdá, as tropas do califa depõem suas armas e o príncipe dos crentes se fecha em seu palácio à espera de dias melhores. Para recompensar Zengui por sua ajuda preciosa, o sultão lhe confia, alguns meses depois, o governo de Mossul e de Alepo.

Poderíamos ter imaginado façanhas mais gloriosas para esse futuro herói do Islã. Mas não é sem razão que Zengui um dia será celebrado como o primeiro grande combatente do jihad contra os *franj*. Antes dele, os generais turcos chegavam à Síria acompanhados de tropas impacientes para pilhar e ir embora com pagamento e butim. O efeito de suas vitórias era rapidamente anulado pela derrota seguinte. As tropas eram desmobilizadas para voltarem a ser mobilizadas no ano seguinte. Com Zengui, os costumes mudam. Ao longo de dezoito anos, esse guerreiro incansável percorrerá a Síria e o Iraque, dormindo sobre a palha para se proteger da lama, combatendo com uns, pactuando com outros, conspirando contra todos. Ele nunca pensa em residir pacatamente num dos numerosos palácios de seu vasto domínio.

Seu séquito não é composto por cortesãs e bajuladores, mas por conselheiros políticos experientes que ele sabe ouvir. Ele dispõe de uma rede de informantes que o mantém constantemente a par do que se trama em Bagdá, Isfahan, Damasco, Antioquia e Jerusalém, bem como em seus domínios, Alepo e Mossul. Ao contrário dos outros exércitos que enfrentaram os *franj*, o seu não é comandado por uma multidão de emires autônomos, sempre prontos para trair ou rivalizar. A disciplina é estrita e, ao menor desvio de conduta, o castigo é impiedoso. Segundo Kamal al-Adim, *os soldados do atabegue pareciam caminhar entre duas cordas para não pisar num campo cultivado*. Ibn al-Athir contará, por sua vez, que *um dos emires de Zingue, tendo recebido de feudo uma pequena cidade, se instalou na casa de um rico comerciante judeu. Este pediu para ver o atabegue e expôs seu caso para ele. Zengui lançou um único olhar para o emir, que desocupou imediatamente a casa.* O senhor de Alepo, aliás, é tão exigente consigo mesmo quanto com os outros. Quando chega em uma cidade, ele dorme fora de seus muros, sob sua tenda, desprezando todos os palácios colocados à sua disposição.

*Zengui, ademais*, diz o historiador de Mossul, *se preocupava muito com a honra das mulheres, principalmente das esposas dos soldados. Ele dizia que se não fossem bem guardadas, elas logo se corromperiam, em razão das longas ausências de seus maridos durante as campanhas.*

Rigor, perseverança e senso de Estado, qualidades de que Zengui estava provido e que faltavam dramaticamente aos dirigentes do mundo árabe. Mais importante ainda, no que diz respeito ao futuro: Zengui se preocupava muito com a legitimidade. Assim que chega em Alepo, ele toma três iniciativas, três gestos simbólicos. O primeiro já se tornara clássico: casar-se com a filha do rei Raduano, já viúva de Ilgazi e Balaq; o segundo: transferir os restos mortais de seu pai para a cidade, para demonstrar o enraizamento de sua família no território; o terceiro: obter do sultão Mahmud um documento oficial conferindo ao atabegue uma autoridade indiscutível sobre a Síria e o norte do Iraque. Com isso, Zengui demonstra claramente que não é um simples aventureiro de passagem, mas o fundador de um Estado destinado a durar depois de sua morte. Mas esse elemento de coesão, que ele introduz no mundo árabe, só colherá seus frutos depois de vários anos. As disputas internas ainda paralisarão os príncipes muçulmanos, e o próprio atabegue, por muito tempo.

No entanto, o momento parece propício para organizar uma ampla contraofensiva, pois a bela solidariedade que até então fizera a força dos ocidentais parece seriamente comprometida. *Dizem que a discórdia nasceu entre os franj, coisa inaudita de sua parte*. Ibn al-Qalanissi não consegue acreditar. *Afirma-se até que eles lutaram entre si e que houve várias mortes*. Mas o espanto do cronista não é nada em comparação com o de Zengui no dia em que ele recebe uma mensagem de Alice, filha de Balduíno II, rei de Jerusalém, propondo uma aliança contra seu próprio pai!

Esse estranho episódio tem início em fevereiro de 1130, quando o príncipe Boemundo II, de Antioquia, vai guerrear no norte, cai numa emboscada armada por Ghazi, filho do emir Danismende, que capturara Boemundo I trinta anos antes. Menos sortudo que seu pai, Boemundo II é morto em combate, e sua cabeça loira, cuidadosamente embalsamada e guardada numa caixa de prata, é enviada de presente ao califa. Quando a notícia de sua morte chega a Antioquia, sua viúva Alice organiza um verdadeiro golpe de Estado. Aparentemente, com o apoio da população armênia, grega e síria de Antioquia, ela garante para si o controle da cidade e entra em contato com Zengui. Curiosa atitude, que anuncia o nascimento de uma nova geração de *franj*, a segunda, que já não tem muito em comum com os pioneiros da invasão. De mãe armênia, nunca tendo conhecido a Europa, a jovem princesa se sente oriental e age enquanto tal.

Informado da rebelião de sua filha, o rei de Jerusalém marcha imediatamente para o norte, à frente de seu exército. Pouco antes de chegar em Antioquia, ele encontra por acaso um cavaleiro de aparência deslumbrante, cujo cavalo, de um branco imaculado, tem ferraduras de prata e está coberto, da crina ao peitoral, com uma magnífica armadura cinzelada. É um presente de Alice para Zengui, acompanhado de uma carta em que a princesa pede ao atabegue que venha em seu socorro e promete reconhecer sua suserania. Depois de mandar enforcar o mensageiro, Balduíno segue seu caminho na direção de Antioquia, que ele rapidamente retoma. Alice capitula, depois de uma resistência simbólica na cidadela. Seu pai a exila no porto de Lataquia.

Pouco depois, porém, em agosto de 1131, o rei de Jerusalém morre. Sinal dos tempos, ele tem direito a um elogio fúnebre oficial da parte do cronista de Damasco. Os *franj* já não são, como nos primeiros tempos da invasão, uma massa informe da qual se distinguem apenas alguns líderes. A crônica de Ibn al-Qalanissi agora se interessa pelos detalhes e esboça inclusive uma análise.

*Balduíno*, ele escreve, *era um ancião que o tempo e os infortúnios vinham polindo. Várias vezes, ele caiu nas mãos dos muçulmanos e escapou graças a célebres astúcias. Com sua morte, os franj perderam seu político mais prudente e seu administrador mais competente. O poder real coube depois dele ao conde de Anjou, recentemente chegado de seu país por via marítima. Mas este não era seguro em seu julgamento nem eficaz em sua administração, de modo que a perda de Balduíno mergulhou os franj na confusão e na desordem.*

O terceiro rei de Jerusalém, Fulque de Anjou, um quinquagenário ruivo e atarracado que se casou com Melisenda, a irmã mais velha de Alice, é de fato um recém-chegado. Pois Balduíno, como a grande maioria dos príncipes francos, não teve herdeiros homens. Em razão de sua higiene mais do que primitiva, bem como de sua falta de adaptação às condições de vida no Oriente, os ocidentais conhecem uma taxa extremamente alta de mortalidade infantil, que afeta em primeiro lugar, e segundo uma lei natural bastante conhecida, os meninos. Com o tempo é que eles aprenderão a melhorar sua situação, utilizando regularmente o *hammam* e recorrendo mais aos serviços dos médicos árabes.

Ibn al-Qalanissi não está errado de desprezar as capacidades políticas do herdeiro vindo do oeste, pois é sob o reinado de Fulque que a "discórdia entre os *franj*" será mais forte. Assim que chega ao poder, ele precisa enfrentar uma nova insurreição comandada por Alice, reprimida com muita dificuldade. Depois, é na própria Palestina que a revolta cresce. Um rumor persistente acusa sua mulher, a rainha Melisenda, de manter uma ligação amorosa com um jovem cavaleiro, Hugo de Puiset. Esse caso opõe os partidários do marido aos do amante, operando uma verdadeira divisão da nobreza franca que só vive de altercações, duelos e rumores de assassinato. Sentindo-se ameaçado, Hugo encontrará refúgio em Ascalão, junto aos egípcios, que aliás o acolhem calorosamente. Confiam-lhe até algumas tropas fatímidas, com as quais ele se apodera do porto de Jafa, do qual será expulso algumas semanas depois.

Em dezembro de 1132, enquanto Fulque reúne suas forças para reocupar Jafa, o novo senhor de Damasco, o jovem atabegue Ismael, filho de Buri, toma de surpresa a fortaleza de Banias, que os Assassinos tinham entregado aos *franj* três anos antes. Mas essa reconquista não passa de um ato isolado. Pois os príncipes muçulmanos, absorvidos por suas próprias disputas, são incapazes de tirar proveito das dissensões que agitam os ocidentais. O próprio Zengui é praticamente invisível na Síria. Deixando o governo de Alepo a um de seus lugares-tenentes, ele precisou se dedicar a uma luta inclemente contra o califa. Dessa vez, porém, é al-Mustarshid que parece se impor.

O sultão Mahmud, filho de Zengui, acaba de morrer aos 26 anos, dando lugar, mais uma vez, a uma nova guerra de sucessão dentro do clã seljúcida. O príncipe dos crentes aproveita para se recuperar. Ele promete a cada pretendente fazer orações em seu nome nas mesquitas, tornando-se o verdadeiro árbitro da situação. Zengui se alarma. Reunindo suas tropas, ele marcha sobre Bagdá com a intenção de infligir a al-Mustarshid uma derrota tão retumbante quanto no primeiro confronto entre eles, cinco anos antes. Mas o califa vai a seu encontro à frente de vários milhares de homens, perto da cidade de Tikrit, às margens do Tigre, ao norte da capital abássida. As tropas de Zengui são massacradas e o próprio atabegue está prestes a cair nas mãos de seus inimigos quando um homem intervém no momento crítico para salvar sua vida. Ele é o governador de Tikrit, um jovem oficial curdo de nome ainda obscuro, Ayyub. Em vez de obter os favores do califa entregando-lhe seu adversário, esse militar ajuda o atabegue a atravessar o rio para escapar de seus perseguidores e voltar para Mossul às pressas. Zengui nunca esquecerá desse gesto cavalheiresco. Ele demonstrará por Ayyub, bem como por sua família, uma amizade indestrutível, que muitos anos depois determinará a carreira do filho de Ayyub, Yussef, mais conhecido como Salah ad-Din, ou Saladino.

Depois de sua vitória sobre Zengui, al-Mustarshid está no auge de sua glória. Sentindo-se ameaçados, os turcos se unem em torno de um único pretendente seljúcida, Massud, irmão de Mahmud. Em janeiro de 1133, o novo sultão se apresenta em Bagdá para obter sua coroa da mão do príncipe dos crentes. Trata-se, em geral, de uma simples formalidade, mas al-Mustarshid, à sua maneira, transforma a cerimônia. Ibn al-Qalanissi, nosso "jornalista" da época, relata a cena.

*O imã, príncipe dos crentes, estava sentado. Foi introduzido em sua presença o sultão Massud, que lhe prestou as homenagens devidas à sua condição. O califa lhe ofereceu sucessivamente sete túnicas de cerimônia, das quais a última era preta, uma coroa incrustada com pedrarias, braceletes e um colar de ouro, dizendo-lhe: "Receba esse favor com gratidão e tema a Deus em público e no privado". O sultão beijou o chão, depois se sentou no banco destinado a ele. O príncipe dos crentes lhe disse então: "Aquele que não se conduz bem não está apto a dirigir os outros". O vizir, que estava presente, repetiu essas palavras em persa e renovou os votos e louvores. A seguir, o califa mandou trazer dois sabres e os entregou solenemente ao sultão, junto com duas flâmulas que amarrou com suas próprias mãos. Ao fim do encontro, o imã al-Mustarshid concluiu com as seguintes palavras: "Vá, leve o que lhe dei e esteja entre os reconhecidos".*

O soberano abássida demonstrou grande segurança, ainda que seja preciso, é claro, relativizar as aparências. Ele repreendeu o turco com desenvoltura, seguro de que a reencontrada unidade dos seljúcidas só podia, a longo prazo, ameaçar sua recente potência, mas não deixou de reconhecê-lo como legítimo detentor do sultanato. Em 1133, no entanto, ele continua sonhando com conquistas. Em junho, ele parte à frente de suas tropas na direção de Mossul, decidido a se apossar da cidade e, ao mesmo tempo, acabar com Zengui. O sultão Massud não tenta dissuadi-lo. Ele lhe sugere inclusive reunir a Síria e o Iraque num único Estado sob sua autoridade, uma ideia que será retomada várias vezes no futuro. No entanto, mesmo fazendo essas propostas, o seljúcida ajuda Zengui a resistir aos ataques do califa, que durante três meses, e em vão, cerca Mossul.

Esse fracasso marcará a virada fatal na sorte de al-Mustarshid. Abandonado pela maioria de seus emires, ele será vencido e capturado em junho de 1135 por Massud, que fará com que seja selvagemente assassinado dois meses depois. O príncipe dos crentes será encontrado nu em sua tenda, com as orelhas e o nariz cortados, o corpo atravessado por vinte golpes de punhal.

Completamente absorvido por esse conflito, Zengui se vê incapacitado de cuidar diretamente dos assuntos sírios. Ele teria inclusive permanecido no Iraque até o esmagamento definitivo da tentativa de restauração abássida, se não tivesse recebido, em janeiro de 1135, um apelo desesperado de Ismael, filho de Buri e senhor de Damasco, pedindo-lhe que tome posse de sua cidade o mais rapidamente possível. "Se houvesse algum atraso, eu seria obrigado a apelar aos *franj* e entregar-lhes Damasco com tudo o que ela contém, e a responsabilidade pelo sangue de seus habitantes recairia sobre Imadeddin Zengui."

Ismael, que teme por sua vida e acredita ver em cada canto de seu palácio um assassino à espreita, está decidido a deixar sua capital e a se refugiar, sob a proteção de Zengui, na fortaleza de Salkhad, ao sul da cidade, para onde já transportou suas riquezas e vestimentas.

O reinado do filho de Buri tivera um início promissor. Chegando ao poder aos dezenove anos, ele fizera prova de admirável dinamismo, do qual a retomada de Banias era a melhor ilustração. Ele por certo era arrogante e não ouvia os conselheiros de seu pai e de seu avô Toghtekin. Mas todos estão dispostos a atribuir essa atitude a sua juventude. Em contrapartida, o que os damascenos não suportam é a crescente avidez de seu senhor, que regularmente cobra novos impostos.

No entanto, é somente em 1134 que a situação começa a se tornar trágica, quando um velho escravo, chamado Ailba, antigamente a serviço de Toghtekin, tentou assassinar seu amo. Ismael, que escapou da morte por pouco, insistiu em recolher pessoalmente a confissão de seu agressor. "Se agi dessa forma", respondeu o escravo, "foi para obter o favor de Deus, livrando as pessoas de sua existência maléfica. Você oprimiu os pobres e os desamparados, os artesãos, os miseráveis e os camponeses. Você tratou sem consideração civis e militares." E Ailba cita os nomes de todos aqueles que, afirma ele, desejam a morte de Ismael. Traumatizado e à beira da loucura, o filho de Buri começa a prender todas as pessoas que tinham sido nomeadas e a matá-las sumariamente. *Essas execuções injustas não lhe bastaram*, conta o cronista de Damasco. *Nutrindo suspeitas a respeito de seu próprio irmão, Sawinj, ele lhe infligiu o pior dos suplícios, fazendo-o morrer de inanição numa cela. Sua maldade e sua injustiça não conheceram limites.*

Ismael está preso a um ciclo infernal. Cada execução aumenta seu medo de uma nova vingança e, para tentar se precaver, ele ordena novas mortes. Consciente de não poder prolongar aquela situação, ele decide entregar sua cidade a Zengui e se retirar para a fortaleza de Salkhad. Mas o senhor de Alepo é, há anos, unanimemente detestado pelos damascenos, desde que, no final de 1129, ele escreveu a Buri para convidá-lo a participar a seu lado de uma expedição contra os *franj*. Coisa que o senhor de Damasco aceitara com solicitude, despachando-lhe quinhentos cavaleiros comandados por seus melhores oficiais e acompanhados de seu próprio filho, o infeliz Sawinj. Depois de recebê-los com muitas atenções, Zengui desarmara a todos e os prendera, mandando dizer a Buri que se um dia ele ousasse enfrentá-lo, os reféns estariam em perigo de morte. Sawinj só fora libertado dois anos depois.

Em 1135, a lembrança dessa traição ainda está viva entre os damascenos, e quando os dignitários da cidade ficam sabendo dos planos de Ismael, eles decidem se opor a eles por todos os meios. Ocorrem reuniões entre os emires, os notáveis e os principais escravos, todos querem salvar suas vidas e sua cidade. Um grupo de conjurados decide expor a situação à mãe de Ismael, a princesa Zomorrod, "Esmeralda".

138 ⚜ A RESPOSTA

*Ela ficou horrorizada*, relata o cronista de Damasco. *Ela mandou chamar seu filho e o repreendeu vivamente. Depois foi levada, por seu desejo de fazer o bem, por seus sentimentos religiosos profundos e por sua inteligência, a considerar a maneira com que o mal poderia ser extirpado pela raiz e a situação restabelecida para Damasco e seus habitantes. Ela se debruçou sobre o caso como um homem de bom senso e experiência que examina as coisas com lucidez. Não encontrou outro remédio para a maldade de seu filho que se livrar dele e, assim, colocar um fim à crescente desordem pela qual ele era responsável.*

A execução não se fará esperar.

*A princesa só pensava naquele projeto. Ela espreitou um momento em que seu filho estivesse sozinho, sem escravos ou escudeiros, e ordenou a seus servidores que o matassem sem piedade. Ela mesma não manifestou nem compaixão nem tristeza. Mandou levar o corpo para um lugar do palácio onde ele pudesse ser descoberto. Todos se alegraram com a queda de Ismael. Agradeceram a Deus e endereçaram louvores e orações para o bem da princesa.*

Zomorrod matou o próprio filho para impedi-lo de entregar Damasco a Zengui? Pode-se duvidar disso quando se descobre que, três anos depois, a princesa se casará com esse mesmo Zengui e lhe suplicará que ocupe sua cidade. Ela tampouco agiu para vingar Sawinj, que era filho de outra mulher de Buri. Então, provavelmente, deve-se confiar na explicação dada por Ibn al-Athir: Zomorrod era amante do principal conselheiro de Ismael e, ao descobrir que seu filho planejava matar seu amante, e talvez puni-la, teria decidido passar à ação.

Quaisquer que tenham sido suas verdadeiras motivações, a princesa privou seu futuro marido de uma conquista fácil. Pois em 30 de janeiro de 1135, dia do assassinato de Ismael, Zengui já está a caminho de Damasco. Quando seu exército atravessa o Eufrates uma semana depois, Zomorrod colocou no trono outro filho seu, Mahmud, e a população se prepara ativamente para resistir. Ignorando a morte de Ismael, o atabegue envia representantes a Damasco para estudar com este último as modalidades da capitulação. Eles são educadamente recebidos, é claro, mas não são informados dos últimos desenvolvimentos da situação. Furioso, Zengui se recusa a dar meia-volta. Ele instala seu acampamento a nordeste da cidade e encarrega seus batedores de ver onde e como atacar. Mas ele logo entende que os defensores estão decididos a lutar até o fim. Eles têm à sua frente um velho companheiro de Toghtekin, Muin ad-Din Unur, um militar turco ardiloso e obstinado que Zengui encontrará mais de uma vez em seu caminho. Depois de algumas escaramuças, o atabegue decide buscar um acordo. Para salvar as aparências, os dirigentes da cidade sitiada lhe prestam homenagens e reconhecem, de maneira puramente nominal, sua suserania.

Em meados de março, o atabegue se afasta então de Damasco. Para levantar o moral de suas tropas, cansadas por aquela campanha inútil, ele as conduz imediatamente para o norte e se apodera com espantosa rapidez de quatro praças-fortes francas, entre as quais a tristemente célebre Maarate. Apesar desses feitos, seu prestígio é maculado. Somente dois anos depois ele conseguirá, com uma ação estrondosa, fazer com que seu fracasso em Damasco seja esquecido. Paradoxalmente, será então Muin ad-Din Unur que lhe fornecerá, sem querer, a ocasião de se reabilitar.

140 ❧ A RESPOSTA

# CAPÍTULO 7

## Um emir entre os bárbaros

Em junho de 1137, com impressionantes equipamentos de cerco, Zengui chegou e instalou seu acampamento nos vinhedos em torno de Homs, principal cidade da Síria central, tradicionalmente disputada por alepinos e damascenos. No momento, estes últimos a controlam, o governador da cidade não é ninguém menos que o velho Unur. Vendo as catapultas e manganelas alinhadas por seu adversário, Muin ad-Din Unur entende que não poderá resistir por muito tempo. Ele consegue fazer com que os *franj* sejam informados de sua intenção de capitular. Os cavaleiros de Trípoli, que não têm a menor vontade de ver Zengui instalado a dois dias de marcha de sua cidade, se põem a caminho. O estratagema de Unur funciona à perfeição: temendo se ver em meio a fogo cruzado, o atabegue acerta às pressas uma trégua com seu velho inimigo e se volta contra os *franj*, decidido a sitiar sua mais poderosa fortaleza da região, Baarin. Preocupados, os cavaleiros de Trípoli chamam a seu socorro o rei Fulque, que acorre com seu exército. E é sob os muros de Baarin, num vale cultivado em terraços, que ocorre a primeira batalha importante entre Zengui e os *franj*, o que pode surpreender quando sabemos que o atabegue já é senhor de Alepo há mais de nove anos!

O combate será curto mas decisivo. Em poucas horas, os ocidentais, exauridos por uma longa marcha forçada, são esmagados e dizimados. Somente o rei e alguns homens de seu séquito conseguem se refugiar na fortaleza. Fulque só tem tempo de enviar um mensageiro para Jerusalém para que venham libertá-lo, depois, contará Ibn al-Athir,

*Zengui cortou todas as comunicações, não deixando passar nenhuma notícia, de modo que os sitiados não sabiam mais o que acontecia em seu país, tão estrito era o controle das estradas.*

Um bloqueio como este não teria efeito sobre os árabes. Eles utilizavam há séculos a técnica dos pombos-correios para se comunicar entre cidades. Cada exército em campanha levava consigo pombos pertencentes a várias cidades e praças-fortes muçulmanas. Eles eram adestrados de tal modo que sempre voltavam para seu ninho de origem. Bastava enrolar uma mensagem em torno de uma de suas patas e soltá-los para que eles fossem, mais rápido que o corcel mais veloz, anunciar a vitória, a derrota ou a morte de um príncipe, pedir ajuda ou encorajar à resistência uma guarnição sitiada. À medida que a mobilização contra os *franj* se organiza, serviços regulares de pombos-correios começam a funcionar entre Damasco, Cairo, Alepo e outras cidades. O Estado chega a pagar salários às pessoas encarregadas de criar e adestrar essas aves.

É aliás ao longo de sua presença no Oriente que os *franj* se iniciam na columbofilia, que mais tarde conhecerá uma grande voga em seu país. Mas durante o cerco de Baarin, eles ainda ignoram tudo desse método de comunicação, o que permite a Zengui tirar proveito dele. O atabegue, que começa por intensificar sua pressão sobre os sitiados, lhes oferece, de fato, depois de acirrada negociação, vantajosas condições de rendição: entrega da fortaleza e pagamento de cinquenta mil dinares. Em troca disso, ele aceitará deixá-los partir em paz. Fulque e seus homens capitulam, depois fogem à rédea solta, felizes de se saírem tão bem. *Pouco depois de deixar Baarin, eles encontraram os grandes reforços que vinham em seu auxílio e se arrependeram da rendição, mas tarde demais. Isso só foi possível,* segundo Ibn al-Athir, *porque os franj foram totalmente cortados do mundo exterior.*

Zengui está muito satisfeito de ter resolvido vantajosamente o caso de Baarin, quando recebe notícias particularmente alarmantes: o imperador bizantino João Comneno, que em 1118 sucedeu a seu pai Aleixo, está a caminho da Síria do Norte com dezenas de milhares de homens. Assim que Fulque se afasta, o atabegue salta em seu cavalo e galopa até Alepo. Alvo privilegiado dos *rum* no passado, a cidade está em efervescência. Prevendo um ataque, começou-se a esvaziar, em torno dos muros, os fossos onde a população, em tempos de paz, tem o mau hábito de atirar seu lixo. Mas emissários do basileu logo vêm tranquilizar Zengui: seu objetivo não é Alepo, mas Antioquia, a cidade franca que os *rum* nunca cessaram de reivindicar. O atabegue logo fica sabendo, não sem satisfação, que ela já está sendo sitiada e bombardeada por catapultas. Deixando os cristãos com suas disputas, Zengui se volta para o cerco de Homs, onde Unur continua a enfrentá-lo.

No entanto, *rum* e *franj* se reconciliam mais rápido que o previsto. Para acalmar o basileu, os ocidentais prometem devolver-lhe Antioquia, João Comneno se compromete a entregar-lhes, em troca, várias cidades muçulmanas da Síria. O que desencadeia, em março de 1138, uma nova guerra de conquista. O imperador tem como lugares-tenentes dois chefes francos, o novo conde de Edessa, Joscelino II, e um cavaleiro chamado Raimundo, que acaba de se apossar do principado de Antioquia ao se casar com Constança, uma criança de oito anos, filha de Boemundo II e Alice.

Em abril, os aliados começam a sitiar Xaizar, colocando em linha dezoito catapultas e manganelas. O velho emir Sultan Ibn Munqidh, já governador da cidade antes do início da invasão franca, não parece nem um pouco em condições de fazer frente às forças conjuntas dos *rum* e dos *franj*. Segundo Ibn al-Athir, os aliados teriam escolhido por alvo Xaizar *porque eles esperavam que Zengui não se preocupasse em defender com ardor uma cidade que não lhe pertencia*. Não o conheciam bem. O turco organiza e dirige pessoalmente a resistência. A batalha de Xaizar será para ele a ocasião de demonstrar, mais do que nunca, suas admiráveis qualidades de homem de Estado.

Em poucas semanas, ele abala todo o Oriente. Depois de enviar mensageiros à Anatólia, que conseguem convencer os sucessores de Danismende a atacar o território bizantino, ele despacha para Bagdá agitadores que organizam um motim semelhante ao que Ibn al-Khashshab provocara em 1111, forçando o sultão Massud a enviar tropas para Xaizar. A todos os emires da Síria e da Jazira, ele escreve, intimando-os, com o auxílio de ameaças, a engajar todas as suas forças para repelir a nova invasão. O exército do atabegue, menos numeroso que o do adversário, desiste de um ataque de frente e empreende uma tática de perseguição, enquanto Zengui mantém uma intensa troca de correspondência com o basileu e os líderes francos. Ele "informa" o imperador – corretamente, aliás – que seus aliados o temem e esperam com impaciência sua partida da Síria. Aos *franj* ele envia mensagens, principalmente a Joscelino de Edessa e Raimundo de Antioquia: *Não percebeis*, ele pergunta, *que se os rum ocuparem uma única praça-forte da Síria, eles logo tomarão todas as vossas cidades?* Aos simples combatentes bizantinos e francos, ele despacha agentes, quase sempre cristãos da Síria, com a tarefa de propagar rumores desmoralizantes sobre a aproximação de gigantescos exércitos de socorro vindos da Pérsia, do Iraque e da Anatólia.

Essa propaganda dá frutos, principalmente entre os *franj*. Enquanto o basileu, com seu capacete de ouro, dirige pessoalmente o tiro das catapultas, os senhores de Edessa e Antioquia, sentados sob uma tenda, se dedicam a intermináveis partidas de dados. Esse jogo, já conhecido no Egito faraônico, está, no século XII, tão disseminado no Oriente quanto no Ocidente. Os árabes o chamam de "az-zahr", uma palavra que os francos adotarão não para designar o jogo em si, mas a sorte, o "azar".

Essas partidas de dados entre os príncipes francos exasperam o basileu João Comneno, que, desencorajado pela má vontade de seus aliados e alarmado com os persistentes rumores sobre a chegada de um poderoso exército de socorro muçulmano – que na verdade nunca saiu de Bagdá –, suspende o cerco a Xaizar e volta em 21 de maio de 1138 para Antioquia, onde faz sua entrada a cavalo, fazendo-se seguir a pé por Raimundo e Joscelino, tratando-os como escudeiros.

Para Zengui, é uma imensa vitória. No mundo árabe, onde a aliança dos *rum* e dos *franj* havia causado um intenso pavor, o atabegue passa a ser visto como um salvador. Ele obviamente está decidido a utilizar seu prestígio para resolver sem demora alguns problemas que considera muito importantes, em primeiro lugar o de Homs. No final de maio, assim que a batalha de Xaizar recém terminou, Zengui firma um curioso acordo com Damasco: ele se casará com a princesa Zomorrod e obterá Homs como dote. A mãe assassina de seu filho chega em cortejo, três meses depois, sob os muros de Homs, para se unir solenemente ao novo marido. Assistem à cerimônia representantes do sultão, do califa de Bagdá e do califa do Cairo, e até embaixadores do imperador dos *rum*, que, aprendendo com seus dissabores, decidiu manter relações mais amigáveis com Zengui.

Senhor de Mossul, de Alepo e de toda a Síria central, o atabegue se fixa o objetivo de tomar Damasco com a ajuda de sua nova mulher. Ele espera que esta consiga convencer seu filho, Mahmud, a entregar-lhe a capital sem combate. A princesa hesita, tergiversa. Não podendo contar com ela, Zengui acaba por abandoná-la. Em julho de 1139, porém, enquanto está em Harã, ele recebe uma mensagem urgente de Zomorrod: ela lhe anuncia que Mahmud acaba de ser assassinado, apunhalado na cama por três escravos. A princesa suplica ao marido que marche sem demora sobre Damasco, para se apoderar da cidade e punir os assassinos de seu filho. O atabegue se põe imediatamente a caminho. As lágrimas de sua esposa o deixam totalmente indiferente, mas ele calcula que a morte de Mahmud poderá ser aproveitada para finalmente realizar, sob sua égide, a unidade da Síria.

Mas ele não contava com o eterno Unur, de volta a Damasco depois da entrega de Homs, e que, à morte de Mahmud, tomara diretamente em mãos os negócios da cidade. Esperando uma ofensiva de Zengui, Muin ad-Din prontamente elaborara um plano secreto para enfrentá-lo. Ainda que, no momento, ele evite recorrer a ele e se ocupe em organizar uma defesa.

Zengui não marcha diretamente sobre a cidade cobiçada. Ele começa atacando a antiga cidade romana de Baalbek, a única aglomeração com alguma importância que ainda é mantida pelos damascenos. Sua intenção é cercar a metrópole síria e, ao mesmo tempo, desmoralizar seus defensores. No mês de agosto, ele instala catorze manganelas em torno de Baalbek, que ele bombardeia sem descanso com a esperança de tomá-la em poucos dias, para dar início ao cerco de Damasco antes do fim do verão. Baalbek capitula sem dificuldade, mas sua cidadela, construída com as pedras de um antigo templo do deus fenício Baal, resiste por dois longos meses. Zengui fica tão irritado que, quando a guarnição acaba se rendendo, no final de outubro, depois de obter a garantia de ser poupada, ele ordena que 37 combatentes sejam crucificados e que o comandante da praça seja esfolado vivo. Esse ato de selvageria, destinado a convencer os damascenos de que toda resistência seria um suicídio, produz o efeito contrário. Solidamente unida em torno de Unur, a população da metrópole síria está mais do que nunca decidida a lutar até o fim. De todo modo, o inverno está próximo, e Zengui não pode planejar um assalto antes da primavera. Unur utilizará esses meses de trégua para aperfeiçoar seu plano secreto.

Em abril de 1140, quando o atabegue acentua sua pressão e se prepara para um ataque geral, este é justamente o momento em que Unur escolhe para colocar seu plano em prática: pedir ao exército dos *franj*, comandado pelo rei Fulque, que venha em socorro de Damasco. Não se trata de uma simples operação pontual, mas da aplicação de um tratado de aliança oficial, que se prolongará até depois da morte de Zengui.

Em 1138, de fato, Unur enviara a Jerusalém seu amigo e cronista Osama Ibn Munqidh, para estudar a possibilidade de uma colaboração franco-damascena contra o senhor de Alepo. Osama, que fora bem recebido, obtivera um acordo prévio. Com o aumento do número de embaixadas, o cronista partira novamente para a Cidade Santa no início de 1140, com propostas claras: o exército franco forçaria Zengui a se afastar de Damasco; as forças dos dois Estados se uniriam em caso de novo perigo; Muin ad-Din pagaria vinte mil dinares para cobrir as despesas das operações militares; por fim, uma expedição comum seria levada, sob a responsabilidade de Unur, a ocupar a fortaleza de Banias, mantida desde pouco por um vassalo de Zengui, e devolvê-la ao rei de Jerusalém. Para provar sua boa-fé, os damascenos confiariam aos *franj* alguns reféns escolhidos nas principais famílias de dignitários da cidade.

Tratava-se praticamente de viver sob um protetorado franco, mas a população da metrópole síria se resigna a isso. Aterrada com os métodos brutais do atabegue, ela aprova unanimemente o tratado negociado por Unur, cuja política se revela, em todo caso, inegavelmente eficaz. Temendo ser atacado em duas frentes, Zengui se retira para Baalbek, que entrega como feudo a um homem de confiança, Ayyub, antes de se afastar com seu exército rumo ao norte, prometendo ao pai de Saladino logo voltar para vingar seu revés. Depois da partida do atabegue, Unur ocupa Banias e a entrega aos *franj*, conforme o tratado de aliança. Depois faz uma visita oficial ao reino de Jerusalém.

Ele é acompanhado por Osama, que se tornou, de certo modo, o grande especialista das questões francas em Damasco. Felizmente para nós, o emir cronista não se limita às negociações diplomáticas. Acima de tudo, ele é um espírito curioso e um observador perspicaz, que nos deixará um testemunho inesquecível sobre os costumes e a vida cotidiana na época dos *franj*.

*Quando visitava Jerusalém, eu costumava ir à mesquita al-Aqsa, onde residiam meus amigos Templários. Havia, numa das laterais, um pequeno oratório onde os franj tinham instalado uma igreja. Os Templários colocavam esse lugar à minha disposição para que eu fizesse minhas orações. Um dia, entrei e disse "Allahu akbar!", e ia começar a oração quando um homem, um franj, se precipitou sobre mim, me agarrou e virou meu rosto para o Oriente, dizendo: "É assim que se reza!". Os Templários acorreram imediatamente e o afastaram de mim. Voltei para minha oração, mas aquele homem, aproveitando um momento de desatenção, se atirou de novo sobre mim, virou meu rosto para o Oriente e repetiu "É assim que se reza!". Mais uma vez, os Templários intervieram, o afastaram e se desculparam, dizendo: "É um estrangeiro. Ele acaba de chegar do país dos franj e nunca viu alguém rezar sem se virar para o Oriente". Respondi que já havia rezado o suficiente e saí, estupefato com o comportamento daquele demônio que tanto se zangara ao me ver rezando voltado para Meca.*

O emir Osama não hesita em chamar os Templários de "meus amigos" porque pensa que seus costumes bárbaros se refinaram em contato com o Oriente. *Entre os franj*, ele explica, *vemos alguns que vieram se fixar entre nós e que cultivaram a companhia dos muçulmanos. Eles são muito superiores àqueles que recentemente se juntaram a eles nos territórios que ocupam.* Para ele, o incidente da mesquita al-Aqsa é *um exemplo da grosseria dos franj*. Ele cita outros, recolhidos ao longo de suas frequentes visitas ao reino de Jerusalém.

*Eu me encontrava em Tiberíades no dia em que os franj celebravam uma de suas festas. Os cavaleiros tinham saído da cidade para praticar um jogo de lanças. Eles tinham levado consigo duas mulheres velhas que colocaram numa extremidade do hipódromo, enquanto na outra havia um porco, suspenso numa rocha. Os cavaleiros organizaram uma corrida a pé entre as duas velhas. Cada uma avançava, escoltada por um grupo* de cavaleiros que obstruíam seu caminho. A cada passo que davam, elas caíam e se levantavam, em meio às gargalhadas dos espectadores. No fim, uma das velhas, chegando em primeiro lugar, ganhou o porco como prêmio de sua vitória.

Um emir tão letrado e refinado quanto Osama não pode apreciar essas indecências. Mas seu esgar condescendente se transforma em careta de nojo quando ele observa como é a justiça dos *franj*.

*Em Nablus*, ele conta, *tive a ocasião de assistir a um curioso espetáculo. Dois homens deviam se enfrentar em combate singular. O motivo era o seguinte: bandidos muçulmanos tinham invadido uma aldeia vizinha e se suspeitava que um cultivador lhes servira de guia. Ele fugira, mas logo precisara voltar, pois o rei Fulque mandara prender seus filhos. "Trate-me com equidade", pedira o cultivador, "e permita que eu enfrente aquele que me acusou." O rei dissera então ao senhor que recebera a aldeia como feudo: "Traga o adversário". O senhor escolhera um ferreiro que trabalhava na aldeia, dizendo-lhe: "É você que lutará em duelo". O possuidor do feudo não queria que um de seus camponeses fosse morto, com medo de que seus cultivos fossem prejudicados. Vi então esse ferreiro. Era um jovem forte, mas que, ao caminhar ou se sentar, sempre sentia necessidade de pedir algo para beber. O acusado, por sua vez, era um velho corajoso que estalava os dedos em sinal de desafio. O visconde, governador de Nablus, se aproximou e deu a cada um uma lança e um escudo, fazendo com que os espectadores ficassem em círculo em volta deles.*

*A luta começou*, continua Osama. *O velho empurra o ferreiro para trás, na direção da multidão, depois voltava para o meio da arena. Houve uma troca de golpes, tão violenta que os rivais pareciam formar uma única coluna de sangue. O combate se prolongou, apesar das exortações do visconde, que queria apressar seu desfecho. "Mais rápido!", ele gritava. Por fim, o velho ficou exausto, e o ferreiro, tirando proveito de sua experiência em manejar o martelo, acertou-o com um golpe que o derrubou e o fez soltar a lança. Depois, ele se agachou sobre ele para enfiar os dedos em seus olhos, mas não conseguiu por causa do sangue que jorrava. O ferreiro se levantou e matou o adversário com um golpe de lança. Imediatamente, amarram ao pescoço do cadáver uma corda com a qual o arrastaram até o cadafalso, onde o enforcaram. Veja, através deste exemplo, como é a justiça dos franj!*

Nada mais natural que essa indignação do emir, pois para os árabes do século XII a justiça é uma coisa séria. Os juízes, os cádis, eram personagens altamente respeitados, que, antes de pronunciar sua sentença, têm a obrigação de seguir um procedimento definido, estabelecido pelo Alcorão: acusação, defesa, testemunhos. O "juízo de Deus", ao qual os ocidentais frequentemente recorrem, lhes parece uma farsa macabra. O duelo descrito pelo cronista é apenas uma forma de ordálio. A prova do fogo é outra. E também o suplício da água, que Osama descobre com horror:

*Um grande tonel cheio de água tinha sido instalado. O jovem que era objeto de suspeita foi amarrado, suspenso pelas omoplatas a uma corda e colocado no tonel. Se ele fosse inocente, eles diziam, ele afundaria na água e seria retirado por meio da corda. Se ele fosse culpado, não conseguiria mergulhar na água. O infeliz, quando atirado no tonel, se esforçou para ir ao fundo, mas não conseguiu e precisou se submeter aos rigores da lei, que Deus os amaldiçoe! Então enfiaram em seus olhos um buril de prata incandescente e o cegaram.*

A opinião do emir sírio sobre os "bárbaros" não se modifica quando ele menciona seus saberes. Os *franj*, no século XII, estão muito atrasados em relação aos árabes em todos os campos científicos e técnicos. Mas é principalmente na medicina que a distância entre Oriente desenvolvido e Ocidente primitivo é maior. Osama observa a diferença:

*Um dia*, ele conta, *o governador franco de Muneitra, no Monte Líbano, escreveu a meu tio Sultan, emir de Xaizar, para pedir que lhe enviasse um médico para tratar de alguns casos urgentes. Meu tio escolheu um médico cristão de nossa terra chamado Thabet. Este se ausentou por poucos dias e voltou. Estávamos muito curiosos para saber como ele conseguira tão rapidamente a cura dos doentes e o enchemos de perguntas. Thabet respondeu: "Trouxeram até mim um cavaleiro que tinha um abcesso na perna e uma mulher que sofria de tísica. Coloquei um emplastro no cavaleiro; o tumor se abriu e melhorou. À mulher, prescrevi uma dieta para refrescar seu temperamento". Mas um médico franco chegara e dissera: "Esse homem não sabe tratá-los!". E, dirigindo-se ao cavaleiro, perguntou-lhe: "O que prefere, viver com uma só perna ou morrer com as duas?". O paciente respondeu que preferia viver com uma só perna, e o médico ordenou: "Tragam-me um cavaleiro forte com um machado bem afiado". Logo vi chegar o cavaleiro e o machado. O médico franco colocou a perna num cepo de madeira, dizendo ao recém-chegado: "Dê um bom golpe de machado, para cortá-la de uma só vez!". Diante de meus olhos, o homem atingiu a perna com um primeiro golpe, depois, como ela continuava presa, atingiu-a de novo. A medula da perna esguichou e o ferido morreu na hora. A mulher, por sua vez, foi examinada pelo médico, que disse: "Ela tem na cabeça um demônio, que está apaixonado por ela. Cortem seus cabelos!". Os cabelos foram cortados. A mulher voltou a comer sua comida com alho e mostarda, o que piorou a tísica. "É porque o diabo entrou em sua cabeça", afirmou o médico. E, pegando uma navalha, fez uma incisão em forma de cruz até aparecer o osso da cabeça e o esfregou com sal. A mulher morreu na hora. Perguntei, então: "Vocês não precisam mais de mim?". Eles me disseram que não e eu voltei, depois de aprender sobre a medicina dos franj várias coisas que ignorava.*

Escandalizado com a ignorância dos ocidentais, Osama fica ainda mais com seus costumes: "Os *franj*", ele exclama, "não têm o senso de honra! Se um deles sai na rua com a esposa e encontra outro homem, este pega a mão da mulher, puxa-a para o lado para conversar, enquanto o marido se afasta, esperando que ela acabe a conversa. Se a conversa dura bastante, ele a deixa com seu interlocutor e vai embora!". O emir fica perturbado: "Pense um pouco nessa contradição. Essa gente não tem nem ciúme nem senso de honra, embora tenha muita coragem! Mas a coragem decorre apenas do senso de honra e do desprezo pelo que é mau!".

Quanto mais Osama aprende sobre os ocidentais, mais eles lhe parecem medíocres. A única coisa que admira neles são as qualidades guerreiras. Compreende-se, portanto, que no dia em que um dos "amigos" que fez entre eles, um cavaleiro do exército do rei Fulque, propõe levar seu jovem filho para a Europa para iniciá-lo nas regras de cavalaria, o emir declina educadamente do convite, pensando consigo mesmo que preferiria que seu filho fosse "para a prisão do que ao país dos *franj*". A fraternização com aqueles estrangeiros tem limites. A famosa colaboração entre Damasco e Jerusalém, aliás, que forneceu a Osama a oportunidade inesperada de melhor conhecer os ocidentais, rapidamente não passará de um breve interlúdio. Um acontecimento espetacular logo reiniciará a impiedosa guerra contra o ocupante: no sábado, 23 de dezembro de 1144, a cidade de Edessa, capital do mais antigo dos quatro Estados francos do Oriente, caiu nas mãos do atabegue Imadeddin Zengui.

Se a queda de Jerusalém, em julho de 1099, marcou o auge da invasão franca, e a de Tiro, em julho de 1124, o fim da fase de ocupação, a reconquista de Edessa permanecerá na História como o coroamento da resposta árabe aos invasores e como o início da longa marcha na direção da vitória.

Ninguém previa que a ocupação fosse colocada em causa de maneira tão espetacular. É verdade que Edessa era apenas um posto avançado da presença franca, mas seus condes tinham conseguido se integrar plenamente ao jogo político local, e o último senhor ocidental dessa cidade de maioria armênia era Joscelino II, um homem pequeno e barbudo, de nariz proeminente, olhos esbugalhados, corpo desproporcional, que nunca brilhara pela coragem nem pela sabedoria. Mas seus súditos não o detestavam, principalmente porque ele tinha uma mãe armênia e a situação de seus domínios não parecia crítica. Ele trocava com seus vizinhos razias de rotina, que geralmente terminavam em tréguas.

De repente, porém, naquele outono de 1144, a situação muda. Com uma hábil manobra militar, Zengui põe um fim a meio século de dominação franca naquela parte do Oriente, obtendo uma vitória que sacudirá os poderosos e os humildes, da Pérsia ao distante país dos "alman", prelúdio para uma nova invasão conduzida pelos maiores reis dos *franj*.

O relato mais comovente da conquista de Edessa é feito por uma testemunha ocular, o bispo sírio Abu al-Faraj Basílio, que se viu diretamente envolvido nos acontecimentos. Sua atitude durante a batalha ilustra muito bem o drama das comunidades cristãs orientais às quais ele pertence. Com o ataque de sua cidade, Abu al-Faraj participa ativamente de sua defesa, mas suas simpatias vão mais para o exército muçulmano do que para seus "protetores" ocidentais, que ele não tem em muito alta conta.

*O conde Joscelino, ele conta, tinha partido para rapinar nas margens do Eufrates. Zengui ficou sabendo. Em 30 de novembro, ele estava sob os muros de Edessa. Suas tropas eram numerosas como as estrelas do céu. Todas as terras em torno da cidade ficaram ocupadas. Tendas foram erguidas por toda parte, e o atabegue colocou a sua ao norte da cidade, diante da Porta das Horas, sobre uma colina acima da Igreja dos Confessores.*

Ainda que situada num vale, Edessa era difícil de ser tomada, pois sua poderosa muralha triangular estava solidamente imbricada nas colinas circundantes. Mas, explica Abu al-Faraj, *Joscelino não deixara nenhuma tropa. Havia apenas sapateiros, tecelões, vendedores de tecidos, alfaiates, sacerdotes.* A defesa será portanto assegurada pelo bispo franco da cidade, assistido por um prelado armênio, bem como pelo próprio cronista, no entanto favorável a um acordo com o atabegue.

*Zengui, ele conta, fazia constantemente aos sitiados propostas de paz, dizendo-lhes: "Ó, infelizes! Vejam que não há esperança. O que vocês querem? O que estão esperando? Tenham piedade de si mesmos, de seus filhos, de suas mulheres, de suas casas! Façam com que sua cidade não seja devastada e privada de habitantes!". Mas não havia na cidade nenhum líder capaz de impor sua vontade. Respondia-se tolamente a Zengui, com bravatas e injúrias.*

Vendo que os sapadores começam a cavar minas sob as muralhas, Abu al-Faraj sugere escrever uma carta a Zengui para propor uma trégua, ao que o bispo franco dá seu acordo. "Escrevemos a carta e a lemos ao povo, mas um homem insensato, um mercador de seda, estendeu a mão, arrancou a carta e a rasgou." No entanto, Zengui não parava de repetir: "Se vocês desejarem uma trégua de alguns dias, nós a concederemos para ver se conseguem ajuda. Senão, rendam-se e vivam!".

152 ❖ A RESPOSTA

Mas nenhum socorro chega. Ainda que avisado com bastante antecedência da ofensiva contra sua capital, Joscelino não ousa se medir com as forças do atabegue. Ele prefere se instalar em Turbessel, à espera de que as tropas de Antioquia ou Jerusalém venham em seu auxílio.

*Os turcos agora tinham arrancado as fundações do muro setentrional e, em seu lugar, tinham colocado lenha, vigas e troncos em grande quantidade. Eles tinham enchido as fendas com nafta, gordura e enxofre para que o braseiro se inflamasse mais facilmente e o muro caísse. Então, por ordem de Zengui, o fogo foi ateado. Os arautos de seu acampamento gritaram para preparar ao combate, chamando os soldados a entrar pela brecha assim que o muro caísse, prometendo-lhes a pilhagem da cidade por três dias. O fogo pegou na nafta e no enxofre e inflamou a lenha e a gordura derretida. O vento soprava do norte e levava a fumaça até os defensores. Apesar de sua solidez, o muro tremeu e desabou. Depois de perder muitos dos seus na brecha, os turcos penetraram na cidade e começaram a massacrar as pessoas sem distinção. Naquele dia, cerca de seis mil habitantes pereceram. As mulheres, as crianças e os jovens se precipitaram para a cidadela mais alta para escapar do massacre. Eles encontraram a porta fechada por culpa do bispo dos franj, que dissera aos guardas: "Se não virem meu rosto, não abram a porta!". Assim, os grupos subiam uns após os outros e se pisoteavam. Espetáculo lamentável e hediondo: empurrados, sufocados, tornando-se numa única massa compacta, cerca de cinco mil pessoas, e talvez mais, pereceram atrozmente.*

É no entanto Zengui quem intervém pessoalmente para dar um fim à matança, antes de despachar seu principal lugar-tenente para junto de Abu al-Faraj. "Venerável", ele diz, "queremos que jure, sobre a Cruz e o Evangelho, que você e sua comunidade nos permanecerão fiéis. Você sabe muito bem que essa cidade, durante os duzentos anos em que os árabes a governaram, floresceu como uma metrópole. Hoje faz cinquenta anos que os *franj* a ocupam e eles já a arruinaram. Nosso senhor Imadeddin Zengui está disposto a tratá-los bem. Vivam em paz, fiquem em segurança sob sua autoridade e rezem por sua vida."

*De fato*, continua Abu al-Faraj, *eles deixaram os sírios e os armênios saírem da cidadela, e todos voltaram para suas casas sem serem incomodados. Aos franj, em contrapartida, tomaram tudo o que eles tinham consigo, ouro, prata, vasos sagrados, cálices, patenas, cruzes ornamentadas e grande quantidade de joias. Os sacerdotes, os nobres e os notáveis foram colocados à parte; foram despojados de suas roupas e enviados, acorrentados, para Alepo. Entre os restantes, os artesãos foram tomados, e Zengui os manteve consigo como prisioneiros, para que cada um trabalhasse em seu ofício. Todos os outros franj, cerca de cem homens, foram executados.*

Assim que a notícia da reconquista de Edessa se torna conhecida, o mundo árabe é tomado de entusiasmo. Atribuem-se a Zengui os projetos mais ambiciosos. Os refugiados da Palestina e das cidades costeiras, numerosos no séquito do atabegue, já começam a falar em reconquistar Jerusalém, um objetivo que logo se tornará o símbolo da resistência aos *franj.*

O califa se apressou a conferir ao herói do dia alguns títulos prestigiosos: *al-malik al-mansur,* "o rei vitorioso", *zain-al-islam,* "ornamento do Islã", *nassir amir al-muminin,* "sustentáculo do príncipe dos crentes". Como todos os dirigentes da época, Zengui alinha orgulhosamente suas alcunhas, símbolos de sua potência. Numa nota sutilmente satírica, Ibn al-Qalanissi se desculpa junto a seus leitores por escrever em sua crônica "o sultão fulano", "o emir" ou "o atabegue", sem acrescentar seus títulos completos. Pois, ele explica, desde o século X há uma tal inflação de alcunhas honoríficas que seu texto se tornaria ilegível se ele quisesse citá-las. Pranteando discretamente a época dos primeiros califas, que se contentavam com o título, soberbo em sua simplicidade, de "príncipe dos crentes", o cronista de Damasco cita vários exemplos para ilustrar suas palavras, entre os quais justamente o de Zengui. A cada vez que menciona o atabegue, Ibn al-Qalanissi lembra que deveria escrever, textualmente:

*O emir, o general, o grande, o justo, o auxílio de Deus, o vencedor, o único, o pilar da religião, a pedra angular do Islã, o ornamento do Islã, o protetor das criaturas, o associado da dinastia, o auxiliar da doutrina, a grandeza da nação, a honra dos reis, o apoio dos sultões, o vencedor dos infiéis, dos rebeldes e dos ateus, o chefe dos exércitos muçulmanos, o rei vitorioso, o rei dos príncipes, o sol dos méritos, o emir dos dois Iraques e da Síria, o conquistador do Irã, Bahlawan Jihan Alp Inassaj Kotlogh Toghrulbeg atabegue Abu-Said Zengui Ibn Aq Sonqor, sustentáculo do príncipe dos crentes.*

Além do caráter pomposo, do qual o cronista de Damasco sorri com irreverência, esses títulos refletem o lugar preponderante que Zengui passa a ocupar no mundo árabe. Os *franj* tremem à simples menção de seu nome. Sua aflição é ainda maior porque o rei Fulque morrera pouco antes da queda de Edessa, deixando dois filhos menores. Sua mulher, que assume a regência, se apressou a enviar emissários ao país dos *franj* para levar a notícia do desastre que seu povo acaba de viver. *Foram lançados então em todos os seus territórios*, diz Ibn al-Qalanissi, *apelos para que as pessoas corressem ao assalto da terra do Islã.*

Como para confirmar os temores dos ocidentais, Zengui voltou à Síria depois de sua vitória, mandando proclamar que ele preparava uma ofensiva de grande envergadura contra as principais cidades mantidas pelos *franj*. No início, esses planos são recebidos com entusiasmo pelas cidades sírias. Pouco a pouco, porém, os damascenos se questionam sobre as verdadeiras intenções do atabegue, que se instalou em Baalbek, como ele fizera em 1139 para construir numerosas máquinas de cerco. Não seriam contra os próprios damascenos que ele pretendia se voltar, pretextando o jihad?

Nunca saberemos, pois em janeiro de 1146, enquanto seus preparativos para a campanha da primavera parecem terminados, Zengui se vê obrigado a voltar para o norte: seus espiões o informam de que um complô era urdido por Joscelino, de Edessa, com alguns de seus amigos armênios que tinham permanecido na cidade, para massacrar a guarnição turca. Assim que retorna à cidade conquistada, o atabegue toma a situação em mãos, executa os partidários do antigo conde e, para reforçar o partido antifranco no seio da população, instala em Edessa trezentas famílias judias, das quais tem um apoio indefectível.

Esse alerta convence Zengui de que é melhor renunciar a ampliar seus domínios, ao menos provisoriamente, e dedicar-se a consolidá-los. Existe, em particular, na grande estrada de Alepo a Mossul, um emir árabe que controla a poderosa fortaleza de Jaabar, situada às margens do Eufrates, e que se recusa a reconhecer a autoridade do atabegue. Sua insubmissão podia ameaçar impunemente as comunicações entre as duas capitais, por isso Zengui, em junho de 1146, instala um cerco a Jaabar. Ele espera se apoderar da fortaleza em poucos dias, mas aquilo se revela muito mais difícil que o previsto. Três longos meses se passam sem que a resistência dos sitiados enfraqueça.

Numa noite de setembro, o atabegue adormece depois de ingerir uma grande quantidade de álcool. De repente, um barulho em sua tenda o acorda. Abrindo os olhos, ele avista um de seus eunucos, um certo Yarankash, de origem franca, bebendo vinho em sua taça, o que desencadeia a fúria do atabegue, que jura puni-lo severamente no dia seguinte. Temendo a ira de seu amo, Yarankash espera que ele volte a dormir, enche-o de punhaladas e foge para Jaabar, onde é coberto de presentes.

Zengui não morre na hora. Enquanto jaz semi-inconsciente, um de seus próximos entra em sua tenda. Ibn al-Athir relatará:

> Vendo-me, o atabegue pensou que vinha para finalizar o serviço e, com um gesto do dedo, me pediu misericórdia. Eu, emocionado, caí de joelhos e disse: Mestre, quem fez isso? Mas ele não pôde me responder e soltou seu último suspiro, que Deus tenha misericórdia dele!

A morte trágica de Zengui, acontecida pouco depois de seu triunfo, deixará seus contemporâneos impressionados. Ibn al-Qalanissi comenta o acontecimento em versos:

> A manhã o mostrou estendido sobre seu leito, onde seu eunuco o degolara,
> E no entanto ele dormia no meio de um distinto exército, cercado por seus soldados e seus sabres,
> Pereceu sem que lhe servissem riquezas ou poder,
> Seus tesouros se tornaram presa dos outros, foram desmembrados por seus filhos e adversários,
> Com sua morte, seus inimigos se levantaram, segurando a espada que não ousavam brandir enquanto ele vivia.

Depois da morte de Zengui, de fato, começa o caos. Seus soldados, antes tão disciplinados, se transformam numa horda de saqueadores incontroláveis. Seu tesouro, suas armas e até seus pertences pessoais desaparecem num piscar de olhos. Depois, seu exército começa a se dispersar. Um depois do outro, os emires reúnem seus homens e se apressam a ocupar alguma fortaleza onde esperar, em segurança, a sequência dos acontecimentos.

Quando Muin ad-Din Unur fica sabendo da morte de seu adversário, ele imediatamente deixa Damasco à frente de suas tropas e se apodera de Baalbek, restabelecendo em poucas semanas sua suserania sobre a Síria central. Raimundo de Antioquia, reatando com uma tradição que parecia esquecida, lança uma expedição até os muros de Alepo. Joscelino conspira para recuperar Edessa.

A epopeia do poderoso Estado fundado por Zengui parece ter chegado ao fim. Na verdade, ela acaba de começar.

# QUARTA PARTE

∾

# A VITÓRIA
## (1146-1187)

*Meu Deus, dê a vitória ao Islã
e não a Mahmud. Quem é o cão
Mahmud para merecer a vitória?*

Noradine Mahmud,
unificador do Oriente árabe
(1117-1174).

Os damascenos estavam visivelmente exasperados com o controle dos Assassinos sobre sua cidade, o filho de Toghtekin mais que qualquer outro, pois recusava o papel de fantoche nas mãos da seita e do vizir al-Mazdaghani. Para Ibn al-Athir, não se trata, portanto, de uma simples luta pelo poder, mas de salvar a metrópole e evitar um desastre iminente: *al-Mazdaghani havia escrito aos franj para propor entregar-lhes Damasco se eles aceitassem lhe ceder, em troca, a cidade de Tiro. O negócio fora fechado. Eles tinham combinado inclusive a data, uma sexta-feira.* As tropas de Balduíno II deviam se fazer chegar de súbito sob os muros da cidade, onde grupos de Assassinos armados lhes abririam as portas, e onde outros grupos estariam encarregados de vigiar as saídas da grande mesquita para impedir os dignitários e os militares de sair até que os *franj* tivessem ocupado a cidade. Alguns dias antes da execução do plano, Buri, que tomara conhecimento de tudo, se apressara a eliminar seu vizir, dando assim o sinal à população para que ela se voltasse enfurecida contra os Assassinos.

O complô realmente existiu? Seríamos tentados a duvidar, pois sabemos que nem o próprio Ibn al-Qalanissi, apesar de seu empenho verbal contra os batinis, os acusa em qualquer momento de ter desejado entregar sua cidade aos *franj*. Dito isso, o relato de Ibn al-Athir não é inverossímil. Os Assassinos e seu aliado al-Mazdaghani se sentiam ameaçados em Damasco, tanto por uma crescente hostilidade popular quanto pelas intrigas de Buri e de seu séquito. Além disso, eles sabiam que os *franj* estavam decididos a tomar a cidade a todo custo. Em vez de lutar contra inimigos demais ao mesmo tempo, a seita pode muito bem ter decidido se reservar um santuário como Tiro, a partir do qual ela poderia enviar seus pregadores e seus assassinos para o Egito fatímida, objetivo principal dos discípulos de Hassan as-Sabbah.

A sequência de acontecimentos parece confirmar a tese de complô. Os raros batinis que sobrevivem ao massacre se instalam na Palestina, sob a proteção de Balduíno II, e lhe entregam Banias, uma poderosa fortaleza fundada ao pé do monte Hermon e que controla a estrada de Jerusalém a Damasco. Além disso, algumas semanas mais tarde, um poderoso exército franj chega nos arredores da metrópole síria. Ele reagrupava trinta mil cavaleiros e soldados de infantaria, vindos até

CAPÍTULO 8

# O santo rei Noradine

Enquanto reina a confusão no acampamento de Zengui, um único homem se mantém imperturbável. Ele tem 29 anos, estatura elevada, a tez escura, rosto barbeado com exceção do queixo, a fronte larga, o olhar doce e sereno. Ele se aproxima do corpo ainda morno do atabegue, segura sua mão tremendo, retira seu anel com brasão, símbolo do poder, e o coloca no próprio dedo. Ele se chama Noradine. É o segundo filho de Zengui.

*Vi as vidas dos soberanos dos tempos passados e não encontrei nenhum homem, exceto entre os primeiros califas, que fosse tão virtuoso e justo quanto Noradine.* Ibn al-Athir, com razão, dedicará a esse príncipe um verdadeiro culto. O filho de Zengui herdou as qualidades do pai – austeridade, coragem, senso de Estado –, mas não conservou nenhum dos defeitos que tornaram o atabegue tão odioso a alguns de seus contemporâneos. Enquanto Zengui assustava por sua truculência e sua total ausência de escrúpulos, Noradine consegue, assim que entra em cena, dar a si mesmo a imagem de um homem piedoso, reservado, justo, cumpridor da palavra dada e totalmente devotado ao jihad contra os inimigos do Islá.

Mais importante ainda, pois nisso reside seu gênio, ele erigirá suas virtudes como uma temível arma política. Compreendendo, nessa metade do século XII, o papel insubstituível que a mobilização psicológica pode desempenhar, ele instaura um verdadeiro aparato de propaganda. Algumas centenas de letrados, na maioria homens de religião, terão a missão de ganhar a simpatia ativa do povo e forçar os dirigentes do

161

mundo árabe a se colocar sob sua bandeira. Ibn al-Athir registrará as queixas de um emir da Jazira, que um dia foi "convidado" pelo filho de Zengui a participar de uma campanha contra os *franj*.

*Se eu não for ao socorro de Noradine, ele diz, ele me tirará meu domínio, pois já escreveu aos devotos e aos ascetas para pedir a ajuda de suas orações e para que incitem os muçulmanos ao jihad. Neste momento, cada um desses homens está sentado com seus discípulos e companheiros, lendo as cartas de Noradine, chorando e me amaldiçoando. Se eu quiser evitar o anátema, preciso consentir com seu pedido.*

Noradine supervisiona pessoalmente, aliás, seu aparelho de propaganda. Ele encomenda poemas, cartas, livros e se certifica de que sejam difundidos no momento certo para produzir o efeito desejado. Os princípios que ele preconiza são simples: uma única religião, o Islã sunita, o que implica uma luta encarniçada contra todas as "heresias"; um único Estado, para cercar os *franj* por todos os lados; um único objetivo, o jihad, para reconquistar os territórios ocupados e, acima de tudo, libertar Jerusalém. Ao longo de seus 28 anos de reinado, Noradine incitará vários ulemás a escrever tratados elogiando os méritos da Cidade Santa, al-Quds, e sessões públicas de leitura serão organizadas nas mesquitas e nas escolas.

Ninguém esquece, nessas ocasiões, de fazer o elogio do *mujahid* supremo, do muçulmano irrepreensível que é Noradine. Mas esse culto da personalidade é tanto mais hábil e eficaz porque, paradoxalmente, está fundamentado na humildade e na austeridade do filho de Zengui.

Segundo Ibn al-Athir:

*A mulher de Noradine certa vez se queixou de não ter dinheiro suficiente para prover as suas necessidades. Ele lhe atribuiu três lojas que possuía em Homs e que rendiam cerca de vinte dinares por ano. Como ela achasse que não era suficiente, ele lhe respondeu: "Não tenho mais nada. De todo o dinheiro à minha disposição, sou apenas o tesoureiro dos muçulmanos, e não tenho a intenção de os trair ou de me atirar no fogo do inferno por sua causa".*

Amplamente disseminadas, suas palavras se revelam particularmente incômodas para os príncipes da região, que vivem em meio ao luxo e arrancam de seus súditos todas as suas mínimas economias. De fato, a propaganda de Noradine constantemente coloca a ênfase na supressão dos impostos, que ele efetua de maneira geral nas regiões submetidas a sua autoridade.

Incômodo para seus adversários, o filho de Zengui com frequência também o é para seus próprios emires. Com o tempo, ele se tornará cada vez mais estrito em relação aos preceitos religiosos. Não satisfeito em proibir o álcool a si mesmo, ele o proibirá totalmente a seu exército, "bem como o tamborim, a flauta e outros objetos que desagradam a Deus", especifica Kamal al-Adim, o cronista de Alepo, que acrescenta: "Noradine abandonou todas os trajes luxuosos para se cobrir de tecidos ásperos". Obviamente, os oficiais turcos, acostumados à bebida e a vestes suntuosas, nem sempre se sentirão à vontade com aquele senhor que sorri raramente e prefere a companhia dos ulemás de turbante a qualquer outra.

Ainda menos reconfortante para os emires é a tendência que o filho de Zengui tem de renunciar a seu título de Noradine, "luz da religião", em favor de seu nome próprio, Mahmud. "Meu Deus", ele rezava antes das batalhas, "dê a vitória ao Islã e não a Mahmud. Quem é o cão Mahmud para merecer a vitória?" Tais demonstrações de humildade atrairão a simpatia dos fracos e dos piedosos, mas os poderosos não hesitarão em taxá-las de hipocrisia. Suas convicções, no entanto, parecem ter sido sinceras, ainda que sua imagem externa fosse, em parte, compósita. Seja como for, o resultado é claro: Noradine fará do mundo árabe uma força capaz de esmagar os *franj*, e seu lugar-tenente Saladino colherá os frutos da vitória.

Com a morte de seu pai, Noradine consegue se impor em Alepo, o que é pouca coisa, comparado ao enorme território conquistado pelo atabegue, mas a própria modéstia desse domínio inicial garantirá a glória de seu reinado. Zengui passara a maior parte da vida lutando contra os califas, os sultões e os diversos emirados do Iraque e da Jazira. Uma tarefa exaustiva e ingrata, que não caberá a seu filho. Deixando Mossul e sua região a seu irmão mais velho, Saifaddin, com quem manterá boas relações, e portanto seguro de contar em sua fronteira oriental com uma potência amiga, Noradine se dedica inteiramente às questões sírias.

Sua posição, no entanto, não é confortável quando ele chega a Alepo, em setembro de 1146, acompanhado de seu homem de confiança, o emir curdo Shirkuh, tio de Saladino. Além de os habitantes viverem novamente sob a ameaça dos cavaleiros de Antioquia, Noradine não tem nem tempo de estabelecer sua autoridade para além dos muros de sua capital e já lhe anunciam, no final de outubro, que Joscelino conseguiu retomar Edessa, com o auxílio de uma parte da população armênia. Não se trata de uma cidade qualquer, semelhante a todas as que foram perdidas depois da morte de Zengui: Edessa era o próprio símbolo da glória do atabegue, sua queda coloca em causa todo o futuro da dinastia. Noradine age rápido. Cavalgando dia e noite, deixando na beira das estradas as montarias exaustas, ele chega a Edessa antes que Joscelino tenha tempo de organizar uma defesa. O conde, que as provações passadas não tornaram mais corajoso, decide fugir com o cair da noite. Seus partidários, que tentam segui-lo, são alcançados e massacrados pelos cavaleiros de Alepo.

A velocidade com que a insurreição é esmagada confere ao filho de Zengui o prestígio de que seu poder nascente muito precisava. Aprendendo a lição, Raimundo de Antioquia se torna menos audaz. Unur, por sua vez, se apressa a oferecer ao senhor de Alepo a mão de sua filha.

*O contrato de casamento foi redigido em Damasco*, indica Ibn al-Qalanissi, *na presença dos enviados de Noradine. O enxoval logo começou a ser preparado e, assim que ficou pronto, os enviados se puseram a caminho de Alepo.*

A situação de Noradine na Síria se consolida. Comparados ao perigo que se desenha no horizonte, no entanto, os complôs de Joscelino, as razias de Raimundo e as intrigas da velha raposa damascena logo parecerão irrisórios.

*Notícias sucessivas chegavam de Constantinopla, do território dos franj e das regiões vizinhas, dizendo que os reis dos franj chegavam de seus países para atacar a terra do Islã. Eles tinham deixado suas províncias vazias, sem defensores, e tinham levado consigo riquezas, tesouros e um material incomensurável. Seu número, dizia, chegava a um milhão de soldados de infantaria e de cavaleiros, e até mais.*

Ao escrever essas linhas, Ibn al-Qalanissi está com 75 anos e sem dúvida se lembra de que, meio século atrás, precisara relatar, em termos um pouco diferentes, um acontecimento do mesmo tipo.

A segunda invasão franca, de fato, provocada pela queda de Edessa, no início parece uma repetição da primeira. Inúmeros combatentes afluíram à Ásia Menor no outono de 1147, tendo costuradas às costas, mais uma vez, pedaços de tecido na forma de cruz. Atravessando Dorileia, onde ocorrera a derrota histórica de Kilij Arslan, o filho deste, Massud, os espera para se vingar, com cinquenta anos de atraso. Ele preparou uma série de emboscadas, assestando-lhes golpes particularmente mortais. *Não se parava de anunciar que os efetivos do inimigo diminuíam, tanto que os espíritos voltaram a se tranquilizar.* Ibn al-Qalanissi acrescenta, porém, que *depois de todas as perdas que eles sofreram, os franj ainda eram, diz-se, cerca de cem mil.* Esses números não devem ser considerados como exatos, é claro. Como todos os seus contemporâneos, o cronista de Damasco não cultua a exatidão e, de todo modo, é impossível verificar suas estimativas. É preciso saudar, no entanto, as precauções verbais de Ibn al-Qalanissi, que acrescenta "diz-se" sempre que um número lhe parece suspeito. Ainda que Ibn al-Athir não tenha os mesmos escrúpulos, sempre que ele apresenta sua interpretação pessoal de um acontecimento, toma o cuidado de concluir com um "Allahu alam", "só Deus sabe".

Seja qual for o número exato de novos invasores francos, o certo é que suas forças, somadas às de Jerusalém, Antioquia e Trípoli, conseguem preocupar o mundo árabe, que observa suas movimentações com medo. Uma pergunta retorna incansavelmente: que cidade eles atacarão primeiro? Pela lógica, eles deveriam começar por Edessa. Não foi para vingar sua queda que vieram? Mas eles também poderiam se voltar para Alepo, atingindo de frente o crescente poder de Noradine, de maneira a que Edessa caia por si mesma a seguir. Na verdade, não seria por nenhuma das duas. *Depois de longas disputas entre seus reis,*

O SANTO REI NORADINE ❖ 165

diz Ibn al-Qalanissi, *eles acabaram concordando em atacar Damasco, e têm tanta certeza de tomá-la que já combinam a divisão de suas possessões.*

Atacar Damasco? Atacar a cidade de Muin ad-Din Unur, o único dirigente muçulmano a ter um tratado de aliança com Jerusalém? Os *franj* não poderiam prestar melhor serviço à resistência árabe! Retrospectivamente, os poderosos reis que comandavam os exércitos *franj* parecem ter julgado que somente a conquista de uma cidade prestigiosa como Damasco justificaria seu deslocamento até o Oriente. Os cronistas árabes falam essencialmente em Conrado, rei dos alemães, sem nunca fazer qualquer menção à presença do rei da França, Luís VII, um personagem de fato sem grande envergadura.

*Assim que recebeu informações sobre os planos dos franj,* conta Ibn al-Qalanissi, *o emir Muin ad-Din começou seus preparativos para que fracassassem. Ele fortificou todos os lugares onde um ataque pudesse ser esperado, dispôs soldados nas estradas, fechou os poços e destruiu os pontos de água nos arredores da cidade.*

Em 24 de julho de 1148, as tropas dos *franj* chegam a Damasco, seguidas por verdadeiras colunas de camelos carregados de bagagens. Os damascenos saem da cidade às centenas para enfrentar os invasores. Entre eles, um velhíssimo teólogo de origem magrebina, al-Findalawi.

*Vendo-o avançar a pé, Muin ad-Din se aproximou dele,* contará Ibn al-Athir, *saudou-o e disse: "Ó, venerável ancião, sua idade avançada o dispensa do combate. É a nós que cabe defender os muçulmanos". Ele lhe pediu para voltar sobre seus passos, mas al-Findalawi se recusou, dizendo: "Vendi-me e Deus me comprou". Ele se referia às palavras do Altíssimo: "Deus comprou dos crentes suas pessoas e seus bens para lhes dar em troca o paraíso". Al-Findalawi seguiu em frente e combateu os franj até o momento em que caiu sob seus golpes.*

Esse martírio é logo seguido pelo de outro asceta, um refugiado palestino de nome al-Halhuli. Mas apesar desses atos heroicos, a progressão dos *franj* não pôde ser detida. Ela se espalhou pela planície de Ghuta e nela ergueu suas tendas, aproximando-se das muralhas em vários pontos. Na noite desse primeiro dia de combate, os damascenos, temendo o pior, começam a erguer barricadas nas ruas.

No dia seguinte, 25 de julho, *era um domingo*, relata Ibn al-Qalanissi, *e os habitantes saíram das muralhas ao amanhecer. O combate só cessou ao fim do dia, quando todos estavam exaustos. Cada um voltou para suas posições. O exército de Damasco passou a noite diante dos franj, e os cidadãos ficaram nos muros, montando guarda e vigiando, pois viam o inimigo bem perto deles.*

Na manhã de segunda-feira, os damascenos recuperam a esperança, pois vêm, vindas do norte, sucessivas ondas de cavaleiros turcos, curdos e árabes. Unur escrevera a todos os príncipes da região pedindo reforços e estes começam a chegar à cidade sitiada. Anuncia-se para o dia seguinte a chegada de Noradine à frente do exército de Alepo, bem como de seu irmão Saifaddin com o de Mossul. Quando eles se aproximam, Muin ad-Din envia, segundo Ibn al-Athir, *uma mensagem aos franj estrangeiros e outra aos franj da Síria.* Com os primeiros, ele utiliza uma linguagem simplista: *O rei do Oriente se aproxima; se não partirem, entrego-lhe a cidade e vocês lamentarão por isso.* Com os outros, os "colonos", ele utiliza outra linguagem: *Vocês enlouqueceram a ponto de ajudar aquela gente contra nós? Não entenderam que, se tomarem Damasco, eles tratarão de arrancar as cidades de vocês? De minha parte, se não conseguir defender a cidade, eu a entregarei a Saifaddin, e vocês sabem que, se ele tomar Damasco, vocês já não poderão se manter na Síria.*

O sucesso da manobra de Unur é imediata. Chegando a um acordo secreto com os *franj* locais, que tentam convencer o rei dos alemães a se afastar de Damasco antes da chegada dos exércitos de reforço, ele distribui, para garantir o sucesso de suas intrigas diplomáticas, gratificações importantes, enchendo os pomares que cercam sua capital de franco-atiradores que se escondem e assediam os *franj*. Na segunda-feira à noite, as dissensões provocadas pelo velho turco começam a surtir efeito. Os sitiantes que, brutalmente desmoralizados, decidem operar um recuo tático para reagrupar suas forças, se veem, atacados pelos damascenos, numa planície aberta por todos os lados, sem qualquer ponto de água à disposição. Ao cabo de algumas horas, a situação se torna tão insustentável que seus reis não pensam mais em recuperar a metrópole síria, mas em salvar suas tropas e suas próprias pessoas do aniquilamento. Na manhã de terça-feira, os exércitos francos recuam para Jerusalém, seguidos pelos homens de Muin ad-Din.

Decididamente, os *franj* já não são o que eram. A incúria dos dirigentes e a desunião dos líderes militares já não são, ao que parece, o triste privilégio dos árabes. Os damascenos ficam estupefatos: será possível que a poderosa expedição franca, que há meses faz tremer o Oriente, esteja em plena decomposição, depois de menos de quatro dias de combate? *Pensou-se que preparavam algum estratagema*, diz Ibn al-Qalanissi. Não era nada disso. A nova invasão franca chegara ao fim. *Os franj alemães*, dirá Ibn al-Athir, *voltaram para seu país, que fica lá, atrás de Constantinopla, e Deus livrou os crentes dessa calamidade.*

A surpreendente vitória de Unur aumenta o seu prestígio e faz com que sejam esquecidas suas transigências passadas com os invasores, mas Muin ad-Din vive os últimos dias de sua carreira. Ele morre um ano depois da batalha. *Um dia em que havia comido copiosamente, como costumava fazer, foi tomado de mal-estar. Soube-se que estava com disenteria. Esta é*, especifica Ibn al-Qalanissi, *uma doença temível, da qual raramente se escapa.* Com sua morte, o poder vai para o soberano nominal da cidade, Abaq, descendente de Toghtekin, um jovem de dezesseis anos, sem grande inteligência, que nunca conseguirá voar com as próprias asas.

O verdadeiro vencedor do Cerco de Damasco é incontestavelmente Noradine. Em junho de 1149, ele consegue esmagar o exército do príncipe de Antioquia, Raimundo, que Shirkuh, tio de Saladino, mata com as próprias mãos. Ele lhe corta a cabeça e a leva a seu senhor, que, segundo o costume, a envia ao califa de Bagdá num cofre de prata. Tendo assim afastado toda ameaça franca na Síria do Norte, o filho de Zengui está livre para voltar todos os seus esforços à realização do velho sonho paterno: a conquista de Damasco. Em 1140, a cidade preferira se aliar aos *franj*, em vez de se submeter ao jugo brutal de Zengui. Mas as coisas tinham mudado. Muin ad-Din já não vive, o comportamento dos ocidentais abalara seus mais ardentes partidários e, acima de tudo, a reputação de Noradine não se assemelha em nada à de seu pai. Ele não quer violar a orgulhosa cidade dos omíadas, mas seduzi-la.

Chegando, à frente de suas tropas, aos pomares que cercam a cidade, ele está mais preocupado em ganhar a simpatia da população do que preparar um assalto. *Noradine*, conta Ibn al-Qalanissi, *se mostrou benevolente com os camponeses e fez com que sua presença não lhes pesasse; em toda parte rogou-se a Deus em seu favor, em Damasco e em suas possessões.* Pouco depois de sua chegada, quando chuvas abundantes colocam um fim ao longo período de seca, as pessoas as atribuem a ele. "É graças a eles, à sua justiça e à sua conduta exemplar", disseram.

Embora a natureza de suas ambições seja evidente, o senhor de Alepo se recusa a aparecer como um conquistador.

*Não vim acampar neste lugar com a intenção de guerreá-los e sitiá-los,* ele escreve numa carta aos dirigentes de Damasco. *As numerosas queixas dos muçulmanos foram a única coisa que me incitaram a agir assim, pois os camponeses foram despojados de todos os seus bens e separados de seus filhos pelos franj, e não têm ninguém para defendê-los. Pelo poder que Deus me concedeu de socorrer os muçulmanos e fazer a guerra aos infiéis, dada a quantidade de riquezas e homens de que disponho, não me é permitido negligenciar os muçulmanos e não defendê-los. Acima de tudo, conheço a incapacidade que vocês têm de proteger suas províncias e a degradação que os levou a pedir socorro aos franj e entregar a eles os bens de seus súditos mais pobres, criminosamente lesados por vocês. Isso não agrada a Deus nem a nenhum muçulmano!*

Essa carta revela toda a sutileza da estratégia do novo senhor de Alepo, que se apresenta como defensor dos damascenos, em particular dos mais desfavorecidos, e tenta visivelmente sublevá-los contra seus senhores. A resposta destes últimos, por sua aspereza, aproxima ainda mais os cidadãos do filho de Zengui: "Entre você e nós, de agora em diante só há o sabre. Os *franj* virão, para nos ajudar a nos defender".

Apesar das simpatias de que goza entre a população, Noradine, preferindo não enfrentar as forças reunidas de Jerusalém e Damasco, aceita se retirar para o norte; não sem antes lograr que, nas mesquitas, seu nome seja citado nos sermões logo depois do nome do califa e do sultão, e que a moeda seja cunhada com seu nome, uma manifestação de fidelidade muitas vezes utilizada pelas cidades muçulmanas para apaziguar os conquistadores.

Noradine julga esse semissucesso encorajador. Um ano depois, ele retorna com suas tropas às paragens de Damasco, enviando uma nova carta a Abaq e aos outros dirigentes da cidade: *Só quero o bem-estar dos muçulmanos, o jihad contra os infiéis e a libertação dos prisioneiros que eles detêm. Se vocês ficarem a meu lado com o exército de Damasco, se nos ajudarmos para travar o jihad, meu desejo será satisfeito.* Como única resposta, Abaq faz novo apelo aos *franj*, que se apresentam conduzidos pelo jovem Balduíno III, filho de Fulque, e se instalam às portas de Damasco por algumas semanas. Seus cavaleiros são inclusive autorizados a circular nos mercados, o que não deixa de criar certa tensão com a população da cidade, que ainda não esqueceu seus filhos caídos três anos antes.

Noradine, prudentemente, continua evitando todo confronto com os coalizados. Ele afasta suas tropas de Damasco, esperando que os *franj* retornem a Jerusalém. Para ele, a batalha é, acima de tudo, política. Explorando ao máximo a amargura dos cidadãos, ele envia uma grande quantidade de mensagens aos notáveis damascenos e aos homens de religião, para denunciar a traição de Abaq. Ele entra em contato até mesmo com vários militares, exasperados pela aberta colaboração com os *franj*. Para o filho de Zengui, já não se trata apenas de suscitar protestos que prejudiquem Abaq, mas de organizar, dentro da cidade cobiçada, uma rede de cumplicidades que possam levar Damasco a capitular. Ele encarrega o pai de Saladino dessa missão delicada. Em 1153, depois de um hábil trabalho de organização, Ayyub consegue de fato garantir a neutralidade benevolente da milícia urbana, cujo comandante é o jovem irmão de Ibn al-Qalanissi. Vários personagens do exército adotam a mesma atitude, o que reforça o isolamento de Abaq, dia após dia. A este último resta apenas um pequeno grupo de emires que ainda o encorajam a resistir. Decidido a se livrar desses últimos irredutíveis, Noradine envia ao senhor de Damasco informações falsas sobre um complô urdido pelos que o rodeiam. Sem verificar a fundo a realidade das informações, Abaq se apressa em executar ou prender vários de seus colaboradores. Seu isolamento se torna total.

Última operação: Noradine intercepta subitamente todos os comboios de víveres que se dirigem para Damasco. O preço de um saco de trigo passa, em dois dias, de meio dinar para 25 dinares, e a população começa a temer a fome. Aos agentes do senhor de Alepo, só resta convencer a opinião pública de que não haveria nenhuma penúria se Abaq não tivesse escolhido se aliar aos *franj* contra seus correligionários de Alepo.

Em 18 de abril de 1154, Noradine retorna com suas tropas para Damasco. Abaq envia, mais uma vez, uma mensagem urgente a Balduíno. Mas o rei de Jerusalém não terá tempo de chegar.

No domingo, 25 de abril, o ataque final é lançado a leste da cidade.

*Não havia ninguém sobre os muros, conta o cronista de Damasco, nem soldados nem cidadãos, com exceção de um punhado de turcos na guarda de uma torre. Um dos soldados de Noradine se precipitou na direção de uma muralha no alto da qual havia uma mulher judia que lhe atirou uma corda. Ele a usou para escalar, chegou ao topo da muralha sem que ninguém percebesse e foi seguido por alguns de seus camaradas, que içaram uma bandeira, a colocaram no muro e começaram a gritar: "Ya Mansur! Ó, vitorioso!". As tropas de Damasco e a população renunciaram a qualquer resistência devido à simpatia que sentiam por Noradine, sua justiça e sua boa reputação. Um sapador correu com sua picareta à Porta do Leste, Bab Charki, e quebrou a fechadura. Os soldados entraram e se espalharam pelas principais artérias, sem encontrar resistência. A Porta de Thomas, Bab Tuma, também foi aberta às tropas. Por fim, o rei Noradine fez sua entrada, acompanhado de seu séquito, para grande alegria dos habitantes e dos soldados, que estavam obcecados com o medo da fome e o temor de serem sitiados pelos franj infiéis.*

Generoso em sua vitória, Noradine oferece a Abaq e a seus próximos alguns feudos na região de Homs e os deixa fugir com todos os seus bens.

Sem luta, sem derramamento de sangue, Noradine conquistou Damasco mais pela persuasão do que pelas armas. A cidade, que por um quarto de século resistira ferozmente a todos que tentavam tomá-la, fossem eles os Assassinos, os *franj* ou Zengui, se deixara seduzir pela suave firmeza de um príncipe que prometia tanto garantir sua segurança quanto respeitar sua independência. Ela não se arrependerá e viverá, graças a ele e a seus sucessores, um dos períodos mais gloriosos de sua história.

No dia seguinte à vitória, Noradine, reunindo ulemás, cádis e comerciantes, se dirige a eles com palavras tranquilizadoras, não sem mandar buscar importantes estoques de víveres e suprimindo alguns impostos que afetavam o mercado de frutas, o mercado de legumes e a distribuição de água. Um decreto é redigido nesse sentido e lido na sexta-feira seguinte, do alto do púlpito, depois da oração. Aos 81 anos, Ibn al-Qalanissi segue presente para se associar à alegria de seus concidadãos. *A população aplaudiu*, ele relata. *Os citadinos, os camponeses, as mulheres, os ambulantes, todo mundo dirigiu publicamente suas preces a Deus para que se prolonguem os dias de Noradine e para que suas bandeiras sejam sempre vitoriosas.*

Pela primeira vez desde o início das guerras francas, as duas grandes metrópoles sírias, Alepo e Damasco, estão reunidas num mesmo Estado, sob a autoridade de um príncipe de 37 anos, firmemente decidido a se dedicar à luta contra o ocupante. A bem dizer, é toda a Síria muçulmana que se vê a partir então unificada, com exceção do pequeno emirado de Xaizar, onde a dinastia dos munquiditas ainda consegue preservar sua autonomia. Mas não por muito tempo, pois a história desse pequeno Estado está destinada a se interromper da maneira mais brusca e imprevista possível.

Em agosto de 1157, enquanto rumores circulam por Damasco, pressagiando uma próxima campanha de Noradine contra Jerusalém, um terremoto de rara intensidade devasta a Síria como um todo, semeando a morte tanto entre os árabes quanto entre os *franj*. Em Alepo, várias torres da muralha desabam, e a população, horrorizada, se dispersa pelos campos vizinhos. Em Hará, a terra se abre e pela imensa fenda assim aberta os vestígios de uma antiga cidade reaparecem na superfície. Em Trípoli, Beirute, Tiro, Homs, Maarate, incontáveis são os mortos e os prédios destruídos.

Mas duas cidades são mais afetadas que as outras pelo cataclismo: Hama e Xaizar. Conta-se que um professor de Hama, que saíra da aula para satisfazer uma necessidade premente num terreno baldio, encontrara ao voltar sua escola destruída e todos os alunos mortos. Aterrado, ele se sentara sobre os escombros, perguntando-se de que maneira anunciar a notícia aos pais, mas nenhum deles sobrevivera para buscar seu filho.

Em Xaizar, nesse mesmo dia, o soberano da cidade, o emir Mohammed Ibn Sultan, primo de Osama, organiza uma recepção na cidadela para festejar a circuncisão de seu filho. Todos os dignitários da cidade ali se encontram reunidos, junto com os membros da família reinante, quando de repente a terra começa a tremer e as paredes caem, dizimando toda a audiência. O emirado dos munquiditas simplesmente deixou de existir. Osama, que estava em Damasco, é um dos raros membros de sua família a sobreviver. Ele escreverá, tomado de emoção: *A morte não avançou passo a passo para matar as pessoas de minha raça, para aniquilá-las duas a duas ou cada uma separadamente. Todas morreram num piscar de olhos, e seus palácios se tornaram seus túmulos.* E ele acrescenta, desiludido: *Os tremores de terra só atingiram esse país de indiferentes para tirá-los de seu torpor.*

O drama dos munquiditas de fato inspirará aos contemporâneos muitas reflexões sobre a futilidade das coisas humanas, mas o cataclismo também será, mais prosaicamente, a ocasião para alguns de conquistar ou pilhar sem dificuldade qualquer cidade devastada ou fortaleza de muros desmoronados. Xaizar, em particular, é imediatamente atacada tanto pelos Assassinos quanto pelos *franj*, antes de ser tomada pelo exército de Alepo.

Em outubro de 1157, enquanto passa de cidade em cidade para supervisionar o conserto das muralhas, Noradine adoece. O médico damasceno Ibn al-Waqqar, que o segue em todos os seus deslocamentos, se mostra pessimista. Por um ano e meio, o príncipe fica entre a vida e a morte, coisa de que os *franj* tiram proveito para ocupar algumas fortalezas e organizar razias nos arredores de Damasco. Mas Noradine aproveita esse tempo de inação para pensar em seu destino. Ele conseguiu, durante a primeira parte de seu reino, reunir a Síria muçulmana sob sua égide e pôr um fim às lutas internas que a enfraqueciam. Agora, ele deverá voltar ao jihad para a reconquista das grandes cidades ocupadas pelos *franj*. Alguns de seus próximos, especialmente os alepinos, sugerem que ele comece por Antioquia, mas, para grande surpresa de todos, Noradine se opõe a eles. Essa cidade, ele explica, pertence historicamente aos *rum*. Qualquer tentativa de tomá-la incitaria o império a vir tratar diretamente das questões sírias, o que obrigaria os exércitos muçulmanos a lutar em duas frentes. Não, ele insiste, não se deve provocar os *rum*, mas tentar recuperar uma importante cidade da costa, ou mesmo, se Deus quiser, Jerusalém.

Infelizmente para Noradine, os acontecimentos rapidamente justificarão seus temores. Em 1159, enquanto mal começa a se restabelecer, ele é informado de que um poderoso exército bizantino, comandado pelo imperador Manuel, filho e sucessor de João Comneno, se reúne no norte da Síria. Noradine se apressa a enviar embaixadores até o imperador, para lhe desejar cortesmente as boas-vindas. Ao recebê-los, o basileu, homem majestoso, sábio, apaixonado pela medicina, proclama sua intenção de manter com seu senhor as relações mais amigáveis possíveis. Se veio para a Síria, garante a eles, foi apenas para dar uma lição nos senhores de Antioquia. Lembremos que o pai de Manuel viera, com as mesmas razões, 22 anos antes, o que não o impedira de se aliar aos ocidentais contra os muçulmanos. No entanto, os emissários de Noradine não colocam em dúvida a palavra do basileu. Eles conhecem a raiva que o *rum* sente a cada vez que é mencionado o nome de Renaud de Châtillon, o cavaleiro que, desde 1153, preside os destinos do principado de Antioquia, um homem brutal, arrogante, cínico e desdenhoso, que um dia simbolizará para os árabes toda a maldade dos *franj*, e que Saladino jurará matar com suas próprias mãos!

O príncipe Renaud, o "brins Arnat" dos cronistas, chegara ao Oriente em 1147, com a mentalidade já anacrônica dos primeiros invasores: sedento de ouro, sangue e conquista. Pouco depois da morte de Raimundo de Antioquia, ele conseguiu seduzir sua viúva e desposá-la, tornando-se assim o senhor da cidade. Rapidamente, seus abusos o tornaram odioso, não apenas a seus vizinhos alepinos, mas também aos *rum* e a seus próprios súditos. Em 1156, pretextando a recusa de Manuel de lhe pagar a quantia prometida, ele decidiu se vingar lançando uma expedição punitiva contra a ilha bizantina de Chipre e pediu ao patriarca de Antioquia que a financiasse. Como o prelado se mostrasse recalcitrante, Renaud o atirou na prisão, o torturou e, depois de untar suas feridas com mel, o acorrentou e o expôs ao sol por um dia inteiro, deixando milhares de insetos subirem seu corpo.

O patriarca, obviamente, acabou abrindo seus cofres, e o príncipe, tendo reunido uma frota, desembarcou na ilha mediterrânea e esmagou sem dificuldade a pequena guarnição bizantina, deixando seus homens na ilha. Chipre jamais se recuperará do que lhe aconteceu naquela primavera de 1156. De norte a sul, todos os campos cultivados foram sistematicamente devastados, todos os rebanhos massacrados, os palácios, as igrejas e os conventos foram pilhados, e tudo o que não podia ser carregado foi demolido ou incendiado. As mulheres foram violadas, os velhos e as crianças tiveram a garganta cortada, os homens ricos foram levados como reféns e os pobres decapitados. Antes de partir, carregado com o butim, Renaud ainda ordenou que todos os sacerdotes e monges gregos fossem reunidos e mandou cortar seus narizes, enviando-os, mutilados, para Constantinopla.

Manuel precisa responder. Mas enquanto herdeiro dos imperadores romanos, ele não pode fazê-lo com um vulgar ataque direto. O que ele procura é restabelecer seu prestígio, humilhando publicamente o cavaleiro-bandido de Antioquia. Renaud, que sabe que toda resistência é inútil, decide, assim que descobre que o exército imperial está a caminho da Síria, pedir perdão. Tão dotado para o servilismo quanto para a arrogância, ele se apresenta no acampamento de Manuel de pés descalços, vestido como um mendigo e se atira de barriga no chão diante do trono imperial.

Os embaixadores de Noradine estão presentes e assistem à cena. Eles veem o "brins Arnat" deitado no pó aos pés do basileu, que, sem parecer notá-lo, continua tranquilamente sua conversa com os convidados, esperando vários minutos antes de se dignar a lançar um olhar a seu adversário, indicando-lhe com um gesto condescendente que se levante.

Renaud obterá o perdão e, assim, poderá conservar seu principado, mas seu prestígio na Síria do Norte será manchado para sempre. No ano seguinte, será capturado pelos soldados de Alepo durante uma operação de pilhagem que ele conduzia ao norte da cidade, o que lhe valerá dezesseis anos de cativeiro, até voltar à cena que o destino lhe designa para desempenhar o papel mais execrável que existe.

Quanto a Manuel, depois dessa expedição sua autoridade se fortalecerá constantemente. Ele consegue impor sua suserania tanto ao principado franco de Antioquia quanto aos Estados turcos da Ásia Menor, recuperando assim para o império um papel determinante nas questões da Síria. E esse ressurgimento do poderio militar bizantino, o último da História, embaralha, naquele momento, as cartas do conflito que opõe os árabes aos *franj*. A ameaça constante representada pelos *rum* em suas fronteiras impede Noradine de se lançar na vasta iniciativa de reconquista que ele desejava. Visto que, ao mesmo tempo, o poder do filho de Zengui proíbe aos *franj* qualquer veleidade de expansão, a situação na Síria se vê de certo modo bloqueada.

No entanto, como se as energias contidas dos árabes e dos *franj* tentassem se libertar de uma só vez, eis que o peso da guerra se desloca para um novo teatro de operações: o Egito.

# CAPÍTULO 9

A corrida para o Nilo

"Meu tio Shirkuh se virou para mim e disse: 'Yussef, guarde suas coisas, vamos embora!'. Ao receber essa ordem, me senti atingido no coração como por um golpe de punhal e respondi: 'Por Deus, nem que me dessem todo o reino do Egito eu iria!'."

O homem que fala assim não é outro que Saladino, contando os primórdios, bastante tímidos, da aventura que o transformará num dos soberanos mais prestigiosos da História. Com a admirável sinceridade que caracteriza todas as suas palavras, Yussef se abstém de atribuir a si o mérito da epopeia egípcia. "Acabei acompanhando meu tio", ele acrescenta. "Ele conquistou o Egito, depois morreu. Deus colocou então entre minhas mãos um poder que eu jamais esperara." Embora Saladino logo apareça como o grande beneficiário da expedição egípcia, ele de fato não desempenhou o papel principal. Noradine tampouco, aliás, embora o país do Nilo seja conquistado em seu nome.

A campanha, que vai de 1163 a 1169, terá por protagonistas três surpreendentes personagens: um vizir egípcio, Shawar, cujas intrigas demoníacas deixarão a região a ferro e fogo; um rei franco, Amalrico, tão obcecado com a ideia de conquistar o Egito que invadirá o país cinco vezes em seis anos, e um general curdo, Shirkuh, "o leão", que se imporá como um dos gênios militares de seu tempo.

Quando Shawar toma o poder no Cairo, em dezembro de 1162, ele ascende a uma dignidade e a um cargo que proporcionam honras e riquezas, mas ele não ignora o outro lado da moeda: dos quinze dirigentes que o precederam à frente do Egito, um único saiu com vida.

Todos os outros foram, dependendo do caso, enforcados, decapitados, apunhalados, crucificados, envenenados ou linchados pela multidão; um deles foi morto pelo filho adotivo, o outro pelo próprio pai. Tudo isso para dizer que não se deve esperar desse emir moreno, de têmporas grisalhas, qualquer vestígio de escrúpulos. Assim que chega ao poder, ele se apressa em massacrar seu predecessor e toda a sua família, de se apropriar de seu ouro, joias e palácios.

Mas a roda da fortuna não para de girar: depois de menos de nove meses de governo, o novo vizir é derrubado por um de seus lugares-tenentes, um certo Dirgham. Avisado a tempo, Shawar consegue deixar o Egito são e salvo e se refugiar na Síria, onde tenta obter o apoio de Noradine para recuperar o poder. Ainda que seu visitante seja inteligente e loquaz, o filho de Zengui não o ouve com total atenção. Rapidamente, porém, os acontecimentos o obrigarão a mudar de atitude.

Porque, ao que parece, as perturbações que abalam o Cairo são seguidas de perto em Jerusalém. Desde fevereiro de 1162, os *franj* têm um novo rei de indomável ambição: "Morri", Amalrico, segundo filho de Fulque. Visivelmente influenciado pela propaganda de Noradine, esse monarca de 26 anos tentar passar de si mesmo a imagem de um homem sóbrio, piedoso, guiado por suas leituras religiosas e preocupado com a justiça. Mas a semelhança é apenas aparente. O rei franco tem mais audácia que sabedoria e, apesar de sua estatura elevada e de sua cabeleira abundante, falta-lhe muita majestade. De ombros anormalmente estreitos, com frequência tomado por ataques de riso tão longos e ruidosos que sua comitiva se sente constrangida, ele também sofre de uma gagueira que não facilita suas trocas com os outros. Somente a ideia fixa que o anima – a conquista do Egito – e sua busca incansável conferem a Morri certa envergadura.

A ideia, de fato, parece tentadora. Depois que, em 1153, os cavaleiros ocidentais se apoderaram de Ascalão, último bastião fatímida na Palestina, o caminho para o país do Nilo está aberto. Os sucessivos vizires, ocupados demais lutando contra seus rivais, se acostumaram, aliás, desde 1160, a pagar um tributo anual aos *franj* para que eles se abstenham de intervir em suas questões. Depois da queda de Shawar, Amalrico tira proveito da confusão que reina no país do Nilo para invadi-lo, sob o simples pretexto de que a quantia combinada, sessenta mil dinares, não fora paga a tempo. Atravessando o Sinai ao longo da costa mediterrânea, ele cerca a cidade de Bilbeis, localizada num braço do rio – fadado a secar nos séculos seguintes. Os defensores da cidade ficam estupefatos e riem ao ver os *franj* instalarem suas máquinas de cerco em torno de seus muros, pois é o mês de setembro e o rio começa sua cheia. As autoridades só precisam romper alguns diques para que os guerreiros do Ocidente aos poucos se vejam cercados de água: eles só têm tempo de fugir e voltar para a Palestina. A primeira invasão foi subitamente interrompida, mas teve o mérito de revelar a Alepo e Damasco as intenções de Amalrico.

Noradine hesita. Embora ele não tenha a menor vontade de se deixar arrastar para o terreno escorregadio das intrigas cairotas, sobretudo porque, sunita ardoroso, ele sente uma desconfiança não dissimulada por tudo o que diz respeito ao califado xiita dos fatímidas, ele não quer que o Egito passe, com suas riquezas, para o lado dos *franj*, que se tornariam então a maior potência do Oriente. Dada a anarquia reinante, o Cairo não aguentará muito tempo diante da determinação de Amalrico. Shawar, é claro, se dedica com zelo a louvar para seu anfitrião as vantagens de uma expedição ao país do Nilo. Para atraí-lo, ele promete, se o ajudarem a voltar ao poder, pagar todos os gastos da expedição, reconhecer a suserania do senhor de Alepo e de Damasco, e enviar-lhe, a cada ano, um terço das receitas do Estado. Mas, acima de tudo, Noradine conta com seu homem de confiança, o próprio Shirkuh, totalmente adepto da ideia de uma intervenção armada. Ele demonstra tal entusiasmo por essa ideia que o filho de Zengui o autoriza a organizar um corpo expedicionário.

Seria difícil imaginar dois personagens ao mesmo tempo tão estreitamente unidos e tão diferentes quanto Noradine e Shirkuh. Enquanto o filho de Zengui se tornou, com a idade, cada vez mais majestoso, digno, sóbrio e reservado, o tio de Saladino é um oficial de baixa estatura, obeso, caolho, com o rosto constantemente congestionado de bebida e excessos alimentares. Quando fica furioso, ele grita como um desvairado, e às vezes perde completamente a cabeça, chegando a matar seu adversário. Mas seu mau caráter não desagrada a todos. Seus soldados adoram aquele homem que vive constantemente entre eles, compartilha sua sopa e suas brincadeiras. Nos numerosos combates em que tomou parte na Síria, Shirkuh se revelou um condutor de homens dotado de imensa coragem física; a campanha do Egito revelará suas notáveis qualidades de estrategista. Pois, de ponta a ponta, a expedição será um verdadeiro desafio. Para os *franj*, é relativamente fácil chegar ao país do Nilo. Um único obstáculo no caminho: a extensão semidesértica do Sinai. Mas tendo que levar, em dorso de camelo, centenas de odres cheios de água, em três dias os cavaleiros se veem às portas de Bilbeis. Para Shirkuh, as coisas são menos simples. Para ir da Síria ao Egito, é preciso atravessar a Palestina e se expor aos ataques dos *franj*.

A partida do corpo expedicionário sírio para o Cairo, em abril de 1164, envolve, portanto, uma verdadeira encenação. Enquanto o exército de Noradine faz uma manobra diversionista para atrair Amalrico e seus cavaleiros para o norte da Palestina, Shirkuh, acompanhado de Shawar e cerca de dois mil cavaleiros, se dirige para o leste, seguindo o curso do Jordão em sua margem oriental, através da futura Jordânia, depois, ao sul do Mar Morto, vira para o oeste, atravessa o rio e cavalga com pressa na direção do Sinai. Ali, ele continua seu caminho, afastando-se da estrada costeira para evitar ser avistado. Em 24 de abril, ele toma Bilbeis, porta oriental do Egito e, em 1º de maio, acampa sob os muros do Cairo. Apanhado de surpresa, o vizir Dirgham não tem tempo de organizar a resistência. Abandonado por todos, ele é morto tentando fugir e seu corpo é atirado aos cães de rua. Shawar é oficialmente reinvestido em seu cargo pelo califa fatímida al-Adid, um adolescente de treze anos.

A campanha-relâmpago de Shirkuh representa um modelo de eficácia militar. O tio de Saladino não fica pouco orgulhoso de ter conquistado o Egito em tão pouco tempo, praticamente sem perdas, e de assim vencer Amalrico. Mas assim que Shawar volta ao poder, ele opera uma surpreendente reviravolta. Esquecendo as promessas feitas a Noradine, ele intima Shirkuh a deixar o Egito com a maior rapidez. Perplexo com tanta ingratidão e louco de raiva, o tio de Saladino comunica a seu antigo aliado sua decisão de ficar, aconteça o que acontecer.

Vendo-o tão resoluto, Shawar, que não confia no próprio exército, envia uma embaixada a Jerusalém para pedir ajuda a Amalrico contra o corpo expedicionário sírio. O rei franco não se faz de rogado. O que ele, que buscava um pretexto para intervir no Egito, poderia esperar de melhor do que um apelo do próprio senhor do Cairo? Em julho de 1164, o exército franco entra no Sinai pela segunda vez. Imediatamente, Shirkuh decide deixar os arredores do Cairo, onde acampava desde maio, para se entrincheirar em Bilbeis. Ali, semana após semana, ele repele os ataques de seus inimigos, mas sua situação parece desesperada. Muito longe de suas bases, cercado pelos *franj* com seu novo aliado Shawar, o general curdo não pode esperar aguentar por muito tempo.

*Quando Noradine viu como a situação evoluía em Bilbeis,* contará Ibn al-Athir, alguns anos depois, *ele decidiu lançar uma grande ofensiva contra os franj, a fim de obrigá-los a deixar o Egito. Ele escreveu a todos os emires muçulmanos para lhes pedir que participassem do jihad e foi atacar a poderosa fortaleza de Harim, perto de Antioquia. Todos os franj que tinham ficado na Síria se reuniram para enfrentá-lo — entre eles, o príncipe Boemundo, senhor de Antioquia, e o conde de Trípoli. Durante a batalha, os franj foram esmagados. Eles tiveram dez mil mortes e todos os seus líderes, entre os quais o príncipe e o conde, foram capturados.*

Assim que conseguiu a vitória, Noradine mandou buscar alguns estandartes cruzados e as cabeleiras loiras de alguns *franj* exterminados em combate. Depois, colocando tudo dentro de um saco, ele o entregou a um de seus homens mais prudentes e lhe disse: "Vá agora mesmo a Bilbeis, dê um jeito de entrar e entregue esses troféus a Shirkuh, anunciando-lhes que Deus nos concedeu a vitória. Ele os exporá nas muralhas e esse espetáculo semeará o terror entre os infiéis".

As notícias da vitória de Harim de fato redistribuem as cartas da batalha do Egito. Elas elevam o moral dos sitiados e, acima de tudo, obrigam os *franj* a voltar à Palestina. A captura do jovem Boemundo III, sucessor de Renaud à frente do principado de Antioquia, encarregado por Amalrico de tratar em sua ausência dos negócios do reino de Jerusalém, bem como o massacre de seus homens, obrigam o rei a buscar um entendimento com Shirkuh. Depois de alguns contatos, os dois homens combinam de deixar o Egito ao mesmo tempo. No final de outubro de 1164, Morri volta para a Palestina ao longo da costa, enquanto o general curdo volta para Damasco em menos de duas semanas, seguindo o itinerário que utilizara na ida.

A CORRIDA PARA O NILO ❖ 181

Shirkuh não está descontente de poder sair de Bilbeis ileso e de cabeça erguida, mas o grande vencedor daqueles seis meses de campanha é, incontestavelmente, Shawar. Ele usou Shirkuh para voltar ao poder, depois usou Amalrico para neutralizar o general curdo. Agora os dois foram embora, deixando-lhe o total domínio do Egito. Por mais de dois anos, ele se dedicará a consolidar seu poder.

Não sem angústia em relação ao desenrolar dos acontecimentos. Pois ele sabe que Shirkuh nunca o perdoará por sua traição. As informações que regularmente chegam até ele, vindas da Síria, dizem que o general curdo estaria importunando Noradine para empreender uma nova campanha ao Egito. Mas o filho de Zengui está reticente. O status quo não o desagrada. O importante é manter os *franj* longe do Nilo. Como sempre, no entanto, não é fácil sair de uma engrenagem: temendo uma nova expedição-relâmpago de Shirkuh, Shawar toma precauções, firmando um tratado de assistência mútua com Amalrico. O que leva Noradine a autorizar seu comandante a organizar uma nova força de intervenção, caso os *franj* avancem sobre o Egito. Shirkuh escolhe para sua expedição os melhores elementos do exército, como seu sobrinho Yussef. Esses preparativos, por sua vez, assustam o vizir, que insiste junto a Amalrico para que este envie suas tropas. Nos primeiros dias de 1167, a corrida para o Nilo recomeça. O rei franco e o general curdo chegam quase ao mesmo tempo no país cobiçado, cada um por sua rota habitual.

Shawar e os *franj* reúnem suas forças aliadas diante do Cairo para esperar Shirkuh. Mas este prefere determinar as modalidades do encontro. Continuando a longa marcha iniciada em Alepo, ele contorna a capital egípcia pelo sul, faz suas tropas atravessarem o Nilo em pequenas barcas, e sobe, sem sequer uma pausa, para o norte. Shawar e Amalrico, que esperavam que aparecesse pelo leste, o veem surgir na direção contrária. Pior ainda, ele se instalou a oeste do Cairo, perto das pirâmides de Gizé, separado de seus inimigos pelo formidável obstáculo natural que é o rio. Daquele acampamento solidamente entrincheirado, ele envia uma mensagem ao vizir: *O inimigo franco está a nosso alcance*, ele escreve, *separado de suas bases. Unamos nossas forças para exterminá-lo. A ocasião é favorável, não voltará a se repetir*. Mas Shawar não se contenta em recusar. Ele manda executar o mensageiro e leva a carta de Shirkuh a Amalrico para lhe provar sua lealdade.

Apesar desse gesto, os *franj* continuam desconfiando de seu aliado, que, eles sabem, assim que não precisar mais deles, os trairá. Eles julgam chegado o momento de tirar proveito da proximidade ameaçadora de Shirkuh para estabelecer sua autoridade no Egito: Amalrico exige que uma aliança oficial, selada pelo próprio califa fatímida, seja firmada entre o Cairo e Jerusalém.

Dois cavaleiros que conhecem o árabe – o que não era raro entre os *franj* do Oriente – se dirigem à residência do jovem al-Adid. Shawar, que visivelmente quer impressioná-los, os conduz por um magnífico palácio ricamente ornado, que eles atravessam rapidamente, cercados por um enxame de guardas armados. O cortejo atravessa um interminável passadiço abobadado, impermeável à luz do dia, e se veem à frente de uma imensa porta cinzelada que leva a um vestíbulo, depois a uma nova porta. Depois de percorrer numerosas salas ornamentadas, Shawar e seus convidados chegam a um pátio pavimentado de mármore e rodeado de colunatas douradas, tendo ao centro uma fonte com tubulações de ouro e prata, enquanto ao redor voam pássaros coloridos de todos os cantos da África. É nesse lugar que os guardas que os acompanham os entregam aos eunucos que vivem junto com o califa. Mais uma vez, é preciso atravessar uma sucessão de salões, depois um jardim cheio de feras enjauladas, leões, ursos, panteras, antes de finalmente chegar ao palácio de al-Adid.

Assim que entram numa ampla sala, cuja parede do fundo é constituída por um cortinado de seda salpicado de ouro, rubis e esmeraldas, Shawar se prostra três vezes e coloca sua espada no chão. Somente então o cortinado é erguido e o califa aparece, com o corpo envolto em sedas e o rosto coberto. Aproximando-se e sentando-se a seus pés, o vizir expõe o projeto de aliança com os *franj*. Depois de ouvi-lo com calma, al-Adid, que à época tem apenas dezesseis anos, elogia a política de Shawar. Este já se prepara para levantar quando os dois *franj* pedem ao príncipe dos crentes que jure que se manterá fiel à aliança. Visivelmente, a exigência causa escândalo entre os dignitários que cercam al-Adid. O próprio califa parece chocado, e o vizir intervém rapidamente. O acordo com Jerusalém, ele explica a seu soberano, é um caso de vida ou morte para o Egito. Ele lhe suplica que não veja no pedido formulado pelos *franj* uma manifestação de desrespeito, mas um sinal de ignorância dos costumes orientais.

A CORRIDA PARA O NILO · 183

Sorrindo a contragosto, al-Adid estende sua mão com luva de seda e jura respeitar a aliança. Mas um dos emissários francos determina: "Um juramento", ele diz, deve ser prestado com a mão nua, a luva poderia ser um sinal de uma traição futura". A exigência causa novo escândalo. Os dignitários cochicham entre si que o califa foi insultado, fala-se em punir os insolentes. Mas, a uma nova intervenção de Shawar, o califa, sem perder a calma, tira a luva, estende a mão nua e repete palavra por palavra o juramento que os representantes de Morri lhe ditam.

Assim que esse singular encontro acaba, egípcios e *franj* coligados elaboram um plano para atravessar o Nilo e dizimar o exército de Shirkuh, que agora se dirige para o sul. Um destacamento inimigo, comandado por Amalrico, se lança a seu encalço. O tio de Saladino quer dar a impressão de que está desesperado. Sabendo que sua principal desvantagem é estar longe de suas bases, ele tenta colocar seus perseguidores na mesma situação. Quando está a mais de uma semana de marcha do Cairo, ele ordena a suas tropas que parem e anuncia, num discurso inflamado, que o dia da vitória chegou.

O confronto acontece em 18 de março de 1167, perto da localidade de El-Babein, na margem oeste do Nilo. Os dois exércitos, exaustos pela corrida interminável, se atiram na luta com vontade de vencer de uma vez por todas. Shirkuh confiou a Saladino o comando do centro e ordenou que recuasse assim que o inimigo atacasse. Amalrico e seus cavaleiros marcham em sua direção, com todos os estandartes à vista, e quando Saladino faz menção de fugir, eles se lançam a seu encalço sem perceber que as alas direita e esquerda do exército sírio já lhes impedem a retirada. As perdas dos cavaleiros francos são grandes, mas Amalrico consegue escapar. Ele volta para o Cairo, onde ficara o grosso de suas tropas, firmemente decidido a se vingar o mais rapidamente possível. Com a colaboração de Shawar, ele se prepara para voltar para o Alto Egito, à frente de uma poderosa expedição, quando chega uma notícia quase inacreditável: Shirkuh tomou Alexandria, a maior cidade do Egito, localizada no extremo norte do país, na costa mediterrânea!

No dia seguinte à vitória em El-Babein, de fato, o imprevisível general curdo, sem esperar um só dia e antes que seus inimigos tivessem tempo de se recuperar, atravessou, numa velocidade vertiginosa, todo o território egípcio, de sul a norte, e entrou triunfalmente em Alexandria. A população do grande porto mediterrâneo, hostil à aliança com os *franj*, recebeu os sírios como libertadores.

Shawar e Amalrico, obrigados a seguir o ritmo infernal que Shirkuh impõe àquela guerra, sitiam Alexandria. Na cidade, os víveres são tão pouco abundantes que ao cabo de um mês a população, ameaçada pela fome, começa a se arrepender de ter aberto suas portas ao corpo expedicionário sírio. A situação parece desesperada no dia em que uma frota franca aparece ao largo do porto. Shirkuh, porém, não se declara vencido. Ele confia o comando do lugar a Saladino e, reunindo algumas centenas de seus melhores cavaleiros, efetua com eles uma audaciosa saída noturna. À rédea solta, ele cruza as linhas inimigas, depois cavalga noite e dia... até chegar ao Alto Egito.

Em Alexandria, o bloqueio se torna cada vez mais rigoroso. À fome logo se somam epidemias, bem como um ataque diário por catapultas. Para o jovem Saladino, de 29 anos, a responsabilidade é pesada. Mas a manobra diversionista de seu tio produzirá seus frutos. Shirkuh não ignora que Morri está impaciente para encerrar aquela campanha e voltar para seu reino constantemente ameaçado por Noradine. Abrindo uma nova frente no sul, em vez de se deixar encerrar em Alexandria, o general curdo ameaça prolongar o conflito indefinidamente. No Alto Egito, ele organiza um verdadeiro levante contra Shawar, fazendo muitos camponeses armados se juntarem a ele. Quando suas tropas são suficientemente numerosas, ele se aproxima do Cairo e envia a Amalrico uma mensagem habilmente redigida. Nós dois estamos perdendo nosso tempo aqui, é o que diz, em suma. Se o rei quisesse considerar as coisas calmamente, veria com clareza que, ao me expulsar desse país, não teria feito mais que servir aos interesses de Shawar. Amalrico é convencido. Rapidamente, eles chegam a um acordo: o cerco de Alexandria é suspenso e Saladino deixa a cidade cumprimentado por uma guarda de honra. Em agosto de 1167, os dois exércitos vão embora, como três anos antes, rumo a seus respectivos países. Noradine, satisfeito por recuperar a elite de seu exército, não quer mais se deixar levar para aquelas estéreis aventuras egípcias.

No entanto, no ano seguinte, como uma espécie de fatalidade, a corrida para o Nilo recomeça. Ao deixar o Cairo, Amalrico acreditara ser oportuno deixar ali um destacamento de cavaleiros encarregados de zelar pela boa aplicação do tratado de aliança. Uma de suas missões consistia especialmente em controlar as portas da cidade e proteger os funcionários francos encarregados de receber o tributo anual de cem mil dinares que Shawar prometera pagar ao reino de Jerusalém. Um imposto tão pesado, somado à presença prolongada daquela força estrangeira, só podia despertar o ressentimento dos cidadãos.

A opinião pública pouco a pouco se mobilizou contra os ocupantes. Murmurava-se, inclusive no círculo do califa, que uma aliança com Noradine seria um mal menor. Mensagens começam a circular, sem o conhecimento de Shawar, entre Cairo e Alepo. O filho de Zengui, sem pressa de intervir, se contenta em observar as reações do rei de Jerusalém.

Não podendo ignorar o rápido avanço da hostilidade, os cavaleiros e os funcionários francos instalados na capital egípcia sentem medo. Eles enviam mensagens a Amalrico, para que ele venha em seu socorro. O monarca começa a hesitar. A sabedoria lhe recomenda retirar a guarnição do Cairo e se contentar com a vizinhança de um Egito neutro e inofensivo. Mas seu temperamento o incita a atacar. Encorajado pela recente chegada no Oriente de um grande número de cavaleiros ocidentais impacientes para "acabar com sarracenos", ele decide, em outubro de 1168, pela quarta vez, lançar seu exército ao assalto do Egito.

A nova campanha tem início com uma matança tão terrível quanto gratuita. Os ocidentais se apoderam da cidade de Bilbeis, onde, sem nenhuma razão, massacram os habitantes, os homens, as mulheres e as crianças, tanto os muçulmanos quanto os cristãos de rito copta. Como dirá muito acertadamente Ibn al-Athir, *se os franj tivessem se conduzido melhor em Bilbeis, eles poderiam ter tomado Cairo com toda facilidade do mundo, pois os notáveis da cidade estavam dispostos a entregá-la. Vendo os massacres perpetrados em Bilbeis, no entanto, as pessoas decidiram resistir até o fim.* Com a aproximação dos invasores, Shawar de fato ordena que se ateie fogo à cidade velha do Cairo. Vinte mil cântaros de nafta são derramados sobre as barracas, as casas, os palácios e as mesquitas. Os habitantes são evacuados para a cidade nova, fundada pelos fatímidas no século X, e que reúne essencialmente os palácios, a

186 ❧ A VITÓRIA

administração, as casernas e a universidade religiosa de al-Azhar. Por 54 dias, o incêndio devasta tudo.

Enquanto isso, o vizir tenta manter o contato com Amalrico para convencê-lo a desistir de sua desvairada iniciativa. Ele espera conseguir isso antes de uma nova intervenção de Shirkuh. No Cairo, porém, seu partido enfraquece. O califa al-Adid, em particular, toma a iniciativa de enviar uma carta a Noradine pedindo para vir em socorro do Egito. Para comover o filho de Zengui, o soberano fatímida anexa à sua missiva algumas mechas de cabelo: *Esses são os cabelos de minhas mulheres. Elas suplicam que venham livrá-las dos ultrajes dos franj.*

A reação de Noradine a essa mensagem angustiada chegou até nós graças a um testemunho particularmente precioso, do próprio Saladino, citado por Ibn al-Athir:

> *Quando os apelos de al-Adid chegaram, Noradine me convocou e me informou do que estava acontecendo. Depois ele me disse: "Vá ver seu tio Shirkuh em Homs e diga-lhe para vir para cá o mais rápido possível, pois essa questão não permite demora". Deixei Alepo e, a uma milha da cidade, encontrei meu tio, que vinha justamente para isso. Noradine lhe ordenou que se preparasse a partir para o Egito.*

O general curdo pede então a seu sobrinho que o acompanhe, mas Saladino recusa.

> *Respondi que não estava nem perto de esquecer os sofrimentos vividos em Alexandria. Meu tio disse então a Noradine: "É absolutamente necessário que Yussef venha comigo!". Noradine repetiu então suas ordens. Por mais que eu lhe expusesse o estado de penúria em que me encontrava, ele me deu dinheiro e tive de partir como um homem levado à morte.*

Dessa vez, não haverá confronto entre Shirkuh e Amalrico. Impressionado com a determinação dos cairotas, dispostos a destruir a cidade para não ter que entregá-la, e temendo ser surpreendido na retaguarda pelo exército da Síria, o rei franco retorna à Palestina em 2 de janeiro de 1169. Seis dias depois, o general curdo chega ao Cairo para ser acolhido como um salvador, tanto pela população quanto pelos dignitários fatímidas. O próprio Shawar parece se alegrar. Mas ninguém se deixa enganar. Embora ele tenha lutado contra os *franj* ao longo das últimas semanas, ele é considerado amigo deles e deve pagar por isso. Em 18 de janeiro, ele é atraído para uma emboscada, sequestrado dentro de uma tenda, depois morto, pelas mãos do próprio Saladino, com a aprovação escrita do califa. Nesse mesmo dia, Shirkuh o substitui no vizirato. Quando chega à residência de seu predecessor, vestido de seda bordada, para ali se instalar, ele não encontra nem mesmo uma almofada para se sentar. Tudo foi pilhado assim que a morte de Shawar foi anunciada.

O general curdo precisou de três campanhas para se tornar o verdadeiro senhor do Egito. Uma felicidade que tem os dias contados: em 23 de março, dois meses depois de seu triunfo, e em consequência de uma refeição copiosa demais, ele é vítima de um mal-estar, uma atroz sensação de sufocamento. Ele morre pouco depois. É o fim de uma epopeia, mas o início de outra, cuja repercussão será infinitamente maior.

*À morte de Shirkuh*, contará Ibn al-Athir, *os conselheiros do califa al-Adid lhe sugeriram que escolhesse Yussef como novo vizir, porque ele era o mais jovem e parecia o mais inexperiente e o mais fraco dos emires do exército.*

Saladino é convocado ao palácio do soberano, onde recebe o título de *al-malik an-nassir*, "o rei vitorioso", bem como os adornos distintivos dos vizires: um turbante branco com brocado de ouro, uma veste com uma túnica de forro escarlate, uma espada incrustada de pedrarias, uma égua alazã com sela e rédeas ornadas com ouro cinzelado e pérolas, e vários outros objetos preciosos. Ao sair do palácio, ele se dirige com um grande cortejo para a residência viziral.

Em poucas semanas, Yussef consegue se impor. Ele elimina os funcionários fatímidas cuja lealdade lhe parece duvidosa, substitui-os por seus próximos, esmaga severamente uma revolta no seio das tropas egípcias, repele, por fim, em outubro de 1169, uma lamentável invasão franca, comandada por Amalrico, que chega ao Egito pela quinta e última vez com a esperança de tomar o porto de Damieta, no delta do Nilo. Manuel Comneno, preocupado de ver um comandante de

Noradine à frente do Estado fatímida, concedeu aos *franj* o apoio da frota bizantina. Em vão. Os *rum* não têm provisões suficientes e seus aliados se recusam a fornecê-las. Ao fim de poucas semanas, Saladino abre as negociações e os convence sem dificuldade a encerrar uma iniciativa já muito mal iniciada.

Não foi preciso esperar o fim de 1169 para que Yussef fosse o senhor incontestе do Egito. Em Jerusalém, Morri promete se aliar ao sobrinho de Shirkuh contra o principal inimigo dos *franj*, Noradine. Embora o otimismo do rei pareça excessivo, ele não deixa de ter fundamento. Muito cedo, de fato, Saladino começa a se distanciar de seu mestre. Ele o assegura continuamente de sua fidelidade e de sua submissão, é claro, mas a autoridade efetiva sobre o Egito não pode ser exercida a partir de Damasco ou Alepo.

As relações entre os dois homens acabam adquirindo uma intensidade realmente dramática. Apesar da solidez de seu poder no Cairo, Yussef nunca ousará enfrentar diretamente seu senhor. E sempre que o filho de Zengui o convidar para um encontro, ele se esquivará, não por medo de cair numa armadilha, mas por temor de fraquejar pessoalmente na presença de seu mestre.

A primeira grave crise eclode durante o verão de 1171, quando Noradine exige do jovem vizir que ele extinga o Califado Fatímida. Enquanto muçulmano sunita, o senhor da Síria não pode admitir que a autoridade espiritual de uma dinastia "herética" continue sendo exercida num território que depende dele. Ele envia várias mensagens a Saladino nesse sentido, mas este se mostra reticente. Ele teme ferir os sentimentos da população, em grande parte xiita, e perder os dignitários fatímidas. Além disso, ele não ignora que é ao califa al-Adid que deve sua legítima autoridade enquanto vizir, e ele teme perdê-la ao destronar aquele que garante oficialmente seu poder no Egito, pois se tornaria um simples representante de Noradine. Ele vê na insistência do filho de Zengui, aliás, muito mais uma tentativa de repreensão política do que um ato de zelo religioso. No mês de agosto, as exigências do senhor da Síria quanto à abolição do califado xiita se tornaram uma ordem categórica.

Acuado, Saladino começa a tomar providências para enfrentar as reações hostis da população e chega a preparar uma proclamação pública anunciando a queda do califa. Mas ele ainda hesita em disseminá-la.

Al-Adid, ainda que com apenas 24 anos, está gravemente doente, e Saladino, que se tornou seu amigo, não admite trair sua confiança. De repente, na sexta-feira, 10 de setembro de 1171, um habitante de Mossul, em visita ao Cairo, entra numa mesquita e, subindo no púlpito antes do predicador, faz a oração em nome do califa abássida. Curiosamente, ninguém reage, nem na hora nem nos dias seguintes. Será um agente enviado por Noradine para estorvar Saladino? É possível. Após esse incidente, em todo caso, o vizir, quaisquer que sejam seus escrúpulos, já não pode adiar sua decisão. Na sexta-feira seguinte, é dada ordem para que os fatímidas não sejam mais mencionados nas orações. Al-Adid está em seu leito de morte, semi-inconsciente, e Yussef proíbe a quem quer que seja de lhe anunciar a notícia. "Se ele se restabelecer", ele diz, "sempre haverá tempo de conhecê-la. Senão, deixem-no morrer sem tormentos." Al-Adid morre pouco depois, sem saber do triste fim de sua dinastia.

A queda do califado xiita, depois de dois séculos de um reinado às vezes glorioso, irá atingir imediatamente, como era de se esperar, a Ordem dos Assassinos, que, como na época de Hassan as-Sabbah, ainda esperava que os fatímidas saíssem de sua letargia para inaugurar uma nova idade de ouro do xiismo. Vendo que esse sonho se esfumaçava para sempre, seus adeptos ficam tão desconcertados que seu líder na Síria, Rashid ad-Din Sinan, "o velho da montanha", envia uma mensagem a Amalrico para lhe anunciar que está pronto, junto com todos os seus partidários, a se converter ao cristianismo. Os Assassinos detêm várias fortalezas e aldeias na Síria central, onde levam uma vida relativamente pacata. Há anos parecem ter renunciado às operações espetaculares. Rashid ad-Din, é claro, ainda dispõe de equipes de matadores perfeitamente treinados, bem como de pregadores devotados, mas muitos adeptos da seita se tornaram bravos camponeses, muitas vezes obrigados a pagar um tributo regular à Ordem dos Templários.

Prometendo convertê-los, o "velho" espera, entre outras coisas, isentar seus fiéis do tributo, que somente os não cristãos devem pagar. Os Templários, que não tratam de seus interesses financeiros com leviandade, seguem com preocupação as trocas entre Amalrico e os Assassinos. Assim que o acordo se delineia, eles decidem fazer com que fracasse. Num dia de 1173, quando os enviados de Rashid ad-Din voltam de

190  ⚭ A VITÓRIA

uma entrevista com o rei, os Templários armam uma emboscada e os massacram. Nunca mais se voltará a falar na conversão dos Assassinos.

Independentemente desse episódio, a abolição do Califado Fatímida tem uma consequência tão importante quanto imprevista: Saladino adquire uma dimensão política que até então não tinha. Noradine, evidentemente, não esperava tal resultado. A morte do califa, em vez de reduzir Yussef à categoria de simples representante do senhor da Síria, faz dele o soberano efetivo do Egito e o guardião legítimo dos fabulosos tesouros acumulados pela dinastia deposta. A partir de então, as relações entre os dois homens não cessarão de se agravar.

Depois desses acontecimentos, enquanto Saladino comanda, a leste de Jerusalém, uma audaciosa expedição contra a fortaleza franca de Shawbak, a guarnição parece a ponto de capitular quando Saladino é informado de que Noradine vem se juntar a ele à frente de suas tropas para participar das operações. Sem esperar um instante, Yussef ordena a seus homens que levantem acampamento e voltem em marcha forçada ao Cairo. Ele alega, numa carta ao filho de Zengui, que perturbações teriam eclodido no Egito, obrigando-o a essa partida precipitada.

Mas Noradine não se deixa enganar. Acusando Saladino de felonia e traição, ele jura ir pessoalmente ao país do Nilo para recuperar o controle da situação. Preocupado, o jovem vizir reúne seus colaboradores mais próximos, entre os quais seu próprio pai Ayyub, e os consulta sobre a atitude a tomar caso Noradine coloque a ameaça em ação. Enquanto alguns emires se declaram prontos a tomar armas contra o filho de Zengui e o próprio Saladino parece ter a mesma opinião, Ayyub intervém, tremendo de raiva. Interpelando Yussef como se ele fosse um simples garoto de recados, declara: "Sou seu pai e, se há aqui uma pessoa que o ama e deseja seu bem, só pode ser eu. No entanto, saiba que se Noradine viesse, nada poderia me impedir de me prostrar e de beijar o chão a seus pés. Se ele me ordenasse que cortasse sua cabeça com meu sabre, eu o faria. Pois essa terra é dele. Escreva-lhe o seguinte: Fui informado de que quer comandar uma expedição ao Egito, mas não é necessário; esse país é seu, e basta me enviar um cavalo ou um camelo para que eu vá a seu encontro como um homem humilde e submisso".

Ao fim da reunião, Ayyub repreende de novo o filho, em privado: "Por Deus, se Noradine tentasse pegar uma polegada de um território que fosse seu, eu lutaria contra ele até a morte. Mas por que você se mostra abertamente ambicioso? O tempo está a seu lado, deixe a Providência agir!". Convencido, Yussef envia à Síria a mensagem sugerida por seu pai e Noradine, tranquilizado, desiste na última hora de sua expedição punitiva. No entanto, instruído por este alerta, Saladino despacha ao Iêmen um de seus irmãos, Turanshah, com a missão de conquistar aquela terra montanhosa no sudoeste da Arábia, a fim de preparar para a família de Ayyub um lugar de refúgio caso o filho de Zengui quisesse recuperar o controle do Egito de novo. O Iêmen será de fato ocupado sem grande dificuldade... "em nome do rei Noradine".

Em julho de 1173, menos de dois anos depois do encontro perdido em Shawbak, um incidente análogo se produz. Saladino vai guerrear a leste do Jordão e Noradine reúne suas tropas para ir a seu encontro. Mais uma vez, porém, apavorado com a ideia de se ver frente a frente com seu mestre, o vizir se apressa a voltar ao Egito, afirmando que seu pai está morrendo. Ayyub de fato acaba de entrar em coma, depois de cair do cavalo. Mas Noradine não está disposto a se contentar com essa nova desculpa. Quando Ayyub morre, em agosto, ele toma consciência de que já não há no Cairo mais nenhum homem em quem ele confie plenamente. Assim, ele considera estar na hora de recuperar pessoalmente o controle dos negócios egípcios.

*Noradine começou seus preparativos para invadir o Egito e arrancá-lo de Salah ad-Din Yusuf, pois havia constatado que este evitava combater os franj por temor de se unir a ele.* Nosso cronista Ibn al-Athir, que tem catorze anos na época desses acontecimentos, se posiciona claramente a favor do filho de Zengui. *Yusuf preferia ter os franj em suas fronteiras do que ser vizinho direto de Noradine. Este escreveu a Mossul e outros lugares para pedir que lhe enviassem tropas. Mas enquanto ele se preparava para marchar com seus soldados até o Egito, Deus lhe deu uma ordem que não se discute.* O senhor da Síria cai gravemente doente, de fato, sofrendo, ao que parece, de uma angina muito forte. Seus médicos lhe prescrevem uma sangria, mas ele recusa: "Não se sangra um homem de sessenta anos", ele diz. Eles tentam outros tratamentos, mas nada adianta. Em 15 de maio de 1174, é anunciada em Damasco a morte de Noradine Mahmud, o rei santo, o mujahid que unificou a Síria muçulmana e permitiu que o mundo árabe se preparasse para a luta decisiva contra o ocupante. Em todas as mesquitas, as pessoas se reúnem à noite para recitar alguns versículos do Alcorão em sua memória. Apesar de seu conflito com Saladino nos últimos anos, este, com o tempo, aparecerá muito mais como seu continuador do que como seu rival.

No momento, porém, é o rancor que reina entre os parentes e os colaboradores do falecido, e eles temem ver Yussef aproveitar a confusão geral para atacar a Síria. Assim, para ganhar tempo, evita-se informar o Cairo do acontecido. Mas Saladino, que tem amigos em toda parte, envia a Damasco, por pombo-correio, uma mensagem sutilmente redigida: *Uma notícia chegou a nós do maldito inimigo a respeito do mestre Noradine. Se, não queira Deus, a informação se revelar exata, deveríamos evitar acima de tudo que a divisão se instale nos corações e que a desrazão se apodere dos espíritos, pois somente o inimigo se beneficiaria com isso.*

Apesar das palavras conciliadoras, a hostilidade provocada pela ascensão de Saladino será feroz.

## CAPÍTULO 10

As lágrimas de Saladino

*Está indo longe demais, Yussef, ultrapassando os limites. Você não passa de um servidor de Noradine e agora quer tomar o poder só para si? Não tenha nenhuma ilusão, pois nós, que o tiramos do nada, saberemos devolvê-lo a ele!*

Alguns anos mais tarde, essa advertência enviada a Saladino pelos dignitários de Alepo parecerá absurda. Em 1174, porém, quando o senhor do Cairo começa a emergir como a principal figura do Oriente árabe, seus méritos ainda não são evidentes para todos. No círculo de Noradine, tanto em vida quanto logo depois de sua morte, o nome de Yussef não é sequer pronunciado. Para designá-lo, são usadas as palavras "arrivista", "ingrato", "traidor" e, na maioria das vezes, "insolente".

Insolente, Saladino em geral evitou ser; sua sorte, porém, com certeza é insolente. E é isso que irrita seus adversários. Pois aquele oficial curdo de 36 anos nunca foi um homem ambicioso, e aqueles que acompanharam seus primeiros tempos sabem que ele facilmente teria se contentado em ser apenas um emir entre os outros se a sorte não o tivesse projetado, contra sua vontade, para a frente do palco.

Ele partiu com relutância ao Egito, onde seu papel foi mínimo na conquista; no entanto, devido justamente a seu apagamento, elevou-se ao topo do poder. Ele não ousara proclamar a queda dos fatímidas, mas, quando fora forçado a tomar uma decisão nesse sentido, se vira herdeiro da mais rica dinastia muçulmana. E quando Noradine decidira colocá-lo em seu devido lugar, Yussef não precisara nem mesmo resistir: seu mestre morrera subitamente, deixando como sucessor um adolescente de onze anos, as-Saleh.

Menos de dois meses depois, em 11 de julho de 1174, Amalrico morre por sua vez, vítima de disenteria, enquanto preparava uma nova invasão ao Egito com o apoio de uma poderosa frota siciliana. Ele lega o reino de Jerusalém a seu filho Balduíno IV, um jovem de treze anos atingido pela mais terrível maldição: a lepra. Resta apenas, em todo o Oriente, um único monarca que possa obstruir a irresistível ascensão de Saladino, Manuel, o imperador dos *rum*, que de fato sonha um dia ser o suserano da Síria e quer invadir o Egito junto com os *franj*. Mas justamente, como para completar a série, o poderoso exército bizantino, que paralisara Noradine por quase quinze anos, será esmagado em setembro de 1176 por Kilij Arslan II, neto do primeiro, na Batalha de Miriocéfalo. Manuel morreu pouco depois, condenando o Império Cristão do Oriente a afundar na anarquia.

Como recriminar os panegiristas de Saladino por ver nessa sucessão de acontecimentos imprevistos a mão da Providência? O próprio Yussef nunca tentou atribuir a si mesmo o mérito por sua sorte. Ele sempre tomou o cuidado de agradecer, depois de Deus, "meu tio Shirkuh" e "meu mestre Noradine". É verdade que a grandeza de Saladino também reside em sua modéstia.

*Um dia em que Salah ad-Din estava cansado e queria descansar, um de seus mamelucos veio até ele e lhe apresentou um papel a ser assinado. "Estou exausto", disse o sultão, "volte em uma hora!". Mas o homem insistiu. Ele quase colou a folha no rosto de Salah ad-Din, dizendo-lhe: "Que o mestre assine!". O sultão respondeu: "Mas não tenho tinteiro à mão!". Ele estava sentado na entrada de sua tenda, e o mameluco observou que, dentro, havia um tinteiro. "Ali está o tinteiro, no fundo da tenda", ele disse, o que significava ordenar a Salah ad-Din que fosse ele mesmo buscar o tinteiro, nada menos. O sultão se virou, viu o tinteiro e disse: "Por Deus, é verdade!". Então se esticou para trás, se apoiou sobre o braço esquerdo e pegou o tinteiro com a mão direita. E assinou o papel.*

Esse incidente, relatado por Baha ad-Din, secretário particular e biógrafo de Saladino, ilustra de maneira impressionante o que o diferenciava dos monarcas de sua época, e de todas as épocas: saber ser humilde com os humildes, mesmo quando se é o mais poderoso dos poderosos. Seus cronistas sem dúvida mencionam sua coragem, sua justiça e seu zelo pelo jihad, mas, através de seus relatos, transparece o tempo todo uma imagem mais comovente, mais humana.

*Um dia, conta Baha ad-Din, quando estávamos em plena campanha contra os franj, Salah ad-Din chamou seus próximos para junto de si. Segurava na mão uma carta que acabara de ler e, quando tentou falar, rompeu em soluços. Vendo-o naquele estado, não pudemos deixar de chorar, embora ignorássemos de que se tratava. Ele disse, por fim, com a voz embargada pelas lágrimas: "Taqi al-Din, meu sobrinho, morreu!". E voltou a chorar amargamente, e nós também. Voltei a mim e disse a ele: "Não nos esqueçamos da campanha em que estamos comprometidos e peçamos perdão a Deus por nos deixar levar por essas lágrimas". Salah ad-Din aprovou minhas palavras: "Sim", ele disse, "que Deus me perdoe! Que Deus me perdoe!". Ele repetiu isso várias vezes, depois acrescentou: "Que ninguém saiba o que aconteceu!". Depois, mandou buscar água de rosas para lavar os olhos.*

As lágrimas de Saladino não são derramadas apenas quando da morte de seus próximos.

*Uma vez, lembra Baha ad-Din, enquanto eu cavalgava ao lado do sultão diante dos franj, um batedor do exército veio até nós com uma mulher que soluçava e batia no próprio peito. "Ela veio dos franj para encontrar o mestre", nos explicou o batedor, "e nós a trouxemos." Salah ad-Din pediu a seu intérprete que a interrogasse. Ela disse: "Ladrões muçulmanos entraram ontem em minha tenda e roubaram minha filhinha. Passei a noite toda chorando, então nossos chefes nos disseram: O rei dos muçulmanos é misericordioso, nós a deixaremos ir até ele e você poderá lhe pedir sua filha. Então vim e coloquei todas as minhas esperanças em você". Salah ad-Din ficou comovido, e lágrimas vieram a seus olhos. Ele enviou alguém ao mercado de escravos para procurar a menina, e menos de uma hora depois um cavaleiro chegou com a criança nos ombros. Assim que os viu, a mãe se atirou no chão, sujou o rosto de areia, e todos os presentes choraram de emoção. Ela olhou para o céu e começou a dizer coisas incompreensíveis. Sua filha lhe foi devolvida e ela foi acompanhada até o acampamento dos franj.*

Os que conheceram Saladino pouco se demoram sobre sua descrição física – pequeno, frágil, barba curta e regular. Eles preferem falar de seu rosto, um rosto pensativo e um tanto melancólico, que se iluminava de repente com um sorriso reconfortante que infundia segurança ao interlocutor. Ele sempre era amável com os visitantes, insistia em tê-los para comer, tratava-os com todas as honras, mesmo se fossem infiéis, e satisfazia a todos os seus pedidos. Não podia aceitar que alguém viesse até ele e fosse embora decepcionado, e alguns não hesitavam em tirar proveito disso. Um dia, durante uma trégua com os *franj*, o "brins", senhor de Antioquia, chegou sem avisar à tenda de Saladino e pediu que lhe fosse devolvida uma região que o sultão tomara quatro anos antes. Ele a devolveu!

Como se vê, a generosidade de Saladino às vezes beira a inconsciência.

*Seus tesoureiros*, revela Baha ad-Din, *sempre guardavam uma certa quantia de dinheiro escondida, em caso de algum imprevisto, pois eles sabiam que, se o mestre soubesse da existência daquela reserva, ele a gastaria imediatamente. Apesar dessa precaução, havia no tesouro do Estado, quando da morte do sultão, apenas um lingote de ouro de Tiro e 47 dirhams de prata.*

Quando alguns de seus colaboradores criticam sua prodigalidade, Saladino lhes responde com um sorriso desenvolto: "Há pessoas para quem o dinheiro não tem mais importância que a areia". Ele de fato sente um sincero desprezo pela riqueza e pelo luxo, e quando os fabulosos palácios dos califas fatímidas caem em seu poder, ele instala seus emires, preferindo continuar na residência, mais modesta, reservada aos vizires.

Esta é uma das várias características que permitem aproximar a imagem de Saladino da de Noradine. Seus adversários só veem em sua pessoa, aliás, uma pálida imitação de seu mestre. Na verdade, ele sabe se mostrar, em suas relações com os outros, especialmente com seus soldados, muito mais caloroso que seu predecessor. E embora siga ao pé da letra os preceitos da religião, ele não tem o lado levemente carola que caracterizava alguns comportamentos do filho de Zengui. Poderíamos dizer que Saladino, em geral, é igualmente exigente consigo mesmo, mas menos com os outros, e no entanto ele se mostrará ainda mais impiedoso que seu antecessor em relação aos que insultam o Islã, sejam eles "heréticos" ou *franj*.

Para além das diferenças de personalidade, Saladino é fortemente influenciado, principalmente no início, pela impressionante estatura de Noradine, do qual procura se mostrar o digno sucessor, perseguindo sem descanso os mesmos objetivos: unificar o mundo árabe, mobilizar os muçulmanos, tanto moralmente, graças a um poderoso aparato de propaganda, quanto militarmente, em vistas da reconquista das terras ocupadas e sobretudo de Jerusalém.

No verão de 1174, enquanto os emires reunidos em Damasco em torno do jovem as-Saleh discutem a melhor maneira de enfrentar Saladino, cogitando até mesmo uma aliança com os *franj*, o senhor do Cairo lhes envia uma carta de verdadeiro desafio, onde, ocultando soberanamente seu conflito com Noradine, sem hesitar se apresenta como o continuador da obra de seu suserano e o fiel guardião de seu legado.

*Se nosso saudoso rei*, ele escreve, *tivesse indicado entre vocês um homem tão digno de confiança quanto eu, não seria a ele que teria atribuído o Egito, que é a mais importante de suas províncias? Tenham certeza disso, se Noradine não tivesse morrido tão cedo, é a mim que teria encarregado de educar seu filho e de zelar por ele. Agora, vejo que vocês se comportam como se fossem os únicos a servir a meu mestre e a seu filho, e que tentam me excluir. Mas logo chegarei. Realizarei, para honrar a memória de meu mestre, ações que deixarão marcas, e cada um de vocês será punido por sua má conduta.*

É difícil reconhecer, nessas linhas, o homem circunspecto dos anos anteriores, como se a morte do mestre tivesse liberado dentro dele uma agressividade contida por muito tempo. É verdade que as circunstâncias são excepcionais, pois essa mensagem tem uma função específica: é a declaração de guerra pela qual Saladino dá início à conquista da Síria muçulmana. Quando envia sua mensagem, em outubro de 1174, o senhor do Cairo já está a caminho de Damasco, à frente de setecentos cavaleiros. É pouco para sitiar a metrópole síria, mas Yussef calculou bem as coisas. Assustados com o tom insolitamente violento de sua missiva, as-Saleh e seus colaboradores preferem se retirar para Alepo. Atravessando sem dificuldade o território dos *franj*, tomando aquela que agora pode ser chamada de "pista Shirkuh", no final de novembro Saladino chega a Damasco, onde homens ligados a sua família se apressam a abrir as portas para acolhê-lo.

Encorajado por essa vitória obtida sem qualquer golpe de sabre, ele continua seu avanço. Deixando a guarnição de Damasco sob as ordens de um de seus irmãos, ele se dirige para a Síria central, onde se apodera de Homs e de Hama. Durante essa campanha-relâmpago, nos diz Ibn al-Athir, *Salah ad-Din afirmava agir em nome do rei as-Saleh, filho de Noradine. Ele dizia que seu objetivo era defender o país contra os franj.* Fiel à dinastia de Zengui, o historiador de Mossul se mantém no mínimo desconfiado em relação a Saladino, que ele acusa de impostura. Ele não está totalmente errado. Yussef, que não quer bancar o usurpador, se apresenta, de fato, como o protetor de as-Saleh. "De todo modo", ele diz, "esse adolescente não pode governar sozinho. Ele precisa de um tutor, um regente, e não há ninguém melhor do que eu para exercer esse papel." Ele envia, aliás, carta após carta a as-Saleh, para assegurá-lo de sua fidelidade, manda rezar por ele nas mesquitas do Cairo e de Damasco, cunha as moedas com seu nome.

O jovem monarca é totalmente insensível a esses gestos. Quando Saladino vai cercar Alepo, em dezembro de 1174, "para proteger o rei as-Saleh da influência nefasta de seus conselheiros", o filho de Noradine reúne as pessoas da cidade e faz um discurso comovente: "Vejam esse homem injusto e ingrato que quer tirar de mim meu país, sem consideração por Deus ou pelos homens! Sou órfão e conto com vocês para me defender, em memória de meu pai que tanto os amou". Profundamente tocados, os alepinos decidem resistir até o fim ao "traidor". Yussef, que tenta evitar um conflito direto com as-Saleh, levanta o cerco.

Em contrapartida, ele decide se proclamar "rei do Egito e da Síria", para não depender de nenhum suserano. Os cronistas lhe conferem, além disso, o título de sultão, mas ele mesmo nunca o utilizará. Saladino voltará mais de uma vez sob os muros de Alepo, mas nunca se decidirá a cruzar armas com o filho de Noradine.

Para tentar afastar essa ameaça permanente, os conselheiros de as-Saleh decidem recorrer aos serviços dos Assassinos. Eles entram em contato com Rashid ad-Din Sinan, que promete livrá-los de Yussef. O "velho da montanha" não poderia querer mais do que ajustar suas contas com o coveiro da dinastia fatímida. Um primeiro atentado ocorre no início de 1175: Assassinos entram no acampamento de Saladino, chegam até sua tenda, onde um emir os reconhece e impede sua passagem. Ele é gravemente ferido, mas o alerta é dado. Os guardas acorrem e, depois de um combate encarniçado, os batinis são massacrados. Mas é apenas o começo. Em 22 de maio de 1176, quando Saladino está de novo em campanha na região de Alepo, um Assassino irrompe em sua tenda e o atinge com uma punhalada na cabeça. Felizmente, o sultão, que está de sobreaviso desde o último atentado, tomou a precaução de usar uma touca de malha de ferro sob seu chapéu fez. O matador se volta então para o pescoço da vítima. Mas mais uma vez a lâmina é detida. Saladino usa de fato uma longa túnica de tecido espesso cujo colarinho é reforçado por malhas. Um dos emires do exército chega, agarra o punhal com uma mão e com a outra acerta o batini, que cai. Saladino não tem nem tempo de se levantar que um segundo matador pula em cima dele, depois um terceiro. Mas os guardas chegaram e os atacantes são massacrados. Yussef sai da tenda desnorteado, titubeante, desconcertado por ter saído ileso.

Assim que volta a si, ele decide atacar os Assassinos em seu refúgio, na Síria central, onde Sinan controla uma dezena de fortalezas. É a mais temível delas, Massiafe, empoleirada no topo de um monte escarpado, que Saladino vem sitiar. Mas o que acontece nesse mês de agosto de 1176 no território dos Assassinos será para sempre um mistério. Uma primeira versão, de Ibn al-Athir, diz que Sinan teria enviado uma carta ao tio materno de Saladino, jurando matar todos os membros da família reinante. Vinda da parte de uma seita, principalmente depois de duas tentativas de assassinato dirigidas contra o sultão, essa ameaça não podia ser tomada levianamente. O cerco de Massiafe teria sido suspenso.

Mas uma segunda versão dos acontecimentos vem dos próprios Assassinos. Ela está registrada num dos raros escritos que sobreviveram à seita, um relato assinado por um de seus adeptos, um certo Abu-Firas. Segundo ele, Sinan, que estava ausente de Massiafe quando a fortaleza foi sitiada, teria vindo se postar com dois companheiros numa colina vizinha para observar o desenrolar das operações, e Saladino teria ordenado a seus homens que o capturassem. Uma tropa importante teria cercado Sinan, mas quando os soldados tentaram se aproximar, seus membros teriam sido paralisados por uma força misteriosa. O "velho da montanha" teria dito então que o sultão fosse avisado que ele desejava encontrá-lo pessoalmente e em privado, e os soldados, aterrorizados, teriam corrido para contar a seu mestre o que acabara de acontecer. Saladino, não pressagiando nada de bom, mandou espalhar cal e cinzas em torno de sua tenda, para detectar qualquer sinal de passos, e ao cair do dia instalou guardas com tochas para se proteger. De repente, no meio da noite, ele acordou sobressaltado, vislumbrou por um instante uma figura desconhecida deslizando para fora de sua tenda, na qual acreditou reconhecer Sinan em pessoa. O misterioso visitante deixara sobre a cama um bolo envenenado, com um papel onde Saladino pôde ler: *Você está em nosso poder*. Então Saladino teria soltado um grito e seus guardas teriam acorrido, jurando não terem visto nada. No dia seguinte, Saladino se apressou a levantar o cerco e a voltar a toda velocidade para Damasco.

Essa narrativa sem dúvida foi muito romanceada, mas o fato é que Saladino decidiu de uma hora para outra mudar totalmente de política em relação aos Assassinos. Apesar de sua aversão pelos heréticos de qualquer tipo, ele nunca mais ameaçará o territórios dos batinis. Muito pelo contrário, ele tentará inclusive aliciá-los, assim privando seus inimigos, tanto muçulmanos quanto *franj*, de um precioso auxiliar. Pois na batalha para o controle da Síria, o sultão está decidido a ter todas as cartas na mão. É verdade que ele é virtualmente o vencedor, desde que tomou Damasco, mas o conflito se eterniza. As campanhas que precisou empreender contra os Estados francos, contra Alepo, contra Mossul, também dirigida por um descendente de Zengui, e contra vários outros príncipes da Jazira e da Ásia Menor, são exaustivas. Ainda mais porque ele precisa ir regularmente ao Cairo para desencorajar intrigas e complôs.

A situação só começa a decantar no final do ano de 1181, quando as-Saleh morre subitamente, talvez envenenado, aos dezoito anos de idade. Ibn al-Athir narra seus últimos momentos com emoção:

> *Quando seu estado piorou, os médicos aconselharam que tomasse um pouco de vinho. Ele lhes disse: "Não o farei antes de ter a opinião de um doutor da lei". Um dos principais ulemás veio à sua cabeceira e lhe explicou que a religião autorizava o uso do vinho como medicamento. As-Saleh perguntou: "E o senhor realmente acredita que se Deus decidiu dar um fim à minha vida ele poderia mudar de ideia ao me ver bebendo vinho?". O homem de religião foi obrigado a dizer que não. "Então", concluiu o moribundo, "não quero encontrar meu criador tendo no estômago um alimento proibido."*

Um ano e meio depois, em 18 de junho de 1183, Saladino faz sua entrada solene em Alepo. A Síria e o Egito se unem, não apenas nominalmente, como na época de Noradine, mas efetivamente, sob a autoridade incontestável do soberano aiúbida. Curiosamente, a emergência desse poderoso Estado árabe que os encerra cada dia mais não leva os *franj* a fazer prova de grande solidariedade. Muito pelo contrário. Enquanto o rei de Jerusalém, terrivelmente mutilado pela lepra, afunda na impotência, dois clãs rivais disputam o poder. O primeiro, favorável a um acordo com Saladino, é dirigido por Raimundo, conde de Trípoli. O segundo, extremista, tem como porta-voz Renaud de Châtillon, o antigo príncipe de Antioquia.

Muito escuro, com o nariz em bico de águia, falante fluente do árabe, leitor atento dos textos islâmicos, Raimundo poderia passar por um emir sírio como os outros se sua estatura elevada não revelasse suas origens ocidentais.

> *Não havia entre os franj daquela época*, nos diz Ibn al-Athir, *nenhum homem mais corajoso e mais sábio que o senhor de Trípoli, Raimundo Ibn Raimundo as-Sanjili, descendente de Saint-Gilles. Mas ele era muito*

*ambicioso e desejava ardentemente se tornar rei. Por algum tempo, garantiu a regência, mas logo foi afastado dela. Ele ficou com tanto rancor que escreveu a Salah ad-Din, se colocou a seu lado e pediu que o ajudasse a se tornar rei dos franj. Salah ad-Din se alegrou e se apressou a libertar um certo número de cavaleiros de Trípoli que eram prisioneiros dos muçulmanos.*

Saladino se mantém atento a essas discórdias. Quando a corrente "oriental" comandada por Raimundo parece triunfar em Jerusalém, ele se faz conciliador. Em 1184, Balduíno entrou na fase final da lepra. Seus pés e suas pernas estão flácidos e seus olhos, apagados. Mas não lhe falta nem coragem nem bom senso, e ele confia no conde de Trípoli, que se esforça para estabelecer relações de boa vizinhança com Saladino. O viajante andaluz Ibn Jubayr, que visita Damasco naquele ano, se mostra surpreso de ver que, apesar da guerra, as caravanas vão e vêm com facilidade do Cairo a Damasco, atravessando o território *franj*. "Os cristãos", ele constata, "fazem os muçulmanos pagarem uma taxa que é aplicada sem abusos. Os comerciantes cristãos, por sua vez, pagam direitos sobre suas mercadorias quando eles atravessam o território muçulmano. O entendimento entre eles é perfeito e a equidade é respeitada. Os homens de guerra se ocupam de sua guerra, mas o povo permanece em paz."

Saladino, longe de ter pressa de colocar um fim a essa coexistência, se mostra inclusive disposto a ir mais longe no caminho da paz. Em março de 1185, o rei leproso morre aos 24 anos, deixando o trono a seu sobrinho, Balduíno V, uma criança de seis anos, e a regência ao conde de Trípoli, que, sabendo precisar de tempo para consolidar seu poder, se apressa a enviar emissários a Damasco para pedir uma trégua. Saladino, que se sabe totalmente capaz de travar um combate decisivo contra os ocidentais, prova, ao aceitar uma trégua de quatro anos, que não busca o confronto a qualquer preço.

Mas quando o menino-rei morre um ano depois, em agosto de 1186, o papel do regente é posto em causa. *A mãe do pequeno monarca*, explica Ibn al-Athir, *se apaixonara por um franj recentemente chegado do Ocidente, um certo Guy. Ela o desposara e, com a morte do menino, colocara a coroa na cabeça de seu marido, mandara chamar o patriarca, os sacerdotes, os monges, os hospitalários, os Templários, os barões, anunciou que passara o poder para Guy e os fez jurar obedecer-lhe. Raimundo se negou e preferiu se entender com Salah ad-Din.* Esse Guy é o rei Guy de Lusignan, um homem bonito e perfeitamente insignificante, desprovido de qualquer competência política ou militar, sempre disposto a seguir a opinião de seu último interlocutor. Ele na verdade é uma marionete nas mãos dos "falcões", cujo líder é o "brins Arnat", Renaud de Châtillon.

Depois de sua aventura cipriota e de seus abusos na Síria do Norte, este último passou quinze anos nas prisões de Alepo antes de ser solto em 1175 pelo filho de Noradine. Seu cativeiro não fizera mais que agravar seus defeitos. Mais fanático, mais ávido, mais sanguinário que nunca, Arnat despertará mais ódio entre os árabes e os *franj* do que décadas de guerras e massacres. Depois de sua libertação, ele não conseguiu retomar Antioquia, onde reina seu enteado Boemundo III. Assim, ele se instala no reino de Jerusalém, onde logo se casou com uma jovem viúva que lhe trouxe como dote os territórios situados a leste do Jordão, especialmente as poderosas fortalezas de Kerak e Shawbak. Aliado dos Templários e de vários cavaleiros recém-chegados, ele exerce sobre a corte de Jerusalém uma influência crescente que somente Raimundo consegue, por algum tempo, contrabalançar. A política que ele tenta impor é a da primeira invasão franca: lutar ininterruptamente contra os árabes, pilhar e massacrar sem contemporização, conquistar novos territórios. Para ele, qualquer tipo de conciliação, qualquer tipo de compromisso é uma traição. Ele não se sente obrigado a nenhuma trégua, a nenhuma palavra. Que valor tem, aliás, um juramento prestado a infiéis?, ele explica cinicamente.

Em 1180, um acordo fora assinado entre Damasco e Jerusalém para garantir a livre circulação de bens e homens na região. Alguns meses depois, uma caravana de ricos comerciantes árabes que atravessava o deserto da Síria em direção a Meca foi atacada por Renaud, que se apoderou da mercadoria. Saladino se queixou a Balduíno IV, mas este não ousou punir seu vassalo. No outono de 1182, algo mais grave aconteceu: Arnat decidiu fazer uma razia na própria Meca. Tendo embarcado em Eilat, então pequeno porto árabe de pesca, situado no golfo de Aqaba, e tendo sido guiada por alguns piratas do Mar Vermelho, a expedição desceu ao longo da costa e atacou Iambo, porto de Medina, depois Rabigh, perto de Meca. No caminho, os homens de Renaud afundaram um barco de peregrinos muçulmanos que se dirigiam para Jidá. *Todo mundo foi pego de surpresa*, explica Ibn al-Athir, *pois as pessoas dessas regiões nunca tinham visto nenhum franj, comerciante ou guerreiro.* Inebriados com seu sucesso, os atacantes tomaram seu tempo e encheram seus barcos com o butim. Enquanto o próprio Renaud voltava para suas terras, seus homens passaram longos meses percorrendo o Mar Vermelho. O irmão de Saladino, al-Adel, que governava o Egito em sua ausência, armou uma frota e a lançou no encalço dos saqueadores, que foram esmagados. Alguns foram conduzidos a Meca para ser decapitados em público, *castigo exemplar*, conclui o historiador de Mossul, *para aqueles que tentaram violar os lugares santos.* As notícias dessa louca expedição deram a volta ao mundo muçulmano, onde Arnat passa a simbolizar o que há de mais hediondo no inimigo franco.

Saladino respondera lançando várias expedições contra o território de Renaud. Mas, apesar de sua fúria, o sultão sabia ser magnânimo. Em novembro de 1183, por exemplo, quando ele instalara catapultas em torno da cidadela de Kerak e começara a bombardeá-la com rochas, os defensores mandaram dizer que núpcias principescas aconteciam naquele momento. Embora a noiva fosse enteada de Renaud, Saladino perguntara aos sitiados que lhe indicassem o pavilhão onde os recém-casados residiriam e ordenou a seus homens que poupassem aquele setor.

Tais gestos, infelizmente!, não adiantam nada com Arnat. Neutralizado pelo sensato Raimundo por certo tempo, ele pode, com o advento do rei Guy, em setembro de 1186, ditar de novo sua lei. Algumas semanas depois, ignorando a trégua que devia se prolongar por mais dois anos e meio, o príncipe mergulha, como uma ave de rapina, sobre uma importante caravana de peregrinos e mercadores árabes que avançava tranquilamente a caminho de Meca. Ele massacra os homens armados, levando o resto da tropa em cativeiro para Kerak. Quando alguns deles ousam lembrar a Renaud da trégua, ele grita para eles, em tom de desafio: "Que seu Maomé venha libertá-los!". Quando essas palavras forem relatadas a Saladino algumas semanas depois, ele jurará matar Arnat com suas próprias mãos.

Naquele momento, porém, o sultão se esforça para contemporizar. Ele envia emissários a Renaud para pedir, conforme os acordos, a libertação dos prisioneiros e a restituição de seus bens. Como o príncipe se recusa a recebê-los, os emissários se dirigem a Jerusalém, onde são recebidos pelo rei Guy, que se diz chocado com as ações de seu vassalo, mas não ousa entrar em conflito com ele. Os embaixadores insistem: os reféns do príncipe Arnat continuariam a mofar nas masmorras de Kerak, apesar de todos os acordos e todos os juramentos? O incapaz Guy lava as mãos.

A trégua é rompida. Saladino, que a teria respeitado até o fim, não se preocupa com o retorno das hostilidades. Despachando mensageiros aos emires do Egito, da Síria, da Jazira e alhures, para anunciar que os *franj* tinham traiçoeiramente ridicularizado seus compromissos, ele chama aliados e vassalos a se unirem com todas as forças de que dispõem para tomar parte no jihad contra o ocupante. De todas as regiões do Islã, milhares de cavaleiros e soldados de infantaria afluem a Damasco. A cidade se torna um navio encalhado num mar de velas ondulantes, pequenas tendas de pele de camelo, onde os soldados se protegem do sol e da chuva, ou vastos pavilhões principescos em tecidos ricamente coloridos, ornados com versículos corânicos ou poemas caligrafados.

Enquanto segue a mobilização, os *franj* afundam em suas querelas internas. O rei Guy julga o momento propício para se livrar de seu rival Raimundo, que acusa de complacência para com os muçulmanos, e o exército de Jerusalém se prepara para atacar Tiberíades, uma pequena cidade da Galileia que pertence à mulher do conde de Trípoli. Alertado, este vai ao encontro de Saladino para lhe propor uma aliança, imediatamente aceita pelo sultão, que envia um destacamento de suas tropas para reforçar a guarnição de Tiberíades. O exército de Jerusalém recua.

Em 30 de abril de 1187, enquanto os combatentes árabes, turcos e curdos continuam a afluir sobre Damasco em ondas sucessivas, Saladino despacha a Tiberíades um mensageiro para pedir a Raimundo, conforme sua aliança, que deixe seus batedores darem uma volta de reconhecimento na região do lago da Galileia. O conde fica incomodado mas não pode recusar. Sua única exigência é que os soldados muçulmanos deixem seu território antes da noite e prometam não atacar nem as pessoas nem os bens de seus súditos. Para evitar qualquer incidente, ele avisa todas as localidades dos arredores sobre a passagem das tropas muçulmanas e pede aos habitantes que não saiam de casa.

No dia seguinte, sexta-feira, 1º de maio, ao alvorecer, sete mil cavaleiros comandados por um lugar-tenente de Saladino passam sob os muros de Tiberíades. Na mesma noite, quando fazem o mesmo caminho em sentido inverso, tinham respeitado ao pé da letra as exigências do conde, não atacaram nem aldeias nem castelos, não saquearam nem ouro nem rebanhos, mas não puderam evitar um incidente. Os grãomestres dos Templários e dos hospitalários estavam ambos, por acaso, numa fortaleza dos arredores, quando na véspera um mensageiro de Raimundo viera anunciar a vinda do destacamento muçulmano. O sangue dos monges-soldados fervera. Para eles, não havia pacto com os sarracenos! Reunindo às pressas algumas centenas de cavaleiros e soldados de infantaria, eles decidiram atacar os cavaleiros muçulmanos perto da aldeia de Saffuriya, ao norte de Nazaré. Em poucos minutos, os *franj* foram dizimados. Somente o grão-mestre dos Templários conseguiu escapar.

*Amedrontados com essa derrota,* relata Ibn al-Athir, *os franj enviaram a Raimundo seu patriarca, seus sacerdotes e seus monges, bem como um grande número de cavaleiros, e o censuraram amargamente por sua aliança com Salah ad-Din. Eles lhe disseram: "Você certamente se converteu ao Islã, caso contrário não poderia suportar o que acabou de acontecer. Você não teria admitido que os muçulmanos passassem por seu território, que massacrassem os Templários e os hospitalários, e que se retirassem levando prisioneiros sem que tentasse se impor". Os próprios soldados do conde, de Trípoli e Tiberíades, lhe fizeram as mesmas críticas, e o patriarca ameaçou excomungá-lo e anular seu casamento. Submetido a essas pressões, Raimundo sentiu medo. Ele se desculpou e se arrependeu. Eles o perdoaram, se reconciliaram com ele e lhe pediram que colocasse suas tropas à disposição do rei e que participasse do combate contra os muçulmanos. O conde partiu com eles. Os franj reuniram suas tropas, cavaleiros e infantaria, perto de Acre, depois marcharam, arrastando o passo, na direção da aldeia de Saffuriya.*

No acampamento muçulmano, a derrota dessas ordens religiosas militares, unanimemente temidas e detestadas, dá um vislumbre da vitória. A partir de então, emires e soldados têm pressa de cruzar armas com os *franj*. Em junho, Saladino reúne todas as suas tropas a meio caminho entre Damasco e Tiberíades: doze mil cavaleiros desfilam à sua frente, sem contar a infantaria e os voluntários. Do alto de seu cavalo, o sultão gritou a ordem do dia, logo repetida em eco por milhares de vozes inflamadas: "Vitória sobre o inimigo de Deus!".

Para seu estado-maior, Saladino analisou calmamente a situação: "A ocasião que se oferece a nós sem dúvida jamais se repetirá. A meu ver, o exército muçulmano deve enfrentar todos os infiéis numa batalha campal. Devemos nos lançar resolutamente no jihad, antes que nossas tropas se dispersem". O sultão quer evitar que, como a estação dos combates termina no outono, seus vassalos e seus aliados voltem para casa com suas tropas antes que ele tenha conseguido obter a vitória decisiva. Mas os *franj* são guerreiros de extrema prudência. Ao ver as forças muçulmanas reunidas daquele jeito, não tentarão evitar o confronto?

Saladino decide preparar uma armadilha, rogando a Deus que caiam nela. Ele se dirige para Tiberíades, ocupa a cidade num único dia, ordena que se ateiem vários incêndios e cerca a cidadela, ocupada pela condessa, esposa de Raimundo, e um punhado de defensores. O exército muçulmano é perfeitamente capaz de esmagar aquela resistência, mas o sultão retém seus homens. É preciso aumentar a pressão lentamente, fingir preparar o ataque final e esperar as reações.

*Quando os franj souberam que Salah ad-Din havia ocupado e incendiado Tiberíades,* conta Ibn al-Athir, *eles se reuniram em conselho. Alguns propuseram marchar contra os muçulmanos para combatê-los e impedi-los de tomar a cidadela. Mas Raimundo interveio: "Tiberíades me pertence", ele disse, "e é minha própria mulher que está sitiada. Mas estou disposto a aceitar que a cidadela seja tomada e que minha mulher seja capturada se a ofensiva de Saladino parar nisso. Pois, por Deus, já vi muitos exércitos muçulmanos no passado e nenhum era tão numeroso e potente quanto este de que Saladino dispõe hoje. Evitemos medir nossas forças com ele. Sempre poderemos recuperar Tiberíades mais tarde e pagar um resgate para libertar os nossos". Mas o príncipe Arnat, senhor de Kerak, lhe disse: "Você tenta nos causar medo ao descrever a força dos muçulmanos, porque os ama e prefere sua amizade, caso contrário não proferiria essas palavras. E se me disser que são numerosos, responderei: o fogo não se deixa impressionar pela quantidade de madeira a queimar". O conde disse então: "Sou um de vocês, farei como quiserem, lutarei a seu lado, mas vocês verão o que vai acontecer".*

Mais uma vez, a razão do mais extremista triunfara entre os ocidentais.

A partir de então, tudo está pronto para a batalha. O exército de Saladino se espalhou por uma planície fértil, coberta de árvores frutíferas. Atrás, estende-se a água doce do lago de Tiberíades, atravessado pelo Jordão, enquanto mais adiante, a nordeste, se delineia a silhueta majestosa das colinas de Golã. Perto do acampamento muçulmano, eleva-se uma colina com dois picos, chamados "Cornos de Hatim", o mesmo nome da aldeia que fica em sua encosta.

Em 3 de julho, o exército franco, com cerca de doze mil homens, se põe em movimento. O caminho que ele deve percorrer entre Saffuriya e Tiberíades não é longo, no máximo quatro horas de marcha em tempo normal. No verão, porém, aquela área da terra palestina é completamente árida. Não há fontes nem poços, e os cursos de água estão secos. Deixando Saffuriya bem cedo, no entanto, os *franj* têm certeza de poder matar a sede à beira do lago à tarde. Saladino preparou minuciosamente sua armadilha. O dia todo seus cavaleiros importunam o inimigo, atacando-o tanto pela frente quanto por trás e pelos lados, lançando constantemente chuvas de flechas. Eles infligem aos ocidentais algumas perdas e, acima de tudo, os obrigam a diminuir o ritmo.

Pouco antes do cair do dia, os *franj* chegaram a um promontório do alto do qual eles podem ver toda a paisagem. Logo a seus pés, estende-se a pequena aldeia de Hatim, algumas casas cor de terra, e ao fundo do vale cintilam as águas do lago de Tiberíades. Antes dele, na planície verdejante que se estende ao longo de suas margens, o exército de Saladino. Para beber, é preciso pedir autorização ao sultão!

Saladino sorri. Ele sabe que os *franj* estão exaustos, mortos de sede, que não têm nem forças nem tempo, antes da noite, de abrir caminho até o lago, condenados a permanecer até a manhã sem uma gota de água. Conseguirão realmente lutar nessas condições? Naquela noite, Saladino dividiu seu tempo entre orações e reuniões com o estado-maior. Encarregando vários emires de se dirigir à retaguarda do inimigo, para impedir qualquer retirada, ele se assegura de que todos estejam em posição e repete suas instruções.

No dia seguinte, 4 de julho de 1187, desde as primeiras luzes da aurora, os *franj*, totalmente cercados, tontos de sede, tentam desesperadamente descer a colina e chegar ao lago. Os soldados de infantaria, que sofreram mais que os cavaleiros com a exaustiva marcha da véspera, correm às cegas, carregando seus machados e maças como um fardo, e se chocam, onda após onda, com um sólido paredão de sabres e lanças. Os sobreviventes são empurrados desordenadamente para a colina, onde se misturam aos cavaleiros, então seguros de sua derrota. Nenhuma linha de defesa poderia resistir. No entanto, eles continuam lutando com a coragem do desespero. Raimundo, à frente de um punhado de seus homens, tenta abrir passagem através das linhas muçulmanas. Os comandantes de Saladino, que o reconheceram, permitem que escape. Ele continuará sua cavalgada até Trípoli.

*Depois da partida do conde, os franj quase capitularam,* conta Ibn al-Athir. *Os muçulmanos tinham ateado fogo à grama seca e o vento soprava a fumaça nos olhos dos cavaleiros. Atormentados pela sede, pelas chamas, pela fumaça, pelo calor do verão e pelo ardor do combate, os franj não aguentavam mais. Mas eles acharam que só poderiam escapar à morte enfrentando-a. Lançaram ataques tão violentos que os muçulmanos quase cederam. A cada assalto, no entanto, os franj sofriam perdas e seu número diminuía. Os muçulmanos se apoderaram da verdadeira cruz. Aquela foi, para os franj, a perda mais pesada, pois fora sobre ela, diziam eles, que o Messias, a paz esteja com ele, teria sido crucificado.*

Para o Islã, o Cristo só fora crucificado na aparência, pois Deus amava demais o filho de Maria para permitir que um suplício tão odioso lhe fosse infligido.

Apesar dessa perda, os últimos sobreviventes entre os *franj*, cerca de 150 de seus melhores cavaleiros, continuaram lutando bravamente, entrincheirados num terreno elevado, acima da aldeia de Hatim, para erguer suas tendas e organizar a resistência. Mas os muçulmanos os atacam por todos os lados e somente a tenda do rei permanece de pé. O que acontece a seguir é contado pelo próprio filho de Saladino, al-Malik al-Afdal, que tem então dezessete anos.

*Eu estava, ele diz, ao lado de meu pai na batalha de Hatim, a primeira a que assisti. Quando o rei dos franj estava na colina, ele lançou um feroz ataque que fez nossas próprias tropas recuarem até o lugar onde estava meu pai. Então olhei para ele. Ele estava triste, crispado, e puxava nervosamente a barba. Ele avançou gritando: "Satã não deve ganhar!". Os muçulmanos partiram de novo ao ataque da colina. Quando vi os franj recuarem sob a pressão de nossas tropas, gritei de alegria: "Nós os vencemos!". Mas os franj atacaram ainda mais e os nossos se viram de novo perto de meu pai. Ele os empurrou de novo ao assalto, e eles forçaram o inimigo a se retirar para a colina. Gritei de novo: "Nós os vencemos!". Mas meu pai se virou para mim e disse: "Cale-se! Só os teremos esmagado quando aquela tenda lá no alto tiver caído!". Antes que ele pudesse terminar a última frase, a tenda do rei desabou. O sultão desceu então do cavalo, se prostou e agradeceu a Deus, chorando de alegria.*

É em meio aos gritos de alegria que Saladino se levanta, volta a montar e se dirige para sua tenda. Os prisioneiros notáveis são levados até ele, notadamente o rei Guy e o príncipe Arnat. O escritor Imad ad-Din al-Isfahani, conselheiro do sultão, assiste à cena.

*Salah ad-Din, ele conta, convidou o rei a se sentar perto dele, e, quando Arnat entrou, por sua vez, ele o instalou perto de seu rei e o lembrou de seus crimes: "Quantas vezes juraste e depois violaste teus juramentos, quantas vezes assinaste acordos que não respeitaste!". Arnat respondeu através do intérprete: "Todos os reis sempre se comportaram assim. Não fiz nada de mais". Enquanto isso, Guy arquejava de sede, balançava a cabeça como se estivesse bêbado, e seu rosto revelava grande medo. Salah ad-Din lhe dirigiu palavras apaziguadoras e mandou buscar água gelada, que lhe ofereceu. O rei bebeu e deu o resto a Arnat, que matou a sede por sua vez. O sultão disse então a Guy: "Minha permissão não foi pedida antes de lhe dar de beber. Não estou obrigado, portanto, a lhe conceder a graça".*

Segundo a tradição árabe, de fato, um prisioneiro a quem se oferece de beber ou comer precisa ter a vida salva, um compromisso que

Saladino obviamente não faria a favor do homem que ele jurara matar com as próprias mãos. Imad ad-Din continua:

*Depois de ter dito essas palavras, o sultão saiu, montou a cavalo e se afastou, deixando os prisioneiros tomados de horror. Ele supervisionou o retorno das tropas, depois voltou para sua tenda. Ali, mandou buscar Arnat, caminhou até ele com seu sabre e o atingiu entre o pescoço e a omoplata. Quando Arnat caiu no chão, cortaram sua cabeça, depois arrastaram seu corpo pelos pés à frente do rei, que começou a tremer. Vendo-o assim sacudido, o sultão lhe diz num tom tranquilizador: "Este homem só foi morto em razão de sua maldade e de sua perfídia!".*

O rei e a maior parte dos prisioneiros são de fato poupados, mas os Templários e os hospitalários terão o mesmo destino de Renaud de Châtillon.

Saladino não esperou o fim desse memorável dia para reunir seus principais emires e parabenizá-los pela vitória, que restabeleceu, segundo ele, a honra por tempo demais aviltada pelos invasores. Agora, ele avalia, os *franj* não têm mais exército, e é preciso tirar proveito disso sem demora, para retomar as terras que eles injustamente ocuparam. No dia seguinte, que é um domingo, ele ataca portanto a cidadela de Tiberíades, onde a esposa de Raimundo sabe que já não adianta nada resistir. Ela se entrega a Saladino, que, obviamente, deixa os defensores partirem com todos os seus bens, sem que ninguém os moleste.

Na terça-feira seguinte, o exército vitorioso marcha sobre o porto de Acre, que capitula sem resistência. A cidade adquiriu, ao longo dos últimos anos, uma importância econômica considerável, pois é por ela que passa todo o comércio com o Ocidente. O sultão tenta exortar os numerosos mercadores italianos a permanecer, prometendo oferecer-lhes toda a proteção necessária. Mas eles preferem partir para o porto vizinho de Tiro. Embora o lamente, Saladino não se opõe. Ele os autoriza inclusive a transportar todas as suas riquezas e lhes oferece uma escolta para protegê-los dos bandidos.

Julgando inútil se deslocar pessoalmente, à frente de um exército tão poderoso, o sultão encarrega seus emires de submeter as diversas praças-fortes da Palestina. Uns depois dos outros, os assentamentos francos da Galileia e de Samaria se rendem, em poucas horas ou em poucos dias. É especialmente o caso de Nablus, Haifa e Nazaré, cujos habitantes se dirigem todos para Tiro ou Jerusalém. A única escaramuça séria ocorre em Jafa, onde um exército vindo do Egito, sob o comando de al-Adel, irmão de Saladino, se choca com uma feroz resistência. Quando ele consegue vencê-la, al-Adel submete a população à escravidão. O próprio Ibn al-Athir conta ter comprado uma jovem cativa franca vinda de Jafa num mercado de Alepo.

*Ela tinha um filho de um ano. Um dia, enquanto o carregava no colo, ele caiu e arranhou o rosto. Ela começou a chorar. Tentei consolá-la, dizendo que o ferimento não era grave e que não se devia chorar assim por tão pouca coisa. Ela me respondeu: "Não é por isso que choro, mas por causa da desgraça que se abateu sobre nós. Eu tinha seis irmãos, todos morreram; quanto a meu marido e minhas irmãs, não sei o que aconteceu com eles". De todos os franj do litoral,* afirma o historiador árabe, *somente os habitantes de Jafa tiveram esse destino.*

Em todos os outros lugares, de fato, a reconquista acontece sem violências. Depois de sua breve estada em Acre, Saladino se dirige para o norte. Ele passa por Tiro, mas, decidindo não se demorar aos pés de sua poderosa muralha, ele dá início a uma marcha triunfal ao longo da costa. Em 29 de julho, depois de 77 anos de ocupação, Sayda capitula sem reagir, seguida, com alguns dias de intervalo, por Beirute e Jbeil. As tropas muçulmanas estão próximas do condado de Trípoli, mas Saladino, que acredita não ter mais nada a temer por lá, volta para o sul, e se detém de novo diante de Tiro, perguntando-se se não deveria sitiá-la.

*Depois de alguma hesitação,* nos diz Baha ad-Din, *o sultão desistiu. Suas tropas estavam dispersas um pouco por toda parte, seus homens estavam cansados com aquela campanha longa demais e Tiro era muito bem defendida, pois todos os franj do litoral agora estavam ali reunidos. Ele preferiu atacar Ascalão, que era mais fácil de ser tomada.*

Dia virá em que Saladino lamentará amargamente essa decisão. No momento, porém, a marcha triunfal segue seu curso. Em 4 de setembro, Ascalão capitula, depois Gaza, que pertencia aos Templários. Enquanto isso, Saladino despacha alguns emires de seu exército para a região de Jerusalém, onde eles tomam várias localidades, entre as quais Belém. Agora, o sultão só tem um desejo: coroar a campanha vitoriosa, e sua carreira, com a reconquista da Cidade Santa.

Ele conseguirá, como o califa Omar, entrar naquele local venerado sem destruição e sem derramamento de sangue? Aos habitantes de Jerusalém, ele envia uma mensagem convidando-os a entabular negociações sobre o futuro da cidade. Uma delegação de notáveis vai a seu encontro em Ascalão. A proposta do vencedor é razoável: eles entregam a cidade sem combate, os habitantes que desejarem poderão partir levando todos os seus bens, os locais de culto cristão serão respeitados, e aqueles que, no futuro, quiserem vir em peregrinação não serão molestados. Mas, para grande surpresa do sultão, os *franj* respondem com tanta arrogância quanto na época de seu poderio. Entregar Jerusalém, a cidade onde Jesus morreu? Nem pensar! A cidade é deles e eles a defenderão até o fim.

Então, jurando que tomará Jerusalém pela espada, Saladino ordena a suas tropas dispersas nos quatro cantos da Síria que se reúnam em torno da Cidade Santa. Todos os emires acorrem. Que muçulmano não gostaria de poder dizer a seu criador no dia do Julgamento: lutei por Jerusalém! Ou melhor: morri como mártir por Jerusalém! Saladino, a quem um astrólogo previra uma dia que ele perderia um olho se entrasse na Cidade Santa, respondera: "Para tomá-la, estou disposto a perder os dois olhos!".

Dentro da cidade sitiada, a defesa é assegurada por Balian de Ibelin, senhor de Ramla, *um senhor que*, segundo Ibn al-Athir, *tinha entre os franj uma posição mais ou menos igual à do rei*. Ele conseguira deixar Hatim pouco antes da derrota dos seus, depois se refugiara em Tiro. Como sua mulher estava em Jerusalém, durante o verão ele pedira a Saladino autorização para ir buscá-la, prometendo não trazer armas e passar uma única noite na Cidade Santa. Chegando lá, suplicaram-lhe que ficasse, pois mais ninguém tinha autoridade suficiente para comandar a resistência. Mas Balian, que era homem honrado e não podia aceitar defender Jerusalém e seu povo traindo seu acordo com o sultão, consultou o próprio Saladino, para saber o que devia fazer, e

214 ❖ A VITÓRIA

o sultão, magnânimo, o liberara de seu compromisso. Se o dever lhe impunha ficar na Cidade Santa e pegar em armas, que assim o fizesse! E como Balian, ocupado demais organizando a defesa de Jerusalém, já não podia colocar sua mulher ao abrigo, o sultão lhe fornecera uma escolta para conduzi-la a Tiro!

Saladino não recusava nada a um homem de honra, mesmo que fosse seu inimigo mais feroz. É verdade que, nesse caso específico, o risco é mínimo. Apesar de sua bravura, Balian não é uma real preocupação para o exército muçulmano. Embora as muralhas sejam sólidas e a população franca profundamente apegada a sua capital, os efetivos dos defensores se limitam a um punhado de cavaleiros e a algumas centenas de burgueses sem qualquer experiência militar. Além disso, os cristãos orientais, ortodoxos e jacobitas, que vivem em Jerusalém, são favoráveis a Saladino, principalmente o clero, que foi constantemente aviltado pelos prelados latinos – um dos principais conselheiros do sultão é um padre ortodoxo chamado Yussef Batit. É ele que cuida dos contatos com os *franj*, bem como com as comunidades cristãs orientais. Pouco antes do início do cerco, o clero ortodoxo prometeu a Batit abrir as portas da cidade se os ocidentais se obstinassem por muito tempo.

A resistência dos *franj* será de fato corajosa, mas breve, e sem ilusões. O cerco de Jerusalém começa em 20 de setembro. Seis dias depois, Saladino, que instalou seu acampamento no Monte das Oliveiras, pede a suas tropas que aumentem a pressão, com vistas ao assalto final. Em 29 de setembro, os sapadores conseguem abrir uma brecha no norte da muralha, bem perto do local onde os ocidentais tinham penetrado em julho de 1099. Vendo que não adianta mais nada continuar o combate, Balian solicita um salvo-conduto e comparece diante do sultão.

Saladino se mostra intratável. Ele não propusera aos habitantes, muito antes da batalha, as melhores condições de capitulação? Agora o tempo das negociações passara, pois ele jurara tomar a cidade pela espada, como tinham feito os *franj*! A única maneira de desobrigá-lo de seu juramento é que Jerusalém lhe abra as portas e se entregue totalmente a ele, sem condições.

*Balian insiste em obter uma promessa de ter a vida salva*, relata Ibn al-Athir, *mas Saladino não promete nada. Balian tenta enternecê-lo, mas em vão. Então se dirige a ele nos seguintes termos: "Ó, sultão, saiba que há nessa cidade uma multidão de pessoas, de que somente Deus conhece o número. Elas hesitam em continuar o combate, porque esperam que você preserve suas vidas como fez com vários outros, porque elas amam a vida e detestam a morte. Mas se virmos que a morte é inevitável, então, por Deus, mataremos nossos filhos e nossas mulheres, queimaremos tudo o que possuímos, não lhe deixaremos, como butim, nenhum dinar, nenhum dirham, nenhum homem e nenhuma mulher a serem levados em cativeiros. Depois, destruiremos a Rocha Sagrada, a mesquita al-Aqsa e vários outros lugares, mataremos os cinco mil prisioneiros muçulmanos que detemos, depois exterminaremos as montarias e todos os animais. Por fim, sairemos e lutaremos com vocês como quem luta por sua vida. Nenhum de nós morrerá sem ter matado vários de vocês".*

Sem ficar impressionado com as ameaças, Saladino fica comovido com o fervor de seu interlocutor. Para não se mostrar enternecido facilmente demais, ele se volta para seus conselheiros e pergunta se, para evitar a destruição dos lugares santos, não poderia ser desobrigado de seu juramento de tomar a cidade pela espada. A resposta é afirmativa, mas, conhecendo a incorrigível generosidade de seu mestre, eles insistem para que ele obtenha dos *franj*, antes de deixá-los partir, uma compensação financeira, pois a longa campanha em curso esvaziara totalmente os cofres do Estado. Os infiéis, explicam os conselheiros, são virtualmente prisioneiros. Para se libertar, cada um deverá pagar seu resgate: dez dinares para os homens, cinco para as mulheres e um para as crianças. Balian aceita, mas advoga em favor dos pobres, que não podem, diz ele, pagar essa quantia. Não seria possível libertar sete mil deles por trinta mil dinares? Mais uma vez, o pedido é aceito, para furor dos tesoureiros. Satisfeito, Balian ordena a seus homens que deponham as armas.

Na sexta-feira, 2 de outubro de 1187, 27 do mês de rajabe do ano 583 da hégira, no mesmo dia em que os muçulmanos festejam a viagem noturna do Profeta a Jerusalém, Saladino faz sua entrada solene na Cidade Santa. Seus emires e soldados têm ordens estritas: nenhum cristão, franco ou oriental, deve ser molestado. De fato, não haverá massacre nem pilhagem. Alguns fanáticos reclamaram a destruição da igreja do Santo Sepulcro em represália contra as violências cometidas pelos *franj*, mas Saladino os repreende. Pelo contrário, ele reforça a guarda dos locais de culto e anuncia que os *franj* poderão vir em peregrinação quando quiserem. A cruz franca colocada na cúpula da Rocha é retirada, obviamente; e a mesquita al-Aqsa, que fora transformada em igreja, volta a ser um local de culto muçulmano, depois de seus muros serem aspergidos com água de rosas.

Enquanto Saladino, cercado por uma nuvem de companheiros, passa de um santuário a outro, chorando, rezando e se prostrando, a maioria dos *franj* permaneceu na cidade. Os ricos se preocupam em vender suas casas, seus comércios e seus móveis antes de se exilar, os compradores em geral são cristãos ortodoxos ou jacobitas que também permanecem. Outros bens serão vendidos mais tarde às famílias judias que Saladino instalará na Cidade Santa.

Balian se esforça, por sua vez, para reunir o dinheiro necessário para comprar a liberdade dos mais pobres. Em si, o resgate não é muito pesado. O dos príncipes costuma atingir várias dezenas de milhares de dinares, cem mil ou mais. Mas, para os humildes, vinte dinares por família representa a renda de um ano ou dois. Milhares de miseráveis se reuniram diante das portas da cidade para mendigar algumas moedas. Al-Adel, que não é menos sensível que seu irmão, pede a Saladino permissão para libertar sem resgate mil prisioneiros pobres. Ao saber disso, o patriarca franco pede a libertação de mais setecentos, e Balian de quinhentos. Todos são libertados. Depois, por sua própria iniciativa, o sultão anuncia a possibilidade para todas as pessoas idosas de partir sem pagar nada, bem como a libertação dos pais de família aprisionados. Quanto às viúvas e aos órfãos francos, ele não se contenta em isentá-los de pagamento, oferece-lhes presentes antes de deixá-los partir.

Os tesoureiros de Saladino ficam desesperados. Se os menos afortunados forem libertados sem compensações, ao menos que o resgate dos ricos seja aumentado! A raiva desses servidores do Estado chega ao auge quando o patriarca de Jerusalém sai da cidade acompanhado de várias carroças cheias de ouro, tapetes e todo tipo de bens muito preciosos. Imad ad-Din al-Isfahani fica escandalizado, como ele mesmo conta.

*Eu disse ao sultão: "Esse patriarca transporta riquezas que não valem menos de duzentos mil dinares. Permitimos que eles levassem seus bens, mas não os tesouros das igrejas e dos conventos. Não podemos deixar que façam isso!". Mas Salah ad-Din respondeu: "Devemos aplicar ao pé da letra os acordos que assinamos, assim ninguém poderá acusar os crentes de trair os tratados. Os cristãos evocarão, em todos os lugares, os benefícios com que os compensamos".*

O patriarca de fato pagará dez dinares, como todos os outros, e se beneficiará inclusive de uma escolta para poder chegar a Tiro sem ser molestado.

Se Saladino conquistou Jerusalém, não foi para acumular ouro, e menos ainda para se vingar. Ele buscou acima de tudo, explica ele, cumprir seu dever para com seu Deus e sua fé. Sua vitória foi ter libertado a Cidade Santa do jugo dos invasores, e isso sem banho de sangue, sem destruição, sem ódio. Sua felicidade foi poder se prostrar naqueles lugares onde, sem ele, nenhum muçulmano teria podido rezar. Na sexta-feira, 9 de outubro, uma semana depois da vitória, uma cerimônia oficial é organizada na mesquita al-Aqsa. Para essa ocasião memorável, vários homens de religião disputam a honra de pronunciar o sermão. Por fim, é o cádi de Damasco, Muhi al-Din Ibn al-Zaqi, sucessor de Abu-Saad al-Harawi, que o sultão designa para subir ao púlpito, vestido com uma preciosa túnica negra. Sua voz é clara e potente, mas um leve tremor revela sua emoção: "Glória a Deus, que gratificou o Islã com essa vitória e que recuperou a cidade depois de um século de perdição! Honrado seja o exército que Ele escolheu para concluir a reconquista! E cumprimentos a ti, Salah ad-Din Yussef, filho de Ayyub, que restituiu a essa nação sua dignidade ultrajada!".

# QUINTA PARTE

# A TRÉGUA
## (1187-1244)

*Quando o senhor do Egito decidiu
entregar Jerusalém aos franj, uma
imensa tempestade de indignação
sacudiu todos os países do Islã.*

Sibt Ibn Al-Jawzi,
Cronista árabe (1186-1256)

## CAPÍTULO II

~

# O encontro impossível

Venerado como um herói depois da reconquista de Jerusalém, nem por isso Saladino deixa de ser criticado. Amigavelmente por seus próximos, cada vez mais severamente por seus adversários.

*Salah ad-Din*, diz Ibn al-Athir, *nunca demonstrava firmeza em suas decisões. Quando ele sitiava uma cidade e os defensores resistiam por algum tempo, ele se cansava e levantava o cerco. Ora, um monarca nunca deve agir assim, mesmo quando o destino o favorece. Às vezes é preferível fracassar mantendo a firmeza do que vencer e em seguida desperdiçar os frutos de seu sucesso. Nada ilustra melhor essa verdade que o comportamento de Salah ad-Din em Tiro. Foi unicamente por sua culpa que os muçulmanos sofreram um revés diante dessa praça.*

Embora nunca demonstre uma hostilidade sistemática, o historiador de Mossul, fiel à dinastia de Zengui, sempre teve reservas em relação a Saladino. Depois de Hatim, depois de Jerusalém, Ibn al-Athir se associa à alegria geral do mundo árabe. O que não o impede de destacar, sem nenhuma complacência, os erros do herói. Tratando-se de Tiro, as críticas formuladas pelo historiador são perfeitamente justificadas.

*Cada vez que ele tomava uma cidade ou fortaleza franca, como Acre, Ascalão ou Jerusalém, Salah ad-Din permitia aos cavaleiros e aos soldados inimigos que se exilassem em Tiro, tanto que essa cidade se tornou praticamente inexpugnável. Os franj do litoral enviaram mensagem aos*

221

*que estão além dos mares, e estes últimos prometeram vir em seu socorro. Não deveríamos dizer que foi o próprio Salah ad-Din quem de certo modo organizou a defesa de Tiro contra seu próprio exército?*

Por certo não podemos censurar ao sultão a magnanimidade com que ele tratou os vencidos. Sua repulsa a derramar sangue inutilmente, o estrito respeito a seus compromissos, a nobreza comovente de cada um de seus gestos adquirem, aos olhos da História, no mínimo tanto valor quanto suas conquistas. Mas é incontestável que ele cometeu um grave erro político e militar. Tomando Jerusalém, ele sabe estar desafiando o Ocidente, e que este reagirá. Permitir, nessas condições, que dezenas de milhares de *franj* se entrincheirem em Tiro, a mais poderosa praça-forte do litoral, significa oferecer uma cabeça de ponte ideal para uma nova invasão. Sobretudo porque os cavaleiros encontraram, na ausência do rei Guy, ainda cativo, um líder particularmente tenaz na pessoa daquele que os cronistas árabes chamam de "al-Markish", o marquês Conrad de Montferrat, chegado há pouco do Ocidente.

Embora tenha consciência do perigo, Saladino o subestima. Em novembro de 1187, algumas semanas depois da conquista da Cidade Santa, ele dá início ao cerco de Tiro. Mas o faz sem grande determinação. A antiga cidade fenícia só pode ser tomada com o auxílio massivo da frota egípcia. Saladino sabe disso. No entanto, ele se apresenta diante das muralhas com um total de apenas dez embarcações, das quais cinco são rapidamente incendiadas pelos defensores durante uma audaciosa operação. Os outros fugiram na direção de Beirute. Privado de marinha, o exército muçulmano só pode atacar Tiro através da estreita cornija que liga a cidade à terra firme. Nessas condições, o cerco pode durar meses. Ainda mais porque os *franj*, eficazmente mobilizados por al-Markish, parecem dispostos a lutar até o último homem. Cansados com aquela interminável campanha, a maior parte dos emires aconselha Saladino a desistir. Com ouro, o sultão poderia convencer alguns a permanecer a seu lado. Mas os soldados custam caro no inverno, e os cofres do Estado estão vazios. Ele também está cansado. Assim, desmobiliza metade de suas tropas, depois, erguendo o cerco, se dirige para o norte, onde muitas cidades, muitas fortalezas, podem ser reconquistadas sem grande esforço.

Para o exército muçulmano, trata-se de uma nova marcha triunfal: Lataquia, Tartus, Bagras, Safed, Kawkab..., a lista das conquistas é longa. Seria mais simples enumerar o que resta aos *franj* no Oriente: Tiro, Trípoli, Antioquia e seu porto, bem como três fortalezas isoladas. No círculo de Saladino, porém, os mais perspicazes não se enganam. De que serve acumular conquistas se nada garante que se poderá desencorajar uma nova invasão? O sultão, por sua vez, ostenta uma serenidade a toda prova. "Se os *franj* vierem de além-mar, sofrerão o mesmo destino que os daqui!", ele proclama, quando uma frota siciliana se mostra diante de Lataquia. Em julho de 1188, ele não hesita em soltar Guy, aliás, não sem antes fazê-lo jurar solenemente nunca mais pegar em armas contra os muçulmanos.

Este último presente lhe custará caro. Em agosto de 1189, o rei *franj*, renegando a palavra dada, cerca o porto de Acre. As forças de que ele dispõe são modestas, mas novos navios chegam a cada dia, despejando no litoral sucessivas ondas de combatentes ocidentais.

*Depois da queda de Jerusalém, conta Ibn al-Athir, os franj se vestiram de preto e partiram para além dos mares, a fim de pedir ajuda e socorro em todas as regiões, especialmente em Roma, a Grande. Para incitar as pessoas à vingança, eles levavam um desenho representando o Messias, a paz esteja com ele, todo ensanguentado e espancado por um árabe. Eles diziam: "Vejam! Aqui está o Messias e aqui está Maomé, profeta dos muçulmanos, que o golpeia até a morte!". Comovidos, os franj se reúnem, inclusive as mulheres, e os que não podiam vir pagaram as despesas dos que combateriam em seu lugar. Um dos prisioneiros inimigos me contou que era filho único e que sua mãe vendera sua casa para lhe fornecer o equipamento. As motivações religiosas e psicológicas dos franj eram tais que eles estavam dispostos a superar qualquer dificuldade para chegar a seus fins.*

A partir dos primeiros dias de setembro, de fato, as tropas de Guy recebem reforços e mais reforços. Começa então a batalha de Acre, uma das mais longas e mais sofridas de todas as guerras francas. Acre está construída numa península em forma de apêndice nasal: ao sul, o porto; a oeste, o mar; a norte e a leste, duas sólidas muralhas que formam um ângulo reto. A cidade está duplamente cercada. Em torno das muralhas, solidamente vigiadas pela guarnição muçulmana, os *franj* formam um arco de círculo cada vez mais espesso, mas eles precisam contar, em sua retaguarda, com o exército de Saladino. No início, Saladino tentou pegar o inimigo em duas frentes, com a esperança de dizimá-lo. Mas ele logo se deu conta de que não conseguiria. Pois embora o exército muçulmano consiga várias vitórias sucessivas, os *franj* compensam imediatamente suas perdas. De Tiro ou além-mar, cada dia que nasce traz seu quinhão de combatentes.

Em outubro de 1189, enquanto a batalha de Acre está no auge, Saladino recebe uma mensagem de Alepo informando-o de que o "rei dos alman", o imperador Frederico Barba-Ruiva, se aproxima de Constantinopla, a caminho da Síria, com cerca de duzentos ou duzentos e cinquenta mil homens. O sultão fica muito preocupado, nos diz seu fiel Baha ad-Din, que está a seu lado. *Dada a extrema gravidade da situação, ele julgou necessário chamar todos os muçulmanos ao jihad e informar o califa sobre os desenvolvimentos da situação. Ele me encarregou, então, de ver os senhores de Sinjar, da Jazira, de Mossul, de Irbil, e incitá-los a vir pessoalmente com seus soldados para participar do jihad. A seguir eu devia me dirigir para Bagdá, a fim de incitar o príncipe dos crentes a reagir. O que fiz.* Para tentar tirar o califa de sua letargia, Saladino lhe diz numa carta que *o papa que reside em Roma ordenou que os povos francos marchassem sobre Jerusalém.* Ao mesmo tempo, Saladino envia mensagens aos dirigentes do Magreb e da Espanha muçulmana para convidá-los a ajudar seus irmãos *como os franj do Ocidente agiram com os do Oriente.* Em todo o mundo árabe, o entusiasmo suscitado pela reconquista dá lugar ao medo. Murmura-se que a vingança dos *franj* será terrível, que se assistirá a um novo banho de sangue, que a Cidade Santa será de novo perdida, que a Síria e o Egito cairão nas mãos dos invasores. Mais uma vez, porém, o acaso, ou a providência, intervém a favor de Saladino.

Depois de atravessar triunfalmente a Ásia Menor, na primavera de 1190 o imperador alemão chega a Cônia, a capital dos sucessores de Kilij Arslan, cujas portas ele força rapidamente, antes de enviar emissários a Antioquia para anunciar sua vinda. Os armênios do sul da Anatólia ficam alarmados. Seu clero despacha um mensageiro a

Saladino para suplicar que ele os proteja daquela nova invasão franca. Mas a intervenção do sultão não será necessária. Em 10 de junho, num calor infernal, Frederico Barba-Ruiva toma banho num pequeno curso de água no sopé dos Montes Tauro, quando, sem dúvida vítima de uma crise cardíaca, ele se afoga *num lugar onde a água mal chega a seu quadril*, diz Ibn al-Athir. *Seu exército se dispersou, e Deus evitou aos muçulmanos a maldade dos alemães, que são, entre os franj, uma espécie particularmente numerosa e tenaz.*

O perigo alemão é, portanto, milagrosamente afastado, mas não sem ter paralisado Saladino por vários meses, impedindo-o de empreender a batalha decisiva contra os sitiantes de Acre. Agora, em torno do porto palestino, a situação está parada. Embora o sultão tenha recebido reforços suficientes para estar protegido de um contra-ataque, os *franj* não podem ser desalojados. Pouco a pouco, um *modus vivendi* se estabelece. Entre duas escaramuças, cavaleiros e emires se convidam para banquetes e conversam tranquilamente, às vezes se entregam a jogos, como relata Baha ad-Din.

*Um dia, os homens dos dois campos, cansados de lutar, decidiram organizar um combate entre as crianças. Dois meninos saíram da cidade para competir com dois jovens infiéis. No ardor da luta, um dos meninos muçulmanos pulou sobre seu rival e o agarrou pela garganta. Vendo que corria o risco de matá-lo, os franj se aproximaram e lhe disseram: "Pare! Ele se tornou seu prisioneiro de verdade, nós vamos pagar o resgate". Ele pegou dois dinares e o soltou.*

Apesar desse clima de festa, a situação dos beligerantes não é muito divertida. Os mortos e feridos são numerosos, as epidemias causam grandes estragos e, no inverno, o abastecimento não é fácil. É sobretudo a situação da guarnição de Acre que preocupa Saladino. À medida que os navios chegam do Ocidente, o bloqueio marítimo se torna cada vez mais rigoroso. Por duas vezes, a frota egípcia, contando com várias dezenas de embarcações, consegue abrir caminho até o porto, mas as perdas são pesadas e o sultão logo precisa recorrer à astúcia para abastecer os sitiados. Em julho de 1190, ele manda armar em Beirute um imenso navio cheio de trigo, queijo, cebolas e ovelhas.

*Um grupo de muçulmanos embarcou no navio,* conta Baha ad-Din. *Eles se vestiram como os franj, rasparam a barba, prenderam cruzes no mastro e colocaram porcos em evidência no convés. Eles se aproximaram da cidade, passando tranquilamente pelos barcos inimigos. Foram detidos, com as palavras: "Vemos que se dirigem para Acre!". Fingindo espanto, os nossos perguntaram: "Vocês não tomaram a cidade?". Os franj, que realmente acreditaram estar lidando com iguais, responderam: "Não, ainda não a tomamos". "Bom", disseram os nossos, "então vamos atracar perto do acampamento, mas há outro barco atrás de nós. Avisem-no imediatamente, para que não siga até a cidade". Os beirutianos, de fato, tinham notado que um navio franco avançava atrás deles. Os marinheiros inimigos se dirigiram imediatamente até ele, enquanto os nossos velejaram com todas as velas na direção do porto de Acre, onde foram recebidos com gritos de alegria, pois a fome assolava a cidade.*

Estratagemas como este não podem ser repetidos com frequência, no entanto. Se o exército de Saladino não conseguir afrouxar o cerco, Acre acabará capitulando. À medida que os meses passam, as chances de uma vitória muçulmana, de um novo Hatim, parecem cada vez mais distantes. Longe de secar, o fluxo de combatentes ocidentais não para de crescer: em abril de 1191, o rei da França, Filipe Augusto, é quem desembarca com suas tropas na vizinhança de Acre, seguido, no início de junho, por Ricardo Coração de Leão.

*Esse rei da Inglaterra, Malek al-Inkitar,* nos diz Baha ad-Din, *era um homem corajoso, enérgico, audacioso no combate. Ainda que inferior ao rei da França por sua condição, ele era mais rico e mais renomado como guerreiro. Em seu caminho, ele parou em Chipre, da qual se apoderou, e quando surgiu à frente de Acre, acompanhado por 25 galeras repletas de homens e material de guerra, os franj soltaram gritos de alegria, acendendo grandes fogueiras para celebrar sua vinda. Quanto aos muçulmanos, esse acontecimento encheu seus corações de temor e apreensão.*

Aos 33 anos, o gigante ruivo que porta a coroa da Inglaterra é o protótipo do cavaleiro belicoso e frívolo, cuja nobreza de ideias mal esconde a brutalidade desconcertante e a total ausência de escrúpulos.

Mas se nenhum ocidental é insensível a seu encanto e a seu inegável carisma, Ricardo por sua vez tem fascínio por Saladino. Assim que chega, tenta encontrá-lo. Despachando um mensageiro a al-Adel, ele lhe pede para organizar uma entrevista com seu irmão. O sultão responde sem um momento de hesitação: "Os reis só se reúnem depois da conclusão de um acordo, pois não é conveniente guerrear contra aquele que se conhece e com quem se comeu", mas autoriza seu irmão a encontrar Ricardo, desde que os dois estejam rodeados por seus soldados. Os contatos prosseguem, mas sem grandes resultados. *Na verdade,* explica Baha ad-Din, *a intenção dos franj, ao nos enviar mensageiros, era sobretudo conhecer nossos pontos fortes e nossas fraquezas. Nós, ao recebê-los, tínhamos exatamente o mesmo objetivo.* Embora Ricardo sinceramente quisesse conhecer o conquistador de Jerusalém, ele com certeza não veio ao Oriente para negociar.

Enquanto essas trocas continuam, o rei inglês prepara ativamente o assalto final contra Acre. Totalmente isolada do mundo, a cidade passa fome. Somente alguns nadadores de elite ainda conseguem alcançá-la, arriscando a vida. Baha ad-Din relata a aventura de um desses homens.

*Trata-se de um dos episódios mais curiosos e mais exemplares dessa longa batalha. Havia um nadador muçulmano chamado Issa que tinha o hábito de mergulhar à noite sob os navios inimigos e surgir do outro lado, onde os sitiados o aguardavam. Ele costumava transportar, presos à sua cintura, dinheiro e mensagens para a guarnição. Uma noite em que mergulhara com três bolsas contendo mil dinares e várias cartas, foi avistado e morto. Logo soubemos que uma desgraça havia ocorrido, pois Issa nos informava regularmente de sua chegada soltando um pombo da cidade em nossa direção. Naquela noite, nenhum sinal chegou até nós. Alguns dias depois, habitantes de Acre que estavam à beira d'água viram um corpo dar à costa. Aproximando-se, reconheceram Issa, o nadador, que continuava em volta da cintura com o ouro e a cera com que as cartas tinham sido protegidas. Onde já se viu um homem cumprir sua missão depois da morte tão fielmente quanto se ainda estivesse vivo?*

O heroísmo de alguns combatentes árabes não é suficiente. A situação da guarnição de Acre se torna crítica. No início do verão de

1191, os apelos dos sitiados não passam de gritos de desespero: "Estamos no fim de nossas forças e não temos escolha além da capitulação. Amanhã, se vocês não fizerem nada por nós, pediremos que poupem nossas vidas e entregaremos a cidade". Saladino cede à depressão. Tendo perdido todas as ilusões sobre a cidade sitiada, ele chora amargamente. Seus próximos temem por sua saúde, e os médicos lhe prescrevem poções para acalmá-lo. Ele pede aos arautos que gritem para todo o acampamento que um ataque massivo será lançado para libertar Acre. Mas seus emires não o seguem. "Por que colocar todo o exército muçulmano inutilmente em perigo?", eles retorquem. Os *franj* são tão numerosos e estão tão solidamente entrincheirados que qualquer ofensiva seria suicida.

Em 11 de julho de 1191, depois de dois anos de cerco, as bandeiras cruzadas aparecem subitamente nas muralhas de Acre.

*Os franj soltaram um imenso grito de alegria, enquanto em nosso acampamento todos estavam atordoados. Os soldados choravam e se lamentavam. O sultão, por sua vez, era como uma mãe que acaba de perder o filho. Fui vê-lo, fazendo o possível para reconfortá-lo. Disse-lhe que ele agora devia pensar no futuro de Jerusalém e das cidades do litoral, e se preocupar com o destino dos muçulmanos capturados em Acre.*

Superando sua dor, Saladino envia um mensageiro a Ricardo para discutir suas condições para a libertação dos prisioneiros. Mas o inglês está com pressa. Decidido a aproveitar seu sucesso para lançar uma vasta ofensiva, ele não tem tempo de se ocupar dos cativos, como o sultão quatro anos antes, quando as cidades francas caíam uma a uma em suas mãos. A única diferença é que, não querendo se encher de prisioneiros, Saladino os soltara. Ricardo, por sua vez, prefere exterminá-los. Dois mil e setecentos soldados da guarnição de Acre são reunidos diante dos muros da cidade, com cerca de trezentas mulheres e crianças de suas famílias. Amarrados com cordas para formar uma única massa de carne, são entregues aos combatentes francos, que se atiram sobre eles com sabres, lanças e até pedras, até que todos os gemidos tenham cessado.

Tendo resolvido o problema de maneira rápida, Ricardo deixa Acre à frente de suas tropas. Ele se dirige para o sul, pela costa, seguido de perto por sua frota, enquanto Saladino percorre uma estrada paralela, por dentro do território. Os confrontos entre os dois exércitos são numerosos, mas nenhum é decisivo. O sultão sabe que não pode impedir os invasores de retomar o controle do litoral palestino, e menos ainda destruir seu exército. Sua ambição se limita a contê-los, obstruindo a todo custo o caminho até Jerusalém, cuja perda seria terrível para o Islã. Ele sente viver a hora mais sombria de sua carreira. Profundamente afetado, ele se esforça, no entanto, para preservar o ânimo de suas tropas e de seus próximos. Diante destes últimos, reconhece que sofreu um grande revés, mas, explica, ele e seu povo estão aqui para ficar, enquanto os reis francos apenas participam de uma expedição, que cedo ou tarde acabará. O rei da França não deixara a Palestina em agosto, depois de passar cem dias no Oriente? O da Inglaterra não repetira várias vezes que tinha pressa de voltar para seu distante reino?

Ricardo, a propósito, multiplica as propostas diplomáticas. Em setembro de 1191, enquanto suas tropas obtêm algumas vitórias, especialmente na planície costeira de Arçufe, ao norte de Jafa, ele insiste junto a al-Adel para chegar a um acordo rápido.

*Os nossos e os vossos estão mortos*, ele lhe diz numa mensagem, *o país está em ruína e a coisa nos escapou completamente, a todos nós. Não acha que é suficiente? No que nos diz respeito, existem apenas três pontos de discórdia: Jerusalém, a verdadeira cruz e o território.*

*Quanto a Jerusalém, é nosso local de culto e nunca aceitaremos renunciar a ele, mesmo que tenhamos que lutar até o último homem. Quanto ao território, queremos que nos devolvam o que está a oeste do Jordão. Quanto à cruz, ela só representa para vocês um pedaço de madeira, enquanto para nós seu valor é inestimável. Que o sultão a devolva, e que coloquemos um fim a essa luta exaustiva.*

Al-Adel recorre imediatamente ao irmão, que consulta seus principais colaboradores antes de ditar sua resposta:

*A Cidade Santa é tão nossa quanto vossa; ela é inclusive mais importante para nós, pois foi se dirigindo a ela que nosso profeta realizou sua milagrosa viagem noturna, e foi nela que nossa comunidade se reunirá no dia do julgamento final. Está portanto fora de cogitação que a abando-nemos. Os muçulmanos nunca o aceitariam. Em relação ao território, ele sempre foi nosso, e sua ocupação é apenas passageira. Vocês conseguiram se instalar em razão da fraqueza dos muçulmanos que então o povoavam, mas enquanto houver guerra não permitiremos que usufruam de suas pos-sessões. Quanto à cruz, ela representa um grande trunfo em nossas mãos, e só nos separaremos dela se obtivermos, em contrapartida, uma concessão importante em favor do Islã.*

A firmeza das duas mensagens não deve causar ilusão. Embora cada um apresente suas exigências máximas, está claro que a via do meio-termo não está fechada. Três dias depois dessa troca, de fato, Ricardo envia ao irmão de Saladino uma curiosa proposta.

*Al-Adel me convocou, conta Baha ad-Din, para me comunicar os resultados de seus últimos contatos. Segundo o acordo imaginado, al-Adel se casaria com a irmã do rei da Inglaterra. Ela estava casada com o senhor da Sicília, que morreu. O inglês havia trazido a irmã com ele ao Oriente, portanto, e sugeria casá-la com al-Adel. O casal residiria em Jerusalém. O rei daria as terras que ele controla, de Acre a Ascalão, à sua irmã, que se tornaria rainha do litoral, do "sahel". O sultão cederia suas possessões do litoral a seu irmão, que se tornaria rei do sahel. A cruz lhes seria confiada, e os prisioneiros dos dois campos seriam libertados. Depois, concluída a paz, o rei da Inglaterra voltaria para seu país, além dos mares.*

Al-Adel fica visivelmente interessado. Ele recomenda a Baha ad-Din que faça todo o possível para convencer Saladino. O cronista promete se esforçar.

*Apresentei-me então ao sultão e lhe repeti o que havia ouvido. Ini-cialmente, me disse que não via nenhum inconveniente, mas que em sua opinião o rei da Inglaterra não aceitaria esse arranjo e que se tratava de uma zombaria ou de uma artimanha. Pedi-lhe três vezes que confirmasse sua aprovação, o que ele fez. Voltei para junto de al-Adel para lhe anun-ciar o consentimento do sultão. Ele se apressou a enviar uma mensagem ao campo inimigo para transmitir sua resposta. Mas o maldito inglês mandou dizer que sua irmã ficara numa cólera terrível quando ele lhe submetera a proposta; ela jurara que jamais se entregaria a um muçulmano!*

Como Saladino adivinhara, Ricardo tentava usar de astúcia. Ele esperava que o sultão rejeitasse sua proposta, o que teria desagradado muito a al-Adel. Aceitando, pelo contrário, Saladino obrigara o monarca franco a revelar seu jogo duplo. Fazia meses, de fato, que Ricardo se esforçava para estabelecer uma relação privilegiada com al-Adel, chamando-o de "meu irmão", encorajando suas ambições para tentar utilizá-lo contra Saladino. Manobra legítima. O sultão emprega, por seu lado, métodos similares. Paralelamente a suas negociações com Ricardo, ele faz tratativas com o senhor de Tiro, al-Markish Conrad, que mantém relações extremamente tensas com o monarca inglês, pois suspeita que queira privá-lo de suas possessões. Ele chegará a propor a Saladino uma aliança contra os *"franj* do mar". Sem considerar essa oferta ao pé da letra, o sultão a utiliza para acentuar a pressão diplomática sobre Ricardo, que fica tão exasperado com a política do marquês que faz com que este seja assassinado alguns meses depois!

Com o insucesso de sua manobra, o rei da Inglaterra pede a al-Adel que organize um encontro com Saladino. Mas a resposta deste último é a mesma de alguns meses antes:

*Os reis só se encontram depois da conclusão de um acordo. De todo modo,* ele acrescenta, *não entendo sua língua e você ignora a minha, e precisamos de um tradutor em quem nós dois confiemos. Quando chegarmos a um entendimento, nós nos reuniremos e a amizade reinará entre nós.*

As negociações se arrastarão por mais um ano. Entrincheirado em Jerusalém, Saladino deixa o tempo passar. Suas propostas de paz são simples: cada um conserva o que detém; os *franj*, se desejarem, podem vir sem armas fazer sua peregrinação à Cidade Santa, mas esta continuará nas mãos dos muçulmanos. Ricardo, que anseia em voltar para casa, tenta forçar a decisão marchando duas vezes na direção de Jerusalém, sem no entanto atacá-la. A fim de gastar seu excesso de energia, ele se lança, por um mês, na construção de uma formidável fortaleza em Ascalão, que sonha transformar em base de partida para uma futura expedição ao Egito. Assim que a obra é concluída, Saladino exige que ela seja desmantelada, pedra por pedra, antes de firmar a paz.

Em agosto de 1192, Ricardo tem os nervos à flor da pele. Gravemente doente, abandonado por vários cavaleiros, que o criticam por não tentar retomar Jerusalém, acusado do assassinato de Conrad, pressionado pelos amigos a voltar sem demora para a Inglaterra, ele não pode mais adiar sua partida. Ele quase suplica a Saladino que lhe deixe Ascalão. Mas a resposta é negativa. Então ele envia uma nova mensagem, renovando seu pedido e dizendo que, se uma paz conveniente não fosse assinada dentro de seis dias, *ele seria obrigado a passar o inverno aqui*. Esse ultimato velado faz sorrir Saladino, que, convidando o mensageiro a se sentar, se dirige a ele nos seguintes termos: "Diga ao rei que, no que diz respeito a Ascalão, não cederei. Quanto a seu projeto de passar o inverno aqui, penso que é inevitável, pois ele sabe que retomaremos a terra da qual se apropriou assim que ele partir. É possível que a retomemos sem que ele parta. Ele realmente quer passar o inverno aqui, a dois meses de distância de sua família e de seu país, quando está na flor da idade e pode aproveitar os prazeres da vida? De minha parte, poderei passar o inverno aqui, depois o verão, depois outro inverno e outro verão, pois estou em meu país, entre meus filhos e meus próximos, que estão sob meus cuidados, e tenho um exército para o verão e outro para o inverno. Sou um homem velho, que não tem mais o que fazer com os prazeres da vida. Assim, ficarei esperando até que Deus dê a vitória a um de nós".

Aparentemente impressionado com essa linguagem, Ricardo comunica nos dias seguintes que está disposto a renunciar a Ascalão. E, no início de setembro de 1192, uma paz é assinada por cinco anos. Os *franj* conservam a zona costeira que vai de Tiro a Jafa e reconhecem a autoridade de Saladino no resto do país, inclusive Jerusalém. O guerreiros ocidentais, que obtiveram salvo-condutos do sultão, se precipitam à Cidade Santa para rezar no túmulo de Cristo. Saladino recebe cortesmente os mais importantes deles, convidando-os até a partilhar de suas refeições e confirmando sua firme vontade de preservar a liberdade de culto. Mas Ricardo se nega a ir. Ele não quer entrar como convidado numa cidade em que ele se prometera entrar como conquistador. Um mês depois da conclusão da paz, ele deixa as terras do Oriente sem ter visto nem o Santo Sepulcro nem Saladino.

No fim, o sultão saiu como vencedor do penoso confronto com o Ocidente. Os *franj* retomaram o controle sobre algumas cidades, obtendo uma trégua de quase cem anos. Mas eles nunca mais constituirão uma potência capaz de ditar sua lei ao mundo árabe. Eles já não controlarão verdadeiros Estados, apenas assentamentos.

Apesar desse sucesso, Saladino se sente mortificado e um tanto diminuído. Ele já quase não lembra o herói carismático de Hatim. Sua autoridade sobre seus emires enfraqueceu, seus detratores são cada vez mais virulentos. Fisicamente, ele não está bem. Sua saúde nunca foi excelente, é verdade, há anos o obrigando a consultar regularmente os médicos da corte, em Damasco ou no Cairo. Na capital egípcia, ele se apegou particularmente aos serviços de um prestigioso "tabib" judeu-árabe vindo da Espanha, Mussa Ibn Maimun, mais conhecido sob o nome de Maimônides. Também é certo que nos anos mais duros da luta contra os *franj* ele teve frequentes acessos de malária, que o forçaram a ficar de cama por longos dias. Em 1192, no entanto, não é a evolução de uma doença qualquer que preocupa seus médicos, mas um enfraquecimento geral, uma espécie de envelhecimento prematuro que todos os que se aproximam do sultão percebem. Saladino está apenas com 55 anos, mas ele mesmo tem consciência de ter chegado ao fim de sua existência.

Saladino passa seus últimos dias de vida tranquilamente em sua cidade preferida, Damasco, entre os seus. Baha ad-Din não o deixa mais, registrando afetuosamente cada um de seus gestos. Na quinta-feira, 18 de fevereiro de 1193, ele vai a seu encontro no jardim de seu palácio na cidadela.

*O sultão estava sentado à sombra, cercado por seus filhos mais jovens. Ele perguntou quem o esperava no interior: "Mensageiros francos", responderam-lhe, "bem como um grupo de emires e notáveis". Ele mandou chamar os franj. Quando estes se apresentaram, ele carregava sobre os joelhos um de seus filhos pequenos, o emir Abu-Bakr, de quem ele gostava muito. Ao ver a aparência dos franj, com seus rostos glabros, seus cortes de cabelo,*

*suas roupas curiosas, o menino sentiu medo e começou a chorar. O sultão
se desculpou junto aos franj e encerrou a entrevista sem ouvir o que eles
queriam comunicar. Depois, ele me disse: "Você já comeu alguma coisa
hoje?". Era sua maneira de convidar para a refeição. Acrescentou: "Que
nos tragam alguma coisa para comer!". Fomos servidos de arroz com leite
coalhado e outros pratos igualmente leves, e ele comeu. Isso me tranqui-
lizou, pois pensei que ele tivesse perdido completamente o apetite. Fazia
algum tempo que se sentia pesado e não conseguia colocar nada na boca.
Ele se movia com dificuldade e pedia desculpas às pessoas por causa disso.*

Naquela quinta-feira, Saladino se sente suficientemente em forma até para ir a cavalo acolher uma caravana de peregrinos de volta
de Meca. Dois dias depois, porém, ele não consegue mais se levantar.
Pouco a pouco, entra num estado de letargia. Seus momentos de
consciência se tornam cada vez mais raros. A notícia de sua doença
se espalha pela cidade e os damascenos temem que sua cidade logo
mergulhe na anarquia.

*Os tecidos foram retirados dos mercados, por medo de pilhagem. E
todas as noites, quando eu deixava a cabeceira do sultão para voltar para
casa, as pessoas se aglutinavam a meu redor para tentar adivinhar, por
minha expressão, se o inevitável já acontecera.*

Na noite de 2 de março, o quarto do doente é invadido pelas
mulheres do palácio, que não conseguem reter as lágrimas. O estado
de Saladino é tão crítico que seu filho mais velho al-Afdal pede a Baha
ad-Din e a outro colaborador do sultão, o cádi al-Fadil, que passem
a noite na cidadela. "Seria imprudente", responde o cádi, "pois se as
pessoas da cidade não nos virem sair, elas vão pensar no pior, e poderia
haver pilhagens." Para velar o doente, chama-se um xeique que mora
dentro da cidadela.

*Ele lia versículos do Alcorão, falava de Deus e do além, enquanto
o sultão jazia sem consciência. Quando voltei na manhã seguinte, ele
já estava morto. Deus tenha misericórdia! Contaram-me que quando
o xeique leu o versículo que dizia: "Não há outra divindade além de*

*Deus, e é a ele que me entrego", o sultão sorriu, seu rosto se iluminou, depois ele expirou.*

Assim que a notícia de sua morte é conhecida, vários damascenos se dirigem à cidadela, mas os guardas os impedem de entrar. Somente os grandes emires e os principais ulemás são autorizados a apresentar seus pêsames a al-Afdal, filho mais velho do falecido sultão, sentado num dos salões do palácio. Os poetas e os oradores são convidados a guardar silêncio. Os filhos mais jovens de Saladino saem à rua e se misturam à multidão, soluçando.

*Essas cenas insustentáveis,* conta Baha ad-Din, *continuam até depois da oração do meio-dia. Então o corpo foi lavado e revestido com uma mortalha; todos os produtos utilizados para isso precisaram ser pedidos emprestados, pois o sultão não possuía nada de seu. Embora convidado para a cerimônia da lavagem, efetuada pelo teólogo al-Dawlahi, não tive coragem de assistir a ela. Depois da oração do meio-dia, o corpo foi levado para fora, num caixão coberto por um lençol. Percebendo o cortejo fúnebre, a multidão começou a soltar gritos de lamentação. Grupo após grupo, as pessoas vieram rezar sobre seus restos. Então o sultão foi transportado para os jardins do palácio, onde fora tratado durante sua doença, e sepultado no pavilhão ocidental. Foi enterrado na hora da oração da tarde. Que Deus santifique sua alma e ilumine seu túmulo!*

## CAPÍTULO 12

O justo e o perfeito

Como todos os grandes dirigentes muçulmanos de sua época, Saladino tem como sucessor imediato a guerra civil. Assim que ele morre, o império é desmembrado. Um de seus filhos fica com o Egito, outro com Damasco, um terceiro com Alepo. Felizmente, a maior parte de seus dezessete filhos homens, bem como sua única filha, são jovens demais para lutar, o que limita um pouco a fragmentação. Mas o sultão também deixa dois irmãos e vários sobrinhos, que também querem sua parte da herança e, se possível, o legado inteiro. Serão necessários quase nove anos de combates, alianças, traições e assassinatos para que o império aiúbida obedeça de novo a um único chefe: al-Adel, "o Justo", o hábil negociador que quase se tornara cunhado de Ricardo Coração de Leão.

Saladino desconfiava um pouco de seu irmão mais novo, que falava bem demais, fazia intrigas demais, era ambicioso demais e exageradamente complacente com os ocidentais. Por isso lhe confiara um feudo sem grande importância: os castelos tomados de Renaud de Châtillon, na margem leste do Jordão. A partir desse território árido e quase desabitado, calculava o sultão, ele nunca poderia querer dirigir o império. Era não o conhecer. Em julho de 1196, al-Adel arranca Damasco de al-Afdal. O filho de Saladino, aos 26 anos, se mostrara totalmente incapaz de governar. Deixando o poder efetivo a seu vizir Diya al-Din Ibn al-Athir, irmão do historiador, ele se entregava ao álcool e aos prazeres do harém. Seu tio se livra dele com a ajuda de um complô e o exila na fortaleza vizinha de Salkhad, onde al-Afdal, devorado pelo remorso, promete abandonar a vida dissoluta para se dedicar à oração e à meditação. Em novembro de 1198, outro filho de Saladino, al-Aziz, senhor do Egito, morre ao cair do cavalo durante uma caça ao lobo nos arredores das pirâmides. Al-Afdal não resiste à tentação de deixar seu retiro para sucedê-lo, mas seu tio não tem dificuldade em lhe arrancar sua nova possessão e devolvê-lo à sua vida de recluso. A partir de 1202, al-Adel, ao 57 anos, se torna o senhor inconteste do império aiúbida.

Embora não tenha o carisma nem o gênio de seu ilustre irmão, ele é melhor administrador. O mundo árabe conhece sob sua égide uma era de paz, prosperidade e tolerância. Estimando que a guerra santa não tinha mais razão de ser depois da recuperação de Jerusalém e do enfraquecimento dos *franj*, o novo sultão adota com estes últimos uma política de coexistência e trocas comerciais; inclusive encoraja a instalação no Egito de várias centenas de mercadores italianos. Uma calmaria sem precedentes reinará na frente árabo-franca por vários anos.

Num primeiro momento, quando os aiúbidas estavam absorvidos por suas querelas, os *franj* tentaram recolocar um pouco de ordem em seus territórios, gravemente amputados. Antes de deixar o Oriente, Ricardo confiara o reino de Jerusalém, do qual Acre se tornara a capital, a um de seus sobrinhos, "al-cond Herri", o conde Henri de Champagne. Guy de Lusignan, por sua vez, desconsiderado depois de sua derrota em Hatim, é exilado com honrarias tornando-se rei de Chipre, onde sua dinastia reinará por quatro séculos. Para compensar a fraqueza de seu Estado, Henri de Champagne tenta firmar uma aliança com os Assassinos. Ele vai pessoalmente a uma de suas fortalezas, al-Kahf, para encontrar o grão-mestre. Sinan, o velho da montanha, morrera pouco tempo antes, mas seu sucessor exerce sobre a seita a mesma autoridade absoluta. Para provar isso a seu visitante franco, ele ordena a dois adeptos que se atirem do alto das muralhas, o que eles fazem sem um instante de hesitação – o grão-mestre se prepara para continuar a matança, mas Henri suplica que acabe com aquilo. Um tratado de aliança é firmado. Para honrar o convidado, os Assassinos lhe perguntam se ele não tem um assassinato a lhes confiar. Henri agradece, prometendo recorrer a seus serviços se a ocasião se apresentar. Ironia do destino, pouço depois de assistir àquela cena, o sobrinho de Ricardo morre, em 10 de setembro de 1197, ao cair acidentalmente de uma janela de seu palácio de Acre.

Durante as semanas que seguem à sua morte, ocorrem os únicos confrontos sérios que marcam esse período. Peregrinos alemães fanáticos se apoderam de Sayda e Beirute, antes de serem massacrados a caminho de Jerusalém, enquanto al-Adel recupera Jafa. Em 1º de julho de 1198, uma nova trégua é assinada por uma duração de cinco anos e oito meses, trégua que o irmão de Saladino aproveita para consolidar seu poder. Homem de Estado prudente, ele agora sabe que não basta se entender com os *franj* do litoral para evitar uma nova invasão, mas que é ao próprio Ocidente que é preciso se dirigir. Não seria oportuno utilizar suas boas relações com os mercadores italianos para convencê-los a parar de despejar no Egito e na Síria ondas de guerreiros descontrolados?

Em 1202, ele recomenda ao filho al-Kamel, "o Perfeito", vice-rei do Egito, que abra tratativas com a Sereníssima República de Veneza, principal potência marítima do Mediterrâneo. Os dois Estados falam a língua do pragmatismo e dos interesses comerciais, então um acordo é rapidamente firmado. Al-Kamel garante aos venezianos o acesso aos portos do delta do Nilo, como Alexandria ou Damieta, e lhes oferece toda a proteção e a assistência necessárias; em troca, a República dos doges promete não apoiar nenhuma expedição ocidental contra o Egito. Os italianos, que, contra a proposta de uma grande quantia, acabam de assinar com um grupo de príncipes ocidentais um acordo prevendo justamente o transporte de cerca de 35 mil guerreiros francos para o Egito, preferem manter esse tratado em segredo. Negociantes hábeis, os venezianos estão decididos a não romper nenhum de seus compromissos.

Quando os cavaleiros, prestes a embarcar, chegam à cidade do Adriático, eles são calorosamente acolhidos pelo doge Dandolo. *Ele era*, nos diz Ibn al-Athir, *um velhíssimo homem cego que, quando montava a cavalo, precisava de um escudeiro para guiar sua montaria.* Apesar da idade e da enfermidade, Dandolo anuncia sua intenção de participar pessoalmente da expedição sob o estandarte da cruz. Antes da partida, porém, ele exige dos cavaleiros a quantia combinada. E quando estes pedem para atrasar o pagamento, ele só aceita se a expedição começar pela ocupação do porto de Zara, que, havia alguns anos, fazia concorrência com os venezianos no Adriático. Não é sem hesitação que os cavaleiros se resignam a isso, pois Zara é uma cidade cristã que pertence ao rei da Hungria, fiel servidor de Roma, mas eles não têm escolha: o doge exige esse pequeno serviço ou o pagamento imediato da quantia prometida. Zara é então atacada e pilhada em novembro de 1202.

Mas os venezianos visam mais alto. Eles agora tentam convencer os chefes da expedição a fazer um desvio por Constantinopla para instalar no trono imperial um jovem príncipe favorável aos ocidentais. O objetivo final do doge é obviamente conferir à sua república o controle do Mediterrâneo, e os argumentos que ele propõe são hábeis. Aproveitando a desconfiança dos cavaleiros para com os "heréticos" gregos, fazendo-os cobiçar os imensos tesouros de Bizâncio, explicando a seus chefes que o controle da cidade dos *rum* lhes permitiria lançar ataques mais eficazes contra os muçulmanos, ele consegue o que quer. Em junho de 1203, a frota veneziana chega diante de Constantinopla.

*O rei dos rum foge sem combater,* conta Ibn al-Athir, *e os franj colocaram seu jovem candidato no trono. Mas do poder ele só tinha o nome, pois todas as decisões eram tomadas pelos franj. Eles impuseram às pessoas pesadíssimos tributos, e quando o pagamento se revelou impossível, eles tomaram todo o ouro e as joias, até os que estavam nas cruzes e nas imagens do Messias, a paz esteja com ele! Os rum então se revoltaram, mataram o jovem monarca, depois, expulsando os franj da cidade, ergueram barricadas em suas portas. Como suas forças estavam reduzidas, eles despacharam um mensageiro a Suleiman, filho de Kilij Arslan, senhor de Cônia, a fim de que ele viesse em seu socorro. Mas ele não foi capaz de fazê-lo.*

Os *rum* de fato não estavam em condições de se defender. Não apenas seu exército era formado em grande parte por mercenários francos, como numerosos agentes venezianos agiam contra eles dentro de seus muros. Em abril de 1204, depois de apenas uma semana de combate, a cidade foi invadida e, por três dias, entregue à pilhagem e à carnificina. Ícones, estátuas, livros, inúmeros objetos de arte e testemunhos das civilizações grega e bizantina foram roubados ou destruídos, e milhares de habitantes foram degolados.

O JUSTO E O PERFEITO ❧ 239

*Todos os rum foram mortos ou despojados,* relata o historiador de Mossul. *Alguns de seus notáveis tentaram se refugiar na grande igreja que eles chamam Sofia, perseguidos pelos franj. Um grupo de sacerdotes e monges saiu, levando cruzes e evangelhos, para suplicar aos atacantes que preservassem suas vidas, mas os franj não deram a menor atenção a suas súplicas. Eles os massacraram e depois saquearam a igreja.*

Também se conta que uma prostituta vinda com a expedição franca se sentara no trono do patriarca, entoando canções libertinas, enquanto soldados bêbados violavam as freiras gregas nos monastérios vizinhos. O saque de Constantinopla, um dos atos mais degradantes da História, foi seguido, como disse Ibn al-Athir, pela entronização de um imperador latino do Oriente, Balduíno de Flandres, que os *rum*, evidentemente, nunca reconheceram. Os sobreviventes da corte imperial se instalam em Niceia, que se tornará a capital provisória do império grego até a retomada de Bizâncio, 57 anos depois.

Em vez de reforçar os assentamentos francos na Síria, a temerária aventura de Constantinopla é um golpe severo. Para aqueles numerosos cavaleiros que vêm buscar fortuna no Oriente, a terra grega oferece melhores perspectivas. Há feudos para tomar e riquezas para acumular, ao passo que a estreita faixa costeira em torno de Acre, Trípoli ou Antioquia não apresenta nenhum atrativo para os aventureiros. Naquele momento, o desvio da expedição priva os *franj* da Síria dos reforços que teriam permitido uma nova operação contra Jerusalém e os força a pedir ao sultão, em 1204, a renovação da trégua. Al-Adel a aceita por seis anos. Embora agora esteja no auge de seu poder, o irmão de Saladino não tem a menor intenção de se lançar numa reconquista. A presença dos *franj* no litoral não o molesta de modo algum.

A maioria dos *franj* da Síria gostaria que a paz se prolongasse, mas além-mar, especialmente em Roma, só se pensa em retomar as hostilidades. Mas em 1210, devido a um casamento, o reino de Acre vai para Jean de Brienne, um cavaleiro de sessenta anos há pouco chegado do Ocidente. Ainda que resignado a renovar a trégua por cinco anos, em julho de 1212, ele não cessa de enviar mensageiros ao papa para pressioná-lo a acelerar os preparativos de uma poderosa expedição, de modo que uma ofensiva possa ser lançada no verão de

1217. Os primeiros navios de peregrinos armados chegam a Acre com um pouco de atraso, no mês de setembro. Eles são logo seguidos por centenas mais. Em abril de 1218, uma invasão franca tem início. Seu objetivo é o Egito.

Al-Adel fica surpreso e, sobretudo, decepcionado com essa agressão. Ele não tinha feito de tudo, desde sua chegada ao poder, e mesmo antes, na época das negociações com Ricardo, para colocar um fim ao estado de guerra? Ele não vinha suportando havia anos os sarcasmos dos homens de religião que o acusavam de ter desertado a causa do jihad por amizade com homens loiros? Por meses a fio, esse homem de 73 anos, doente, se recusa a dar fé aos relatos que chegam até ele. Um bando de alemães furiosos se dedicando a saquear algumas aldeias da Galileia é uma peripécia com a qual ele está acostumado e que não o preocupa. Mas, depois de um quarto de século de paz, que o Ocidente se lance numa invasão massiva, isso lhe parece impensável.

No entanto, as informações se tornam cada vez mais precisas. Dezenas de milhares de combatentes francos se reuniram diante da cidade de Damieta, que controla o acesso do principal afluente do Nilo. Instruído pelo pai, al-Kamel marcha ao encontro deles à frente de suas tropas. Assustado com seu número, ele evita enfrentá-los. Prudentemente, ele instala seu acampamento ao sul do porto, de maneira a sustentar a guarnição sem ser obrigado a travar uma batalha campal. A cidade é uma das mais bem defendidas do Egito. Suas muralhas estão cercadas, a leste e ao sul, por uma estreita faixa de terra pantanosa, enquanto a norte e a oeste o Nilo garante uma ligação permanente com o interior do território. Ela não pode ser eficazmente cercada, portanto, a não ser que o inimigo consiga garantir o controle do rio. Para se precaver desse perigo, a cidade dispõe de um engenhoso sistema, que na verdade é uma grossa corrente de ferro, fixada de um lado nas muralhas da cidade e do outro numa cidadela construída sobre uma ilha próxima da margem oposta, que impede o acesso ao Nilo. Constatando que nenhuma embarcação pode passar se a corrente não for retirada, os *franj* se encarniçam sobre a cidadela. Ao longo de três meses, todos os assaltos são repelidos, até que eles têm a ideia de arrimar dois grandes navios e neles construir uma espécie de torre flutuante na mesma altura da cidadela. Eles a tomam de assalto em 25 de agosto de 1218; a corrente é rompida.

Quando um pombo-correio, alguns dias mais tarde, leva a notícia dessa derrota a Damasco, al-Adel fica profundamente abalado. É claro que a queda da cidadela levará à queda de Damieta e que nenhum obstáculo poderá deter os invasores na marcha até o Cairo. Anuncia-se uma longa campanha, que ele não tem nem forças nem vontade de liderar. Ao cabo de algumas horas, ele sucumbe a uma crise cardíaca.

Para os muçulmanos, a verdadeira catástrofe não é a queda da cidadela fluvial, mas a morte do velho sultão. No plano militar, al-Kamel consegue, de fato, conter o inimigo, infligir-lhe perdas significativas e impedi-lo de cercar Damieta. No plano político, em contrapartida, a inevitável luta pela sucessão tem início, apesar dos esforços do sultão para que seus filhos escapassem dessa fatalidade. Em vida, ele já dividira seus domínios: o Egito para al-Kamel, Damasco e Jerusalém para al-Muazzam, a Jazira para al-Ashraf e feudos menos importantes para os mais jovens. Mas é impossível satisfazer a todas as ambições: ainda que reine uma relativa harmonia entre os irmãos, alguns conflitos não podem ser evitados. No Cairo, vários emires aproveitam a ausência de al-Kamel para tentar instalar um de seus jovens irmãos no trono. O golpe de Estado está a ponto de ter êxito quando o senhor do Egito, informado, esquecendo Damieta e os *franj*, levanta acampamento e sobe para a capital para estabelecer a ordem e punir os responsáveis pelo complô. Os invasores ocupam sem demora as posições que ele acaba de abandonar. Damieta é cercada.

Embora tenha recebido o apoio do irmão al-Muazzam, vindo de Damasco com seu exército, al-Kamel já não está em medida de salvar a cidade, e menos ainda de acabar com a invasão. As ofertas de paz são particularmente generosas, portanto. Depois de pedir a al-Muazzam que derrube as fortificações de Jerusalém, ele envia um mensageiro aos *franj* garantindo-lhes que estaria disposto a entregar a Cidade Santa se eles aceitassem deixar o Egito. Sentindo-se em posição de força, os *franj* no entanto se recusam a negociar. Em outubro de 1219, al-Kamel especifica sua oferta: ele entregaria, além de Jerusalém, toda a Palestina a oeste do Jordão, além da verdadeira cruz. Dessa vez, os invasores se dão ao trabalho de estudar suas propostas. Jean de Brienne opina favoravelmente, bem como todos os *franj* da Síria. Mas a decisão final cabe a um certo Pelágio, um cardeal espanhol, partidário da guerra santa a todo custo, que o papa nomeou à frente da expedição. Ele diz que jamais aceitará tratar com os sarracenos. E para marcar bem sua recusa, ele ordena que seja feito sem demora o ataque contra Damieta. A guarnição, dizimada pelos combates, pela fome e por uma recente epidemia, não opõe qualquer resistência.

Pelágio está decidido a se apoderar de todo o Egito. Ele não marcha até o Cairo naquele momento porque lhe anunciam a chegada iminente de Frederico de Hohenstaufen, rei da Alemanha e da Sicília, o monarca mais poderoso do Ocidente, à frente de uma importante expedição. Al-Kamel, que foi informado desses rumores, se prepara para a guerra. Seus mensageiros percorrem as terras do Islá para pedir ajuda aos irmãos, primos e aliados. Além disso, ele manda armar, a oeste do delta, não muito longe de Alexandria, uma frota que, durante o verão de 1220, surpreende os navios ocidentais ao largo de Chipre, obtendo uma vitória esmagadora. Com o inimigo assim privado do domínio dos mares, al-Kamel se apressa a renovar sua oferta de paz, acrescentando a promessa de assinar uma trégua de trinta anos. Em vão. Pelágio vê nessa excessiva generosidade a prova de que o senhor do Cairo está encurralado. Eles não acabaram de ser informados de que Frederico II foi sagrado imperador em Roma e que jurou partir sem demora para o Egito? Na primavera de 1221, no máximo, ele deveria chegar com centenas de navios e dezenas de milhares de soldados? O exército franco não deve, enquanto isso, fazer nem a guerra nem a paz.

Frederico só chegará, na verdade, oito anos depois! Pelágio espera até o início do verão. Em julho de 1221, o exército franco deixa Damieta, pegando resolutamente o caminho do Cairo. Na capital egípcia, os soldados de al-Kamel precisam utilizar a força para impedir os habitantes de fugir. Mas o sultão se mostra confiante, pois dois de seus irmãos vieram a seu socorro: Al-Ashraf, que, com suas tropas de Jazira, se juntou a ele para tentar impedir os invasores de chegar ao Cairo, e al-Muazzam, que se dirige com seu exército sírio para o norte, colocando-se audaciosamente entre o inimigo e Damieta. Al-Kamel, por sua vez, acompanha de perto, com alegria quase incontida, a cheia do Nilo. Pois o nível da água começa a se elevar sem que os ocidentais

O JUSTO E O PERFEITO · 243

percebam. Em meados de agosto, as terras se tornaram tão lodosas e escorregadias que os cavaleiros são obrigados a parar e bater em retirada com seu exército inteiro.

O movimento de recuo acaba de começar quando um grupo de soldados egípcios toma a iniciativa de derrubar os diques. Estamos em 26 de agosto de 1221. Em poucas horas, e enquanto as tropas muçulmanas bloqueiam as saídas, todo o exército franco se vê atolado num mar de lama. Dois dias depois, Pelágio, desesperado para salvar seu exército da destruição, envia um mensageiro a al-Kamel para pedir a paz. O soberano aiúbida dita suas condições: os *franj* deverão evacuar Damieta e assinar uma trégua de oito anos; em troca, seu exército poderá voltar ao mar sem ser molestado. Evidentemente, não se trata mais de oferecer Jerusalém.

Celebrando essa vitória tão completa quanto inesperada, muitos árabes se perguntam se al-Kamel realmente falava sério quando propusera entregar a Cidade Santa para os *franj*. Não teria sido um engodo para ganhar tempo? Eles em breve poderão contar com isso.

Durante a árdua crise de Damieta, o senhor do Egito se fez muitas perguntas a respeito do famoso Frederico, "al-enboror", cuja vinda os *franj* aguardavam. Seria tão poderoso quanto diziam? Estaria realmente determinado a fazer a guerra santa contra os muçulmanos? Interrogando seus colaboradores, informando-se junto a viajantes vindos da Sicília, a ilha da qual Frederico era o rei, al-Kamel vai de surpresa em surpresa. Quando descobre, em 1225, que o imperador acaba de se casar com Yolande, filha de Jean de Brienne, tornando-se assim rei de Jerusalém, ele decide enviar uma embaixada presidida por um ótimo diplomata, o emir Fakhr al-Din Ibn ach-Shaykh. Assim que chega em Palermo, este fica maravilhado: sim, tudo o que se diz de Frederico é verdade! Ele fala e escreve perfeitamente o árabe, não esconde sua admiração pela civilização muçulmana, se mostra desdenhoso em relação ao Ocidente bárbaro e principalmente ao papa de Roma, a Grande. Seus colaboradores mais próximos são árabes, assim como os soldados de sua guarda, que, nas horas de oração, se prostram voltados para Meca. Tendo passado toda sua juventude na Sicília, então foco privilegiado das ciências árabes, aquele espírito curioso não sente muito em comum com os *franj* obtusos e fanáticos. Em seu reino, a voz do muezim ecoa sem entraves.

Fakhr al-Din logo se torna amigo e confidente de Frederico. Através dele, os laços se estreitam entre o imperador germânico e o sultão do Cairo. Os dois monarcas trocam cartas sobre a lógica de Aristóteles, a imortalidade da alma, a gênese do universo. Al-Kamel, descobrindo a paixão de seu correspondente pela observação dos animais, lhe oferece ursos, macacos, dromedários e mesmo um elefante, que o imperador confia aos responsáveis árabes de seu jardim zoológico particular. O sultão não fica pouco contente de encontrar no Ocidente um dirigente esclarecido, capaz de compreender, como ele, a inutilidade daquelas intermináveis guerras religiosas. Por isso ele não hesita em expressar a Frederico seu desejo de vê-lo no Oriente num futuro próximo, acrescentando que ficaria feliz de vê-lo com a posse de Jerusalém.

Compreende-se melhor esse acesso de generosidade quando se sabe que no momento em que essa oferta é formulada, a Cidade Santa não pertence a al-Kamel, mas a seu irmão al-Muazzam, com quem ele acaba de se desentender. Para al-Kamel, a ocupação da Palestina por seu aliado Frederico criaria um Estado tampão que o protegeria contra as iniciativas de al-Muazzam. A longo prazo, o reino de Jerusalém, revigorado, poderia se interpor eficazmente entre o Egito e os povos guerreiros da Ásia, cuja ameaça aumenta. Um muçulmano fervoroso nunca cogitaria com tanta frieza abandonar a Cidade Santa, mas al-Kamel é bastante diferente de seu tio Saladino. Para ele, a questão de Jerusalém é acima de tudo política e militar; o aspecto religioso só é considerado na medida em que influencia a opinião pública. Não se sentindo mais próximo do cristianismo do que do Islã, Frederico tem um comportamento idêntico. Se deseja tomar posse da Cidade Santa, não é absolutamente para se recolher sobre o túmulo de Cristo, mas porque tal êxito reforçaria sua posição na luta contra o papa, que acaba de excomungá-lo para puni-lo por ter atrasado sua expedição para o Oriente.

Em setembro de 1228, quando o imperador desembarca em Acre, ele está convencido de que com a ajuda de al-Kamel conseguirá entrar em Jerusalém como o vencedor, calando seus inimigos. Na verdade, o senhor do Cairo está terrivelmente atrapalhado, pois acontecimentos recentes mudaram totalmente o tabuleiro regional. Al-Muazzam morreu subitamente em novembro de 1227, deixando Damasco a seu filho an-Nasser, um jovem inexperiente. Para al-Kamel, que agora pode sonhar em tomar pessoalmente Damasco e a Palestina, não se trata mais de estabelecer um Estado tampão entre o Egito e a Síria. Ou seja, a chegada de Frederico, que amigavelmente lhe solicita Jerusalém e seus arredores, já não lhe agrada nem um pouco. Como homem honrado, ele não pode renegar suas promessas, mas ele tenta tergiversar, explicando ao imperador que a situação mudou subitamente.

Frederico, que veio com apenas três mil homens, achava que a tomada de Jerusalém seria uma simples formalidade. Assim, não ousa se lançar numa política de intimidação e tenta enternecer al-Kamel: *Sou seu amigo*, ele escreve. *Você é que me incitou a fazer a viagem. Agora, o papa e todos os reis do Ocidente estão a par de minha missão. Se eu voltar de mãos vazias, perderei a consideração de todos. Por piedade, dê-me Jerusalém para que eu possa manter a cabeça erguida!* Al-Kamel fica comovido, por isso envia a Frederico seu amigo Fakhr al-Din, cheio de presentes, com uma resposta de duplo sentido. *Eu também*, ele explica, *devo levar em conta a opinião pública. Se eu entregasse Jerusalém, isso poderia gerar não apenas uma condenação de meus atos por parte do califa, como também uma insurreição religiosa que poderia me tirar o trono.* Para ambos, trata-se, acima de tudo, de salvar as aparências. Frederico chega a suplicar a Fakhr al-Din que encontre uma solução honrada. E este lhe lança, com o acordo prévio do sultão, uma tábua de salvação. "O povo jamais aceitaria que entregássemos Jerusalém, tão arduamente conquistada por Saladino, sem nenhum combate. Em contrapartida, se o acordo sobre a Cidade Santa pudesse evitar uma guerra sangrenta..." O imperador compreende. Ele sorri, agradece ao amigo pelo conselho, depois ordena a suas magras tropas que se preparem para o combate. No final de novembro de 1228, enquanto Frederico marcha em grande pompa para o porto de Jafa, al-Kamel manda dizer a todo o país que é preciso se preparar para uma longa e dura guerra contra o poderoso soberano do Ocidente.

Algumas semanas depois, sem que nenhum combate tenha acontecido, o texto do acordo está pronto: Frederico obtém de Jerusalém um corredor ligando a cidade à costa, bem como Belém, Nazaré, os arredores de Sayda e a potente fortaleza de Tibnin, a leste de Tiro. Os muçulmanos mantêm, na Cidade Santa, sua presença no setor do al-Haram al-Sharif, onde estão reunidos seus principais santuários. O tratado é assinado em 18 de fevereiro de 1229 por Frederico e pelo embaixador Fakhr al-Din em nome do sultão. Um mês depois, o imperador vai a Jerusalém, cuja população muçulmana foi evacuada por al-Kamel, com exceção de alguns homens de religião, encarregados dos locais de culto do Islã. Ele é recebido pelo cádi de Nablus, Shams al-Din, que lhe entrega as chaves da cidade e o serve como uma espécie de guia. O próprio cádi relata essa visita.

*Quando o imperador, rei dos franj, veio a Jerusalém, fiquei com ele como al-Kamel me pedira. Entrei com ele no al-Haram al-Sharif, onde ele visitou as pequenas mesquitas. Depois fomos à mesquita al-Aqsa, cuja arquitetura ele admirou, bem como a da Cúpula da Rocha. Ele ficou fascinado com a beleza do púlpito, subiu seus degraus até o alto. Quando ele desceu, me pegou pela mão e me puxou de novo para al-Aqsa. Lá, encontro um sacerdote que, com o evangelho na mão, queria entrar na mesquita. Furioso, o imperador começou a intimidá-lo. "O que o trouxe até este lugar? Por Deus, se algum de vocês ousasse pisar aqui sem permissão, eu furaria seus olhos!" O sacerdote se afastou, tremendo. Naquela noite, pedi para o muezim não chamar para a oração para não indispor o imperador. Mas este, quando cheguei no dia seguinte, me perguntou: "Ó, cádi, por que os muezim não chamaram para a oração, como de costume?". Respondi: "Eu os impedi de fazê-lo em consideração a sua majestade". "Não deveria ter agido assim", disse o imperador, "pois, se passei a noite em Jerusalém, foi sobretudo para ouvir o chamado dos muezim durante a noite."*

Durante sua visita à Cúpula da Rocha, Frederico leu uma inscrição que dizia: *Salah ad-Din purificou esta Cidade Santa dos mushrikin*. Esse termo, que significa "associacionistas", ou mesmo "politeístas", se refere aos que associam outras divindades ao culto do Deus único. Ele designa em particular, nesse contexto, os cristãos, adeptos da Trindade. Fingindo ignorá-lo, o imperador, com um sorriso divertido, pergunta a seus anfitriões embaraçados quem poderiam ser aqueles "mushrikin". Poucos minutos depois, vendo uma grade na entrada da Cúpula, ele

O JUSTO E O PERFEITO ❧ 247

pergunta sobre sua utilidade. "É para impedir os pássaros de entrar nesse local", responderam-lhe. Diante de seus interlocutores estupefatos, Frederico comenta a alusão, que obviamente visa os *franj*: "E dizer que Deus permitiu que os porcos entrassem!". O cronista de Damasco, Sibt Ibn Al-Jawzi, que em 1229 é um brilhante orador de 43 anos, vê nessas reflexões a prova de que Frederico não é nem cristão nem muçulmano, *mas com toda certeza ateu.* Ele acrescenta, fiando-se nos testemunhos dos que o frequentaram em Jerusalém, que o imperador *tinha os pelos ruivos, era careca e míope; se tivesse sido um escravo, não teria valido duzentos dirhams.*

A hostilidade de Sibt para com o imperador reflete o sentimento da grande maioria dos árabes. Em outras circunstâncias, a atitude amigável do imperador em relação ao Islã e sua civilização sem dúvida teria sido apreciada. Mas os termos do tratado assinado por al-Kamel escandalizam a todos. *Assim que a notícia da entrega da Cidade Santa aos franj foi conhecida,* diz o cronista, *uma verdadeira tempestade sacudiu todos os países do Islã. Em razão da gravidade do fato, manifestações públicas de luto foram organizadas.* Em Bagdá, em Mossul, em Alepo, havia reuniões nas mesquitas para denunciar a traição de al-Kamel. É em Damasco, porém, que a reação é mais violenta. *O rei an-Nasser me pediu para reunir o povo na grande mesquita de Damasco,* conta Sibt, *para que eu falasse do que acontecera em Jerusalém. Eu só podia aceitar, pois meus deveres para com a fé o ditavam.*

Na presença de uma multidão enfurecida, o cronista-predicador sobe ao púlpito, com um turbante de seda negra na cabeça: "A notícia desastrosa que recebemos partiu nossos corações. Nossos peregrinos já não poderão ir a Jerusalém, os versículos do Alcorão já não serão recitados em suas escolas. Como é grande, hoje, a vergonha dos dirigentes muçulmanos!". An-Nasser assiste pessoalmente à manifestação. Entre ele e seu tio al-Kamel, uma guerra aberta é declarada. Tanto que enquanto este entrega Jerusalém a Frederico, o exército egípcio impõe um severo bloqueio a Damasco. Para a população da metrópole síria, solidamente unida em torno de seu jovem soberano, a luta contra a traição do senhor do Cairo se torna um tema de mobilização. A eloquência de Sibt não será suficiente, no entanto, para salvar Damasco. Com uma esmagadora superioridade numérica, al-Kamel saiu vencedor desse confronto, obtendo a capitulação da cidade e restabelecendo, em proveito próprio, a unidade do império aiúbida.

Em junho de 1229, an-Nasser abandonará sua capital. Amargo, mas nem um pouco desesperado, ele se instala a leste do Jordão, na fortaleza de Kerak, onde ele será visto, durante os anos de trégua, como o símbolo da firmeza diante do inimigo. Muitos damascenos se mantêm ligados à sua pessoa, e inúmeros militantes religiosos, decepcionados com a política exageradamente conciliadora dos outros aiúbidas, não perdem as esperanças, graças a esse jovem príncipe fogoso que incita seus pares a continuar o jihad contra os invasores. *Quem além de mim, ele escreve, emprega todos os seus esforços para proteger o Islã? Quem além de mim luta em todas as circunstâncias pela causa de Deus?* Em novembro de 1239, cem dias depois do fim do prazo da trégua, an-Nasser, graças a uma expedição-surpresa, toma Jerusalém. Há uma explosão de alegria em todo o mundo árabe. Os poetas comparam o vencedor a seu tio-avô Saladino e agradecem a ele por ter assim apagado a afronta causada pela traição de al-Kamel.

Os que fazem sua apologia omitem, no entanto, que an-Nasser se reconciliara com o senhor do Cairo pouco antes da morte deste último em 1238, sem dúvida esperando que ele lhe devolvesse o governo de Damasco. Da mesma forma, os poetas evitam sublinhar que o príncipe aiúbida não procurara conservar Jerusalém depois de sua retomada; julgando a cidade indefensável, ele se apressou a destruir a torre de Davi e outras fortificações recentemente construídas pelos *franj*, antes de se retirar com suas tropas para Kerak. O fervor não exclui o realismo político ou militar, poderíamos dizer. Mas o comportamento ulterior do dirigente extremista não deixa de intrigar. Ao longo da inevitável guerra de sucessão que se segue à morte de al-Kamel, an-Nasser não hesita em propor aos *franj* uma aliança contra seu primo. A fim de atrair os ocidentais, em 1243 ele reconhece oficialmente o direito deles sobre Jerusalém, oferecendo-se inclusive para retirar os homens de religião muçulmana do al-Haram al-Sharif. Al-Kamel nunca fora tão longe em suas transigências!

# SEXTA PARTE

❧

# A EXPULSÃO
## (1244-1291)

*Atacados pelos mongóis — os tártaros — a leste
e pelos franj a oeste, os muçulmanos nunca
estiveram numa posição tão crítica. Somente
Deus ainda pode socorrê-los.*

Ibn al-Athir

CAPÍTULO 13

❧

# O chicote Mongol

Os acontecimentos que vou narrar são tão horríveis que durante anos evitei aludir a eles. Não é fácil anunciar que a morte se abateu sobre o Islã e os muçulmanos. Ah! Eu teria preferido que minha mãe não tivesse me colocado no mundo, ou então ter morrido sem testemunhar todos esses infortúnios. Se um dia lhe disserem que a Terra nunca conheceu semelhante calamidade desde que Deus criou Adão, não hesite em acreditar, pois é a pura verdade. Entre as tragédias mais célebres da História, em geral se cita o massacre dos filhos de Israel por Nabucodonosor e a destruição de Jerusalém. Mas isso não é nada em comparação com o que acaba de acontecer. Não, até o fim dos tempos, sem dúvida nunca veremos uma catástrofe com tamanha amplidão.*

Em sua volumosa *História perfeita*, Ibn al-Athir em nenhum momento adota um tom tão patético. Sua tristeza, seu pavor e sua incredulidade explodem página após página, atrasando, como que por superstição, o instante em que enfim deve ser pronunciado o nome do flagelo: Gengis Khan.

A ascensão do conquistador mongol começou pouco depois da morte de Saladino, mas foi apenas um quarto de século mais tarde que os árabes sentiram a aproximação da ameaça. Gengis Khan primeiro se dedicou a reunir sob sua autoridade as diversas tribos turcas e mongóis da Ásia Central, para depois se lançar à conquista do mundo. Em três direções: para leste, onde o império chinês foi avassalado e depois anexado; para noroeste, onde a Rússia e depois a Europa Oriental foram devastadas; para oeste, onde a Pérsia foi invadida. "É preciso devastar todas as cidades", dizia Gengis Khan, "para que o mundo inteiro se torne uma imensa estepe onde as mães mongóis possam amamentar crianças livres e felizes." Cidades prestigiosas como Bucara, Samarcanda e Herate serão destruídas, e suas populações dizimadas.

O primeiro avanço mongol em terras islâmicas coincidiu com a invasão franca ao Egito, de 1218 a 1221. O mundo árabe tinha então a impressão de estar entre dois fogos, o que em parte explica a atitude conciliatória de al-Kamel a respeito de Jerusalém. Mas Gengis Khan desistira de se aventurar até o oeste da Pérsia. Com sua morte, em 1227, aos 67 anos, a pressão dos cavaleiros das estepes sobre o mundo árabe afrouxara por alguns anos.

Na Síria, o flagelo primeiro se manifesta de maneira indireta. Entre as numerosas dinastias que os mongóis esmagaram em seu caminho, há a dos turcos corásmios, que, durante os anos anteriores, do Iraque à Índia, tinham suplantado os seljúcidas. O desmantelamento desse império muçulmano, que tivera seu momento de glória, obrigou os remanescentes de seu exército a fugir para longe dos terríveis vencedores, e foi assim que mais de dez mil cavaleiros corásmios um belo dia chegam à Síria, pilhando e espoliando cidades, participando como mercenários nas lutas internas dos aiúbidas. Em junho de 1244, julgando-se suficientemente fortes para instaurar seu próprio Estado, os corásmios se lançam ao assalto de Damasco. Eles pilham as aldeias vizinhas e saqueiam os pomares da planície de Ghuta, mas, incapazes de levar a cabo um longo cerco, diante da resistência da cidade, mudam de objetivo e se dirigem subitamente para Jerusalém, que eles ocupam sem dificuldade em 11 de julho. Embora a população franca seja em grande parte poupada, a cidade é saqueada e incendiada. Um novo ataque contra Damasco, porém, para grande alívio de todas as cidades da Síria, faz com que sejam dizimados alguns meses depois por uma coalizão de príncipes aiúbidas.

Dessa vez, os cavaleiros francos não retomarão Jerusalém. Frederico, cuja habilidade diplomática permitira que os ocidentais tremulassem a bandeira cruzada sobre os muros da cidade por quinze anos, se desinteressa por seu destino. Renunciando a suas ambições orientais, ele prefere manter relações amigáveis com os dirigentes do Cairo. Em

1247, quando o rei da França, Luís IX, planeja organizar uma expedição contra o Egito, o imperador tenta dissuadi-lo. Ou melhor, ele mantém Ayyub, filho de al-Kamel, regularmente informado sobre os preparativos da expedição francesa.

Luís chega ao Oriente em setembro de 1248, mas não se dirige imediatamente às costas egípcias, calculando que seria arriscado iniciar uma campanha antes da primavera. Ele se instala em Chipre, portanto, esforçando-se, durante os meses de espera, a realizar o sonho que obcecará os *franj* até o final do século XIII e mesmo depois: firmar uma aliança com os mongóis para cercar o mundo árabe. Embaixadores se deslocam regularmente entre os invasores do Leste e do Oeste. No final de 1248, Luís recebe em Chipre uma delegação que o faz cogitar uma possível conversão dos mongóis ao cristianismo. Comovido por essa perspectiva, ele se apressa em enviar presentes preciosos e piedosos. Mas os sucessores de Gengis Khan não entendem o sentido de seu gesto. Tratando o rei da França como um simples vassalo, eles lhe pedem para enviar, todos os anos, presentes do mesmo valor. Esse equívoco evitará ao mundo árabe, ao menos por enquanto, um ataque combinado de seus dois inimigos.

Portanto, os ocidentais se lançam sozinhos ao assalto do Egito, em 5 de junho de 1249, não sem que os dois monarcas tenham trocado, segundo as tradições da época, declarações de guerra tonitruantes. *Já lhe enviei*, escreve Luís, *várias advertências que não foram levadas em conta. Agora, minha decisão foi tomada: vou atacar seu território, e mesmo que jurasse fidelidade à Cruz, eu não mudaria de ideia. Os numerosos exércitos que me obedecem cobrem os montes e as planícies como os seixos no solo, e avançam em sua direção com as espadas do destino.* Em apoio a suas ameaças, o rei da França lembra a seu inimigo alguns sucessos obtidos no ano anterior pelos cristãos contra os muçulmanos da Espanha: *Expulsamos os vossos como rebanhos de gado, matamos os homens, enviuvamos as mulheres e capturamos meninas e meninos. Isso não lhe serve de lição?* A resposta de Ayyub tem o mesmo teor: *Insensato, esqueceu as terras que vocês ocupavam mas que conquistamos no passado, e mesmo recentemente? Esqueceu os danos que causamos?* Aparentemente consciente de sua inferioridade numérica, o sultão encontra no Alcorão a citação que o tranquiliza: *Quantas vezes uma pequena tropa venceu uma grande, com a permissão de Deus, pois Deus está com os corajosos.* O que o encoraja a predizer a Luís: *Sua derrota é inelutável. Em breve, lamentará amargamente a aventura na qual se lançou.*

Já no início da ofensiva, porém, os *franj* obtêm uma vitória decisiva. Damieta, que resistira bravamente à última expedição franca, trinta anos antes, dessa vez é entregue sem combate. Sua queda, que semeia o pavor no mundo árabe, revela de maneira brutal o extremo enfraquecimento dos herdeiros do grande Saladino. O sultão Ayyub, imobilizado pela tuberculose, incapaz de assumir o comando de suas tropas, prefere, em vez de perder o Egito, reatar com a política de seu pai, al-Kamel, propondo a Luís trocar Damieta por Jerusalém. Mas o rei da França se recusa a tratar com um "infiel" vencido e moribundo. Ayyub decide então resistir e se faz transportar de liteira para a cidade de Mançura, "a vitoriosa", construída por al-Kamel no exato local onde a invasão franca anterior fora derrotada. Infelizmente, a saúde do sultão declina rapidamente. Sacudido por ataques de tosse que parecem não ter fim, ele entra em coma, em 20 de novembro, enquanto os *franj*, encorajados pela baixa do Nilo, deixam Damieta na direção de Mançura. Três dias depois, para grande aflição de seu círculo, ele morre.

Como anunciar ao exército e ao povo que o sultão morreu, com o inimigo às portas da cidade e o filho de Ayyub, Turanshah, em algum lugar do norte do Iraque, a várias semanas de distância? É nesse momento que um personagem providencial intervém: Shajarat al-Durr, "a árvore de joias", uma escrava de origem armênia, bonita e astuciosa, que há anos é a esposa preferida de Ayyub. Reunindo os familiares do sultão, ela lhes ordena que guardem silêncio até a chegada do herdeiro e pede inclusive ao velho emir Fakhr al-Din, amigo de Frederico, que escreva uma carta em nome do sultão para chamar os muçulmanos ao jihad. Segundo um dos colaboradores de Fakhr al-Din, o cronista sírio Ibn Wassel, o rei da França logo soube da morte de Ayyub e se sentiu encorajado a aumentar sua pressão militar. No lado egípcio, porém, o segredo é mantido por um tempo suficientemente longo para evitar a desmoralização das tropas.

Ao longo dos meses de inverno, a batalha se encarniça em torno de Mançura, e em 10 de fevereiro de 1250, graças a uma traição, o

256 ❧ A EXPULSÃO

exército franco penetra de surpresa na cidade. Ibn Wassel, que estava no Cairo, conta:

*O emir Fakhr al-Din estava em seu banho quando lhe anunciaram a notícia. Atordoado, ele montou imediatamente, sem armadura, sem cota de malha, para ver o que estava acontecendo. Foi atacado por uma tropa de inimigos que o matou. O rei dos franj entrou na cidade, chegando ao palácio do sultão; seus soldados se espalharam pelas ruas, enquanto os militares muçulmanos e os habitantes buscavam a salvação numa fuga desordenada. O Islã parecia mortalmente atingido, e os franj se preparavam para colher o fruto da vitória quando chegaram os mamelucos turcos. Como o inimigo se dispersara pelas ruas, esses cavaleiros se lançaram valentemente ao ataque. Por toda parte os franj eram surpreendidos e massacrados a golpes de espada ou maça. No início do dia, os pombos tinham levado ao Cairo uma mensagem que anunciava o ataque dos franj, sem dizer nada sobre o resultado da batalha, então estávamos angustiados. Todos os bairros da cidade ficaram tristes até o dia seguinte, quando novas mensagens nos informaram da vitória dos leões turcos. Houve festa nas ruas do Cairo.*

Durante as semanas seguintes, o cronista observará, a partir da capital egípcia, a duas séries de acontecimentos paralelos que mudarão a face do Oriente árabe: de um lado, a luta vitoriosa contra a última grande invasão franca; do outro, uma revolução única na história, que levará ao poder, por quase três séculos, uma casta de oficiais-escravos.

Após a derrota em Mançura, o rei da França percebe que sua posição militar se torna insustentável. Incapaz de tomar a cidade, assediado de todos os lados pelos egípcios num terreno lodoso atravessado por inúmeros canais, Luís decide negociar. No início de março, ele dirige a Turanshah, que acaba de chegar ao Egito, uma mensagem conciliadora em que se diz disposto a aceitar a proposta feita por Ayyub de devolver Damieta em troca de Jerusalém. A resposta do novo sultão não se faz esperar: as generosas ofertas de Ayyub deveriam ter sido aceitas na época de Ayyub! Agora é tarde demais. De fato, Luís pode no máximo tentar salvar seu exército e deixar o Egito são e salvo, pois a pressão a seu redor se acentua. Em meados de março, várias dezenas de galeras egípcias conseguem infligir uma severa derrota à frota franca, destruindo ou capturando uma centena de embarcações de todas as dimensões e retirando dos invasores qualquer possibilidade de fuga para Damieta. Em 7 de abril, o exército de invasão, que tenta furar o bloqueio, é atacado pelos batalhões mamelucos, aos quais se uniram milhares de voluntários. Ao cabo de algumas horas, os *franj* se veem numa situação desesperada. Para interromper o massacre de seus homens, o rei da França capitula e pede que poupem sua vida. Ele é conduzido, acorrentado, para Mançura, onde é encarcerado na casa de um funcionário aiúbida.

Curiosamente, essa vitória esmagadora do novo sultão aiúbida, longe de reforçar seu poder, levará à sua queda. Um conflito opõe Turanshah aos principais oficiais mamelucos de seu exército. Estes últimos, avaliando com razão que é a eles que o Egito deve sua salvação, exigem um papel determinante na direção do país, ao passo que o soberano quer tirar proveito de seu prestígio recém-adquirido para instalar seus próprios homens nos cargos de responsabilidade. Três semanas depois da vitória sobre os *franj*, um grupo de mamelucos, reunido por iniciativa de um brilhante oficial turco de quarenta anos, Baibars, que maneja a besta, decide passar à ação. Em 2 de maio de 1250, à saída de um banquete organizado pelo monarca, uma revolta eclode. Turanshah, ferido no ombro por Baibars, corre na direção do Nilo com a esperança de fugir numa barca, mas seus adversários o alcançam. Ele suplica que poupem sua vida, prometendo deixar o Egito para sempre e renunciar ao poder. Mas o último dos sultões aiúbidas é morto sem piedade. Um enviado do califa precisará intervir para que os mamelucos aceitem dar uma sepultura a seu antigo senhor.

Apesar do êxito do golpe de Estado, os oficiais-escravos hesitam em se apoderar diretamente do trono. Os mais sensatos tentam encontrar um meio-termo que permita conferir a seu poder nascente uma aparência de legitimidade aiúbida. A fórmula que eles encontram será um marco na história do mundo muçulmano, como observa Ibn Wassel, testemunha incrédula desse singular acontecimento.

*Depois do assassinato de Turanshah*, ele conta, *os emires e os mamelucos se reuniram perto do pavilhão do sultão e decidiram levar ao poder Shajarat al-Durr, uma esposa do sultão aiúbida, que se tornou rainha e sultana. Ela tomou em mãos os negócios do Estado, estabeleceu em seu nome um selo real com o lema "Um Khalil", a mãe de Khalil, um filho que ela tivera e que morrera na infância. O sermão de sexta-feira foi pronunciado em todas as mesquitas em nome de Um Khalil, sultana do Cairo e de todo o Egito. Este foi um fato sem precedente na história do Islã.*

Pouco depois de sua entronização, Shajarat al-Durr se casa com um dos chefes mamelucos, Aibek, e lhe atribui o título de sultão.

A substituição dos aiúbidas pelos mamelucos marca um claro endurecimento da atitude do mundo muçulmano para com os invasores. Os descendentes de Saladino tinham se mostrado mais conciliadores com os *franj*. Acima de tudo, seu poder enfraquecido já não era capaz de enfrentar os perigos que ameaçavam o Islã a Leste e a Oeste. A revolução mameluca rapidamente se revelará um empreendimento de recuperação militar, política e religiosa.

O golpe de Estado ocorrido no Cairo não muda em nada o destino do rei da França, que firmara um acordo prévio na época de Turanshah, segundo o qual Luís deveria ser libertado em troca da retirada de todas as tropas francas do território egípcio, especialmente Damieta, e do pagamento de um resgate de um milhão de dinares. Alguns dias depois da chegada ao poder de Um Khalil, o soberano francês é de fato solto. Não sem antes ser repreendido pelos negociadores egípcios: "Como um homem de bom senso, sábio e inteligente como você pôde embarcar num navio para vir a uma região repleta de muçulmanos? De acordo com nossa lei, um homem que assim atravessa o mar não pode testemunhar em tribunal. — E por que não?, pergunta o rei. — Porque considera-se que não está na posse de todas as suas faculdades".

O último soldado franco deixará o Egito antes do fim de maio.

Os ocidentais nunca mais tentarão invadir o país do Nilo. O "perigo loiro" será rapidamente eclipsado por aquele, muito mais assustador, representado pelos descendentes de Gengis Khan. Depois da morte do grande conquistador, seu império foi um tanto enfraquecido pelos conflitos de sucessão, e o Oriente muçulmano se beneficiou de uma trégua inesperada. Em 1251, porém, os cavaleiros das estepes estão de novo unidos sob a autoridade de três irmãos, netos de Gengis Khan: Mangu, Kublai e Hulagu. O primeiro é designado soberano inconteste do império, com capital em Karakorum, na Mongólia; o segundo reina em Pequim; o terceiro, instalado na Pérsia, ambiciona conquistar todo o Oriente muçulmano, até as margens do Mediterrâneo, quem sabe até o Nilo. Hulagu é um personagem complexo. Apaixonado por filosofia e ciências, apreciador do convívio com letrados, durante essas campanhas ele se transforma numa fera sanguinária, sedenta de sangue e destruição. Sua atitude em matéria de religião não é menos contraditória. Muito influenciado pelo cristianismo – sua mãe, sua esposa preferida e vários de seus colaboradores pertencem à Igreja nestoriana –, ele no entanto nunca renunciou ao xamanismo, religião tradicional de seu povo. Nos territórios que governa, especialmente na Pérsia, ele em geral se mostra tolerante em relação aos muçulmanos, mas quando guiado pela vontade de destruir qualquer entidade política capaz de se opor a seu poder, trava contra as metrópoles mais prestigiosas do Islã uma guerra de destruição total.

Seu primeiro alvo será Bagdá. Num primeiro momento, Hulagu pede ao califa abássida al-Mustassim, 37º de sua dinastia, que reconheça a suserania mongol, como seus predecessores tinham aceito no passado a dos seljúcidas. O príncipe dos crentes, confiante demais em seu prestígio, manda dizer ao conquistador que qualquer ataque contra a capital do califado provocaria a mobilização de todo o mundo muçulmano, das Índias ao Magrebe. Nem um pouco impressionado, o neto de Gengis Khan proclama sua intenção de tomar a cidade por meio da força. Com supostamente centenas de milhares de cavaleiros, ele avança, no final de 1257, na direção da capital abássida, destruindo em sua passagem o santuário dos Assassinos em Alamute, onde uma biblioteca de valor inestimável é devastada, tornando para sempre impossível qualquer conhecimento aprofundado sobre a doutrina e as atividades da seita. O califa toma consciência da amplidão da ameaça e decide negociar. Ele propõe a Hulagu pronunciar seu nome nas mesquitas de Bagdá e lhe conferir o título de sultão. É tarde demais: o mongol optou definitivamente pela força. Depois de algumas semanas de resistência corajosa, o príncipe dos crentes é obrigado a capitular. Em 10 de fevereiro de 1258, ele comparece pessoalmente ao acampamento do vencedor e o faz prometer poupar a vida de todos os cidadãos se eles aceitarem depor as armas. Não adianta nada: assim que estão desarmados, os combatentes muçulmanos são exterminados. A horda mongol então se espalha pela prestigiosa cidade, demolindo os prédios, incendiando os bairros, massacrando sem piedade homens, mulheres e crianças, cerca de oitenta mil pessoas no total. Somente a comunidade cristã da cidade é poupada, graças à intervenção da mulher do khan. O príncipe dos crentes será executado por sufocamento alguns dias depois de sua derrota. O fim trágico do califado abássida mergulha o mundo muçulmano no estupor. Não se trata mais de um confronto militar pelo controle de uma cidade ou de um país, mas de uma luta desesperada pela sobrevivência do Islã.

Os tártaros seguem sua marcha triunfante rumo à Síria. Em janeiro de 1260, o exército de Hulagu ataca Alepo, rapidamente tomada, apesar de uma resistência heroica. Como em Bagdá, massacres e devastações se abatem sobre essa antiga cidade, culpada de tentar enfrentar o conquistador. Algumas semanas depois, os invasores estão às portas de Damasco. Os pequenos reis aiúbidas que ainda governam várias cidades sírias são incapazes de conter aquela onda. Alguns decidem reconhecer a suserania do Grande Khan, cogitando até, cúmulo da ingenuidade, aliar-se aos invasores contra os mamelucos do Egito, inimigos de sua dinastia. Entre os cristãos, orientais ou francos, as opiniões se dividem. Os armênios, na pessoa do rei Hethum, tomam o partido dos mongóis, bem como o príncipe Boemundo de Antioquia, seu genro. Em contrapartida, os *franj* de Acre adotam uma posição de neutralidade, mais favorável aos muçulmanos. Mas a impressão que prevalece, tanto no Oriente quanto no Ocidente, é que a campanha mongol é uma espécie de guerra santa contra o Islã, correspondendo às expedições francas. Essa impressão é reforçada pelo fato de que o principal comandante de Hulagu na Síria, o general Kitbuqa, é um cristão nestoriano. Quando Damasco é tomada, em 1º de março de 1260, três príncipes cristãos, Boemundo, Hethum e Kitbuqa, nela entram como vencedores, para grande escândalo dos árabes.

Até onde irão os tártaros? Até Meca, garantem alguns, para dar o golpe de misericórdia na religião do Profeta. Até Jerusalém, no mínimo, e em breve. A Síria tem certeza disso. Depois da queda de Damasco, dois destacamentos mongóis se apressam em ocupar duas cidades palestinas: Nablus, no centro, e Gaza, no sudoeste. Como esta última está situada nos confins do Sinai, parece óbvio, naquela trágica primavera de 1260, que o próprio Egito não escapará à devastação. Hulagu, aliás, não espera o fim de sua campanha síria para enviar um embaixador ao Cairo exigindo a submissão incondicional do país do Nilo. O emissário foi recebido, ouvido e decapitado. Os mamelucos não estão para brincadeira. Seus métodos não se assemelham em nada aos de Saladino. Os sultões-escravos que governam o Cairo há dez anos refletem o endurecimento e a intransigência de um mundo árabe atacado por todos os lados. Eles lutam por todos os meios à disposição. Sem escrúpulos, sem gestos magnânimos, sem concessões. Mas com coragem e eficácia.

É para eles que se voltam os olhares, em todo caso, pois eles representam a última esperança de deter o avanço do invasor. No Cairo, o poder está, há alguns meses, nas mãos de um militar de origem turca, Qutuz. Shajarat al-Durr e seu marido Aibek, depois de governarem juntos por sete anos, tinham acabado matando um ao outro. Várias versões circularam por muito tempo a esse respeito. A preferida pelos contadores populares obviamente mistura amor e ciúme com ambições políticas. A sultana está dando um banho em seu esposo, como costuma fazer, quando, aproveitando aquele momento de descanso e intimidade, ela critica o sultão por ter tomado como concubina uma bonita escrava de catorze anos. "Não o agrado mais?", ela pergunta, para enternecê-lo. Mas Aibek responde rispidamente: "Ela é jovem e você já não é mais". Shajarat al-Durr treme de raiva. Ela cobre os olhos de seu marido com o sabão, dirige-lhe algumas palavras conciliadoras para afastar sua desconfiança e de repente, pegando um punhal, atinge-o no flanco. Aibek cai. A sultana fica alguns instantes imóvel, como que paralisada. Depois, dirigindo-se para a porta, chama alguns escravos fiéis para que se livrem do corpo. Para seu infortúnio, um dos filhos de Aibek, de quinze anos, nota que a água do banho que escorre para fora está vermelha, corre até o quarto, vê Shajarat al-Durr em pé ao lado da porta, seminua, ainda segurando um punhal ensanguentado. Ela foge pelos corredores do palácio, perseguida pelo enteado, que alerta os guardas. Prestes a ser capturada, a sultana tropeça. Sua cabeça se choca violentamente contra uma laje de mármore. Quando chegam a seu lado, ela já não respira.

Ainda que bastante romanceada, essa versão apresenta um real interesse histórico, pois, ao que tudo indica, reproduz o que de fato se contava nas ruas do Cairo após a tragédia, em abril de 1257.

Seja como for, depois da morte dos dois soberanos, o jovem filho de Aibek sobe ao trono. Não por muito tempo. À medida que a ameaça mongol se delineia, os chefes do exército egípcio percebem que um adolescente não pode assumir a responsabilidade pelo combate decisivo que se prepara. Em dezembro de 1259, quando as hordas de Hulagu começam a rebentar sobre a Síria, um golpe de Estado leva ao poder Qutuz, um homem maduro, enérgico, que fala a linguagem da guerra santa e convoca uma mobilização geral contra o invasor inimigo do Islã.

Retrospectivamente, o novo golpe de Estado do Cairo parece uma verdadeira explosão patriótica. O país em seguida se põe em pé de guerra. Em julho de 1260, um poderoso exército egípcio penetra na Palestina para enfrentar o inimigo.

Qutuz sabe que o exército mongol perdeu o grosso de seus efetivos depois que, com a morte de Mangu, o Khan supremo dos mongóis, seu irmão Hulagu precisou partir com seu exército para participar da inevitável luta de sucessão. Depois de tomar Damasco, o neto de Gengis Khan deixara a Síria, deixando no país apenas alguns milhares de cavaleiros comandados por seu comandante Kitbuqa.

O sultão Qutuz sabe que o momento de atacar o invasor é agora ou nunca. O exército egípcio começa atacando a guarnição mongol de Gaza, que, desprevenida, mal resiste. Depois os mamelucos avançam até Acre, sabendo que os *franj* da Palestina se mostram mais reticentes que os de Antioquia a respeito dos mongóis. Embora alguns de seus barões ainda se alegrem com as derrotas do Islã, a maioria está assustada com a brutalidade dos conquistadores asiáticos. Assim, quando Qutuz lhes propõe uma aliança, a resposta não é negativa: embora não estejam prontos para participar dos combates, eles não se opõem a deixar o exército egípcio passar por suas terras e a permitir que nelas se abasteça. O sultão pode avançar para o interior da Palestina, e mesmo para Damasco, sem precisar proteger sua retaguarda.

Kitbuqa se prepara para marchar até eles quando uma insurreição popular eclode em Damasco. Os muçulmanos da cidade, exasperados com os crimes dos invasores e encorajados pela partida de Hulagu, erguem barricadas nas ruas e incendeiam as igrejas poupadas pelos mongóis. Kitbuqa levará vários dias para restabelecer a ordem, o que permite a Qutuz consolidar suas posições na Galileia. É nos arredores da aldeia de Ain Jalut, "a fonte de Golias", que os dois exércitos se encontram, em 3 de setembro de 1260. Qutuz teve tempo de esconder a maioria de suas tropas, deixando no campo de batalha apenas uma vanguarda comandada por seu oficial mais brilhante, Baibars. Kitbuqa chega precipitadamente e, mal-informado, cai na armadilha. Ele se lança ao ataque com todas as suas tropas. Baibars recua. Enquanto o mongol persegue, ele se vê subitamente cercado por todos os lados pelas forças egípcias, muito mais numerosas que as suas.

Em poucas horas, a cavalaria mongol é exterminada. Kitbuqa é capturado e decapitado na mesma hora.

Na noite de 8 de setembro, o cavaleiros mamelucos entram como libertadores numa Damasco em júbilo.

CAPÍTULO 14

❧

## Queira Deus que nunca voltem a pisar aqui.

Muito menos espetacular que Hatim, menos inventiva também no plano militar, Ain Jalut ainda assim foi uma das batalhas mais decisivas da História. Ela de fato permitirá que os muçulmanos não apenas escapem ao aniquilamento como também reconquistem todas as terras que os mongóis tinham tomado. Em breve, os descendentes de Hulagu, instalados na Pérsia, se converterão ao Islã para melhor estabelecer sua autoridade.

Num primeiro momento, a explosão mameluca conduzirá a uma série de prestações de contas com todos os que apoiaram o invasor. O perigo fora grande. A partir de agora, nada de tréguas ao inimigo, seja ele *franj* ou tártaro.

Depois de retomar Alepo, no início de outubro de 1260, e de repelir sem dificuldade uma contraofensiva de Hulagu, os mamelucos se dedicam a organizar expedições punitivas contra Boemundo de Antioquia e Hethum da Armênia, principais aliados dos mongóis. Mas uma luta pelo poder eclode dentro do exército egípcio. Baibars gostaria de se estabelecer em Alepo enquanto governador semi-independente; Qutuz, que teme as ambições de seu lugar-tenente, recusa. Ele não quer um poder concorrente na Síria. Para acabar com esse conflito, o sultão reúne seu exército e volta para o Egito. Três dias de marcha antes de chegar ao Cairo, ele concede a seus soldados um dia de repouso, 23 de outubro, e decide se dedicar a seu esporte preferido, a caça à lebre, na companhia dos principais chefes do exército. Ele toma o cuidado de ser acompanhado por Baibars, aliás, por medo de que este aproveite sua ausência para fomentar uma rebelião. O pequeno grupo se afasta do acampamento ao nascer do dia. Depois de duas horas, ele se detém para descansar um pouco. Um emir se aproxima de Qutuz e pega sua mão como para beijá-la. No mesmo instante, Baibars desembainha a espada e a enfia nas costas do sultão, que cai. Sem perder tempo, os dois conjurados montam em seus cavalos e voltam para o acampamento à rédea solta. Eles se apresentam ao emir Aqtai, um velho oficial unanimemente respeitado no exército, e lhe anunciam: "Matamos Qutuz". Aqtai, que não parece muito abalado, pergunta: "Qual de vocês o matou com sua própria mão?". Baibars não hesita: "Eu!". O velho mameluco se aproxima dele e se curva à sua frente para lhe prestar homenagem. Logo todo o exército aclama o novo sultão.

Essa ingratidão para com o vencedor de Ain Jalut, menos de dois meses depois de seu brilhante feito, evidentemente não dignifica os mamelucos. É preciso dizer, no entanto, para defesa dos oficiais-escravos, que a maioria deles considerava Baibars, há muitos anos, seu verdadeiro chefe. Não fora ele que, em 1250, tinha sido o primeiro a ousar golpear o aiúbida Turanshah, expressando assim a vontade dos mamelucos de tomar o poder? Ele não tivera um papel determinante na vitória contra os mongóis? Tanto por sua perspicácia política, por sua habilidade militar, quanto por sua extraordinária coragem física, ele se impusera como o primeiro entre os seus.

Nascido em 1223, o sultão mameluco começou sua vida como escravo na Síria. Seu primeiro mestre, o emir aiúbida Hama, o vendeu por superstição, pois seu olhar o incomodava. O jovem Baibars era de fato um gigante muito escuro, de voz rouca, olhos azuis e claros, com uma grande mancha branca no olho direito. O futuro sultão foi comprado por um oficial mameluco que o incorporou à guarda de Ayyub, onde, graças a suas qualidades pessoais, e principalmente por sua total ausência de escrúpulos, ele logo se abrira um caminho até o topo da hierarquia.

No final de outubro de 1260, Baibars entra como vencedor no Cairo, onde sua autoridade é reconhecida sem dificuldade. Nas cidades sírias, em contrapartida, outros oficiais mamelucos aproveitam a morte de Qutuz para proclamar sua independência. Com uma campanha-relâmpago, porém, o sultão toma Damasco e Alepo, reunificando sob sua autoridade o antigo domínio aiúbida. Rapidamente, esse oficial sanguinário e inculto se revela um grande homem de Estado, artífice de um verdadeiro renascimento do mundo árabe. Sob seu reinado, o Egito e, em menor medida, a Síria voltarão a ser centros de irradiação cultural e artística. Baibars, que dedicará sua vida a destruir todas as fortalezas francas capazes de lhe fazer frente, se afirma, por outro lado, como um grande construtor, embelezando o Cairo, erigindo em todo o seu domínio pontes e estradas. Ele também estabelecerá um serviço postal, por pombos e cavalos, ainda mais eficaz que os de Noradine e Saladino. Seu governo será severo, às vezes brutal, mas esclarecido, e nada arbitrário. Em relação aos *franj*, ele adota, assim que chega ao poder, uma atitude firme, que visa reduzir sua influência. Mas ele diferencia os de Acre, que simplesmente quer enfraquecer, dos de Antioquia, culpados de se mancomunar com os invasores mongóis.

No final de 1261, ele decide organizar uma expedição punitiva contra as terras do príncipe Boemundo e do rei armênio Hathum. Mas ele se choca com os tártaros. Embora Hulagu já não tenha condições de invadir a Síria, ele ainda dispõe, na Pérsia, de forças suficientes para impedir o castigo de seus aliados. Sensatamente, Baibars decide esperar uma ocasião melhor.

Ela se apresenta em 1265, com a morte de Hulagu, e Baibars aproveita as dissensões que se manifestam entre os mongóis para invadir a Galileia e subjugar várias praças-fortes, com a cumplicidade de uma parte da população cristã local. Depois, ele se dirige bruscamente para o norte, entra no território de Hethum, destrói uma a uma todas as cidades, especialmente a capital, Sis, onde mata grande parte da população e faz mais de quarenta mil prisioneiros. O reino armênio nunca mais se restabelecerá. Na primavera de 1268, Baibars parte em campanha novamente. Ele começa atacando os arredores de Acre, se apodera do castelo de Beaufort, arrasta seu exército para o norte e se apresenta, em 1º de maio, sob as muralhas de Trípoli. Ele encontra o senhor da cidade, que não é ninguém menos que Boemundo, também príncipe de Antioquia. Este último não ignora o ressentimento do sultão por sua pessoa e se prepara para um longo cerco. Mas Baibars tem outros planos. Alguns dias depois, ele segue seu caminho para o norte e chega a Antioquia em 14 de maio. A maior cidade franca, que por 170 anos rechaçara todos os soberanos muçulmanos, não resistiu mais que quatro dias. Na noite de 18 de maio, uma brecha é aberta na muralha, perto da cidadela; as tropas de Baibars se espalham pelas ruas. Essa conquista não se parece em nada com as de Saladino. A população é inteiramente massacrada ou reduzida à escravidão, a cidade em si é totalmente devastada. Da prestigiosa metrópole, restará um vilarejo desolado, cheio de ruínas, que o tempo sepultará sob a vegetação.

Boemundo é informado da queda de sua cidade por uma memorável carta que Baibars lhe envia, na verdade redigida pelo cronista oficial do sultão, o egípcio Ibn Abd al-Zahir:

*Ao nobre e valoroso cavaleiro Boemundo, príncipe reduzido a simples conde pela conquista de Antioquia.*

O sarcasmo continua:

*Quando o deixamos em Trípoli, nos dirigimos imediatamente para Antioquia, aonde chegamos no primeiro dia do venerável mês do ramadã. Assim que chegamos, suas tropas saíram para nos combater, mas foram vencidas, pois embora se prestassem apoio mútuo, o apoio de Deus lhes faltava. Pena que você não viu seus cavaleiros no chão sob as patas dos cavalos, seus palácios saqueados, suas damas vendidas nos bairros da cidade e compradas por apenas um dinar, tirado, aliás, de seu próprio dinheiro!*

Depois de uma longa descrição, na qual o destinatário da mensagem não é poupado de nenhum detalhe, o sultão conclui, chegando ao que importa:

*Essa carta o alegrará ao anunciar que Deus lhe deu a graça de mantê-lo são e salvo e de prolongar sua vida, pois não estava em Antioquia. Se estivesse, estaria morto, ferido ou preso. Mas talvez Deus só o tenha poupado para que se submeta e jure obediência.*

Como homem sensato, e sobretudo impotente, Boemundo responde propondo uma trégua. Baibars a aceita. Ele sabe que o conde, aterrorizado, já não representa nenhum perigo, como Hethum, cujo reino foi praticamente riscado do mapa. Os *franj* da Palestina, por sua vez, ficam muito felizes de conseguir um descanso. O sultão envia a Acre o cronista Ibn Abd al-Zahir para selar o acordo.

*O rei tentava tergiversar para obter melhores condições, mas me mostrei inflexível, segundo as ordens do sultão. Irritado, o rei dos franj pediu ao intérprete: "Diga-lhe para olhar para trás!". Virei-me e vi todo o exército dos franj em formação de combate. O intérprete acrescentou: "O rei diz para não esquecer a existência dessa multidão de soldados". Como não respondi, o rei insistiu junto ao intérprete. Perguntei, então: "Posso ter a certeza de ter a vida poupada se eu disser o que penso?". "Sim." "Muito bem, diga ao rei que há menos soldados em seu exército do que cativos francos nas prisões do Cairo!". O rei quase se engasgou, depois encerrou a entrevista, mas nos recebeu pouco depois para concluir a trégua.*

Os cavaleiros francos de fato não preocuparão mais Baibars. A inevitável reação à conquista de Antioquia, ele sabe, não viria deles, mas de seus mestres, os reis do Ocidente.

O ano de 1268 ainda não chegou ao fim quando rumores persistentes anunciam o retorno próximo ao Oriente do rei da França, à frente de um poderoso exército. O sultão interroga com frequência mercadores ou viajantes. Durante o verão de 1270, uma mensagem chega ao Cairo anunciando que Luís desembarcou com seis mil homens na praia de Cartago, perto de Túnis. Sem hesitar, Baibars reúne os principais emires mamelucos para lhes anunciar sua intenção de partir, à frente de um poderoso exército, até a longínqua província da África para ajudar os muçulmanos a repelir aquela nova invasão franca. Algumas semanas depois, porém, uma nova mensagem chega ao sultão, assinada por al-Mustansir, emir de Túnis, anunciando que o rei da França foi encontrado morto em seu acampamento e que seu exército havia partido, não sem antes ser em grande parte dizimado pela guerra ou pela doença. Afastado esse perigo, chega o momento de Baibars lançar uma nova ofensiva contra os *franj* do Oriente. Em março de 1271, ele toma o temível Hosn al-Akrad, o Krak dos Cavaleiros, que nem mesmo Saladino jamais conseguira conquistar.

Nos anos que se seguem, os *franj* e sobretudo os mongóis, dirigidos por Abaga, filho e sucessor de Hulagu, organizam várias incursões à Síria; mas eles serão invariavelmente repelidos. E quando Baibars morre envenenado, em julho de 1277, as possessões francas no Oriente representam apenas um rosário de cidades costeiras cercadas por todos os lados pelo império mameluco. Sua poderosa rede de fortalezas foi totalmente desmantelada. A suspensão das hostilidades da época dos aiúbidas acabou definitivamente; sua expulsão se tornou inevitável.

Mas não há pressa. A trégua concedida por Baibars é confirmada em 1283 por Calavuno, o novo sultão mameluco. Este não demonstra nenhuma hostilidade pelos *franj*. Ele se diz disposto a garantir a presença e a segurança deles no Oriente, desde que eles renunciem, a cada invasão, a desempenhar o papel de auxiliar os inimigos do Islã. O texto do tratado que ele propõe ao reino de Acre constitui, da parte desse administrador hábil e esclarecido, uma tentativa única de "regularização" da situação dos *franj*.

*Se um rei franj partir do Ocidente*, diz o texto, *para vir atacar as terras do sultão ou de seu filho, o regente do reino e os grandes senhores de Acre deverão informar ao sultão sobre sua vinda dois meses antes de sua chegada. Se ele desembarcar no Oriente depois que esses dois meses tiverem passado, o regente do reino e os grandes senhores de Acre serão isentados de qualquer responsabilidade no caso.*

*Se um inimigo vier da terra dos mongóis, ou de outro lugar, a parte que tiver conhecimento disso primeiro deve avisar a outra. Se tal inimigo — não queira Deus! — marchar contra a Síria e as tropas do sultão se retirarem diante dele, os dirigentes de Acre terão o direito de entrar em negociações com esse inimigo com o objetivo de salvar seus súditos e seus territórios.*

Assinada em maio de 1283, *por dez anos, dez meses, dez dias e dez horas*, a trégua abrange *todos os territórios francos do litoral, isto é, a cidade de Acre, com seus pomares, seus terrenos, seus moinhos, suas vinhas e as 73 aldeias que dependem dela; a cidade de Haifa, suas vinhas, seus pomares e as setes aldeias ligadas a ela... Quanto ao que é de Sayda, o castelo e a cidade, as vinhas e os subúrbios são dos franj, bem como as quinze aldeias ligadas a ela, com a planície circundante, seus rios, seus riachos, suas fontes, seus pomares, seus moinhos, seus canais e seus diques que servem há muito tempo para a irrigação de suas terras.* A enumeração é longa e minuciosa para evitar qualquer litígio. O conjunto do território franco parece irrisório, no entanto: uma faixa costeira, estreita e esguia, que não se assemelha em nada à antiga e temível potência regional outrora constituída pelos *franj*. Mas é verdade que os lugares mencionados não representam o conjunto das possessões francas. Tiro, que se separou do reino de Acre, firma um acordo separado com Qalaun. Mais para o norte, cidades como Trípoli ou Lataquia são excluídas da trégua.

Esse também é o caso da fortaleza de Marqab, mantida pela ordem dos hospitalários, "al-osbitar". Esses monges-cavaleiros se posicionaram a favor dos mongóis, chegando inclusive a lutar a seu lado durante uma nova tentativa de invasão em 1281. Qalaun está decidido a fazê-los pagar por isso. Na primavera de 1285, nos diz Ibn Abd al-Zahir, *o sultão preparou em Damasco máquinas de cerco. Ele mandou vir do Egito grandes quantidades de flechas e armas de todos os tipos, que distribuiu aos emires. Ele também mandou preparar equipamentos de ferro e tubos lança-chamas que não existem em nenhum outro lugar além dos "makhazen" – armazéns – e do "dar al-sinaa", o arsenal do sultão. Também foram recrutados peritos em pirotecnia, e Marqab foi rodeada por um cinturão de catapultas, três do tipo "franco" e quatro do tipo "diabo". Em 25 de maio, as alas da fortaleza estão tão profundamente minadas que os defensores capitulam. Qalaun os autoriza a partir sãos e salvos para Trípoli, levando seus pertences pessoais.*

Mais uma vez, os aliados dos mongóis são castigados sem que estes possam intervir. Se quisessem ter reagido, as cinco semanas que durou o cerco teriam sido insuficientes para organizar uma expedição a partir da Pérsia. No entanto, naquele ano de 1285, os tártaros estão mais determinados que nunca a retomar a ofensiva contra os muçulmanos. Seu novo chefe, o ilkhan Arghun, neto de Hulagu, reacendeu por conta própria o grande sonho de seus predecessores: fazer uma aliança com os ocidentais para cercar o sultanato mameluco em duas frentes. Contatos regulares são estabelecidos entre Tabriz e Roma para organizar uma expedição conjunta, ou no mínimo combinada. Em

1289, Qalaun pressente um perigo iminente, mas seus agentes não lhe fornecem informações precisas. Ele ignora, em especial, que um plano de campanha minucioso, elaborado por Arghun, acaba de ser proposto por escrito ao papa e aos principais reis do Ocidente. Uma dessas cartas, dirigida ao soberano francês, Filipe IV, o Belo, foi preservada. O chefe mongol propõe começar a invasão da Síria na primeira semana de janeiro de 1291. Ele prevê a queda de Damasco em meados de fevereiro e a conquista de Jerusalém logo depois.

Sem realmente adivinhar o que está sendo tramado, Qalaun fica cada vez mais preocupado. Ele teme que os invasores do Leste ou do Oeste possam encontrar nas cidades francas da Síria uma cabeça de ponte que facilite a penetração de seus exércitos. Mas, ainda que ele agora esteja convencido de que a presença dos *franj* constitui uma ameaça permanente para a segurança do mundo muçulmano, ele se recusa a confundir os habitantes de Acre com os da metade norte da Síria, que se mostraram abertamente favoráveis ao invasor mongol. De todo modo, como homem honrado, o sultão não pode atacar Acre, protegida pelo tratado de paz por mais cinco anos, por isso ele decide atacar Trípoli. É sob os muros da cidade, conquistada 180 anos antes pelo filho de Saint-Gilles, que seu poderoso exército se reúne em março de 1289.

Entre as dezenas de milhares de combatentes do exército muçulmano está Abul-Fida, um jovem emir de dezesseis anos. Descendente da dinastia aiúbida mas vassalo dos mamelucos, ele reinará alguns anos depois sobre a pequena cidade de Hama, onde dedicará a maior parte de seu tempo à leitura e à escrita. A obra desse historiador, que também é geógrafo e poeta, é interessante sobretudo pelo relato que faz dos últimos anos da presença franca no Oriente. Pois Abul-Fida está presente, com o olhar atento e espada na mão, em todos os campos de batalha.

*A cidade de Trípoli*, ele observa, *está cercada pelo mar e só pode ser atacada por terra e do lado leste, por uma estreita passagem. Depois de instalar o cerco, o sultão ergueu um grande número de catapultas de todas as dimensões à sua frente, e lhe impôs um bloqueio rigoroso.*

Depois de mais de um mês de combates, a cidade cai em 27 de abril nas mãos de Qalaun.

*As tropas muçulmanas penetram à força,* acrescenta Abul-Fida, que não tenta mascarar a verdade. *A população recuou para o porto. Ali, alguns escaparam em navios, mas a maioria dos homens foram massacrados, as mulheres e crianças capturadas, e os muçulmanos recolheram um imenso butim.*

Quando os invasores acabaram de matar e saquear, a cidade, por ordem do sultão, é destruída e arrasada.

*A pouca distância de Trípoli havia, em pleno mar, uma pequena ilha com uma igreja. Quando a cidade foi tomada, muitos franj se refugiaram nela com suas famílias. Mas as tropas muçulmanas se atiraram no mar, atravessaram a nado até a ilha, massacraram todos os homens que ali se refugiavam e levaram as mulheres e crianças com o butim. Depois da carnificina, eu mesmo fui até a ilha com uma barca, mas não pude ficar, tamanho o fedor dos cadáveres.*

O jovem aiúbida, imbuído da grandeza e da magnanimidade de seus ancestrais, não pode se impedir de ficar escandalizado com esses massacres inúteis. Mas ele sabe que os tempos mudaram.

Curiosamente, a expulsão dos *franj* acontece em meio a uma atmosfera que lembra a que caracterizou sua chegada, quase dois séculos antes. Os massacres de Antioquia de 1268 parecem reproduzir os de 1098, e o encarniçamento sobre Trípoli será apresentado pelos historiadores árabes dos séculos seguintes como uma resposta tardia à destruição, em 1109, da cidade dos Banu Amar. No entanto, é durante a batalha de Acre, a última grande batalha das guerras francas, que a revanche se tornará realmente o principal tema da propaganda mameluca.

Depois de sua vitória, Qalaun é assediado por seus oficiais. Agora está claro, eles afirmam, que nenhuma cidade franca pode fazer frente ao exército mameluco, e que é preciso atacar imediatamente, sem esperar que o Ocidente, alarmado pela queda de Trípoli, organize uma nova expedição à Síria. Não seria melhor acabar de uma vez por todas com o que resta do reino franco? Mas Qalaun recusa: ele assinou uma trégua e nunca trairá seu juramento. Ele não poderia, insiste seu círculo, pedir aos doutores da lei que proclamem a nulidade do tratado com Acre, procedimento tantas vezes utilizado pelos *franj* no passado? O sultão não quer. Ele lembra a seus emires que jurou, no âmbito do acordo assinado em 1283, não recorrer a consultas jurídicas para romper a trégua. Não, confirma Qalaun, ele tomará todos os territórios francos que o tratado não protege, mas nada mais. E ele despacha uma embaixada até Acre para reafirmar ao último rei franco, Henrique, "soberano de Chipre e Jerusalém", que respeitará seus compromissos. Ou melhor, ele decide renovar essa famosa trégua por mais dez anos, a partir de julho de 1289, e encoraja os muçulmanos a aproveitar Acre para suas trocas comerciais com o Ocidente. Nos meses seguintes, o porto palestino conhece, de fato, uma intensa atividade. Às centenas, mercadores damascenos se hospedam nas numerosas estalagens próximas aos mercados, efetuando frutíferas transações com os comerciantes venezianos ou com os ricos Templários, que se tornaram os principais banqueiros da Síria. Além disso, milhares de camponeses árabes, vindos especialmente da Galileia, afluem à metrópole franca para escoar suas colheitas. Essa prosperidade é benéfica para todos os Estados da região, e em especial para os mamelucos. Com as correntes de troca com o Leste perturbadas há vários anos pela presença mongol, a falta de lucro naquela região só pode ser compensada com um desenvolvimento do comércio mediterrâneo.

Para os dirigentes francos mais realistas, o novo papel que cabe à sua capital, o de um grande entreposto que faz a ligação entre dois mundos, representa uma oportunidade inesperada de sobrevivência numa região onde eles não têm nenhuma chance de desempenhar um papel hegemônico. No entanto, nem todos pensam assim. Alguns ainda esperam suscitar no Ocidente uma mobilização religiosa suficiente para organizar novas expedições militares contra os muçulmanos. Depois da queda de Trípoli, o rei Henrique despachou mensageiros a Roma para pedir reforços, tanto que no meio do verão de 1290 uma imponente frota chega ao porto de Acre, despejando milhares de combatentes francos fanáticos na cidade. Os habitantes observam com desconfiança aqueles ocidentais que tropeçam embriagados, parecem saqueadores e não obedecem a nenhum chefe.

Em poucas horas os incidentes começam. Mercadores damascenos são atacados na rua, roubados e deixados para morrer. As autoridades de certo modo conseguem restabelecer a ordem, mas, no final de agosto, a situação se deteriora. Após um banquete copiosamente regado, os recém-chegados se espalham pelas ruas. Qualquer pessoa de barba é perseguida e degolada sem piedade. Vários árabes, pacatos mercadores ou camponeses, tanto cristãos quanto muçulmanos, morrem. Os outros fogem, para contar o que acaba de acontecer.

Qalaun fica louco de raiva. Foi para chegar a isso que ele renovou a trégua com os *franj*? Seus emires o incitam a agir imediatamente. Mas enquanto homem de Estado responsável, ele não quer se deixar dominar pela raiva. Ele envia a Acre uma embaixada para pedir explicações e exigir, acima de tudo, que os assassinos lhe sejam entregues para ser castigados. Os *franj* ficam divididos. Uma minoria recomenda aceitar as condições do sultão para evitar uma nova guerra. Os outros recusam, chegando a responder aos emissários de Qalaun que os próprios mercadores muçulmanos é que são responsáveis pela matança, pois um deles tentara seduzir uma mulher franca.

Qalaun já não tem dúvidas. Ele reúne os emires e anuncia a decisão de acabar, de uma vez por todas, com aquela ocupação franca que já dura demais. Os preparativos começam imediatamente. Os vassalos são convocados nos quatro cantos do sultanato, para tomar parte naquela última batalha da guerra santa.

Antes que o exército deixe o Cairo, Qalaun jura sobre o Alcorão não largar sua arma antes que o último franco seja expulso. O juramento é ainda mais impressionante porque o sultão já é um ancião enfraquecido. Apesar de sua idade não ser conhecida com exatidão, parece que ultrapassara havia muito os setenta anos. Em 4 de novembro de 1290, o impressionante exército mameluco se põe a caminho. No dia seguinte, o sultão adoece. Ele chama os emires à sua cabeceira, faz com que jurem obediência a seu filho Khalil e pede a este que se comprometa, como ele, a levar a cabo a campanha contra os *franj*. Qalaun morre menos de uma semana depois, venerado por seus súditos, como um grande soberano.

A morte do sultão atrasará apenas em alguns meses a derradeira ofensiva contra os *franj*. Em março de 1291, Khalil retoma, à frente de seu exército, a marcha para a Palestina. Numerosos contingentes sírios se juntam a ele no início de maio, na planície ao redor de Acre. Abul-Fida, então com dezoito anos, participa da batalha com seu pai; ele é investido de uma responsabilidade, inclusive, pois está encarregado de uma temível catapulta, apelidada de "a Vitoriosa", que precisou ser transportada desmontada de Hosn al-Akrad até os arredores da cidade franca.

*As carroças estavam tão pesadas que o deslocamento nos tomou mais de um mês, enquanto em tempo normal oito dias teriam sido suficientes. Quando chegamos, os bois que puxavam as carroças estavam quase todos mortos de cansaço e frio.*

*O combate teve início imediatamente,* continua o cronista. *Nós, os homens de Hama, estávamos postados como sempre na extrema direita do exército. Estávamos à beira do mar, de onde nos atacavam embarcações francas encimadas por torres cobertas de madeira e forradas com pele de búfalo, das quais o inimigo atirava sobre nós com arcos e bestas. Precisávamos lutar em duas frentes, portanto, contra os homens de Acre que estavam à nossa frente, e contra a frota. Sofremos pesadas perdas quando um navio franco, transportando uma catapulta, começou a lançar pedras sobre nossas tendas. Uma noite, porém, ventos violentos começaram a soprar. O navio começou a oscilar, sacudido pelas ondas, tanto que a catapulta se despedaçou. Outra noite, um grupo de franj fez uma saída inesperada e avançou até nosso acampamento; na escuridão, porém, alguns deles tropeçaram nas cordas que seguravam as tendas; um cavaleiro chegou a cair no fosso das latrinas e morreu. Nossas tropas se recuperaram, atacaram os franj por todos os lados, obrigando-os a se retirar para a cidade deixando vários mortos no terreno. Na manhã seguinte, meu primo al-Malik al-Muzaffar, senhor de Hama, mandou pendurar as cabeças dos franj mortos no pescoço dos cavalos que capturamos e os apresentou ao sultão.*

Na sexta-feira, 17 de junho de 1291, dispondo de uma esmagadora superioridade militar, o exército muçulmano enfim penetra à força na cidade sitiada. O rei Henrique e a maioria dos notáveis embarca às pressas para se refugiar em Chipre. Todos os outros *franj* são capturados e mortos. A cidade é completamente arrasada.

*A cidade de Acre foi reconquistada,* diz Abul-Fida, *ao meio-dia do décimo sétimo dia do segundo mês de jumada do ano de 690. Ora, este é exatamente o mesmo dia, na mesma hora, no ano de 587, em que os franj haviam tomado Acre de Saladino, capturando e depois massacrando todos os muçulmanos que ali se encontravam. Não é uma curiosa coincidência?*

No calendário cristão, essa coincidência não é menos surpreendente, pois a vitória dos *franj* em Acre ocorrera em 1911, cem anos antes, quase dia a dia, da derrota final.

*Depois da conquista de Acre,* continua Abul-Fida, *Deus semeou o pavor no coração dos franj que ainda restavam no litoral sírio. Eles evacuaram precipitadamente Sayda, Beirute, Tiro e todas as outras cidades. O sultão teve assim o feliz destino, que nenhum outro tivera, de conquistar sem dificuldade todas essas praças, que logo mandou desmantelar.*

Na sequência de seu triunfo, Khalil de fato decide destruir, ao longo da costa, todas as fortalezas que um dia pudessem servir aos *franj*, se eles ainda tentassem voltar ao Oriente.

*Com essas conquistas,* conclui Abul-Fida, *todas as terras do litoral voltaram integralmente aos muçulmanos, resultado inesperado. Os franj, que tinham estado a ponto de conquistar Damasco, o Egito e várias outras regiões, foram expulsos de toda a Síria e das zonas costeiras. Queira Deus que nunca voltem a pisar aqui!*

# EPÍLOGO

À primeira vista, o mundo árabe acaba de obter uma vitória estrondosa. Se o Ocidente pretendia, com suas sucessivas invasões, conter o avanço do Islã, o resultado foi justamente o contrário. Não apenas os Estados francos do Oriente tinham sido extirpados depois de dois séculos de colonização, como os muçulmanos tinham se recuperado tão bem que logo partiriam, sob a bandeira dos turcos otomanos, à conquista da própria Europa. Em 1453, Constantinopla cairia em suas mãos. Em 1529, seus cavaleiros acampariam sob os muros de Viena.

Como dissemos, à primeira vista. Pois, retrospectivamente, uma constatação se impõe: na época das cruzadas, o mundo árabe, da Espanha ao Iraque, ainda é intelectual e materialmente o depositário da civilização mais avançada do planeta. Depois, o centro do mundo se desloca decididamente para o oeste. Há nisso uma relação de causa e efeito? Podemos afirmar que as cruzadas impulsionaram o desenvolvimento da Europa ocidental – que progressivamente dominaria o mundo – e marcaram o fim da civilização árabe?

Embora não esteja errado, esse raciocínio deve ser matizado. Os árabes sofriam, desde antes das cruzadas, de certas "enfermidades", que a presença franca trouxe à luz e talvez tenha agravado, mas que não criou inteiramente.

O povo do Profeta perdia, desde o século IX, o controle de seu destino. Seus dirigentes eram praticamente todos estrangeiros. Desse grande número de personagens que vimos passar ao longo de dois séculos de ocupação franca, quais eram árabes? Os cronistas, os cádis, alguns pequenos reis locais – Ibn Ammar, Ibn Muqidh – e os impotentes califas. Mas reais detentores do poder, e mesmo os principais heróis da luta contra os *franj* – Zengui, Noradine, Qutuz, Baibars, Qalaun – eram turcos; al-Afdal era armênio; Shirkuh, Saladino, al-Adel, al-Kamel eram curdos. Obviamente, esses homens de Estado eram arabizados cultural e afetivamente, em sua maioria; mas não esqueçamos que vimos, em 1134, o sultão Massud discutir com o califa al-Mustarshid por intermédio de um intérprete, porque o seljúcida, oitenta anos depois da conquista de Bagdá por seu clã, ainda não falava uma palavra de árabe. Mais grave ainda: um número considerável de guerreiros das estepes, sem nenhum laço com as civilizações árabes ou mediterrâneas, vinha regularmente se integrar à casta militar dirigente. Dominados, oprimidos, escarnecidos, estrangeiros em sua própria terra, os árabes não podiam continuar seu desenvolvimento cultural iniciado no século VII. Quando da chegada dos *franj*, eles já se arrastavam, contentando-se em viver com os conhecimentos do passado. E embora ainda estivessem nitidamente à frente dos novos invasores em quase todos os âmbitos, seu declínio havia começado.

A segunda "enfermidade" dos árabes, que não deixa de estar ligada à primeira, é sua incapacidade de construir instituições estáveis. Os *franj*, desde a chegada ao Oriente, conseguem criar verdadeiros Estados. Em Jerusalém, a sucessão em geral ocorria sem tribulações; o conselho do reino exercia um controle efetivo sobre a política do monarca e o clero tinha um papel reconhecido no jogo do poder. Nos Estados muçulmanos, não havia nada disso. A monarquia era ameaçada com a morte do monarca, a transmissão do poder provocava uma guerra civil. Devemos colocar toda a responsabilidade por esse fenômeno nas sucessivas invasões, que constantemente colocavam em causa a própria existência dos Estados? Devemos recriminar as origens nômades dos povos que dominaram essa região, seja os próprios árabes, seja os turcos e os mongóis? No âmbito desse epílogo, não podemos resolver essa questão. Contentemo-nos em indicar que ela ainda se coloca, em termos bastante semelhantes, no mundo árabe do final do século XX.

A ausência de instituições estáveis e reconhecidas não podia deixar de ter consequências para as liberdades. Entre os ocidentais, o poder dos monarcas é regido, na época das cruzadas, por princípios difíceis de se transgredir. Osama observou, durante uma visita ao reino de Jerusalém, que "quando os cavaleiros proferem uma sentença, esta não pode ser modificada nem quebrada pelo rei". Ainda mais significativo é o testemunho de Ibn Jubayr nos últimos dias de sua viagem ao Oriente:

*Deixando Tibnin (perto de Tiro), atravessamos uma sequência ininterrupta de fazendas e aldeias com terras eficazmente exploradas. Seus habitantes são todos muçulmanos, mas eles vivem em bons termos com os franj – que Deus nos livre das tentações! Suas habitações lhes pertencem e todos os seus bens lhes são deixados. Todas as regiões controladas pelos franj na Síria estão submetidas a esse mesmo regime: propriedades fundiárias, aldeias e fazendas permanecem nas mãos dos muçulmanos. Ora, a dúvida penetra no coração de um grande número desses homens quando eles comparam seu destino ao de seus irmãos que vivem em território muçulmano. Estes últimos sofrem, de fato, com a injustiça de seus correligionários, enquanto os franj agem com equidade.*

Ibn Jubayr tem razão de se preocupar, pois acaba de descobrir, nas estradas do atual Líbano Meridional, uma realidade de consequências graves: ainda que a concepção de justiça entre os *franj* apresente alguns aspectos que poderíamos qualificar de "bárbaros", como Osama o destacou, sua sociedade tem a vantagem de ser "distribuidora de direitos". A noção de cidadão ainda não existe, por certo, mas os feudais, os cavaleiros, o clero, a universidade, os burgueses e mesmo os camponeses "infiéis", todos têm direitos estabelecidos. No Oriente árabe, o procedimento dos tribunais é mais racional; mas não existe nenhum limite ao poder arbitrário do príncipe. O desenvolvimento das cidades mercantis, bem como a evolução das ideias, só podia sofrer atraso.

A reação de Ibn Jubayr merece um exame mais atento. Embora ele tenha a honestidade de reconhecer qualidades ao "inimigo maldito", ele a seguir se desfaz em imprecações, avaliando que a equidade dos *franj* e sua boa administração constituem um perigo mortal para os muçulmanos. Estes não correm o risco, de fato, de voltar as costas a seus correligionários – e a sua religião – se encontrarem seu bem-estar na sociedade franca? Por mais compreensível que seja, a atitude do viajante não deixa de ser sintomática de um mal do qual sofrem seus irmãos: ao longo das cruzadas, os árabes se recusaram a se abrir às ideias vindas do Ocidente. E esse, provavelmente, foi o efeito mais desastroso das agressões de que eles foram vítimas. Para o invasor, aprender a língua do povo conquistado é uma habilidade; para este último, aprender a língua do conquistador é uma transigência, e mesmo uma traição. Numerosos foram os *franj* que aprenderam o árabe, de fato, ao passo que os habitantes da região, com exceção de alguns cristãos, se mantiveram impermeáveis às línguas ocidentais.

Poderíamos multiplicar os exemplos, pois em todos os âmbitos os *franj* aprenderam com os árabes, tanto na Síria quanto na Espanha ou na Sicília. E o que eles aprenderam foi indispensável para sua posterior expansão. O legado da civilização grega só foi transmitido à Europa ocidental por intermédio dos árabes, tradutores e continuadores. Em medicina, astronomia, química, geografia, matemática, arquitetura, os *franj* obtiveram seus conhecimentos dos livros árabes que eles assimilaram, imitaram e depois superaram. Muitas palavras atestam isso: zênite, nadir, azimute, álgebra, algoritmo ou apenas "cifra". No campo da indústria, os europeus retomaram, antes de melhorá-los, os procedimentos utilizados pelos árabes na fabricação de papel, no trabalho do couro e dos tecidos, na destilação do álcool e do açúcar – mais duas palavras vindas do árabe. Não podemos esquecer a que ponto a agricultura europeia enriqueceu graças ao contato com o Oriente: damascos, berinjelas, chalotas, laranjas, melancias... A lista de palavras "árabes" é interminável.

Se para a Europa ocidental a época das cruzadas foi o início de uma verdadeira revolução, tanto econômica quanto cultural, no Oriente as guerras santas levariam a longos séculos de decadência e obscurantismo. Sitiado por todos os lados, o mundo muçulmano se encolhe sobre si mesmo. Ele se tornou medroso, defensivo, intolerante, estéril, atitudes que se agravam à medida que prossegue a evolução do mundo, em relação à qual ele se sente marginalizado. O progresso, agora, vem do outro. O modernismo vem do outro. Melhor afirmar sua identidade cultural e religiosa, rejeitando o modernismo simbolizado pelo Ocidente? Melhor, ao contrário, se engajar decididamente no caminho da modernização, correndo o risco de perder sua identidade? Nem o Irã, nem a Turquia, nem o mundo árabe conseguiram resolver esse dilema; e é por isso que, até hoje, ainda assistimos a alternâncias às vezes brutais entre fases de ocidentalização forçada e fases de fundamentalismo excessivo, extremamente xenófobo.

Ao mesmo tempo fascinado e apavorado com os *franj*, que conheceu como bárbaros e que venceu, mas que, depois, dominaram o planeta, o mundo árabe não consegue olhar para as cruzadas como um simples episódio de um passado remoto. É surpreendente descobrir a que ponto a atitude dos árabes, e dos muçulmanos em geral, ainda hoje continua influenciada, em relação ao Ocidente, por acontecimentos que supostamente terminaram há sete séculos.

Às vésperas do terceiro milênio, os responsáveis políticos e religiosos do mundo árabe se referem constantemente a Saladino, à queda de Jerusalém e à sua retomada. Israel é equiparado, tanto em termos populares quanto em certos discursos oficiais, a um novo Estado cruzado. Das três divisões do Exército da Libertação da Palestina, uma ainda é chamada Hatim e outra Ain Jalut. O presidente Nasser, no auge de sua glória, era regularmente comparado a Saladino, que, como ele, reunira a Síria e o Egito – e até o Iêmen! A expedição de Suez de 1956, por sua vez, foi vista, como a de 1191, como uma cruzada conduzida por franceses e ingleses.

É verdade que as semelhanças são perturbadoras. Como não pensar no presidente Sadat ao ouvir Sibt Ibn Al-Jawzi denunciar, diante do povo de Damasco, a "traição" do senhor do Cairo, al-Kamel, que ousou reconhecer a soberania do inimigo sobre a Cidade Santa? Como distinguir o passado do presente quando se trata da luta entre Damasco e Jerusalém pelo controle de Golã ou do Beca? Como não ficar pensativo ao ler as reflexões de Osama sobre a superioridade militar dos invasores?

Num mundo muçulmano perpetuamente agredido, não se pode impedir o surgimento de uma sensação persecutória, que adquire, em alguns fanáticos, a forma de uma perigosa obsessão – não vimos, em

13 de maio de 1981, o turco Mehmet Ali Agca atirar no papa depois de explicar numa carta: "Decidi matar João Paulo II, comandante supremo dos cruzados"? Para além desse ato individual, fica claro que o Oriente árabe ainda vê o Ocidente como um inimigo natural. Contra ele, qualquer ato hostil, seja político, militar ou petrolífero, não passa de uma vingança legítima. E não se pode duvidar que a ruptura entre esses dois mundos data das cruzadas, ainda hoje vistas pelos árabes como uma violação.

# NOTAS E FONTES

Em dois anos de pesquisas sobre as cruzadas, consultam-se várias obras e autores que, em encontros breves ou frequentações assíduas, exercem uma influência sobre o trabalho realizado. Embora todos mereçam ser mencionados, o âmbito desse livro impõe uma seleção. Acreditamos que o leitor busque, aqui, não uma bibliografia exaustiva sobre as cruzadas, mas referências que permitam levá-lo mais longe no conhecimento dessa "outra visão".

Três tipos de obras figuram nas notas a seguir. Primeiro, é claro, as dos historiadores e cronistas árabes que nos deixaram seus testemunhos sobre as invasões francas. Falaremos sobre eles, capítulo após capítulo, à medida que seus nomes aparecerem em nosso relato, com as referências da obra original, na qual em geral nos baseamos, bem como das traduções francesas disponíveis. Citemos, no entanto, já nesta introdução, a excelente coletânea de textos reunidos pelo orientalista italiano Francesco Gabrieli, publicada em francês com o título *Chroniques arabes des croisades* (Paris, Sindbad, 1977).

Um segundo tipo de obra aborda a história medieval árabe e muçulmana em suas relações com o Ocidente. Citemos, em especial:

ASHTOR, E. *A Social and Economic History of the Near East in the Middle Ages* (Londres, Collins, 1976).

CAHEN, C. *Les Peuples musulmans dans l'histoire médiévale* (Instituto Francês de Damasco, 1977).

HODGSON, M. *The Venture of Islam* (University of Chicago, 1974).

PALM, R. *Les Etendards du Prophète* (Paris, J.-C. Lattès, 1981).

SAUNDERS, J.J. *A History of Medieval Islam* (Londres, RKP, 1965).

SAUVAGET, J. *Introduction à l'histoire de l'Orient musulman* (Paris, Adrien-Maisonneuve, 1961).

SCHACHT, J. *The Legacy of Islam* (Oxford University, 1974).

SIVAN, E. *L'Islam et la croisade* (Paris, Adrien-Maisonneuve, 1968).

MONTGOMERY WATT, H. *L'Influence de l'islam sur l'Europe médiévale* (Paris, Geuthner, 1974).

Um terceiro tipo de obra abrange os relatos históricos, globais ou parciais das cruzadas. A consulta desses livros foi obviamente indispensável para a reunião dos testemunhos árabes, necessariamente fragmentários, num relato contínuo que cobrisse os dois séculos de invasões francas. Eles são mencionados mais de uma vez nessas notas. Citemos, desde já, duas obras clássicas: *Histoire des croisades et du royaume franc de Jérusalem*, de René Grousset, em três volumes (Paris, Plon, 1934-1936) e *A History of the Crusades*, de Stephen Runciman, também em três volumes (Cambridge University, 1951-1954).

PRÓLOGO

Nem todos os historiadores árabes concordam em atribuir a al-Harawi o discurso citado. Segundo o cronista damasceno Sibt Ibn Al-Jawzi (ver capítulo 12), foi de fato o cádi quem pronunciou essas palavras. O historiador Ibn al-Athir (ver capítulo 2) afirma que seu autor é o poeta al-Abiwardi, aparentemente inspirado nas lamentações de al-Harawi. De todo modo, não há nenhuma dúvida quanto a seu conteúdo: as palavras citadas de fato correspondem à mensagem que a delegação conduzida pelo cádi quis transmitir à corte do califa.

Partindo de Valência, na Espanha muçulmana, Ibn Jubayr (1144-1217) realizou sua viagem ao Oriente entre 1182 e 1185. Ele registrou suas observações num livro disponível em francês (Paris, Geuthner, 1953-1956). O texto original foi reeditado em árabe (Beirute, Sader, 1980).

Nascido e morto em Damasco, Ibn al-Qalanissi (1073-1160) ocupou altos cargos administrativos na cidade. Ele deixou uma crônica intitulada *Zayl tarikh Dimachq*, cujo texto original está disponível apenas numa edição de 1908. Uma edição francesa parcial, intitulada *Damas de 1075 a 1154*, foi publicada em 1952 pelo Instituto Francês de Damasco e pela editora Adrien-Maisonneuve, de Paris.

## CAPÍTULO 1

"Naquele ano", na citação de Ibn al-Qalanissi, é o ano de 490 da hégira. Todos os cronistas e historiadores árabes da época utilizam, com poucas diferenças, o mesmo método de exposição: enumerar os acontecimentos de cada ano, muitas vezes desordenadamente, antes de passar ao seguinte.

O termo *rum* (*rumi* no singular) às vezes é utilizado no século XX em algumas partes do mundo árabe não para designar os gregos, mas os ocidentais em geral.

O emir (al-amir) é, originalmente, "aquele que assume um comando". "Amir al-muminin" é o príncipe ou o comandante dos crentes. Os emires do exército são de certo modo os oficiais superiores. "Amir al-juyush" é o chefe supremo dos exércitos e "amir al-bah" é o comandante da frota, palavra usada pelos ocidentais na forma concisa "almirante".

Um mistério cerca a origem dos seljúcidas. O epônimo do clã, Seljuq, tinha dois filhos chamados Mikael e Israel, o que nos faz supor que a dinastia que unificou o Oriente muçulmano tivesse origens cristãs ou judaicas. Depois de sua islamização, os seljúcidas mudaram alguns de seus nomes. Em particular, "Israel" recebeu a forma turca de "Arslan".

O livro *La Geste du roi Danishmend* foi publicado em 1960, original e tradução, pelo Instituto Francês de Arqueologia de Istambul.

## CAPÍTULO 2

A principal obra de Ibn al-Athir (1160-1233), *História perfeita* (Al-Kamel fit-Tarikh) só existe em francês em traduções fragmentárias, em especial no *Recueil des historiens des croisades*, publicado em Paris, entre 1841 e 1906, pela Académie des Inscriptions et Belles-Lettres. O texto árabe de *Al-Kamel fit-Tarikh*, em 13 volumes, foi reeditado em 1979 (Beirute, Sader). Os volumes X, XI e XII é que mencionam, entre várias outras coisas, as invasões francas.

Sobre a Ordem dos Assassinos, ver o capítulo 5.

Referência da citação de Ibn Jubayr sobre o petróleo: *Voyages*, edição francesa, p. 268; edição árabe, p. 209.

Para saber mais sobre Antioquia e sua região, ler, de C. Cahen: *La Syrie du Nord à l'époque des croisades et la principauté franque d'Antioche* (Paris, Geuthner, 1940).

## CAPÍTULO 3

Os relatos sobre os atos de canibalismo cometidos pelos exércitos francos em Maarate em 1098 são numerosos e convergentes – nas crônicas francas da época. Até o século XIX, ainda são detalhados pelos historiadores europeus. Por exemplo, em *L'Histoire des croisades*, de Michaud, publicado em 1817-1822. Ver Tomo 1, páginas 357 e 577, e *Bibliographie des croisades*, páginas 48, 76, 183, 248. No século XX, em contrapartida, esses relatos – por missão civilizatória? – costumam ser silenciados. Grousset, nos três volumes de sua *Histoire*, não faz sequer menção a isso; Runciman se contenta a uma alusão: "a fome reinava [...], o canibalismo parecia a única solução" (*op. cit.*, tomo 1, p. 261).

Sobre os tafurs, ver J. Prawer: *Histoire du royaume franc de Jérusalem* (Paris, CNRS, 1975), tomo 1, p. 216.

Para Osama Ibn Munqidh, ver o capítulo 7.

Sobre a origem do nome Krak dos Cavaleiros, ver Paul Deschamps: *La Toponomastique en Terre sainte au temps des croisades*, in *Recueil de travaux...* (Paris, Geuthner, 1955).

Os *franj* encontrarão a carta do basileu na tenda de al-Afdal depois da batalha de Ascalão, em agosto de 1099.

## CAPÍTULO 4

Sobre o espantoso passado de Nahr al-Kalb, ver P. Hitti, *Tarikh Loubnan* (Beirute, Assaqafa, 1978).

Depois de retornar à Europa, Boemundo tentará invadir o império bizantino. Para repelir o ataque, Alexis pedirá a Kilij Arslan que lhe envie tropas. Vencido e capturado, Boemundo será forçado a reconhecer por trato os direitos dos *rum* sobre Antioquia. Essa humilhação o obrigará a nunca mais voltar ao Oriente.

Edessa hoje fica na Turquia. Seu nome é Urfa.

CAPÍTULO 5

Sobre a batalha de Tiro e tudo o que diz respeito a essa cidade, ver M. Chehab, *Tyr à l'époque des croisades* (Paris, Adrien-Maisonneuve, 1975).

O alepino Kamal Eddin Ibn al-Adim (1192-1262) só dedicou a primeira parte de sua vida a escrever a história de sua cidade. Monopolizado por sua atividade política e diplomática, e por numerosas viagens pela Síria, pelo Iraque e pelo Egito, ele interromperá sua crônica em 1223. O texto original de sua *Histoire d'Alep* foi publicado pelo Instituto Francês de Damasco em 1968. Não existe, até hoje, nenhuma edição francesa.

O lugar onde ocorre a batalha entre Ilgazi e o exército de Antioquia é chamado de maneira diferente, dependendo das fontes: Sarmada, Dab Sarmada, Tel Aqibrin... Os *franj* o apelidaram de "Ager sanguinis", o campo do sangue.

Sobre os Assassinos, ler M. Hodgson, *The order of Assassins* (Haia, Mouton, 1955).

CAPÍTULO 6

O hospital fundado em Damasco em 1154 continuará funcionando até... 1899, quando será transformado em escola.

O pai de Zengui, Aq Sonqor, foi governador de Alepo até 1094. Acusado de traição por Tutuxe, pai de Raduano, foi decapitado. O jovem Zengui foi recolhido por Kerboga de Mossul, que o educou e o fez participar de todas as suas batalhas.

A princesa Zomorrod era filha do emir Jawali, antigo governador de Mossul.

CAPÍTULO 7

Nascido em 1095, dois anos antes da chegada dos *franj* à Síria, morto em 1188, um ano depois da retomada de Jerusalém, o emir Osama Ibn Munqidh ocupa um lugar à parte entre os testemunhos árabes das cruzadas. Escritor, diplomata, político, ele conheceu pessoalmente Noradine, Saladino, Muin ad-Din Unur, o rei Fulque e vários outros. Ambicioso, intriguista, conspirador, ele foi acusado de mandar assassinar um califa fatímida e um vizir egípcio, de querer derrubar seu tio Sultan e até seu amigo Muin ad-Din. No entanto, a imagem que ficou foi a do letrado refinado, observador perspicaz e cheio de humor. A principal obra de Osama, sua autobiografia, foi publicada em Paris em 1893 aos cuidados de H. Derenbourg. Uma nova versão francesa, anotada e magnificamente ilustrada, foi editada em 1983 por André Miquel com o título: "Des enseignements de la vie" (Paris, Imprimerie Nationale).

Para o relato da batalha de Edessa, ver J.-B. Chabot, *Un épisode de l'histoire des croisades*, in *Mélanges...* (Paris, Geuthner, 1924).

CAPÍTULO 8

Para saber mais sobre o filho de Zengui e sua época, ver N. Elisseeff, *Nur-ad-Din, un grand prince musulman de Syrie au temps des croisades* (Instituto Francês de Damasco, 1967). A diferença de ortografia entre Noradine e Nur ad-Din nos leva a dizer, aqui, se ainda for preciso, que não adotamos neste livro, destinado a um público não necessariamente especializado, uma transcrição acadêmica do árabe.

A primeira fonte legítima de rendimentos para os príncipes – inclusive Noradine – era sua parte do butim obtido do inimigo: ouro, prata, cavalos, cativos vendidos como escravos. O preço destes últimos diminuía sensivelmente quando eles eram numerosos demais, indicam os cronistas; chegava-se inclusive a trocar um homem por um par de chinelos!

Ao longo das cruzadas, violentos tremores de terra devastaram a Síria. Embora o de 1157 seja o mais espetacular, não se passava uma década sem um grande cataclismo.

CAPÍTULO 9

O braço oriental do Nilo, hoje seco, é chamado de "braço pelusíaco", pois atravessava a antiga cidade de Pelúsio. Ele desembocava no mar nas proximidades de Sabkhat al-Bardawil, o lago de Balduíno.

A família de Ayyub precisara deixar Tikrit em 1138, pouco depois do nascimento de Saladino nessa cidade, pois Shirkuh precisara matar um homem para vingar, segundo ele, a honra maculada de uma mulher.

Originários da África do Norte, os fatímidas governaram o Egito de 966 a 1171. Foram eles que fundaram o Cairo. Eles se diziam descendentes de Fátima, filha do Profeta e esposa de Ali, inspirador do xiismo.

Sobre as peripécias da espantosa batalha do Egito, ler G. Schlumberger, *Campagnes du roi Amaury Iᵉʳ de Jérusalem en Egypte* (Paris, Plon, 1906).

## CAPÍTULO 10

A carta dos alepinos, como a maior parte das mensagens de Saladino, pode ser encontrada no *Livre des deux jardins*, obra do cronista damasceno Abu Shama (1203-1267). Essa obra contém uma preciosa compilação de um grande número de documentos oficiais que não se encontram em nenhum outro lugar.

Baha ad-Din Ibn Shaddad (1145-1234) entrou a serviço de Saladino pouco antes da batalha de Hatim. Ele foi, até a morte do sultão, seu confidente e conselheiro. Sua biografia de Saladino foi recentemente reeditada, original e tradução, em Beirute e em Paris (Méditerranée, 1981).

Nas núpcias de Kerak, as boas maneiras não estavam apenas do lado de Saladino. A mãe do jovem noivo enviou ao sitiante pratos cuidadosamente preparados a fim de que ele também pudesse participar das festividades.

O testemunho do filho de Saladino sobre a batalha de Hatim foi citado por Ibn al-Athir, vol. IX, ano 583 da hégira.

Colaborador de Noradine antes de entrar para o serviço de Saladino, Imad ad-Din al-Isfahani (1125-1201) publicou várias obras de história e literatura, em particular uma preciosa antologia poética. Seu estilo extraordinariamente empolado reduziu um pouco o valor de seu testemunho sobre os acontecimentos que ele viveu. Seu relato *Conquête de la Syrie et de la Palestine par Saladin* foi publicado pela Académie des Inscriptions et Belles-Lettres (Paris, 1972).

## CAPÍTULO 11

Segundo a fé muçulmana, uma noite Deus conduziu o Profeta numa viagem miraculosa de Meca até a mesquita de al-Aqsa, depois para os céus. Ele teve um encontro com Jesus e Moisés, símbolo da continuidade das "religiões do livro".

Para os orientais, árabes, armênios ou gregos, a barba é um sinal de virilidade. Os rostos glabros da maioria dos cavaleiros francos os divertiam e às vezes escandalizavam.

Entre as numerosas obras ocidentais dedicadas a Saladino, é preciso lembrar a de S. Lane-Pool, publicada em Londres em 1898 com o título *Saladin and the Fall of the Kingdom of Jerusalem*, que infelizmente caiu no esquecimento depois de alguns anos. Ele foi reeditado em Beirute (Khayat, 1964).

## CAPÍTULO 12

Al-Kamel parece ter recebido, em 1219, São Francisco de Assis, que foi para o Oriente com a vã esperança de restabelecer a paz. Ele o teria ouvido com simpatia e teria lhe oferecido presentes, depois o reconduzido, escoltado, ao acampamento dos *franj*. Até onde sabemos, nenhuma fonte árabe relata esse fato.

Orador e cronista damasceno, Sibt Ibn Al-Jawzi (1186-1256) publicou uma volumosa história universal intitulada *Miraat az-zaman* (O espelho do tempo), da qual apenas alguns fragmentos foram publicados.

Sobre a espantosa figura do imperador, ler, de Benoist-Meschin, *Frédéric de Hohenstaufen ou le rêve excommunié* (Paris, Perrin, 1980).

## CAPÍTULO 13

Para uma história dos mongóis, ver R. Grousset, *L'Empire des steppes* (Paris, Payot, 1939). A troca de cartas entre Luís IX e Ayyub é relatada pelo cronista egípcio al-Maqrizi (1364-1442).

Diplomata e homem de lei, Jamal al-Din Ibn Wassel (1207-1298) deixou uma crônica do período aiúbida e do início da era mameluca. Até onde sabemos, sua obra nunca foi editada, embora existam citações e traduções fragmentárias em Michaud e Gabrieli, *op. cit.*

Depois da destruição de Alamute, a Ordem dos Assassinos se perpetuou sob uma forma um pouco mais pacífica: os ismaelianos, adeptos de Aga Khan, que muitas vezes esquecemos ser o sucessor em linha direta de Hassan as-Sabbah.

A versão relatada aqui da morte de Aibek e Shajarat al-Durr vem de uma epopeia popular medieval, *Sirat al-malek az-zaher Baibars* (Beirute, As-sakafiya).

CAPÍTULO 14

Secretário dos sultões Baibars e Qalaun, o cronista egípcio Ibn Abd al-Zahir (1223-1293) teve o azar de ver sua principal obra, *La Vie de Baibars*, resumida por um sobrinho ignorante que nos deixou um texto truncado e insípido. Os poucos fragmentos que chegaram até nós da obra original revelam um real talento de escritor e historiador.

Entre todos os cronistas e historiadores árabes que citamos, Abul-Fida (1273-1331) é o único a ter governado um Estado: é verdade que este, o emirado de Hama, era minúsculo, o que permitia a esse emir aiúbida dedicar a maior parte de seu tempo a suas várias obras, como *Mukhtassar tarikh al-bachar* (Resumo da história da humanidade). Seu texto, original e tradução, pode ser consultado no *Recueil des historiens des croisades*, já citado.

Embora o domínio ocidental sobre Trípoli tenha acabado em 1289, vários nomes de origem franca subsistiram, na cidade e nas regiões vizinhas, até os dias de hoje: Anjul (Anjou), Dueihy (de Douai), Dekiz (de Guise), Dabliz (de Blise), Chanbur (Chambord), Chanfur (Chamfort), Franjieh (Franco)...

Antes de encerrar esse sobrevoo das fontes, citemos ainda:

OLDENBURG, Z. *Les Croisades* (Paris, Gallimard, 1965). Um relato de sensibilidade cristã oriental.

PERNOUD, R. *Les Hommes des croisades* (Paris, Tallandier, 1977).

SAUVAGET, J. *Historiens arabes* (Paris, Adrien-Maisonneuve, 1946).

# CRONOLOGIA

## ANTES DA INVASÃO

622: Emigração ("hégira") do profeta Maomé de Meca para Medina; início da era muçulmana.

638: O califa Omar toma Jerusalém.

Séculos VII e VIII: Os árabes constroem um imenso império, que se estende do Rio Indo aos Pirineus.

809: Morte do califa Harun al-Rashid; o império árabe em seu apogeu.

Século X: Ainda que a civilização continue florescendo, os árabes conhecem uma decadência política. Seus califas perderam o poder para os militares persas e turcos.

1055: Os turcos seljúcidas conquistam Bagdá.

1071: Os seljúcidas esmagam os bizantinos em Manziquerta e conquistam a Ásia Menor. Eles logo controlam todo o Oriente muçulmano, com exceção do Egito.

## A INVASÃO

1096: Kilij Arslan, sultão de Niceia, esmaga um exército invasor franco conduzido por Pedro, o Eremita.

1097: Primeira grande expedição franca. Niceia é tomada e Kilij Arslan é vencido em Dorileia.

1098: Os *franj* tomam Edessa e Antioquia, e vencem um exército de socorro muçulmano comandado por Kerboga, senhor de Mossul. Canibalismo em Maarate.

1099: Queda de Jerusalém, seguida de massacres e saques. Debandada de um exército de socorro egípcio. O cádi de Damasco, al-Harawi, vai a Bagdá à frente de uma delegação de refugiados para denunciar a inação dos dirigentes muçulmanos diante da invasão.

A OCUPAÇÃO

1100: Balduíno, conde de Edessa, escapa de uma emboscada perto de Beirute e se proclama rei de Jerusalém.

1104: Vitória muçulmana em Harã, que detém o avanço franco para o leste.

1108: Curiosa batalha perto de Turbessel: duas coalizões islamo-francas se enfrentam.

1109: Queda de Trípoli depois de mil dias de cerco.

1110: Queda de Beirute e Sayda.

1111: O cádi de Alepo, Ibn al-Khashshab, organiza um motim contra o califa em Bagdá para exigir uma intervenção contra a ocupação franca.

1112: Resistência vitoriosa de Tiro.

1115: Aliança dos príncipes muçulmanos e francos da Síria contra um exército despachado pelo sultão.

1119: Ilgazi, senhor de Alepo, esmaga os *franj* em Sarmada.

1124: Os *franj* conquistam Tiro: eles passam a ocupar toda a costa, com exceção de Ascalão.

1125: Ibn al-Khashshab é morto pelos Assassinos.

A RESPOSTA

1128: Fracasso de um ataque dos *franj* contra Damasco. Zengui se torna senhor de Alepo.

1135: Zengui tenta, sem sucesso, conquistar Damasco.

1137: Zengui captura Fulque, rei de Jerusalém, depois o solta.

1138: Zengui derrota uma coalizão franco-bizantina; batalha de Xaizar.

1140: Aliança de Damasco e Jerusalém contra Zengui.

1144: Zengui conquista Edessa, destruindo o primeiro dos quatro Estados francos do Oriente.

1146: Assassinato de Zengui. Seu filho Noradine o substitui em Alepo.

## A VITÓRIA

1148: Derrota em Damasco de uma nova expedição franca conduzida pelo imperador da Alemanha, Conrado, e o rei da França, Luís VII.

1154: Noradine toma o controle de Damasco, unificando a Síria muçulmana sob sua autoridade.

1163-1169: Luta pelo Egito. Shirkuh, lugar-tenente de Noradine, vence. Proclamado vizir, ele morre depois de dois meses. Seu sobrinho Saladino o sucede.

1171: Saladino proclama o fim do Califado Fatímida. Único senhor do Egito, ele entra em conflito com Noradine.

1174: Morte de Noradine. Saladino conquista Damasco.

1183: Saladino conquista Alepo. O Egito e a Síria são reunidos sob sua égide.

1187: Ano da vitória. Saladino esmaga os exércitos francos em Hatim, perto do lago de Tiberíades. Ele reconquista Jerusalém e a maior parte dos territórios francos. Os ocupantes conservam apenas Tiro, Trípoli e Antioquia.

## A TRÉGUA

1190-1192: Revés de Saladino em Acre. A intervenção do rei da Inglaterra, Ricardo Coração de Leão, permite aos *franj* retomar várias cidades junto ao sultão, mas não Jerusalém.

1193: Saladino morre em Damasco, aos cinquenta anos. Depois de alguns anos de guerra civil, seu império é reunificado sob a autoridade de seu irmão al-Adel.

1204: Os *franj* conquistam Constantinopla. Saque da cidade.

1218-1221: Invasão do Egito pelos *franj*. Eles conquistam Damieta e se dirigem para o Cairo, mas o sultão al-Kamel, filho de al-Adel, acaba por repeli-los.

1229: Al-Kamel entrega Jerusalém ao imperador Frederico II de Hohenstaufen, causando uma tempestade de indignação no mundo árabe.

## A EXPULSÃO

1244: Os *franj* perdem Jerusalém pela última vez.

1248-1250: Invasão do Egito pelo rei da França, Luís IX, que é vencido e capturado. Queda da dinastia aiúbida, substituída pelos mamelucos.

1258: O chefe mongol Hulagu, neto de Gengis Khan, pilha Bagdá, massacrando a população e matando o último califa abássida.

1260: O exército mongol, que acaba de ocupar Alepo e Damasco, é vencido na batalha de Ain Jalut, na Palestina. Baibars à frente do sultanato mameluco.

1268: Baibars conquista Antioquia, que se aliara aos mongóis. Destruições e massacres.

1270: Luís IX morre perto de Túnis durante uma invasão fracassada.

1289: O sultão mameluco Qalaun conquista Trípoli.

1291: O sultão Khalil, filho de Qalaun, toma Acre, pondo um fim a dois séculos de presença franca no Oriente.

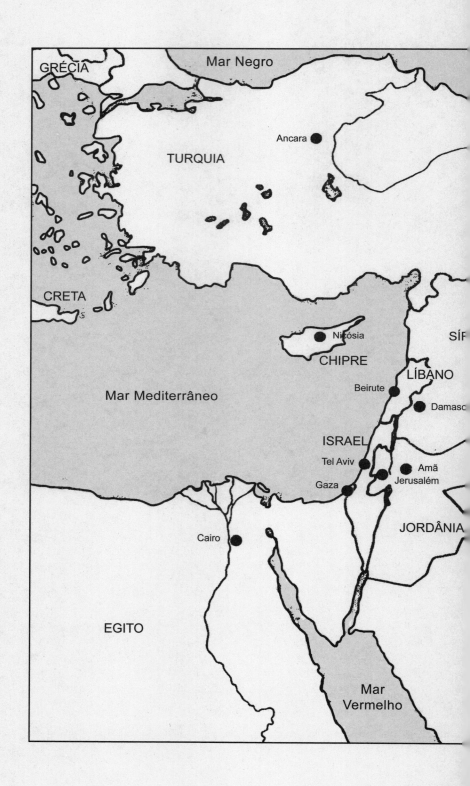

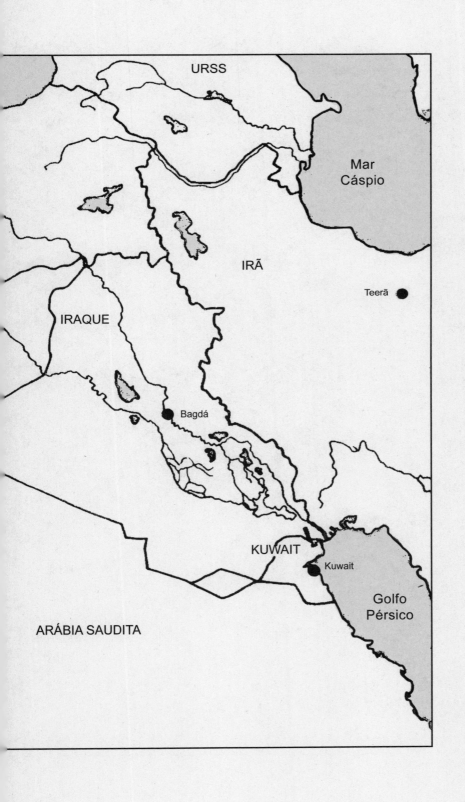

Este livro foi composto com tipografia Adobe Garamond Pro e impresso em papel Off-White 70g/m² na Formato Artes Gráficas.